IGRZYSKA ŚMIERCI

Media Rodzina

SUZANNE COLLINS

IGRZYSKA ŚMIERCI

Tłumaczyli
Małgorzata Hesko-Kołodzińska
i Piotr Budkiewicz

Tytuł oryginału
THE HUNGER GAMES

ISBN 978-83-7278-637-1

Wydawnictwo Media Rodzina
Harbor Point Sp. z o.o.
ul. Pasieka 24, 61-657 Poznań
www.mediarodzina.com.pl

Druk i oprawa
ABEDIK

Dla Jamesa Proimosa

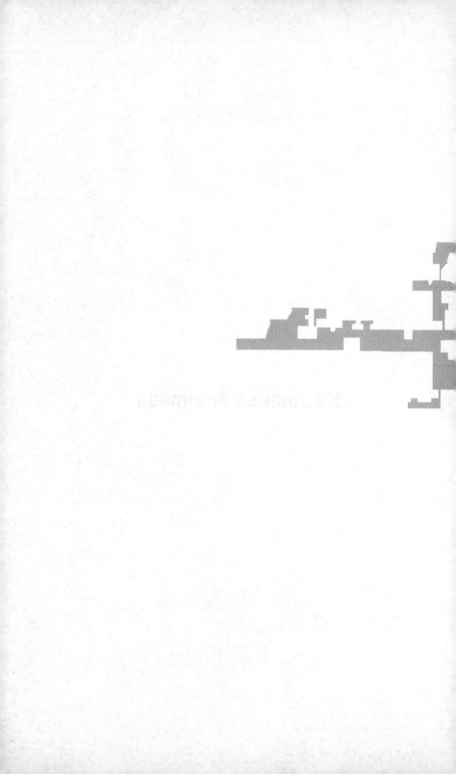

CZĘŚĆ I
W OFIERZE

Gdy się budzę, czuję, że druga strona łóżka już zdążyła wystygnąć. Wyciągam rękę w poszukiwaniu Prim, ale dotykam tylko szorstkiego płótna materaca. Na pewno przyśnił się jej koszmar, więc poszła do łóżka mamy. Oczywiście, że tak. Dziś dożynki. Podpieram się na łokciu. W pokoju jest już na tyle jasno, że je widzę. Moja młodsza siostra Prim zwinęła się jak embrion i wtuliła w mamę, przywarły do siebie policzkami. We śnie mama wygląda młodziej, nadal wydaje się zmęczona, ale nie taka sterana. Prim ma twarz świeżą jak poranek i śliczną jak prymulka, na której cześć dostała imię. Mama też kiedyś była wyjątkowo piękna. Tak przynajmniej słyszałam.

U kolan Prim siedzi najbrzydszy kot świata, jej strażnik. Ma zmiażdżony nos i oczy w kolorze gnijącego kabaczka, brak mu połowy ucha. Prim nazwała go Jaskier, bo się upiera, że jego brudnożółte futro ma taki sam kolor jak ten kwiatek. Jaskier mnie nie cierpi, a przynajmniej mi nie ufa. Minęło wiele lat, ale chyba pamięta, że próbowałam zafundować mu śmierć w wiadrze pełnym wody, kiedy Prim przyniosła go do domu — zabiedzonego, zapchlonego kociaka o zarobaczonym i spuchniętym brzuchu. Tylko tego mi brakowało, jeszcze jednej gęby do wykarmienia. Prim jednak tak bardzo błagała, a nawet płakała, że musiał zostać. Właściwie dobrze się stało, mama wyleczyła go z pasożytów i zrobił się z niego zawołany myśliwy. Poluje na myszy, czasem nawet zdoła dopaść szczura. Bywa, że gdy patroszę łupy, rzucam mu podroby. Przestał na mnie prychać.

Są podroby — nie ma prychania. Na cieplejsze relacje oboje nie mamy co liczyć.

Zwieszam nogi z łóżka i wskakuję w myśliwskie buty. Elastyczna skóra dostosowała się do kształtu moich stóp. Wciągam na siebie spodnie, koszulę, upycham długi, ciemny warkocz pod czapką i chwytam chlebak. Na stole, pod drewnianą miską, która chroni żywność przed wygłodniałymi szczurami i kotami, leży kawał wyśmienitego koziego sera, owinięty w liście bazylii. Prezent od Prim, na dożynki. Ostrożnie wkładam ser do kieszeni i wychodzę z domu.

O tej porze nasz rejon Dwunastego Dystryktu, nazywany Złożyskiem, zwykle zapełniają górnicy, tłumnie zmierzający na poranną szychtę mężczyźni i kobiety o przygarbionych ramionach i obrzękniętych kostkach palców. Wielu z nich od dawna już nie próbuje wyskrobywać pyłu węglowego spod połamanych paznokci ani ze zmarszczek na wychudzonych twarzach. Dzisiaj jednak czarne, pokryte żużlem ulice są puste. Dzicy lokatorzy szarych domów pozamykali okiennice. Dożynki rozpoczną się o drugiej. Można dłużej pospać, o ile jest się w stanie.

Nasz dom stoi niemal na samym skraju Złożyska, wystarczy, że minę kilka ulic i już jestem na zapuszczonym polu zwanym Łąką. Od lasu oddziela ją wysoka siatka zwieńczona zwojami drutu kolczastego. Takie ogrodzenie otacza cały Dwunasty Dystrykt. Teoretycznie powinno na okrągło być pod napięciem, żeby odstraszać drapieżniki z lasu — watahy dzikich psów, samotne pumy, niedźwiedzie — które niegdyś błąkały się po naszych ulicach. Przy odrobinie szczęścia prąd włączają nam wieczorami na dwie, góra trzy godziny, więc zazwyczaj można bezpiecznie dotykać ogrodzenia. Na wszelki wypadek zawsze przez chwilę nasłuchuję brzęczenia, które oznacza, że druty są pod napięciem. Teraz panuje tu grobowa cisza. Chowam się za kępą krzaków, kładę na brzuchu i wsuwam pod półmetrowy, od lat poluzowany fragment. Ogrodzenie ma jeszcze kilka innych słabych punktów, lecz ten jest tak blisko domu, że niemal zawsze właśnie tędy wymykam się do lasu.

Gdy tylko wkraczam między drzewa, wyciągam z pustego pniaka łuk i kołczan ze strzałami. Siatka pod napięciem, czy nawet wyłączona, skutecznie blokuje drapieżnikom dostęp do Dwunastego Dystryktu, za to w lasach włóczą się swobodnie. Do tego trzeba uważać na jadowite węże, zwierzęta chore na wściekliznę, no i brak tu ścieżek z prawdziwego zdarzenia. W lesie można jednak znaleźć żywność, byle wiedzieć, jak jej szukać. Mój ojciec wiedział i mnie tego nauczył, zanim wybuch w kopalni rozerwał go na strzępy. Nie było czego zbierać. Miałam wówczas jedenaście lat. Po pięciu latach nadal budzę się, wrzeszcząc, żeby uciekał.

Chociaż przekraczanie granicy lasu jest zakazane, a kłusownikom grożą najsurowsze kary, przychodziłoby tu więcej ludzi, gdyby tylko mieli porządną broń. Większości brak odwagi, żeby wyruszyć na łowy z samym nożem. Łuki takie jak mój to rzadkość, ojciec zrobił kilka sztuk, a ja ukrywam je w lesie, starannie zabezpieczone przed wilgocią. Ojciec mógł sporo zarobić na ich sprzedaży, ale gdyby władze się o tym dowiedziały, zostałby publicznie stracony za podżeganie do buntu. Większość Strażników Pokoju przymyka oko na polowania garstki myśliwych, w końcu strażnicy są tak samo spragnieni świeżego mięsa jak wszyscy. Co więcej, należą do naszych najlepszych klientów. Władze nigdy jednak nie dopuściłyby do sytuacji, w której ktoś zbroiłby mieszkańców Złożyska.

Po nastaniu jesieni nieliczni śmiałkowie zakradają się do lasu na jabłka. Zawsze jednak trzymają się blisko Łąki, gotowi umknąć z powrotem do bezpiecznego Dwunastego Dystryktu, gdy tylko pojawi się zagrożenie.

— Dwunasty Dystrykt — mamroczę. — Tu możesz bezpiecznie umrzeć z głodu.

Pośpiesznie oglądam się przez ramię. Nawet tutaj, na kompletnym odludziu, człowiek się obawia, że ktoś go podsłucha.

Gdy byłam młodsza, śmiertelnie przerażałam mamę tym, co plotłam o Dwunastym Dystrykcie i o ludziach zawiadujących naszym życiem z odległego Kapitolu, najważniejszego miasta w państwie Panem. W końcu pojęłam, że w ten sposób mogę wpakować nas w jeszcze większe tarapaty. Nauczyłam się trzymać język za zębami i przybierać idealnie obojętną minę, żeby nikt nie odgadł moich myśli. W szkole spokojnie wykonuję polecenia. Na targowisku wymieniam nic nie znaczące uprzejmości. Na Ćwieku, jak nazywamy czarny rynek, na którym zarabiam większość pieniędzy, rozmawiam jedynie o interesach. Nawet w domu, gdzie nie jestem zbyt grzeczna, unikam trudnych tematów, takich jak dożynki, niedobory żywności czy Głodowe Igrzyska. Prim mogłaby zacząć powtarzać moje słowa i do czego by to doprowadziło?

W lesie czeka jedyna osoba, przy której mogę być sobą. Gale. Czuję, jak mięśnie twarzy mi się rozluźniają, jak przyśpiesza tętno, gdy wspinam się do naszej kryjówki, półki skalnej z widokiem na dolinę. Gęstwina jeżyn chroni to miejsce przed wzrokiem niepowołanych. Na widok Gale'a odruchowo się uśmiecham. Twierdzi, że zdarza mi się to tylko w lesie.

— Hej, Kotna — wita mnie. Tak naprawdę mam na imię Katniss, ale kiedyś, gdy mu się przedstawiałam, mówiłam ledwie słyszalnym szeptem, i uznał, że nazywają mnie Kotna. Potem jakiś stuknięty ryś zaczął za mną łazić po całym lesie i przezwisko przylgnęło do mnie na dobre. W sumie rysiowi chodziło tylko o ochłapy mięsa, ale i tak musiałam go zabić, bo płoszył zwierzynę. Nawet żałowałam, bo przywykłam do jego towarzystwa, ale przynajmniej nieźle zarobiłam na futrze.

— Patrz, co upolowałem. — Gale podnosi bochen chleba przebity strzałą, a ja się śmieję. To najprawdziwszy chleb z piekarni, a nie płaski, zakalcowaty placek z przydziału zbożowego. Biorę go w ręce, wyciągam strzałę i przysuwam nos do dziury w skórce. Wdycham aromat, od którego ślina napływa mi do ust. Chleb taki dobry jak ten jest na wyjątkowe okazje.

— Mhm, jeszcze ciepły — mówię. Gale musiał bladym świtem zjawić się w piekarni na wymianę. — Ile cię kosztował?

— Tylko wiewiórkę. Tego ranka staruszek chyba się rozkleił — wyjaśnia. — Nawet życzył mi szczęścia.

— Dzisiaj wszyscy czujemy się sobie nieco bliżsi — zauważam, i nawet nie chce mi się przewrócić oczami. — Prim zostawiła nam ser. — Wyciągam pakunek.

Na ten widok Gale się rozpromienia.

— Dzięki, Prim. To będzie prawdziwa uczta. — Nieoczekiwanie zaczyna mówić z kapitolińskim akcentem i udaje Effie Trinket, przesadnie rozentuzjazmowaną kobietę, która pojawia się raz w roku, aby odczytać nazwiska podczas dożynek. — Niemal zapomniałem! Wesołych Głodowych Igrzysk!

— Zrywa kilka jeżyn z krzewów blisko nas. — I niech los... — Wysokim łukiem rzuca jedną z nich w moją stronę.

Chwytam ją w usta i rozgryzam delikatną skórkę. Słodkokwaśny sok tryska mi na język.

— ...zawsze wam sprzyja! — kończę równie entuzjastycznie. Musimy żartować, inaczej zwariowalibyśmy ze strachu. Poza tym kapitoliński akcent jest taki afektowany, że cokolwiek się powie, brzmi śmiesznie.

Przypatruję się, jak Gale wyciąga nóż i kroi chleb. Mógłby być moim bratem. Takie same czarne, proste włosy, oliwkowa skóra, nawet oczy mamy podobnie szare. Nie łączy nas jednak pokrewieństwo, w każdym razie na pewno nie bliskie. Większość członków górniczych rodzin jest do siebie podobna.

Właśnie dlatego mama i Prim, niebieskookie blondynki, zawsze wyróżniają się w tłumie. Nie pasują do reszty. Rodzice mamy należeli do klasy drobnych kupców, którzy obsługują urzędników, Strażników Pokoju i nielicznych klientów ze Złożyska. Prowadzili aptekę w lepszej części Dwunastego Dystryktu. Ponieważ niemal nikogo nie stać na lekarzy, powierzyliśmy zdrowie aptekarzom. Tata poznał mamę, gdyż podczas polowań czasami zbierał lecznicze zioła i sprzedawał je w jej aptece na napary medyczne. Na pewno bardzo go kochała, skoro opuściła dom i przeniosła się do Złożyska. Staram się o tym wszystkim pamiętać, patrząc na kobietę, która siedziała obojętnie, zamknięta w sobie, podczas gdy jej wychudzone dzieci marniały w oczach. Przez wzgląd na ojca próbuję jej wybaczyć, ale szczerze mówiąc, nie jestem szczególnie miłosiernym typem.

Gale rozsmarowuje miękki kozi ser na kromkach chleba i starannie ozdabia każdą kanapkę listkiem bazylii, podczas gdy ja ogałacam krzaki z jeżyn. Rozsiadamy się w skalnej wnęce. Tu jesteśmy niewidoczni, ale sami dobrze widzimy panoramę tętniącej życiem doliny. Latem pełno tu zieleniny do zbierania, korzeni do wykopywania, ryby połyskują tęczowo w promieniach słońca. Dzień jest cudowny, ser wsiąka w ciepły chleb, jeżyny eksplodują nam w ustach. Nic nie zakłócałoby tej sielanki, gdybyśmy naprawdę świętowali, a cały wolny dzień zamierzali spędzić na wędrówce po górach i tropieniu zwierzyny na kolację. O drugiej musimy się jednak stawić na placu i zaczekać, aż wyczytają nazwiska.

— Poradzilibyśmy sobie — mówi Gale cicho.

— Z czym? — Nie rozumiem.

— Opuścilibyśmy dystrykt. Moglibyśmy uciec, zamieszkać w lesie. Tylko ty i ja, udałoby się.

Nie wiem, jak zareagować. Co za niedorzeczny pomysł.

— Gdybyśmy nie mieli tylu dzieci — dodaje Gale pośpiesznie.

To nie nasze dzieci, rzecz jasna, choć prawie: chodzi o dwóch młodszych braci i siostrę Gale'a, i o Prim. Można by jeszcze dorzucić nasze matki, bo jak by sobie bez nas poradziły? Kto napełniłby wiecznie głodne brzuchy? Choć oboje codziennie polujemy, zdarza się, że trzeba wymienić zdobycz na smalec, sznurowadła albo wełnę, i położyć się spać, gdy kiszki marsza grają.

— Nie chcę mieć dzieci, nigdy — mówię.

— Ja bym mógł. Gdybym tu nie mieszkał — twierdzi Gale.

— Ale tu mieszkasz — irytuję się.

— Mniejsza z tym — prycha.

Ta rozmowa nie ma sensu. Wynieść się stąd? Jak mogłabym zostawić Prim, jedyną osobę na świecie, którą na pewno kocham? Gale też jest blisko związany z rodziną. Nie możemy uciec, więc po co o tym mówić? A nawet gdyby... Nawet gdyby... Skąd pomysł, żeby gadać o dzieciach? Gale'a i mnie nigdy nie łączyło nic romantycznego. Kiedy się poznaliśmy, byłam kościstą dwunastolatką, on jednak, zaledwie o dwa lata starszy, już wtedy wyglądał jak mężczyzna. Sporo czasu minęło, nim się zaprzyjaźniliśmy, przestaliśmy targować przy każdej wymianie i zaczęliśmy się nawzajem wspierać.

Poza tym, jeśli Gale'owi zachciałoby się dzieci, bez trudu znalazłby sobie żonę. Jest przystojny, dostatecznie silny, żeby poradzić sobie w kopalni, i umie polować. Wystarczy spojrzeć na szepczące dziewczyny, które mija w szkole. Od razu widać, że mają na niego ochotę. Jestem zazdrosna, ale z nie typowych powodów. Ze świecą szukać dobrego partnera do polowań.

— Co chcesz robić? — pytam. — Możemy polować, łowić ryby, albo zbierać.

— Chodźmy nad jezioro. Zarzucimy wędki i poszukamy czegoś w lesie. Wieczorem zjemy coś smacznego — proponuje.

Wieczorem. Po dożynkach wszyscy powinni świętować. Mnóstwo ludzi rzeczywiście świętuje, z ulgi, że ich dzieci oszczędzono do następnego roku. Co najmniej dwie rodziny zamkną jednak okiennice, zaryglują drzwi i zatopią się w rozmyślaniach o tym, jak przetrwać ból najbliższych tygodni.

Dobrze sobie radzimy. Drapieżniki nie zwracają na nas uwagi, gdy nie brak im łatwiejszej i smaczniejszej zdobyczy. Przed południem mamy już tuzin ryb i torbę zieleniny, oraz, co najlepsze, prawie pięć litrów poziomek. Kilka lat temu natrafiłam na poziomkową polanę, ale to Gale wpadł na pomysł, żeby rozciągnąć wokół niej siatkę, która zniechęci zwierzęta.

W drodze do domu zaglądamy na Ćwiek, czarny rynek, który funkcjonuje w opuszczonym magazynie na węgiel. Gdy opracowano wydajniejszy system przeładunku węgla, bezpośrednio z kopalni do pociągów, Ćwiek stopniowo zajął cały teren magazynu. O tej porze w dniu dożynek handel właściwie zamiera, lecz czarny rynek tętni życiem. Bez trudu wymieniamy sześć ryb na dobry chleb, a pozostałe dwie na sól. Śliska Sae, stara, koścista kobieta sprzedająca gorącą zupę z dużego garnka, chętnie bierze połowę zieleniny w zamian za parę kawałków parafiny. Gdzie indziej pewnie wytargowalibyśmy trochę więcej, ale zależy nam na dobrych relacjach z Sae. Ona jedna bez problemu skupuje zdziczałe psy. Nie polujemy na nie z rozmysłem, ale czasem nas atakują i zabijamy jednego lub dwa... Cóż, mięso to mięso. „Gdy trafi do zupy, powiem, że to wołowina", wyjaśnia Śliska Sae i puszcza oczko. W Złożysku nie ma nikogo, kto kręciłby nosem na apetyczny, psi udziec. Tylko Strażnicy Pokoju, którzy zaglądają na Ćwiek, mogą sobie pozwolić na wybrzydzanie.

Gdy nie ma już czego szukać na Ćwieku, idziemy pod drzwi z tyłu domu burmistrza, żeby sprzedać połowę poziomek. Wiemy, że burmistrz wyjątkowo je lubi i jest gotów przystać na naszą cenę.

Drzwi otwiera jego córka, Madge. Chodzimy do tej samej klasy. Można by się spodziewać, że jako burmistrzówna będzie zadzierać nosa, ale jest w porządku. Po prostu trzyma się na uboczu, jak ja. Żadna z nas nie otacza się przyjaciółmi, więc w szkole często przebywamy w swoim towarzystwie. Wspólnie jemy lunch, siadamy obok siebie na apelach, ćwiczymy w parze na zajęciach sportowych. Rzadko rozmawiamy i to nam pasuje.

Bury mundurek szkolny zamieniła dzisiaj na drogą, białą sukienkę, a jasne włosy przewiązała różową wstążką. Strój na dożynki.

— Ładna sukienka — mówi Gale.

Madge posyła mu uważne spojrzenie, aby sprawdzić, czy to szczery komplement, czy zwykła kpina. Sukienka naprawdę jest ładna, ale Madge nie włożyłaby jej, gdyby nie wyjątkowa okazja. Zaciska usta, po czym się uśmiecha.

— Jeśli mam jechać do Kapitolu, to chcę ładnie wyglądać. Dziwisz się?

Tym razem Gale wydaje się skołowany. Czy Madge mówi poważnie? A może się z niego nabija? Moim zdaniem to drugie.

— Nie trafisz do Kapitolu — oświadcza Gale lodowato.

Jego wzrok pada na niewielką, okrągłą broszkę, która zdobi sukienkę Madge. Szczere złoto, piękna robota. Coś takiego wystarczyłoby do wyżywienia całej rodziny przez wiele miesięcy. — Niby jakim cudem? Pewnie masz góra pięć wpisów. Jako dwunastolatek miałem już sześć.

— To nie jej wina — bronię Madge.

— Pewnie, to niczyja wina. Tak już jest — cedzi Gale.

Madge ma nieprzystępny wyraz twarzy. Wsuwa mi do ręki pieniądze za owoce.

— Powodzenia, Katniss — słyszę.

— Tobie również — odpowiadam i drzwi się zamykają.

W milczeniu zmierzamy ku Złożysku. Nie podoba mi się, że Gale uwziął się na Madge, ale ma rację, fakt. System dożynek jest nieuczciwy, bo biedni mają najgorzej. W losowaniu biorą udział osoby od dwunastego roku życia. Wtedy ich nazwisko jest wpisywane tylko raz. Trzynastolatki dostają dwa wpisy, i tak dalej, aż do osiemnastki, ostatniego roku uczestnictwa w dożynkach. Wówczas nazwisko powtarza się siedmiokrotnie. Ta zasada dotyczy wszystkich obywateli Panem.

Jest jednak pewien haczyk. Powiedzmy, że biedujesz i głód zagląda ci w oczy, jak nam. Masz prawo wielokrotnie zgłaszać nazwisko do losowania w zamian za astragal o wartości rocznego zaopatrzenia jednej osoby w zboże i olej. Zgodnie z prawem możesz pobierać astragale także dla członków rodziny, ale za każdy płacisz dodatkowym wpisem na listę uczestników losowania. W rezultacie jako dwunastolatka miałam już na koncie cztery wpisy. Pierwszy dlatego, że musiałam, a trzy w zamian za astragale na zboże i olej dla mnie, dla Prim i dla mamy. To samo powtarzam rok w rok, bo nie mam wyjścia. Poza tym wpisy się kumulują, dlatego teraz, gdy mam szesnaście lat, moje nazwisko powtórzy się dwadzieścia razy. Gale skończył osiemnaście lat, a ponieważ przez siedem lat pomagał w utrzymaniu pięcioosobowej rodziny lub samodzielnie ją wykarmiał, będzie miał czterdzieści dwa wpisy.

To dlatego Gale stracił panowanie nad sobą podczas rozmowy z Madge, która nigdy nie stanęła przed koniecznością pobrania astragalu. Prawdopodobieństwo wylosowania jej nazwiska jest nikłe w porównaniu z mieszkańcami Złożyska. Może tak się zdarzyć, ale to wątpliwe. Chociaż zasady ustalono w Kapitolu, nie w dystryktach, i rodzina Madge z całą pewnością nie maczała w tym palców, trudno lubić osoby, które nie muszą się zgłaszać po astragale.

Gale wie, że złość na Madge jest bezsensowna. Zdarzały się dni, kiedy w lesie wysłuchiwałam jego gniewnych słów o tym, że astragale to tylko jedno z narzędzi pogłębiania fatalnej sytuacji w naszym dystrykcie. W ten sposób krzewi się nienawiść między głodującymi robotnikami ze Złożyska, a tymi, którzy na ogół mogą liczyć na posiłek. Wzajemna niechęć sprawia, że nigdy sobie nie zaufamy.

— Kapitol nas dzieli i na tym korzysta — powiedziałby pewnie, gdyby nikt poza mną nie słuchał. Gdyby to nie były dożynki. Gdyby dziewczyna ze złotą broszką i bez dodatkowych wpisów nie wypowiedziała jednej uwagi, w jej mniemaniu całkiem niewinnej.

Idąc, zerkam na Gale'a. Nadal kipi złością, choć stara się to zamaskować kamiennym wyrazem twarzy. Jego napady wściekłości wydają mi się bezsensowne, ale nigdy mu tego nie mówię. Właściwie się z nim zgadzam, tylko co komu z tego, że w środku lasu ktoś sobie pokrzyczy przeciwko Kapitolowi? To niczego nie zmieni. Świat nie stanie się lepszy. Nasze brzuchy się nie napełnią. Co gorsza, hałasy płoszą zwierzynę. Mimo to nie protestuję. Lepiej niech się wydziera na odludziu niż w dystrykcie.

Dzielimy się łupami. Na każdego z nas przypadają po dwie ryby, dwa bochenki dobrego chleba, zielenina, litr poziomek, sól, parafina i trochę pieniędzy.

— Widzimy się na placu — mówię.

— Ubierz się ładnie — odpowiada głucho.

Gdy wracam do domu, widzę, że mama i siostra są gotowe do wyjścia. Mama włożyła elegancką sukienkę z czasów pracy w aptece. Prim ma na sobie mój strój z pierwszych dożynek, spódnicę i marszczoną bluzkę. Jest na nią nieco za duży, ale mama podpięła go agrafkami. Mimo to na plecach bluzka wysuwa się ze spódnicy.

Czeka na mnie wanna z gorącą wodą. Zeskrobuję brud i pot z lasu, nawet myję włosy. Ku swojemu zdumieniu widzę, że mama przygotowała dla mnie jedną ze swoich ślicznych sukienek, błękitną, z butami do kompletu.

— Na pewno? — pytam. Staram się okazać dobrą wolę. Przez pewien czas byłam tak wściekła, że nie pozwalałam, aby cokolwiek dla mnie zrobiła. To coś wyjątkowego. Mama ma ogromny sentyment do swoich ubrań z dawnych lat.

— Oczywiście. Upniemy ci włosy, dobrze? — Nie protestuję, kiedy ręcznikiem suszy je i zaplata w warkocz, który upina na czubku głowy. Ledwie poznaję siebie w pękniętym, opartym o ścianę lustrze.

— Pięknie wyglądasz — szepcze Prim.

— I jestem w ogóle do siebie niepodobna — dodaję i ją obejmuję, bo wiem, że najbliższe godziny będą dla niej koszmarem. To jej pierwsze dożynki. Jest w miarę bezpieczna, ma tylko jeden wpis. Nie pozwoliłabym jej wziąć nawet jednego astragalu na żywność. Ale ona martwi się o mnie, obawia, że stanie się najgorsze.

Chronię Prim najlepiej, jak potrafię, jednak podczas dożynek jestem bezsilna. Narasta we mnie ból, jak zawsze, gdy ona cierpi. Nie chcę się z nim zdradzić. Zauważam, że jej bluzka znowu się wysunęła ze spódnicy, z trudem zachowuję spokój.

— Schowaj ogonek, kaczuszko — mówię i poprawiam bluzkę na plecach.

Prim chichocze.

— Kwa — odpowiada półgłosem.

— Odkwacz się — śmieję się cicho. Tylko Prim potrafi mnie tak rozbawić. — Chodź, zjemy coś — dodaję i muskam ustami czubek jej głowy.

Ryba i zielenina już się gotują w gulaszu, na kolację. Zostawimy też poziomki i chleb z piekarni na wieczór, żeby był wyjątkowy. Zadowalamy się mlekiem od Damy, kozy Prim, i zagryzamy je kiepskim chlebem z ziarna za astragal. I tak apetyty nam nie dopisują.

O pierwszej ruszamy na plac. Obecność obowiązkowa, chyba że jest się jedną nogą w grobie. Dzisiejszego wieczoru urzędnicy będą składali ludziom wizyty, żeby sprawdzić, jak się sprawy mają. Jeśli ktoś wprowadzi ich w błąd, trafi do więzienia.

Naprawdę kiepsko, że dożynki organizuje się na placu. To jedno z nielicznych miejsc w Dwunastym Dystrykcie, gdzie bywa miło. Plac otaczają sklepy, a w dni targowe, zwłaszcza gdy jest pogoda, atmosfera robi się świąteczna. Dzisiaj, pomimo jaskrawych sztandarów rozwieszonych na budynkach, wszyscy są przygnębieni. Obecność kamerzystów, którzy przycupnęli na dachach niczym myszołowy, dodatkowo psuje atmosferę.

Ludzie schodzą się w milczeniu i podpisują listy obecności. Dożynki to dobra okazja, żeby Kapitol mógł skontrolować ogół społeczeństwa. Młodzież od dwunastego do osiemnastego roku życia zostaje zapędzona do podzielonych linami sektorów. Najstarsi stają z przodu, młodsi, tacy jak Prim, bliżej tyłu. Członkowie rodzin gromadzą się dookoła sektorów i mocno trzymają za ręce. Inni, których bliscy nie są narażeni na śmierć, lub ci, którzy przestali się przejmować, wciskają się w tłum, żeby zakładać się o wszystko, co związane z wylosowanymi dzieciakami: o ich wiek, czy będą ze Złożyska, czy z rodziny kupieckiej, czy się załamią i rozpłaczą. Większość zebranych nie chce brać udziału w nielegalnym hazardzie i odmawia, ale ostrożnie, bardzo ostrożnie. Ci sami ludzie często bywają informatorami, a przecież każdemu się zdarza złamać prawo. Za kłusownictwo mogłabym trafiać pod lufę praktycznie dzień w dzień, lecz chronią mnie apetyty ludzi u władzy. Nie każdy jest takim szczęściarzem.

Tak czy owak, zgadzam się z Gale'em, że gdybyśmy mogli wybierać między śmiercią głodową a kulą w łeb, kula zakończyłaby sprawę znacznie szybciej.

Nadciąga jeszcze więcej ludzi, robi się coraz ciaśniej, coraz bardziej klaustrofobicznie. Plac jest całkiem spory, lecz i tak nie pomieści ośmiu tysięcy mieszkańców Dwunastego Dystryktu. Spóźnialskich kieruje się na przyległe ulice, gdzie mogą oglądać widowisko na wielkich ekranach. Państwowa telewizja przeprowadza transmisję na żywo.

Trafiam do gromady szesnastolatków ze Złożyska. W milczeniu kiwamy sobie głowami na powitanie i koncentrujemy się na prowizorycznej estradzie przed Pałacem Sprawiedliwości. Na scenie stoją trzy fotele, mównica i dwie wielkie, szklane kule, jedna dla chłopców, druga dla dziewcząt. Patrzę na kartki papieru w kuli dziewczęcej. Na dwudziestu z nich widnieje starannie wypisane nazwisko Katniss Everdeen.

W pierwszym fotelu zasiada wysoki, łysiejący ojciec Madge, burmistrz Undersee. Drugi zajęła Effie Trinket, opiekunka trybutów z Dwunastego Dystryktu. Dopiero co wróciła z Kapitolu, ma przerażający uśmiech pełen białych zębów, różowawe włosy i kostium w kolorze wiosennej zieleni. Burmistrz i Effie mamroczą do siebie i z niepokojem spoglądają na pusty fotel.

Gdy zegar na wieży ratusza wybija drugą, burmistrz wchodzi na mównicę i zaczyna czytać. Rok po roku wysłuchujemy tego samego. Burmistrz przedstawia historię Panem, państwa, które powstało na gruzach miejsca zwanego niegdyś Ameryką Północną. Wylicza katastrofy, susze, burze, pożary, podniesienie poziomu oceanów, co pochłonęło sporą część kontynentu, brutalną wojnę o resztki żywności. W rezultacie powstało Panem, wspaniały Kapitol otoczony pierścieniem trzynastu dystryktów. Dopiero wtedy obywatele zaczęli się radować pokojem i dobrobytem. Później nadeszły Mroczne Dni, powstanie dystryktów przeciwko Kapitolowi. Dwanaście uległo, trzynasty zmieciono z powierzchni ziemi. Traktat o Zdradzie zapewnił nam nowe prawa, gwarantujące pokój, a co rok, dla przypomnienia, że Mroczne Dni nie mogą się powtórzyć, rozgrywamy Głodowe Igrzyska.

Zasady igrzysk są proste. Za udział w powstaniu każdy z dwunastu dystryktów musi dostarczyć daninę w postaci dwojga uczestników, chłopca i dziewczyny. Dwadzieścia cztery ofiary, zwane trybutami, zostaną uwięzione na ogromnej arenie pod gołym niebem, na której może się znaleźć wszystko, począwszy od spalonej słońcem pustyni, skończywszy na skutym lodem pustkowiu. Przez kilka tygodni uczestnicy turnieju walczą na śmierć i życie. Zwycięża ostatni trybut zdolny utrzymać się na własnych nogach.

Kapitol zabiera dzieci z naszych dystryktów i na naszych oczach zmusza je do bratobójczej walki. W ten sposób rządzący przypominają nam, że jesteśmy zdani na ich łaskę i niełaskę. Mamy pamiętać, że nie przeżyjemy następnego powstania. Bez względu na to, jakich słów używają, przesłanie jest jasne: „Patrzcie, odbieramy wam dzieci i składamy je w ofierze, a wy nie możecie nic zrobić. Wystarczy jedno wasze krzywe spojrzenie, a wybijemy was do nogi. Tak jak w Trzynastym Dystrykcie".

Chcąc nas dodatkowo upokorzyć i udręczyć, Kapitol zmusza do traktowania Głodowych Igrzysk, jakby to było święto, ważne wydarzenie sportowe, czym wyzwala wzajemną niechęć dystryktów. Ostatni żywy trybut otrzymuje gwarancję dostatniego życia, a jego rodzinne strony zostają obsypane nagrodami, przede wszystkim żywnością. Przez cały rok Kapitol przesyła do zwycięskiego dystryktu podarunki w postaci zboża, oleju, a nawet rarytasów, takich jak cukier, podczas gdy reszta dystryktów walczy z głodem.

— To dla nas czas żałowania za błędy i okazja do wdzięczności — przemawia burmistrz.

Następnie odczytuje listę dotychczasowych zwycięzców z Dwunastego Dystryktu. Przez siedemdziesiąt cztery lata dorobiliśmy się równo dwóch. Jeden jeszcze żyje, nazywa się Haymitch Abernathy i jest brzuchatym mężczyzną w średnim wieku. Właśnie w tej chwili pojawia się na estradzie, bełkocze coś, zatacza się i opada na trzeci fotel. Jest pijany, i to bardzo. Publiczność nagradza go zdawkowymi brawami. Jest zdezorientowany, usiłuje mocno wyściskać Effie Trinket, która z trudem się uchyla.

Burmistrz wydaje się zaniepokojony. Dobrze wie, że Dwunasty Dystrykt właśnie stał się pośmiewiskiem całego Panem, bo uroczystość jest transmitowana przez telewizję. Pośpiesznie próbuje skierować uwagę widzów z powrotem na dożynki, przedstawiając Effie Trinket.

Dziarska i rozentuzjazmowana jak zawsze, Effie Trinket truchta do mównicy i wita się tradycyjnym okrzykiem: „Wesołych Głodowych Igrzysk! Niech los zawsze wam sprzyja!" Jej różowe włosy to niewątpliwie peruka, bo loki lekko się przekrzywiły po incydencie z Haymitchem. Effie Trinket przez pewien czas tłumaczy nam, jaki to zaszczyt być tutaj, choć wszyscy wiedzą, że najbardziej na świecie marzy o oddelegowaniu do lepszego dystryktu, w którym będą autentyczni zwycięzcy zamiast pijaków molestujących kobietę na oczach całego kraju.

W tłumie dostrzegam Gale'a, spogląda na mnie z cieniem uśmiechu na ustach. Jak na dożynki, dziś jest przynajmniej odrobinę zabawnie. Nagle myślę o czterdziestu dwóch kartkach z nazwiskiem Gale'a, wrzuconych do szklanej kuli. Okoliczności wyjątkowo mu nie sprzyjają, jest w nieporównywalnie gorszej sytuacji od wielu innych chłopców. Może myśli to samo o mnie, bo jego twarz pochmurnieje. Chciałabym przypomnieć mu szeptem, że w kuli są tysiące karteczek.

Nadeszła pora na losowanie. Effie Trinket jak zwykle oznajmia: „Damy mają pierwszeństwo!" i podchodzi do kuli z nazwiskami dziewcząt. Sięga do środka, głęboko zanurza rękę i wyławia karteczkę. Publiczność zgodnie wstrzymuje oddech, można by usłyszeć odgłos upuszczanej szpilki. Robi mi się niedobrze, z desperacką nadzieją powtarzam w myślach, że to nie ja, nie ja, nie ja.

Effie Trinket wraca na mównicę, wygładza papierek i głośno odczytuje nazwisko. To nie ja.

To Primrose Everdeen.

Któregoś dnia, kiedy zaszyłam się w kryjówce na drzewie i bez ruchu wyczekiwałam zwierzyny, przysnęłam i spadłam na ziemię z wysokości ponad trzech metrów. Wylądowałam na plecach. Poczułam się tak, jakby siła uderzenia wycisnęła mi z płuc tlen, aż do ostatniego tchu. Leżałam i usiłowałam nabrać powietrza, wypuścić je, cokolwiek.

Teraz czuję się identycznie. Usiłuję sobie przypomnieć, jak się oddycha, nie mogę mówić, jestem kompletnie oszołomiona, a usłyszane nazwisko kołacze mi się po czaszce. Ktoś chwyta mnie za rękę, to jakiś chłopak ze Złożyska. Chyba się zachwiałam, a on uchronił mnie przed upadkiem.

Z pewnością nastąpiła pomyłka. To nie może być prawda. Kartka Prim była jedna na wiele tysięcy! Prawdopodobieństwo jej wylosowania graniczyło z niemożliwością, więc nawet się nie martwiłam. Przecież o wszystko zadbałam. Wzięłam astragal, jej na to nie pozwoliłam, prawda? Jedna karteczka. Jeden jedyny wpis na wiele tysięcy. Prim powinna być całkowicie bezpieczna. To jednak nie miało znaczenia.

W oddali pobrzmiewa pomruk niezadowolonego tłumu. Nikt nie lubi, kiedy wybiera się dwunastolatków, ludzie uważają, że to niesprawiedliwe. Nagle dostrzegam Prim. Cała krew odpłynęła jej z twarzy, opuszczone dłonie zacisnęła w pięści. Idzie w moim kierunku sztywnymi, drobnymi kroczkami, mija mnie i wtedy zauważam, że bluzka wysunęła się jej zza paska i zwisa na spódnicy. Dzięki temu drobiazgowi, wysuniętemu skrawkowi bluzki, który teraz wygląda jak kaczy ogon, dochodzę do siebie.

— Prim! — Z mojego gardła wydobywa się stłumiony okrzyk, mięśnie odzyskują sprawność. — Prim! — Nie muszę się przeciskać przez tłum. Dzieciaki momentalnie się rozstępują, żeby zrobić mi przejście do estrady. Doganiam Prim w chwili, gdy ma wejść na schody. Jednym ruchem ręki zagarniam ją za siebie.

— Zgłaszam się na ochotnika! — dyszę. — Chcę być trybutem!

Na estradzie wyraźna konsternacja. Dwunasty Dystrykt od dziesiątków lat nie wystawił ochotnika, więc procedury poszły w zapomnienie. Zgodnie z obowiązującą zasadą po wylosowaniu kartki z nazwiskiem trybuta może się zgłosić ochotnik, pod warunkiem, że również brał udział w losowaniu. Miejsce chłopca ma prawo zająć tylko inny chłopiec, dziewczynę musi zastąpić dziewczyna. W niektórych dystryktach, gdzie zwycięstwo w dożynkach uważa się za olbrzymi zaszczyt, ludzie ochoczo stawiają na szali życie, więc reguły wolontariatu są skomplikowane. W Dwunastym Dystrykcie słowo „trybut" jest niemal tożsame ze słowem „trup", na próżno zatem by tu szukać wolontariuszy.

— Wyśmienicie! — oświadcza Effie Trinket. — Pozostaje tylko pewien drobiazg... Trzeba najpierw przedstawić zwycięzcę dożynek, a dopiero potem zapytać o ochotników. Jeśli ktoś się zgłosi, wówczas my... — Zawiesza głos, traci rezon.

— Jakie to ma znaczenie? — odzywa się burmistrz. Spogląda na mnie zbolałym wzrokiem. Właściwie mnie nie zna, chyba z trudem przypomina sobie moją twarz. Jestem dziewczyną od poziomek. Tą, z którą jego córka czasem zamienia słowo. Pięć lat temu stałam przytulona do mamy i siostry, gdy dekorował mnie, najstarsze dziecko w rodzinie, orderem zasługi. Orderem dla ojca rozerwanego na strzępy w kopalni. Czy burmistrz to pamięta? — Jakie to ma znaczenie? — powtarza zasępiony. — Niech podejdzie.

Prim histerycznie wrzeszczy za moimi plecami. Objęła mnie chudymi rękami i ściska jak imadłem.

— Nie, Katniss! Nie! Nie możesz odejść!

— Prim, puść mnie — mówię chrapliwym głosem, bo się denerwuję, a nie chcę płakać. Dziś wieczorem w telewizji pokażą powtórkę dożynek, wszyscy zauważą moje łzy i zostanę uznana za łatwy cel. Za słabeusza. Nikomu nie dam tej satysfakcji. — Puść!

Czuję, że ktoś odrywa Prim od moich pleców. Odwracam się i widzę Gale'a. Podniósł Prim, a ona szamocze się w jego ramionach.

— Idź, Kotna. — Gale z trudem panuje nad głosem. Niesie Prim do mojej mamy. Zbieram siły i wspinam się po schodach.

— Proszę, proszę, brawo! — woła Effie Trinket z ekscytacją. — Oto duch igrzysk! — Wreszcie jest zadowolona, bo opiekuje się dystryktem, w którym coś się dzieje. — Jak się nazywasz?

Z trudem przełykam ślinę.

— Katniss Everdeen — przedstawiam się.

— Idę o zakład, że wylosowałam twoją siostrę. Nie chcesz, aby całą chwałę zagarnęła dla siebie, co? Nagrodźmy wszyscy gromkimi brawami naszego nowego trybuta! — szczebiocze Effie Trinket.

Mieszkańcom Dwunastego Dystryktu należy się dozgonne uznanie, bo nikt nie klaszcze. Cicho siedzą nawet ci, którzy ściskają w dłoniach kupony zakładów i zwykle nie przejmują się losem trybutów. Może znają mnie z Ćwieka albo pamiętają mojego ojca. Mogli też poznać Prim, której nie sposób nie kochać. Zamiast przyjmować owacje, stoję nieruchomo, a publiczność okazuje największe nieposłuszeństwo, na jakie jest w stanie się zdobyć. Milczy. W ten sposób mówimy, że nie ma zgody. Nie ma aprobaty. Wszystko jest nie tak.

Nagle dzieje się coś niespodziewanego. Przynajmniej ja tego nie oczekuję, bo nie zauważyłam, żeby Dwunasty Dystrykt w ogóle się mną przejmował. Odkąd zajęłam miejsce Prim, daje się jednak wyczuć zmianę nastrojów, całkiem jakbym stała się kimś wartościowym. Najpierw jedna osoba, potem następna, a w końcu niemal wszyscy w tłumie dotykają ust wskazującym, środkowym i serdecznym palcem lewej dłoni i wyciągają ją ku mnie. To stary i rzadko widywany gest naszego dystryktu, sporadycznie używany podczas pogrzebów. Oznacza podziękowanie, a także podziw. Tak się żegna kogoś drogiego sercu.

Teraz naprawdę jestem niebezpiecznie bliska łez. Na szczęście Haymitch postanawia mi pogratulować i chwiejnym krokiem przemierza scenę.

— Popatrzcie państwo! Tylko patrzcie! — woła i mnie obejmuje. Jak na takiego wraka jest zdumiewająco silny. — Ona mi się podoba! — Z ust cuchnie mu alkoholem, od dawna się nie kąpał. — Ma mnóstwo... — Przez chwilę usiłuje dobrać słowa. — Hartu ducha! — wykrzykuje w końcu triumfalnie. — Więcej od was! — Wreszcie daje mi spokój i rusza przed siebie, na front estrady. — Więcej od was! — powtarza i celuje palcem prosto w obiektyw kamery.

Zwraca się do telewidzów, czy jest na tyle pijany, że prowokuje Kapitol? Nigdy się nie dowiem, bo otwierając usta do dalszej części tyrady, Haymitch zwala się ze sceny, a siła uderzenia pozbawia go przytomności.

Brzydzę się nim, lecz jestem mu wdzięczna. Wszystkie kamery ochoczo rejestrują jego poczynania, więc mam czas wydać z siebie cichy, zdławiony dźwięk i wziąć się w garść. Chowam ręce za plecami i wbijam wzrok w przestrzeń. Widzę wzgórza, na które tego ranka wdrapywałam się razem z Gale'em. Przez chwilę za czymś tęsknię... Myślę o opuszczeniu dystryktu... O wspólnej wędrówce przez lasy... Wiem jednak, że postąpiłam słusznie, gdy postanowiłam zostać. Kto inny zgłosiłby się na miejsce Prim?

Wynoszą Haymitcha, a Effie Trinket usiłuje ponownie przejąć pałeczkę.

— Dzień pełen emocji! — tokuje i jednocześnie stara się poprawić perukę, która groteskowo opadła jej na prawą stronę głowy. — Za chwilę znowu mocne wrażenia! Pora wybrać trybuta spośród chłopców! — Kładzie dłoń na głowie, żeby poprawić loki, podąża do kuli z nazwiskami chłopców i chwyta pierwszy lepszy skrawek papieru. Dziarsko wraca na mównicę, a ja nawet nie mam czasu ścisnąć kciuków za Gale'a, bo od razu słyszę nazwisko. — Peeta Mellark!

Peeta Mellark!

O nie. Tylko nie on. Wiem, o kim mowa, chociaż nigdy z nim nie rozmawiałam. Peeta Mellark.

Cóż, dzisiaj wszystko sprzysięgło się przeciwko mnie.

Przyglądam się, jak toruje sobie drogę do sceny. Jest średniego wzrostu, mocnej budowy ciała, ze spłowiałymi blond włosami, które falami opadają mu na czoło. Po jego twarzy widać, że jest wstrząśnięty. Usiłuje zachować obojętność, lecz w jego oczach dostrzegam strach, który tak często widuję u zwierzyny. Mimo to pewnym krokiem wspina się na estradę i zajmuje wyznaczone miejsce.

Effie Trinket pyta o ochotników, jednak nikt się nie kwapi. Peeta ma dwóch starszych braci, wiem o tym, widywałam ich w piekarni, ale jeden jest zapewne za stary, aby się zgłosić, a drugi tego nie zrobi. Normalna sprawa. W większości wypadków poświęcenie dla rodziny w dniu dożynek nie sięga aż tak daleko. Ja zachowałam się nietypowo.

Burmistrz przystępuje do odczytywania długiego, nudnego Traktatu o Zdradzie, jak co roku właśnie w tym momencie, taki jest wymóg. Nie dociera do mnie ani jedno słowo.

Dlaczego właśnie on?, myślę. Wmawiam sobie, że to bez znaczenia. Nie przyjaźnię się z Peetą Mellarkiem. Nawet nie mieszkamy po sąsiedzku. Nie rozmawiamy ze sobą. Tak naprawdę zetknęliśmy się przed laty, pewnie już zdążył zapomnieć. Ja jednak pamiętam i zawsze będę pamiętała...

To się wydarzyło w najgorszym momencie mojego życia. Trzy miesiące wcześniej ojciec zginął podczas katastrofy górniczej, w rekordowo zimnym styczniu. Otępienie po stracie taty ustąpiło, jednak ból atakował mnie znienacka. Zginałam się wtedy wpół, a moim ciałem targał szloch. Gdzie jesteś? Dokąd odszedłeś?, krzyczałam w duchu. Rzecz jasna, nigdy nie doczekałam się odpowiedzi.

Po jego śmierci władze dystryktu przekazały nam skromną sumę w formie zasiłku. Wystarczyło na utrzymanie się przez miesiąc żałoby. W tym czasie mama miała znaleźć pracę, ale tego nie zrobiła. Nie zrobiła zupełnie nic, tylko siedziała sztywno na krześle, a jeszcze częściej kuliła się pod kocami na łóżku, wpatrzona w jakiś punkt w oddali. Co pewien czas drgała niespokojnie, jakby pod wpływem nagłej potrzeby, lecz w następnej chwili ponownie zapadała w bezruch. Nie docierały do niej nawet uporczywe błagania Prim.

Byłam przerażona. Teraz podejrzewam, że mama zamknęła się w mrocznym świecie rozpaczy. Wówczas wiedziałam tylko tyle, że najpierw straciłam ojca, a potem matkę. Jako jedenastolatka stałam się głową rodziny. Prim miała wówczas zaledwie siedem lat, więc nie było wyboru. Kupowałam żywność na targu, przyrządzałam ją najlepiej, jak potrafiłam, i starałam się zadbać o to, żebyśmy w miarę porządnie wyglądały. Gdyby się wydało, że mama nie może się już nami zajmować, władze dystryktu oddzieliłyby nas od niej i umieściły w domu komunalnym. Dorastając, widywałam w szkole dzieci z tego przybytku. Pamiętam ich smutek, ślady uderzeń, bezsilność, która sprawiała, że chodziły ze zwieszonymi ramionami. Nie mogłam pozwolić, aby coś takiego spotkało Prim. Kochaną, drobniutką Prim, która płakała wraz ze mną, zanim jeszcze poznała powód, przed wyjściem do szkoły czesała i splatała włosy mamy, a każdego wieczoru starannie czyściła lusterko ojca do golenia, bo nie podobała jej się warstwa wszechobecnego w Złożysku węglowego pyłu. W domu komunalnym zostałaby rozgnieciona jak owad, więc wolałam utrzymywać naszą sytuację w tajemnicy.

Pieniądze się jednak skończyły i powoli umierałyśmy z głodu. Nie dało się tego inaczej nazwać. Powtarzałam sobie, że musimy wytrwać do maja, do ósmego maja. Wtedy skończę dwanaście lat i zgłoszę się po astragal, za który otrzymam cenną żywność: zboże i olej. Jednak do tego czasu pozostało jeszcze kilka tygodni — równie dobrze mogłyśmy wszystkie umrzeć.

Głodowanie jest powszechne w Dwunastym Dystrykcie. Każdy widuje ofiary głodu. To starsi ludzie niezdolni do pracy. Dzieci ze zbyt licznych rodzin. Ofiary wypadków w kopalniach. Snują się po ulicach, aż pewnego dnia widzi się ich, jak siedzą bez ruchu pod murem albo leżą na Łące, słyszy się zawodzenie w domu, a w końcu ktoś wzywa Strażników Pokoju, żeby zabrali zwłoki. Głód nigdy nie jest oficjalną przyczyną śmierci. To zawsze grypa, wpływ warunków atmosferycznych albo zapalenie płuc. Nikt się na to nie nabiera.

Tamtego popołudnia, gdy się zetknęłam z Peetą Mellarkiem, padał intensywny, lodowaty deszcz. Wcześniej byłam w mieście i usiłowałam przehandlować na publicznym targowisku kilka zniszczonych dziecięcych ubranek po Prim, lecz zabrakło nabywców. Choć parę razy byłam już na Ćwieku z ojcem, brakowało mi odwagi, aby samodzielnie wybrać się w to nieprzyjazne, ponure miejsce. Krople wody przesiąkły przez kurtkę myśliwską ojca, zmarzłam na kość. Od trzech dni nie miałyśmy w ustach nic poza gotowaną wodą z garstką suchej mięty, którą znalazłam w głębi kredensu. Gdy zamykano targowisko, wstrząsały mną tak gwałtowne dreszcze, że upuściłam ubranka prosto w błoto. Nie podniosłam ich z obawy, że się przewrócę i nie wstanę. Zresztą i tak nikt ich nie chciał.

Nie mogłam wrócić do domu. Czekała tam matka z martwymi oczami i młodsza siostra o zapadłych policzkach i spierzchniętych wargach. Nie mogłam wejść do pokoju pełnego dymu z płonących, zawilgoconych gałęzi zebranych przeze mnie na skraju lasu. Skończył się węgiel, musiałabym wrócić z pustymi rękami, bez żadnej nadziei.

Chwiejnym krokiem wlokłam się błotnistym zaułkiem za sklepami, w których zaopatrywali się najbogatsi mieszkańcy miasta. Kupcy mieszkają nad sklepami, więc szłam przez ich podwórka. Pamiętam zarysy grządek, jeszcze nie obsianych na wiosnę, jedną lub dwie kozy w zagrodzie, przemoczonego, uwiązanego do palika psa, który, zrezygnowany, kulił się w błocie.

W Dwunastym Dystrykcie wszelkie formy kradzieży są zabronione i karane śmiercią. Przeszło mi jednak przez myśl, że być może znajdę coś w kubłach na śmieci, a nikt nie zabraniał w nich grzebać. Liczyłam na kość od rzeźniczki albo na podgniłe warzywa ze spożywczego, na coś, czego nie tknąłby nikt poza moją rodziną. Miałam pecha, śmietniki niedawno opróżniono.

Gdy mijałam piekarnię, poczułam tak intensywny zapach świeżego chleba, że zakręciło mi się w głowie. Piece znajdowały się na tyłach budynku, przez uchylone kuchenne drzwi sączyła się złocista poświata. Stałam, zauroczona ciepłem i smakowitym aromatem, aż wreszcie natrętny deszcz przywrócił mi świadomość, głaszcząc mnie po plecach lodowatymi palcami. Uniosłam wieko kubła przy piekarni, lecz był idealnie, bezlitośnie pusty.

Nagle usłyszałam, że ktoś na mnie wrzeszczy. Podniosłam wzrok i ujrzałam piekarzową, która kazała mi się wynosić. Czy chcę, żeby wezwała Strażników Pokoju? Ma dosyć smarkaczy ze Złożyska, którzy przetrząsają jej śmieci! Te słowa smagały jak biczem, a ja nie mogłam się bronić. Ostrożnie przykryłam kubeł pokrywą, cofnęłam się i wtedy go ujrzałam. Zza pleców matki wyglądał chłopiec z jasnymi włosami. Wcześniej widziałam go w szkole. Był z mojego rocznika, ale nie znałam jego nazwiska. Niby skąd, skoro trzymał z dzieciakami z miasta? Jego matka, gderając, wróciła do piekarni, a on z pewnością mnie obserwował, kiedy skręciłam za zagrodę, w której trzymali świnię, podeszłam do starej jabłoni i oparłam się o pień. Dopiero wtedy dotarło do mnie, że nieuchronnie wrócę do domu z pustymi rękami. Kolana się pode mną ugięły i osunęłam się na ziemię, na korzenie drzewa. Nie mogłam już dłużej wytrzymać. Byłam chora, osłabiona i wyczerpana do granic możliwości.

Niech ktoś wezwie Strażników Pokoju, pomyślałam. Niech zabiorą nas do domu komunalnego. Albo nie, wolę umrzeć tu i teraz, w deszczu.

W piekarni coś brzęknęło i znowu usłyszałam wrzaski kobiety. W następnej chwili rozległo się głuche uderzenie. Na wpół przytomna, zastanawiałam się, co się dzieje. Dobiegł mnie chlupot, ktoś brnął przez błoto.

To ona, przemknęło mi przez myśl. Idzie pogonić mnie kijem.

Ale to nie była ona, tylko ten chłopak. W objęciach trzymał dwa wielkie bochny chleba, które zapewne wpadły do ognia, bo miały zwęgloną skórkę.

— Rzuć to świni, ty durna istoto! — krzyczała matka chłopaka. — Zmarnowany chleb, nikt przy zdrowych zmysłach go już nie kupi!

Oderwał kawałek spalenizny, potem drugi, i cisnął je do koryta. Od drzwi sklepu dobiegł sygnał dzwonka, więc piekarzowa znikła w budynku, aby obsłużyć klienta.

Chłopak nawet nie spojrzał w moją stronę, ale ja patrzyłam uważnie. Na pieczywo i na czerwoną pręgę na jego policzku. Czym ona go uderzyła? Moi rodzice nigdy nas nie bili. Nawet nie potrafiłam sobie wyobrazić, jak to jest. Chłopiec obejrzał się na piekarnię, jakby chciał sprawdzić, czy nikt nie patrzy, a potem znowu skupił uwagę na świni i w tym momencie rzucił w moją stronę najpierw jeden, a zaraz za nim drugi bochen.

Na koniec powlókł się z powrotem do piekarni i starannie zamknął za sobą kuchenne drzwi.

Z niedowierzaniem wpatrywałam się w bochny. Wyglądały wspaniale, wręcz idealnie, z wyjątkiem zwęglonych miejsc. Czyżby chciał, żebym je wzięła? Z pewnością, przecież leżały u moich stóp. Zanim ktokolwiek zauważył, co się zdarzyło, upchnęłam pieczywo pod koszulą, otuliłam się kurtką myśliwską i pośpiesznie odeszłam. Gorący chleb parzył mi skórę, mimo to przycisnęłam go mocniej, jakbym kurczowo trzymała się życia.

Gdy dotarłam do domu, chleb nieco ostygł, ale w samym środku wciąż był ciepły. Rzuciłam oba bochny na stół, a Prim momentalnie wyciągnęła ręce, aby oderwać kawałek. Kazałam jej usiąść, zmusiłam mamę, żeby zajęła miejsce przy stole i nalałam wszystkim ciepłej herbaty. Następnie zeskrobałam spaleniznę i pokroiłam chleb. Zjadłyśmy cały bochen, kromka po kromce. To był dobry, treściwy chleb, z rodzynkami i orzechami.

Rozwiesiłam ubranie przy ogniu, wgramoliłam się do łóżka i zasnęłam. Nic mi się nie śniło. Dopiero następnego ranka dotarło do mnie, że chłopak mógł celowo przypalić chleb. Mógł wrzucić oba bochenki w płomienie, ze świadomością nieuchronnej kary, a potem mi je dać. Odrzuciłam jednak tę myśl. To musiał być przypadek. Dlaczego niby miałby to zrobić? Przecież nawet mnie nie znał. Tak czy owak, rzucając mi chleb, zachował się niezwykle życzliwie. Gdyby to wyszło na jaw, dostałby tęgie lanie. Nie potrafiłam wyjaśnić motywów jego postępowania.

Po śniadaniu złożonym z kromek chleba wyszłyśmy do szkoły. Powitało nas ciepłe, wonne powietrze oraz pierzaste chmury, jakby nocą przyszła wiosna. W szkole minęłam na korytarzu syna piekarza. Policzek mu spuchł, miał podbite oko. Stał z kolegami i w żaden sposób nie dawał do zrozumienia, że mnie poznaje. Kiedy jednak po południu odebrałam Prim i ruszyłyśmy do domu, wpatrywał się we mnie przed szkołą z drugiego krańca boiska. Nasze spojrzenia się skrzyżowały na jedną krótką chwilę, ale on od razu odwrócił głowę. Z zakłopotaniem opuściłam wzrok i wtedy ujrzałam pierwszy mniszek w tym roku. W głowie zaświtała mi pewna myśl. Przypomniałam sobie długie godziny spędzone z ojcem w lesie i zrozumiałam, jak damy sobie radę.

Do dziś wyczuwam związek między Peetą Mellarkiem, chlebem, który dał mi nadzieję, a kwitnącym mniszkiem, źródłem wiary w to, że nie jestem skazana na śmierć. Nieraz odwracałam się na szkolnym korytarzu i napotykałam spojrzenie Peety, który w tej samej chwili odwracał wzrok. Czuję się dłużniczką Peety Mellarka, a nie cierpię, kiedy ciążą na mnie zobowiązania. Gdybym kiedyś miała okazję mu podziękować, pewnie nie byłabym teraz tak rozdarta. Parę razy myślałam o tym, ale jakoś nigdy nie było odpowiedniego momentu. Teraz jest za późno. Oboje trafimy na arenę i stoczymy walkę na śmierć i życie. Jak miałabym mu dziękować w takich okolicznościach? Raczej nie uwierzyłby w moją szczerość, skoro jednocześnie próbowałabym poderżnąć mu gardło.

Burmistrz kończy koszmarne przemówienie poświęcone Traktatowi o Zdradzie i daje znak, abyśmy uścisnęli sobie dłonie. Ręce Peety są mocne, ciepłe jak bochny chleba, które mi ofiarował. Spogląda mi w oczy i ściska moją dłoń. To chyba ma być krzepiący gest, ale może jego palce przeszył nerwowy skurcz.

Odwracamy się twarzami do publiczności, rozlegają się dźwięki hymnu Panem.

Mniejsza z tym, myślę. Do walki staną dwadzieścia cztery osoby. Zapewne ktoś mnie uprzedzi, zanim zdążę go zabić.

Trzeba jednak przyznać, że ostatnio trudno liczyć na rachunek prawdopodobieństwa.

3

Ledwie przebrzmiewają końcowe dźwięki hymnu, tracimy wolność. Nikt nas nie skuwa kajdankami, ale w otoczeniu grupy Strażników Pokoju wmaszerowujemy przez główne wejście do Pałacu Sprawiedliwości. W przeszłości wielu trybutów usiłowało stąd umknąć, choć nigdy nie widziałam tego na własne oczy.

Trafiam do jakiegoś pokoju w budynku i zostaję sama. Jeszcze nigdy nie byłam w tak luksusowym pomieszczeniu. Podłoga jest przykryta grubymi, gęstymi dywanami, na nich stoi kanapa obita aksamitem i fotele. Wiem, jak wygląda aksamit, bo mama ma sukienkę z aksamitnym kołnierzykiem. Siadam na kanapie i nie mogę się powstrzymać, raz za razem głaszczę materiał. W ten sposób uspokajam się przed tym, co mnie czeka przez następną godzinę. Zbliża się czas przeznaczony na pożegnanie trybutów z ich najbliższymi. Nie mogę sobie pozwolić na zdenerwowanie, nie chcę wyjść z tego pokoju z zapuchniętymi oczami i czerwonym nosem. Płacz nie wchodzi w grę. Na dworcu kolejowym czekają następne kamery.

Moja siostra i matka przychodzą pierwsze. Wyciągam dłonie do Prim, a ona wspina się na moje kolana, obejmuje mnie za szyję, kładzie mi głowę na ramieniu, jak wtedy, gdy uczyła się chodzić. Mama siada obok mnie i obejmuje nas obie. Mija kilka minut, a my nie mówimy ani słowa. W końcu zaczynam wyliczać, o czym powinny pamiętać i co robić, bo przecież nie będę mogła im pomóc.

Prim nie wolno występować o astragale. Jeśli zacisną pasa, wyżyją ze sprzedaży koziego mleka i sera, a także z zysków z małej apteki. Mama prowadzi ją na potrzeby mieszkańców Złożyska. Gale dostarczy jej ziół, których sama nie uprawia, ale musi mu je bardzo dokładnie opisywać, bo Gale nie zna się na nich tak dobrze jak ja. Poza tym będzie im przynosił zwierzynę. Tak się umówiliśmy rok temu. Raczej nie zażąda zapłaty, ale i tak powinny ofiarować mu w podzięce jakiś towar, choćby mleko albo lekarstwo.

Nawet nie próbuję sugerować Prim, żeby nauczyła się łowiectwa. Parę razy próbowałam zrobić z niej myśliwego i za każdym razem skutki okazywały się fatalne. Lasy ją przerażały, a kiedy coś upolowałam, Prim zaczynała się mazać i mówiła, że powinnyśmy jak najszybciej zabrać zwierzę do domu i wyleczyć. Dobrze jednak radzi sobie z kozą, więc na tym się skupiam.

Kiedy kończę udzielać jej rad na temat opału, handlu i szkoły, odwracam się do mamy i mocno chwytam ją za rękę.

— Posłuchaj mnie. Słuchasz mnie? — Kiwa głową, zaniepokojona moją stanowczością. Z pewnością spodziewa się, co chcę jej teraz powiedzieć. — Nie możesz nas ponownie opuścić.

Wbija wzrok w podłogę.

— Wiem. Nie opuszczę was. Nic na to nie mogłam poradzić...

— Tym razem musisz. Nie wolno ci zamknąć się w sobie i zostawić Prim bez opieki. Odtąd nie możecie liczyć na mnie, same będziecie się utrzymywać. Nieważne, co będzie. Co zobaczycie na ekranie. Musisz mi przysiąc, że dasz sobie radę! — Zaczynam krzyczeć. W swoim głosie słyszę całą złość i strach, które czułam, gdy nas opuściła.

Wyszarpuje rękę z uścisku. Udziela się jej moja wściekłość.

— Zachorowałam. Leczyłabym się sama, gdybym miała lekarstwo, które teraz mam.

Naprawdę mogła być chora. Kiedy doszła do siebie, widziałam na własne oczy, jak przywraca do życia ludzi cierpiących na obezwładniający smutek. Może to choroba, ale nie możemy sobie na nią pozwolić.

— Więc bierz lekarstwo. I dbaj o Prim! — żądam.

— Poradzę sobie, Katniss — odzywa się Prim i obejmuje moją twarz dłońmi. — Ty też musisz dbać o siebie. Jesteś szybka i dzielna, możesz wygrać.

Nie, nie mogę. W głębi serca Prim z pewnością o tym wie. Rywale przerastają mnie pod każdym względem. Pochodzą z bogatszych dystryktów, w których zwycięstwo w igrzyskach przynosi chwałę. Od urodzenia przygotowywano ich do walki. Stanę przeciwko chłopakom dwa, trzy razy potężniejszym ode mnie. Dziewczynom, które potrafią zabijać nożem na dwadzieścia sposobów. Jasne, będą tam też tacy jak ja. Ludzie, którzy odpadną, nim cała zabawa rozkręci się na dobre.

— Kto wie — mówię, bo nie mogę dać za wygraną i zarazem oczekiwać od mamy wytrwałości. Poza tym poddawanie się bez walki nie leży w mojej naturze, nawet gdy wszystko sprzysięga się przeciwko mnie. — Jeśli się uda, będziemy bogate jak Haymitch.

— Nie obchodzą mnie bogactwa. Chcę, żebyś wróciła do domu. Postarasz się, prawda? Ale tak naprawdę, najbardziej na świecie? — dopytuje się Prim.

— Naprawdę, najbardziej na świecie. Przysięgam — odpowiadam. Dam z siebie wszystko, dla Prim.

Na progu staje Strażnik Pokoju i pokazuje nam, że czas minął. Tulimy się do siebie mocno, aż do bólu.

— Kocham was — powtarzam wiele razy. — Kocham was obie.

Słyszę od nich to samo. Strażnik rozkazuje im wyjść i drzwi się zamykają. Wciskam twarz w aksamitną poduszkę, jakbym w ten sposób mogła oddalić od siebie rzeczywistość.

Ktoś wchodzi do pokoju. Podnoszę wzrok i ze zdziwieniem rozpoznaję piekarza, ojca Peety Mellarka. Nie do wiary, że przyszedł mnie odwiedzić. Przecież niedługo spróbuję zabić mu syna. Znamy się jednak trochę, a Prim to jego całkiem dobra znajoma. Gdy sprzedaje kozie serki na Ćwieku, odkłada dwa dla niego i dostaje w zamian przyzwoitą porcję chleba. Zawsze czekamy z wymianą, aż nie będzie tej wiedźmy, jego żony, bo on jest o wiele milszy. W przeciwieństwie do niej, z pewnością nie uderzyłby syna za spalony chleb. Ale po co do mnie przyszedł?

Piekarz niezgrabnie przysiada na brzegu eleganckiego fotela. To potężnie zbudowany mężczyzna o szerokich barach, z licznymi bliznami po oparzeniach od wieloletniej pracy przy piecach. Z pewnością właśnie pożegnał się z synem.

Z kieszeni kurtki wyciąga paczuszkę w białym papierze i podaje mi ją. Odwijam papier i widzę ciasteczka. To luksus, na który nas nie stać.

— Dziękuję — mówię. Nawet gdy humor mu dopisuje, piekarz nie bywa szczególnie rozmowny, a dzisiaj całkiem brak mu słów. — Na śniadanie jadłyśmy pański chleb. Mój przyjaciel Gale dał panu wiewiórkę w zamian za pieczywo. — Kiwa głową, jakby sobie przypominał. — Raczej kiepski interes dla pana — dodaję. Wzrusza ramionami, jakby to nie miało żadnego znaczenia.

Nic więcej nie przychodzi mi do głowy, więc siedzimy w milczeniu, aż wreszcie Strażnik Pokoju ogłasza koniec wizyty. Piekarz wstaje i odchrząkuje.

— Będę miał oko na małą — mówi. — Dopilnuję, żeby jadła.

Po tych słowach czuję, że ucisk w mojej piersi trochę zelżał. Ludzie kontaktują się ze mną, ale naprawdę lubią Prim. Może wystarczy ludzkiej sympatii, aby utrzymać ją przy życiu.

Nie oczekiwałam także następnego gościa. Madge podchodzi prosto do mnie. Nie jest zapłakana ani zakłopotana, za to w jej głosie słyszę zaskakujący upór.

— Na arenie będziesz mogła mieć na sobie jedną rzecz ze swojego dystryktu. Coś, co będzie przypominało ci o domu. Weźmiesz to? — Podaje mi okrągłą, złotą broszkę, którą wcześniej widziałam na jej sukience. Nie przyjrzałam się jej uważnie, teraz jednak widzę, że to mały ptak w locie.

— Dajesz mi swoją broszkę? — dziwię się. Noszenie pamiątki z mojego dystryktu jest ostatnią rzeczą, jaka zaprząta mi głowę.

— Przypnę ci ją do sukienki, zgoda? — Madge nie czeka na odpowiedź, od razu się pochyla i dekoruje mnie złotym ptakiem. — Katniss, obiecaj, że wyjdziesz w niej na arenę — prosi. — Obiecujesz?

— Tak — zgadzam się. Ciastka, broszka. Dzisiaj jestem zasypywana prezentami. Madge ofiarowuje mi jeszcze jeden: pocałunek w policzek. Następnie odchodzi, a ja zostaję z myślą, że może zawsze była moją przyjaciółką.

Na koniec zjawia się Gale. Może i nie łączą nas żadne romantyczne uczucia, ale kiedy rozkłada ramiona, bez wahania przytulam się do niego. Ma znajome ciało. Wiem, jak się porusza, jak pachnie dymem, rozpoznaję nawet bicie jego serca — zapamiętałam ten dźwięk z cichych chwil na polowaniach. Tym razem jednak po raz pierwszy czuję go naprawdę, jego szczupłe ciało i twarde mięśnie, do których przywieram.

— Słuchaj mnie — żąda. — Pewnie bez trudu zdobędziesz nóż, ale koniecznie musisz skombinować łuk. Dzięki niemu wzrosną twoje szanse.

— Nie zawsze rozdają łuki — zauważam i przypominam sobie, jak któregoś roku trybuci dostali tylko okropne maczugi nabijane kolcami, którymi musieli zatłuc się nawzajem na śmierć.

— No to zrób go sama — radzi mi Gale. — Nawet kiepski łuk jest lepszy niż żaden.

Wcześniej próbowałam kopiować łuki ojca, ale za każdym razem z mizernym skutkiem. To prawdziwa sztuka. Nawet on musiał czasem wyrzucać na śmietnik to, co skonstruował.

— Przecież nie wiem, czy znajdę drewno. — Kiedyś zafundowano uczestnikom arenę złożoną wyłącznie ze skał, piasku i wyschniętych krzaków. Tamten rok zapadł mi w pamięć jako szczególnie zły. Wielu trybutów zostało pokąsanych przez jadowite węże lub postradało zmysły z pragnienia.

— Prawie zawsze jest jakieś drewno — zapewnia mnie Gale. — Pamiętasz, jak połowa dzieciaków umarła z wyziębienia? Od tamtej pory dostarczają drewno, żeby widzowie lepiej się bawili.

Fakt. Jedne z Głodowych Igrzysk spędziliśmy, obserwując, jak zawodnicy zamarzają nocą na śmierć. Ledwie ich było widać, bo pozwijali się w kłębki. Brakowało im drewna na ogniska czy pochodnie. W Kapitolu uznano, że takie ciche, bezkrwawe umieranie jest wyjątkowo przygnębiające. Potem zazwyczaj nie brakowało drzewa na opał.

— To prawda, zwykle jest go trochę — zauważam.

— Katniss, to tylko polowanie. Nie znam lepszego myśliwego od ciebie — mówi Gale.

— Igrzyska to coś więcej niż łowy. Oni są uzbrojeni. Myślą — mówię.

— Tak jak i ty. Ale ty masz większą wprawę. Naprawdę polowałaś — upiera się. — Dobrze wiesz, jak zabijać.

— Nigdy nie zabiłam człowieka.

— A właściwie co to za różnica? — pyta Gale ponuro.

Najgorsze jest to, że jeśli zdołam zapomnieć, że poluję na ludzi, nie będzie żadnej.

Strażnicy Pokoju zjawiają się przedwcześnie, więc Gale prosi o więcej czasu, ale go wyprowadzają, a ja wpadam w panikę.

— Nie dopuść, żeby głodowały! — krzyczę i czepiam się jego dłoni.

— Nie będą! Wierz mi! Katniss, pamiętaj, że ja... — Nie kończy, bo strażnicy rozdzielają nas szarpnięciem i zatrzaskują drzwi. Czuję, że już nigdy się nie dowiem, o czym miałam pamiętać.

Z Pałacu Sprawiedliwości w krótkim czasie docieramy na dworzec. Nigdy nie jechałam samochodem. Rzadko kiedy podróżowałam wozami. Mieszkańcy Złożyska przemieszczają się na piechotę.

Dobrze, że nie płakałam. Na peronie roi się od dziennikarzy z przypominającymi owady kamerami, wycelowanymi prosto we mnie. Potrafię zmienić twarz w kamienną maskę, mam w tym ogromną wprawę, i teraz z tego korzystam. Kątem oka dostrzegam siebie na ekranie na murze. Telewizja na żywo transmituje moje przybycie. Z ulgą zauważam, że wyglądam na niemal znudzoną.

Od razu widać, że Peeta Mellark płakał. O dziwo, nawet nie próbuje tego ukryć. Natychmiast zaczynam się zastanawiać, czy taką taktykę zastosuje podczas igrzysk. Czy celowo zamierza sprawiać wrażenie wystraszonego słabeusza, aby przekonać rywali, że marny z niego przeciwnik, a następnie rzucić się w wir walki? Kilka lat temu tak się zachowywała Johanna Mason z Siódmego Dystryktu, z dobrym skutkiem. Udawała zapłakaną, tchórzliwą idiotkę, więc nikt nie zwracał na nią uwagi do czasu, gdy została zaledwie garstka zawodników. Wówczas okazało się, że ta sama dziewczyna potrafi podstępnie mordować z zimną krwią. Świetnie to rozegrała. Taka strategia niespecjalnie pasuje do Peety Mellarka, w końcu jest synem piekarza. Nigdy nie brakowało mu jedzenia, do tego latami dźwigał ciężkie blachy z chlebem, więc stał się silny i barczysty. Będzie się musiał sporo napłakać, aby przekonać kogokolwiek, że jest niegroźny.

Przez kilka minut musimy stać w wejściu do wagonu, aby kamery nasyciły się nami. W końcu wpuszczają nas do środka. Drzwi litościwie się zamykają, a pociąg momentalnie rusza z miejsca.

Prędkość z początku zapiera mi dech w piersiach. Rzecz jasna, nigdy nie jechałam pociągiem, gdyż podróżowanie między dystryktami jest zabronione, z wyjątkiem oficjalnie zatwierdzonych przejazdów towarowych. W naszym wypadku chodzi głównie o transport węgla. Tym razem nie jedziemy zwykłym pociągiem. Załadowano nas do jednego z kapitolińskich bolidów, podróżujących ze średnią prędkością czterystu kilometrów na godzinę. Do Kapitolu dotrzemy na następny dzień.

W szkole uczą nas, że Kapitol zbudowano w miejscu zwanym niegdyś Górami Skalistymi. Dwunasty Dystrykt obejmuje rejon dawnych Appalachów. Od setek lat wydobywa się tutaj węgiel, zatem nic dziwnego, że nasi górnicy muszą kopać tak głęboko.

Właściwie wszystko sprowadza się do nauki o węglu. Poza podstawową nauką czytania i liczenia, większość naszych zajęć wiąże się z górnictwem. Wyjątkiem są cotygodniowe wykłady z historii Panem, które najczęściej okazują się pustosłowiem na temat tego, co zawdzięczamy Kapitolowi. Wiem, że nie mówią nam wszystkiego, nie informują nas, co się naprawdę wydarzyło podczas powstania. Rzadko jednak zaprzątam sobie tym głowę. Co za różnica, jaka jest prawda, przecież dzięki niej nie zdobędę jedzenia.

Pociąg wiozący trybutów jest jeszcze wykwintniej urządzony niż pokój w Pałacu Sprawiedliwości. Otrzymaliśmy własne pomieszczenia z sypialnią, garderobą i prywatną łazienką z dostępem do gorącej i zimnej bieżącej wody. W domu nie mamy ciepłej wody, chyba że sobie podgrzejemy.

W szufladach leżą piękne ubrania, a Effie Trinket informuje mnie, że mogę robić to, na co mam ochotę, włożyć to, na co mam ochotę, wszystko jest do mojej dyspozycji. Tyle że za godzinę mam być gotowa do kolacji. Ściągam niebieską sukienkę od mamy i biorę gorący prysznic. Jeszcze nigdy nie brałam prysznica. Czuję się tak, jakbym wyszła na letni deszcz, tylko wyraźnie cieplejszy. Wkładam ciemnozieloną koszulę i spodnie.

W ostatniej chwili przypominam sobie o małej, złotej broszce od Madge i po raz pierwszy z uwagą się jej przypatruję.

Wygląda tak, jakby ktoś zrobił małego, złotego ptaka, a następnie wpasował go do obręczy. Ptak styka się z nią wyłącznie końcami skrzydeł. Nagle go rozpoznaję. To kosogłos.

Kosogłosy to zabawne stworzenia, które swego czasu nieźle napsuły krwi Kapitolowi. Podczas rebelii władze wyhodowały serię genetycznie zmodyfikowanych zwierząt, przeznaczonych do wykorzystywania jako broń. Utarło się mówić o nich zmieszańce, a czasem w skrócie zmiechy. Należały do nich ptasie mutanty, zwane głoskułkami, obdarzone umiejętnością zapamiętywania i powtarzania ludzkich rozmów. Ptaki te, wyłącznie samce, miały zwyczaj powracać do domu i z tego względu wypuszczano je w rejonach, w których ukrywali się wrogowie Kapitolu. Gdy zapamiętały już dostatecznie dużo słów, wracały do kapitolińskich ośrodków i tam rejestrowano pozyskane od nich informacje. Trochę to trwało, zanim ludzie uświadomili sobie, co się dzieje w dystryktach i jak prywatne rozmowy są transmitowane do nieprzyjacielskich ośrodków. Jak się łatwo domyślić, rebelianci zaczęli faszerować Kapitol stekiem kłamstw i na tym polegał dowcip. W rezultacie ośrodki zlikwidowano, a ptaki pozostawiono na wolności, żeby stopniowo wyginęły.

Tyle że wcale nie wyginęły. Głoskułki urządziły sobie gody z samicami kosów i w ten sposób powstał nowy gatunek, który powtarzał zarówno ptasie gwizdy, jak i ludzkie melodie. Co prawda stracił zdolność powtarzania słów, ale udawało mu się naśladować rozmaite dźwięki wydawane przez ludzi, począwszy od piskliwych dziecięcych treli, a skończywszy na niskich, męskich tonach. Na dodatek zapamiętywał piosenki, i to nie tylko krótkie fragmenty, lecz całe utwory, z wieloma wersami, jeśli tylko spodobał mu się czyjś głos i jeśli cierpliwie śpiewało się w jego obecności.

Mój ojciec darzył kosogłosy wyjątkową sympatią. Gdy szliśmy na polowanie, gwizdał albo śpiewał skomplikowane piosenki, a ptaki, po chwili uprzejmego milczenia, zawsze odśpiewywały. Nie każdy jest traktowany z takim szacunkiem. Kiedy jednak śpiewał mój ojciec, wszystkie okoliczne ptaki milkły i słuchały. Miał piękny głos, wysoki i czysty, a w dodatku tak pełen życia, że momentalnie zbierało mi się na śmiech i płacz jednocześnie. Po jego śmierci nigdy nie spróbowałam śpiewać z ptakami. Mimo to widok kosogłosa działa na mnie krzepiąco. Czuję się tak, jakbym miała przy sobie cząstkę ojca, która mnie chroni. Wbijam szpilkę w ciemnozieloną koszulę i prawie sobie wyobrażam kosogłosa frunącego między drzewami.

Przychodzi Effie Trinket, żeby zabrać mnie na kolację. Podążam za nią wąskim, rozkołysanym korytarzem do jadalni o ścianach wyłożonych lśniącą boazerią. Widzę stół zastawiony łatwo tłukącymi się naczyniami. Peeta Mellark już na nas czeka, obok niego stoi puste krzesło.

— Gdzie się podziewa Haymitch? — pyta Effie Trinket pogodnie.

— Kiedy go ostatnio widziałem, wspomniał, że idzie uciąć sobie drzemkę — wyjaśnia Peeta.

— Miał ciężki dzień — przyznaje Effie. Od razu widać, że z ulgą przyjmuje nieobecność Haymitcha, i trudno się dziwić jej reakcji.

Kolacja jest podawana na raty. Raczymy się po kolei gęstą zupą marchewkową, zieloną sałatką, kotletami jagnięcymi z piure ziemniaczanym, serem i owocami, ciastem czekoladowym. Przez cały posiłek Effie Trinket upomina nas, żebyśmy się nie przejadali, bo to jeszcze nie koniec. Mimo to opycham się po uszy, jeszcze nigdy nie miałam okazji bez ograniczeń delektować się takimi pysznościami. Chyba najlepsze, co mogę zrobić do rozpoczęcia igrzysk, to przybrać na wadze.

— Przynajmniej umiecie się zachować przy stole — komentuje Effie, gdy kończymy danie główne. — W ubiegłym roku trafiła mi się para, która jadła wszystko rękami, jak dzikusy. Ich widok przyprawił mnie o niestrawność.

Zeszłoroczne dzieciaki pochodziły ze Złożyska i nigdy, ani razu w swoim krótkim życiu nie zdołały się najeść do syta. Kiedy zobaczyły takie potrawy, z pewnością nie myślały o dobrych manierach przy stole. Peeta jest synem piekarza. Mama nauczyła mnie i Prim jeść jak należy, więc owszem, potrafię posługiwać się nożem i widelcem. Uwaga Effie Trinket irytuje mnie jednak do tego stopnia, że celowo kończę posiłek palcami, a następnie wycieram dłonie o obrus. Effie mocno zaciska usta.

Po kolacji usiłuję za wszelką cenę utrzymać żywność w brzuchu. Widzę, że Peeta również zrobił się zielonkawy. Nasze żołądki nie przywykły do takiej obfitości pokarmów. Skoro jednak potrafię zapanować nad mdłościami po zjedzeniu zimowego specjału Śliskiej Sae — gulaszu z mysiego mięsa, wieprzowych podrobów i drzewnej kory — to zdecydowanie poradzę sobie także i teraz.

Przechodzimy do innego przedziału, żeby obejrzeć podsumowanie przebiegu dożynek z całego Panem. Telewizja stara się transmitować różne uroczystości przez cały dzień, lecz tylko mieszkańcy Kapitolu mają możliwość śledzić je na bieżąco, gdyż nie muszą osobiście uczestniczyć w dożynkach.

Oglądamy inne losowania, jedno po drugim. Prowadzący wywołują nazwiska, ochotnicy czasem się zgłaszają, częściej nie. Obserwujemy twarze dzieciaków, z którymi staniemy do rywalizacji. Kilka osób zapada mi w pamięć. Gigantyczny chłopak, który dobrowolnie rzuca się pędem na estradę w Drugim Dystrykcie. Dziewczyna z Piątego Dystryktu, o lisiej twarzy i przylizanych, rudych włosach. Chłopak o niesprawnej stopie z Dziesiątego Dystryktu. Najlepiej zapamiętuję dwunastolatkę z Jedenastego Dystryktu. Ma ciemnobrązową skórę i oczy, ale poza tym bardzo przypomina Prim — jest równie drobna i podobnie się zachowuje. Kiedy wchodzi na scenę i pada pytanie o ochotników, słychać tylko wiatr gwiżdżący w zapuszczonych budynkach dookoła. Nikt nie chce zająć jej miejsca.

Na sam koniec pokazują Dwunasty Dystrykt. Wywołano Prim, a ja biegnę zgłosić się na ochotnika. Słychać rozpacz w moim głosie, gdy zasłaniam Prim, zupełnie jakbym się bała, że nikt nie usłyszy i zamiast mnie zabiorą siostrę. Co oczywiste, słyszą. Widzę, jak Gale odciąga ją ode mnie, patrzę, jak wchodzę na scenę. Komentatorzy nie wiedzą, co powiedzieć, kiedy tłum milczy, zamiast bić brawo. Cicha oznaka szacunku. Jeden z nich zauważa, że Dwunasty Dystrykt zawsze pozostawał nieco z tyłu, niemniej miejscowe zwyczaje bywają urocze. Jakby na komendę Haymitch spada z estrady i prowadzący wydają z siebie zabawny jęk. Peeta zostaje wylosowany, cicho zajmuje wskazane miejsce. Podajemy sobie ręce. Ponownie rozbrzmiewa hymn i program dobiega końca.

Effie Trinket jest niezadowolona. Przekręcona peruka źle wygląda na ekranie.

— Wasz mentor musi się sporo nauczyć o sztuce prezentacji. Nie ma pojęcia o zachowaniu przed kamerami.

Peeta nieoczekiwanie parska śmiechem.

— Był pijany — zauważa. — Upija się co roku.

— Codziennie — dodaję. Mimowolnie uśmiecham się z satysfakcją. Effie Trinket mówi tak, jakby Haymitch miał nieco szorstkie maniery, które wystarczy skorygować kilkoma jej wskazówkami.

— Ciekawe — syczy Effie. — Czy to nie dziwne, że tak dobrze się bawicie? Wiadomo, że podczas igrzysk mentor będzie pomostem między wami a światem. On posłuży wam radą, dotrze do sponsorów, zadecyduje o wręczaniu prezentów. Haymitch zapewne przesądzi o waszym życiu lub śmierci!

W tej samej chwili do przedziału wtacza się Haymitch.

— Przegapiłem kolację? — pyta bełkotliwie, wymiotuje na kosztowny dywan i pada w sam środek wymiocin.

— Teraz się pośmiejcie — proponuje nam Effie Trinket. W butach o spiczastych noskach kica dookoła kałuży i ucieka z przedziału.

Przez dłuższą chwilę razem z Peetą obserwuję, jak nasz mentor usiłuje się podźwignąć ze śliskiego paskudztwa, własnej treści pokarmowej. Ostry fetor wymiocin i mocnego alkoholu wywołuje u mnie mdłości. Wymieniam z Peetą spojrzenia. Haymitch nie jest wiele wart, ale Effie Trinket ma rację. Gdy trafimy na arenę, zostanie nam tylko on. Solidarnie bierzemy go pod pachy i pomagamy mu dźwignąć się na nogi.

— Potknąłem się? — pyta Haymitch. — Coś tu śmierdzi.

Wyciera rękę o nos i rozmazuje wymiociny po twarzy.

— Odprowadzimy pana do przedziału — proponuje Peeta.

— Spróbujemy pana doczyścić.

Na wpół prowadzimy, ma wpół wleczemy Haymitcha do jego przedziału. Nie chcemy go kłaść na haftowanej narzucie, więc zaciągamy go do wanny i odkręcamy prysznic. Nawet do niego nie dociera, co się z nim dzieje.

— Dzięki — odzywa się do mnie Peeta. — Dalej sam sobie poradzę.

Nie powiem, żebym nie była mu wdzięczna, bo wcale nie mam ochoty rozbierać Haymitcha, wypłukiwać wymiocin z jego włosów na piersi i kłaść go do łóżka. Peeta pewnie stara się zrobić na nim dobre wrażenie, aby po rozpoczęciu igrzysk zostać jego ulubieńcem. Haymitch jest jednak w takim stanie, że jutro pewnie nic nie będzie pamiętał.

— Nie ma sprawy — zgadzam się. — Mogę przysłać ci do pomocy kogoś z Kapitolu.

Jadą z nami pociągiem. Gotują dla nas. Obsługują nas. Pilnują. Troszczą się o nas, bo na tym polega ich praca.

— Nie, nie chcę ich tutaj — mówi Peeta.

Kiwam głową i ruszam do swojego przedziału. Rozumiem Peetę. Sama nie mogę znieść widoku mieszkańców Kapitolu. Gdyby jednak musieli się zająć Haymitchem, mogłabym to uznać za coś w rodzaju zemsty. Zastanawiam się, czemu Peeta woli sam doprowadzić go do porządku, i nagle mnie olśniewa. Ponieważ jest dobry. Mnie również okazał dobroć, kiedy podarował mi chleb.

Uświadomienie sobie tego budzi moją czujność. Dobry Peeta Mellark jest znacznie niebezpieczniejszy od niedobrego. Dobrzy ludzie potrafią wniknąć w moje serce i zapuścić tam korzenie. Nie mogę dopuścić, aby Peeta się we mnie zagnieździł. To wykluczone, zważywszy, że wkrótce oboje trafimy na arenę. Podejmuję decyzję. Od tej pory chcę mieć jak najmniej do czynienia z synem piekarza.

Kiedy wracam do przedziału, pociąg zatrzymuje się na peronie. Uzupełniamy paliwo. Pośpiesznie uchylam okno, wyrzucam paczkę ciastek od ojca Peety i zatrzaskuję szybę. Dość. Koniec z nimi obydwoma.

Niestety, paczka pęka i ciastka rozsypują się między mniszkami przy torach. Spoglądam na nie tylko przez moment, bo pociąg ponownie rusza, ale to wystarcza. Z miejsca przypominam sobie inny kwiat mniszka, ten sprzed lat, na szkolnym podwórzu...

Oderwałam wzrok od posiniaczonej twarzy Peety Mellarka i zobaczyłam mniszek, a wtedy odżyła we mnie nadzieja. Ostrożnie zerwałam kwiatek i pośpiesznie wróciłam do domu. Tam chwyciłam wiadro, złapałam Prim za rękę i obie ruszyłyśmy na Łąkę. Tak jak myślałam, była upstrzona żółtymi główkami mniszków. Zbierając je, ruszyłyśmy wzdłuż wewnętrznej strony ogrodzenia. Wędrowałyśmy z półtora kilometra, zanim wiadro wypełniło się mniszkami — liśćmi, łodyżkami i kwiatami. Tamtego wieczoru na kolację była uczta z mniszkowej sałatki oraz resztek chleba z piekarni.

— A inne rośliny? — chciała wiedzieć Prim. — Jest ich więcej do jedzenia?

— Mnóstwo — zapewniłam ją. — Tylko muszę je sobie przypomnieć.

Mama miała album, który przywiozła ze sobą z apteki. Stronice książki ze starego pergaminu były pokryte atramentowymi rysunkami roślin. Staranne, odręczne napisy informowały, jak rośliny się nazywają, gdzie należy ich szukać, kiedy kwitną, jakie jest ich medyczne zastosowanie. Ojciec dodał do książki własne hasła. Opisał rośliny jadalne, nie lecznicze — mniszki, szkarłatki, dziką cebulę, pinię. Przez resztę wieczoru razem z Prim wertowałyśmy stronice albumu.

Następnego dnia nie było szkoły. Przez jakiś czas plątałam się po obrzeżach Łąki, aż wreszcie zebrałam się na odwagę i przecisnęłam pod siatką. Po raz pierwszy znalazłam się sama po drugiej stronie ogrodzenia, bez broni ojca, z którą czułabym się bezpiecznie. W pustym pniu drzewa odszukałam jednak strzały i mały łuk, który skonstruował specjalnie dla mnie. Tamtego dnia zapewne nie zanurzyłam się w las głębiej niż na dwadzieścia metrów. Większość czasu spędziłam na gałęziach starego dębu, licząc na to, że pojawi się jakaś zwierzyna. Po kilku godzinach uśmiechnęło się do mnie szczęście. Ustrzeliłam królika. Wcześniej, pod okiem taty, kilka razy upolowałam już króliki. Tym razem zrobiłam to całkowicie samodzielnie.

Nie jadłyśmy mięsa od wielu miesięcy. Na widok królika mama wyraźnie się ożywiła. Wstała, obdarła go ze skóry i przyrządziła potrawkę z zieleniną zebraną przez Prim. Potem jednak znów zaczęła się dziwnie zachowywać i wróciła do łóżka. Gdy potrawka była gotowa, zmusiłyśmy mamę do zjedzenia jednej porcji.

Las okazał się naszym wybawcą. Każdego dnia zapuszczałam się coraz głębiej. Z początku marnie mi szło, ale uparłam się nas wyżywić. Kradłam jaja z gniazd, chwytałam ryby w sieci, czasami udawało mi się ustrzelić wiewiórkę albo królika na potrawkę. Do tego zbierałam przeróżne rośliny, które zauważałam pod stopami. Z roślinami trzeba uważać. Wiele jest jadalnych, ale wystarczy jeden nierozważny kęs i już po tobie. Zawsze po kilka razy oglądałam każdą zerwaną roślinę i porównywałam ją z rysunkami ojca. Utrzymywałam nas przy życiu.

Każda oznaka niebezpieczeństwa, dobiegające z oddali wycie, niewyjaśniony trzask gałęzi sprawiały, że momentalnie biegłam do ogrodzenia. Z czasem przekonałam się, że najlepiej wdrapywać się na drzewa dla ochrony przed dzikimi psami, bo szybko się nudzą, zniechęcają i odchodzą. Niedźwiedzie i koty mieszkały głębiej, może nie były w stanie znieść smolistego smrodu naszego dystryktu.

Ósmego maja udałam się do Pałacu Sprawiedliwości po astragal i wróciłam do domu z pierwszą partią ziarna i oleju, załadowaną na wózek dla lalek Prim. Ósmego dnia każdego miesiąca miałam prawo ponownie zgłosić się po porcję żywności. Rzecz jasna, nie mogłam zaprzestać polowań i zbieractwa. Samo ziarno nie wystarczyłoby do jedzenia, a przecież korzystałyśmy jeszcze z mydła, mleka, nici. To, co nie było nam absolutnie niezbędne do jedzenia, wymieniałam na Ćwieku. Bałam się odwiedzać to miejsce bez ojca, ale ludzie darzyli go szacunkiem, więc i mnie zaakceptowali. Pukałam także do tylnych drzwi domów bogatszych klientów w mieście. Usiłowałam pamiętać o tym, co mi powtarzał ojciec, dowiedziałam się też kilku nowych rzeczy. Rzeźniczka kupowała króliki, ale nie brała wiewiórek. Piekarz cenił wiewiórki, lecz dobijał targu tylko pod nieobecność żony. Dowódca Strażników Pokoju uwielbiał dzikie indyki. Burmistrz miał słabość do poziomek.

Późnym latem, podczas kąpieli w stawie, zwróciłam uwagę na otaczające mnie rośliny. Były wysokie, a ich liście przypominały groty strzał, kwiaty miały po trzy białe płatki. Uklękłam w wodzie, zanurzyłam palce w miękkim mule i wyciągnęłam garść korzeni. Małe, niebieskawe bulwy nie wyglądają zachęcająco, ale po ugotowaniu albo upieczeniu są smaczne jak ziemniaki.

— Strzałka wodna — powiedziałam głośno.

Ojciec wyjaśnił mi kiedyś, że moje imię to jedna z nazw tej rośliny. Żartował, że głód nie zajrzy mi w oczy, jeśli uda mi się odnaleźć siebie. Przez kilka godzin przeczesywałam dno stawu palcami stóp oraz kijem, zbierając bulwy, które wypływały na powierzchnię wody. Tamtej nocy opychałyśmy się rybami i bulwami strzałki wodnej tak długo, aż w końcu wszystkie po raz pierwszy od wielu miesięcy byłyśmy syte.

Mama powoli do nas powracała. Coraz częściej sprzątała i gotowała, a z części przynoszonej przeze mnie żywności robiła przetwory na zimę. Ludzie wymieniali się z nami lub płacili gotówką za sporządzane przez nią lekarstwa. Któregoś dnia słyszałam jej śpiew.

Prim nie posiadała się z radości, że mama jest z nami, lecz ja uważnie ją obserwowałam, czekając, aż ponownie nas opuści. Nie ufałam jej. Jakaś spaczona cząstka mnie nienawidziła jej za słabość, za miesiące, które musiałyśmy przetrwać bez jej pomocy. Prim jej wybaczyła, ale ja oddaliłam się od mamy, zbudowałam wokół siebie mur, żeby się chronić przed potrzebą jej bliskości. Już nigdy nie wróciło między nami to, co było dawniej.

Teraz miałam umrzeć, nie naprawiwszy tego, co nas podzieliło. Przypomina mi się, jak dzisiaj się na nią darłam w Pałacu Sprawiedliwości. Z drugiej strony powiedziałam też, że ją kocham. Może to się jakoś wyrówna.

Przez pewien czas wyglądam przez okno. Chciałabym je znowu otworzyć, ale nie mam pewności, czy można to zrobić przy tak ogromnych prędkościach. W oddali dostrzegam światła innego dystryktu. Siódmego? Dziesiątego? Nie mam pojęcia. Myślę o ludziach, którzy w swoich domach przygotowują się do snu. Wyobrażam sobie nasz dom z opuszczonymi roletami. Co robią mama i Prim? Czy udało im się przełknąć kolację? Gulasz rybny i poziomki? Czy też raczej zostawiły nietknięte porcje na talerzach? Czy oglądały relacje z dożynek w różnych dystryktach na ekranie zniszczonego, starego telewizora na stole pod ścianą? Na pewno znowu płakały. Czy mama jakoś się trzyma, żeby Prim miała w niej oparcie? A może już zaczęła się oddalać, przerzucając ciężar zmagań ze światem na wątłe ramiona mojej siostry?

Prim bez wątpienia spędzi tę noc w łóżku mamy. Pocieszam się myślą, że stary, rozczochrany Jaskier również wpakuje się do pościeli, aby czuwać nad Prim. Jeśli Prim zapłacze, Jaskier wepchnie się w jej objęcia i zwinie w kłębek. Na pewno pozostanie tam, dopóki Prim się nie uspokoi i nie uśnie. Cieszę się, że go nie utopiłam.

Na myśl o domu uświadamiam sobie boleśnie, jak bardzo jestem samotna. Ten dzień trwał bez końca. Czy naprawdę dziś rano wraz z Gale'em zajadałam się jeżynami? Wydaje się, że od tamtej chwili przeminęło całe życie. To jak długi sen, który zmienił się w koszmar. Może pójdę spać i obudzę się ponownie w Dwunastym Dystrykcie, tam, gdzie moje miejsce.

W szufladach pewnie kryje się wiele nocnych strojów, ale ja tylko ściągam koszulę i spodnie, po czym w bieliźnie kładę się do łóżka. Pościel uszyto z miękkiego, jedwabistego materiału. Pod grubą, puchatą pierzyną od razu robi mi się ciepło.

Jeśli mam płakać, to właśnie teraz. Rankiem zmyję z twarzy ślady łez. Płacz jednak nie nadchodzi, jestem zbyt zmęczona lub otępiała, by uronić choć jedną łzę. Pragnę tylko jednego: znaleźć się gdzieś indziej. Spokojnie pozwalam, aby pociąg ukołysał mnie do snu.

Przez zasłony sączy się szarawe światło, kiedy budzi mnie łomotanie do drzwi. Słyszę głos Effie Trinket, woła, żebym wstawała.

— Pobudka, pobudka, pobudka! Przed nami wielki, wielki, wielki dzień!

Przez chwilę usiłuję sobie wyobrazić, co się dzieje w głowie tej kobiety. Jakie myśli wypełniają rankami jej umysł? O czym śni po nocach? Pojęcia nie mam.

Ponownie wkładam zielony strój, bo wcale nie jest brudny, tylko lekko wymięty po nocy na podłodze. Przesuwam palcami po obręczy dookoła małego, złotego kosogłosa. Myślę o lesie, o ojcu, o mamie i Prim, które właśnie się budzą i muszą jakoś sobie radzić. Spałam z wymyślnym warkoczem na głowie, upiętym przez mamę specjalnie na dożynki. Fryzura nie wygląda źle, więc zostawiam ją w spokoju. To i tak bez znaczenia. Z pewnością dojeżdżamy już do Kapitolu. Gdy znajdziemy się w mieście, stylista zadecyduje o moim wyglądzie podczas wieczornej ceremonii otwarcia igrzysk. Mam nadzieję, że nie przydzielą mi kogoś, kto uważa goliznę za ostatni krzyk mody.

Wchodzę do wagonu restauracyjnego. Effie Trinket mija mnie z filiżanką czarnej kawy w dłoniach, mamrocząc pod nosem przekleństwa. Haymitch chichocze. Po wczorajszym opilstwie ma nabrzmiałą, czerwoną twarz. Peeta trzyma w dłoni bułkę, wydaje się zakłopotany.

— Chodź, siadaj! — mówi Haymitch i kiwa zachęcająco. Zasiadam przy stole i momentalnie dostaję gigantyczny talerz jedzenia. Jajka, szynka, sterta smażonych ziemniaków. Waza stoi w lodzie, żeby znajdujące się w niej owoce zachowały świeżość. Kelner podaje mi koszyk z bułkami. Jest ich tyle, że moja rodzina wyżywiłaby się nimi przez tydzień. Dostaję wysmukłą szklankę soku pomarańczowego. Tak mi się przynajmniej wydaje, że to sok pomarańczowy. Tylko raz w życiu jadłam pomarańczę, na Nowy Rok, kiedy ojciec kupił jedną jako wyjątkowy rarytas. Filiżanka kawy. Mama uwielbia kawę, ale właściwie nas na nią nie stać, jest za droga. Wydaje mi się gorzka i lurowata. Do tego jeszcze gęsty, brązowy napój, jakiego nigdy dotąd nie widziałam.

— To gorąca czekolada — wyjaśnia Peeta. — Smaczna.

Wypijam łyk parzącego, słodkiego kremu i przeszywa mnie dreszcz. Choć kuszą mnie inne przysmaki, nie zwracam na nie uwagi. Wypijam całą filiżankę, do ostatniej kropli i dopiero wtedy zaczynam opychać się, ile wlezie. Uważam tylko na to, żeby nie przesadzić z najtłustszymi pokarmami. Mama kiedyś oświadczyła, że zawsze jem tak, jakby to był mój ostatni posiłek w życiu. Odpowiedziałam, że to będzie mój ostatni posiłek, jeśli sama nie przyniosę jedzenia do domu. To ją uciszyło. W końcu mój brzuch jest tak wypełniony, jakby miał lada moment pęknąć. Rozsiadam się wygodnie i obserwuję współbiesiadników. Peeta ciągle je, odrywa kawałki bułki i macza je w gorącej czekoladzie. Haymitch nie zwraca szczególnej uwagi na talerz z jedzeniem, ale za to popija czerwony sok ze szklanki, który co rusz rozcieńcza przeźroczystym płynem z butelki. Sądząc po woni, to jakiś alkohol. Nie znam Haymitcha, ale często widywałam go na Ćwieku, gdy szastał pieniędzmi przy kramie kobiety, która sprzedaje bimber. Zanim dotrzemy do Kapitolu, straci kontakt z rzeczywistością.

Już wiem, że go nie cierpię. Nic dziwnego, że trybuci z Dwunastego Dystryktu nie mają szans. Problem nie wynika z niedożywienia i braku treningu. Niektórym z nas wystarczyłoby sił, aby sięgnąć po zwycięstwo. Rzadko jednak mamy sponsorów, głównie przez Haymitcha. Bogacze, którzy wspierają zawodników, bo na nich postawili albo zwyczajnie roszczą sobie prawa do wyboru zwycięzcy, oczekują mentora z klasą, a nie kogoś takiego jak Haymitch.

— Podobno ma pan udzielać nam rad — zwracam się do niego.

— Oto rada. Nie dajcie się zabić — odpowiada Haymitch i rży ze śmiechu. Wymieniam wymowne spojrzenie z Peetą, ale zaraz sobie przypominam, że nie chcę mieć z nim nic wspólnego. Zdumiewa mnie zaciętość w jego oczach, na ogół wydaje się łagodny.

— Jakie to śmieszne — cedzi Peeta. Nieoczekiwanie wytrąca szklankę z ręki Haymitcha. Szkło rozpryskuje się na podłodze, krwistoczerwony napój spływa w stronę przeciwną do kierunku jazdy. — Ale nie dla nas.

Haymitch waha się przez chwilę, a następnie wali Peetę w szczękę i zrzuca go z krzesła. Gdy się odwraca i wyciąga rękę po alkohol, dobywam noża i wbijam go w stół pomiędzy jego dłonią a butelką. O włos mijam palce. Przygotowuję się do odparowania uderzenia, ale nie następuje. Haymitch siada i przypatruje nam się z uwagą.

— I co to ma być? — pyta. — W tym roku trafili mi się wojownicy?

Peeta dźwiga się z podłogi i nabiera garść lodu spod wazy z owocami. Chce przyłożyć okład na zaczerwienioną szczękę.

— Nie — powstrzymuje go Haymitch. — Niech się zrobi siniak. Widzowie uznają, że wdałeś się w bójkę z innym trybutem, zanim jeszcze wszedłeś na arenę.

— To wbrew zasadom — zauważa Peeta.

— Tylko jeśli cię przyłapią. Siniak będzie świadczył o tym, że walczyłeś, a w dodatku nie dałeś się złapać. Dobrze się składa. — Haymitch spogląda na mnie. — Potrafisz zrobić z tym nożem coś więcej poza dziurawieniem stołu?

Moją bronią jest łuk, ale nauczyłam się też posługiwać nożem. Czasami, gdy zranię zwierzę strzałą, wolę rzucić w nie nożem i dopiero potem podejść bliżej. Dociera do mnie, że jeśli chcę zwrócić na siebie uwagę Haymitcha, to właśnie nadeszła odpowiednia chwila. Wyszarpuję nóż ze stołu, zaciskam dłoń na ostrzu i rzucam nożem w ścianę po drugiej stronie pomieszczenia. Liczę na to, że nóż utkwi w boazerii, ale udaje mi się trafić w szczelinę między deskami. Dzięki temu wygląda na to, że jestem znacznie lepsza niż w rzeczywistości.

— Podejdźcie tu. Oboje. — Haymitch ruchem głowy wskazuje środek przedziału. Wykonujemy polecenie, a on nas okrąża, a potem obmacuje jak zwierzęta. Sprawdza nasze mięśnie, ogląda twarze. — Nie jesteście bez szans. Chyba macie niezłą kondycję. Po wizycie u stylisty zrobi się z was całkiem atrakcyjna para.

Nie protestujemy. Głodowe Igrzyska to nie konkurs piękności, ale najurodziwsi trybuci zawsze przyciągają najwięcej sponsorów.

— Dobra, dogadamy się — decyduje Haymitch. — Wy nie będziecie przeszkadzać mi pić, a ja będę na tyle trzeźwy, żeby wam pomóc. Musicie tylko robić dokładnie to, co wam powiem.

Marna ta umowa, ale i tak poczyniliśmy ogromne postępy. Nie dalej jak dziesięć minut temu w ogóle nie mieliśmy mentora.

— Zgoda — odzywa się Peeta.

— Skoro ma pan nas wspierać, to proszę powiedzieć, co powinniśmy zrobić na arenie — dodaję. — Jaka jest najlepsza strategia przy Rogu Obfitości, jeśli ktoś...

— Po kolei. Za kilka minut wjedziemy na dworzec. Styliści wezmą was w obroty i nie spodoba wam się to, co zobaczycie w lustrze. Mimo wszystko nie protestujcie.

— Zaraz, zaraz... — zaczynam.

— Żadne zaraz. Nie wolno wam protestować — powtarza Haymitch.

Bierze ze stołu butelkę i wychodzi z wagonu. Drzwi zamykają się za nim i w tej samej chwili pociąg pogrąża się w mroku. Wewnątrz pali się kilka lamp, ale za oknami panują kompletne ciemności, zupełnie jakby ponownie zapadła noc. Uświadamiam sobie, że wjechaliśmy w tunel, który na pewno biegnie pod skałami i prowadzi do Kapitolu. Góry tworzą naturalną barierę ochronną pomiędzy stolicą a wschodnimi dystryktami. Przekroczyć tę granicę można właściwie jedynie przez tunele. Kapitol wykorzystał tę przewagę geograficzną podczas zwycięskiej wojny z dystryktami, tej samej, która doprowadziła do zorganizowania Głodowych Igrzysk. Rebelianci musieli wspinać się na stromizny, a wówczas stawali się łatwym celem dla lotnictwa Kapitolu.

Stoimy w milczeniu, gdy pociąg pędzi przed siebie. Tunel wydaje się bezkresny, a ja myślę o niezliczonych tonach skał, które dzielą mnie od nieba, i czuję ucisk w piersi. Nienawidzę świadomości, że uwięzłam w kamiennym sarkofagu. Mam wrażenie, że trafiłam do kopalni, myślę o ojcu w pułapce, który nie może wyjść na słońce, bo na zawsze pochłonęły go ciemności.

Pociąg w końcu zwalnia, przedział wypełnia się jaskrawym światłem. Nie ma na to siły, oboje biegniemy do okna. Pochłaniamy wzrokiem to, co dotąd widzieliśmy wyłącznie na ekranach telewizorów. Kapitol, miasto, które rządzi całym Panem. Kamery nie kłamały, rzeczywiście jest imponujące. Na żywo widać, że nie uchwyciły wspaniałości budynków lśniących we wszystkich kolorach tęczy. Wieżowce sięgają nieba, a u ich podnóża, po szerokich, utwardzonych ulicach suną błyszczące samochody i spacerują dziwnie ubrani ludzie o osobliwych fryzurach i pomalowanych twarzach, ludzie, którzy nigdy nie zaznali głodu. Wszystkie barwy wydają się sztuczne, róż jest zbyt intensywny, zieleń przesadnie jaskrawa, od żółtego bolą oczy, zupełnie jak wtedy, gdy patrzymy na nieosiągalne dla nas, płaskie i okrągłe tarcze landrynek w maleńkiej cukierni w Dwunastym Dystrykcie.

Ludzie rozpoznają wtaczający się do miasta pociąg trybutów i nie kryjąc zainteresowania, pokazują nas palcami. Odstępuję od okna, pełna obrzydzenia dla ich entuzjazmu, wiem przecież, że nie mogą się doczekać naszej śmierci. Peeta pozostaje jednak na miejscu, macha ręką i uśmiecha się do zapatrzonego w nas tłumu. Przestaje dopiero wtedy, gdy pociąg wjeżdża na peron i tracimy kontakt wzrokowy z publicznością.

Zauważa, że go obserwuję, i wzrusza ramionami.

— Kto wie? — pyta. — Ktoś z nich może być bogaty.

Błędnie go oceniłam. Zastanawiam się nad jego poczynaniami od chwili rozpoczęcia dożynek. Przyjacielski uścisk dłoni. Pojawienie się jego ojca z ciastkami oraz obietnicą dożywiania Prim... Czy Peeta go namówił? Jego łzy na dworcu. Najpierw sam postanowił umyć Haymitcha, a kiedy życzliwe podejście nie przyniosło rezultatu, rzucił mu wyzwanie. Jeszcze przed chwilą machał w oknie do tłumu, aby podbić serca widzów.

Wszystko to bardzo powoli zaczyna układać się w spójną całość, ale ja już wyczuwam, że Peeta opracowuje plan działania. Nie pogodził się z losem. Rozpoczął ciężką walkę o przeżycie. To oznacza, że dobry Peeta Mellark, chłopak, który podarował mi chleb, będzie za wszelką cenę starał się mnie zabić.

5 ◉▶

Trrrach! Zgrzytam zębami, gdy Venia, kobieta o niebieskich włosach, ze złotymi tatuażami nad linią brwi, jednym szarpnięciem zrywa mi z nogi plaster, a wraz z nim wszystkie włosy.

— Wybacz! — piszczy z niedorzecznym kapitolińskim akcentem. — Co ja poradzę, że tak zarosłaś?

Dlaczego ci ludzie muszą mówić takimi wysokimi głosami? Dlaczego podczas rozmowy ledwie otwierają usta? Po co podnoszą intonację na końcu zdań, które w rezultacie brzmią jak pytania? Dziwaczne samogłoski, urywane słowa, syczące „s"... Nie sposób ich nie przedrzeźniać.

Venia spogląda na mnie z udawanym współczuciem.

— Dobre wieści. To już ostatni plaster! Gotowa? — Zaciskam dłonie na krawędzi stołu, przy którym siedzę, i kiwam głową. Bolesne szarpnięcie i ostatnia kępka włosów na nodze wychodzi wraz z cebulkami.

Od trzech godzin jestem w Centrum Odnowy, a jeszcze nie widziałam swojego stylisty. Najwyraźniej nie zamierza mnie oglądać, póki Venia i inni członkowie ekipy przygotowawczej nie uporają się z oczywistymi niedociągnięciami. Zabiegi upiększające obejmują nacieranie mojego ciała szorstką pianką, która usuwa nie tylko brud, lecz także co najmniej trzy warstwy skóry. Moje paznokcie mają teraz identyczny kształt, no i straciłam włosy na ciele. Wyrwano mi je z nóg, rąk, tułowia, spod pach, a także z części brwi. Teraz przypominam oskubanego ptaka, gotowego do pieczenia. Nie czuję się z tym dobrze. Skóra mnie boli i swędzi, czuję się bezbronna. Mam jednak w pamięci umowę z Haymitchem, więc nie protestuję ani słowem.

— Świetnie sobie radzisz — chwali mnie mężczyzna o imieniu Flavius. Potrząsa pomarańczowymi sprężynkami loków i rozsmarowuje sobie na ustach nową warstwę fioletowej szminki. — Sporo potrafimy wytrzymać, ale nie znosimy stękania. Nasmarujcie ją całą!

Venia i Octavia, pulchna kobieta o ciele pomalowanym na blady odcień groszkowej zieleni, nacierają mnie balsamem, który z początku piecze, ale chwilę później działa na podrażnioną skórę kojąco. Ściągają mnie ze stołu i zabierają cienki szlafrok, który pozwolono mi od czasu do czasu wkładać. Stoję całkiem naga, w otoczeniu trójki specjalistów od urody, którzy ściskają w dłoniach pęsety, gotowi pozbawić mnie ostatnich niechcianych włosków. Wiem, że powinnam być zawstydzona, ale oni kompletnie nie przypominają ludzi. Czuję się tak, jakbym przebywała w towarzystwie dziwacznie ubarwionych ptaków, zajętych dziobaniem ziemi u moich stóp.

W końcu cofają się, żeby podziwiać swoje dzieło.

— Wyśmienicie! Wyglądasz prawie jak człowiek — oznajmia Flavius i wybuchają śmiechem.

Z wysiłkiem unoszę kąciki ust, aby zademonstrować, jaka jestem im wdzięczna.

— Dziękuję — mówię słodko. — W Dwunastym Dystrykcie nie mamy po co ładnie wyglądać.

Moje słowa chwytają ich za serce.

— Rzeczywiście, moje biedactwo! — przyznaje Octavia i współczująco składa dłonie.

— Uszy do góry — mówi Venia. — Gdy Cinna się tobą zajmie, będziesz się prezentowała jak prawdziwa gwiazda!

— Obiecujemy! Teraz, gdy pozbyliśmy się tych wszystkich włosów i brudu, wcale nie wyglądasz okropnie! — dodaje Flavius krzepiąco. — Idziemy po Cinnę!

Pędem wybiegają z pokoju. Trudno ich nienawidzić. To po

prostu skończeni idioci. Mimo to w niewytłumaczalny sposób czuję, że szczerze pragną mi pomóc.

Spoglądam na zimne białe ściany oraz podłogę i powstrzymuję się od włożenia szlafroka. Cinna, mój stylista, z pewnością kazałby mi się ponownie rozebrać. Sięgam rękami do włosów — to jedyne, czego ekipa przygotowawcza nawet nie tknęła, bo im zakazano. Muskam palcami warkocz upięty przez mamę. Mama. Niebieską sukienkę oraz buty od niej zostawiłam na podłodze w pociągu. Nawet przez myśl mi nie przeszło, żeby je zabrać i zatrzymać dla siebie cząstkę mamy, domu. Teraz tego żałuję.

Drzwi się otwierają i wchodzi młody mężczyzna, z pewnością Cinna. Zdumiewa mnie jego zwyczajny wygląd. Prawie wszyscy styliści, z którymi przeprowadza się wywiady w telewizji, wyglądają identycznie, ufarbowani i przerobieni chirurgicznie aż do granic absurdu. Krótko ostrzyżone włosy Cinny wydają się naturalnie brązowe. Ma na sobie prostą, czarną koszulę i spodnie. Jedyny makijaż, jaki sobie zafundował, to złota kreska dyskretnie namalowana na powiekach. Podkreśla złociste iskierki w jego zielonych oczach. Pomimo obrzydzenia Kapitolem i jego ohydną modą dochodzę do wniosku, że całkiem nieźle to wygląda.

— Witaj, Katniss. Mam na imię Cinna i będę twoim stylistą — mówi mężczyzna cicho, mniej afektowanie niż inni mieszkańcy Kapitolu.

— Witaj — odzywam się ostrożnie.

— Dasz mi chwilę? — pyta. Nie czekając na odpowiedź, okrąża moje nagie ciało. Nie dotyka mnie, ale chłonie wzrokiem każdy jego centymetr kwadratowy. Korci mnie, żeby skrzyżować ręce na piersiach, powstrzymuję się jednak. — Kto cię uczesał?

— Mama — odpowiadam.

— Pięknie. Po prostu klasycznie. Pasuje do ciebie niemal idealnie. Ma wyjątkowo zręczne palce — dodaje.

Spodziewałam się kogoś ekstrawaganckiego, starszego, kto rozpaczliwie próbuje się odmłodzić, kogoś, kto potraktuje mnie jak kawał mięsa, które trzeba przyrządzić przed podaniem na stół. Cinna pod żadnym względem nie pasuje do moich wyobrażeń.

— Jesteś tu nowy, prawda? Chyba nigdy wcześniej cię nie widziałam — zauważam. Większość stylistów ma znajome twarze, bo rok po roku zajmują się obsługą rzeszy trybutów. Niektórych kojarzę, odkąd sięgam pamięcią.

— Rzeczywiście, to mój pierwszy rok na igrzyskach — potwierdza Cinna.

— I dlatego trafił ci się Dwunasty Dystrykt — mówię domyślnie. Nowicjusze zwykle tak kończą. Muszą się zajmować nami, najmniej pożądanym dystryktem.

— Sam poprosiłem o Dwunasty Dystrykt. — To koniec wyjaśnień. — Może włożysz szlafrok, to pogadamy.

Wsuwam ręce w rękawy, podążając za Cinną do salonu w sąsiednim pomieszczeniu. Po obu stronach niskiego stolika stoją dwie czerwone kanapy. Trzy ściany są puste, czwarta jest w całości ze szkła, a za nią rozpościera się widok na miasto. Światło wskazuje na to, że jest koło południa, choć chmury zasnuły słoneczne niebo. Cinna zaprasza mnie na jedną z kanap i zajmuje miejsce naprzeciwko. Przyciska guzik z boku stołu, który rozsuwa się na boki. Ze środka wyłania się drugi blat, zastawiony potrawami na lunch. Patrzę na kurczaka i kawałki pomarańczy przyrządzone w śmietanowym sosie, ułożone na warstwie perłowobiałego zboża z maleńkimi ziarnkami zielonego groszku i szalotkami, na bułki w kształcie kwiatów i na pudding o barwie miodu, który jest na deser.

Usiłuję sobie wyobrazić, jak przygotowałabym taki posiłek w domu. Kurczak jest zbyt drogi, ale dziki indyk załatwiłby sprawę. Musiałabym ustrzelić jeszcze drugiego, do wymiany na pomarańczę. Kozie mleko zastąpiłoby śmietanę. Groszek możemy uprawiać w ogrodzie. Z lasu przyniosłabym dziką cebulę. Nie rozpoznaję zboża, nasze racje żywnościowe kupowane za astragale rozgotowują się na nieapetyczną, brązową breję. Wymyślne bułki dostałabym u piekarza, w zamian za dwie lub trzy wiewiórki. Co do puddingu — nawet nie próbuję się domyślać, z czego jest. Całymi dniami musiałabym polować i zbierać rośliny na ten jeden jedyny posiłek, a mimo to byłby zaledwie marną imitacją kapitolińskiego oryginału.

Zastanawiam się, jak by mi się żyło w świecie, w którym jedzenie zjawia się po naciśnięciu guzika. Jak spędzałabym czas, który teraz poświęcam na przeczesywanie lasu w nadziei na znalezienie pożywienia, gdyby było tak łatwo osiągalne jak tutaj? Co robią całymi dniami mieszkańcy Kapitolu, poza ozdabianiem ciał i wyczekiwaniem na kolejne dostawy trybutów, skazanych na śmierć dla rozrywki widzów?

Podnoszę wzrok i widzę, że Cinna patrzy mi w oczy.

— Musisz nami gardzić — mówi.

Czyżby wyczytał to z mojej twarzy? A może przejrzał moje myśli? Ma rację. Całe to zepsute towarzystwo jest godne pogardy.

— Mniejsza z tym — dodaje. — Katniss, porozmawiajmy o twoim kostiumie na ceremonię otwarcia igrzysk. Moja koleżanka Portia stylizuje drugiego trybuta, Peetę. Oboje uważamy, że powinniście nosić pasujące do siebie stroje. Jak wiesz, zgodnie z tradycją muszą one odzwierciedlać charakter dystryktu.

Podczas uroczystości inauguracyjnych należy mieć na sobie coś, co kojarzy się z głównym rodzajem przemysłu w dystrykcie trybuta. W Jedenastym Dystrykcie jest to rolnictwo. W Czwartym — rybołówstwo. W Trzecim — fabryki. Skoro pochodzimy z Dwunastego Dystryktu, powinniśmy zaprezentować ubiór powiązany z górnictwem. Workowate kombinezony górników nie są specjalnie atrakcyjne, więc nasi trybuci zwykle paradują w skąpych wdziankach i czapeczkach z lampami na czole. Któregoś roku nasi reprezentanci zaprezentowali się kompletnie nadzy, przyprószeni czarnym proszkiem, który miał się kojarzyć z pyłem węglowym. Zawsze wyglądamy okropnie i nie podobamy się widzom. Jestem przygotowana na najgorsze.

— Czy to znaczy, że wystąpię w stroju górnika? — Liczę na to, że to nie będzie nic nieprzyzwoitego.

— Niezupełnie. Rozmawiałem z Portią i zgodnie uznaliśmy, że górniczy strój już spowszedniał. Nikt nie zwróci na was uwagi, jeśli ubierzecie się jak zawsze. W związku z tym postanowiliśmy sprawić, żeby trybuci z Dwunastki zapadli ludziom głęboko w pamięć — tłumaczy Cinna.

Idę o zakład, że wystąpię nago, myślę.

— Dlatego, zamiast koncentrować się na procesie wydobycia, skupimy się na samym węglu — ciągnie Cinna.

Nago, posypana czarnym proszkiem.

— A co robimy z węglem? Palimy go — oświadcza. — Chyba nie boisz się ognia, Katniss?

Na widok mojej miny uśmiecha się szeroko.

Kilka godzin później mam na sobie kostium, który okaże się najbardziej spektakularny lub najbardziej zabójczy spośród wszystkich na ceremonii otwarcia. To prosty, czarny, obcisły kombinezon, który okrywa mnie od kostek do szyi. Sznurowane buty ze lśniącej skóry sięgają mi aż do kolan. Tym, co wyróżnia ten kostium, jest zwiewna peleryna z pasków pomarańczowego, żółtego i czerwonego materiału. Na głowie mam czapkę do kompletu. Cinna zamierza podpalić jedno i drugie, zanim nasz rydwan wytoczy się na ulice.

— To nie będzie prawdziwy płomień, rzecz jasna, użyjemy odrobiny syntetycznego ognia — zapewnia mnie, ale nie jestem przekonana, czy przed wjazdem do centrum miasta nie zdążę się całkiem usmażyć.

Na twarzy nie mam właściwie żadnego makijażu, stylista zadowolił się tylko odrobiną rozświetlacza tu i tam. Cinna rozczesał mi włosy i ponownie zaplótł je w prosty warkocz.

— Chcę, aby widzowie rozpoznali cię na arenie — wyznaje rozmarzony. — Katniss, dziewczyna, która igra z ogniem.

Przychodzi mi do głowy myśl, że spokojne i normalne zachowanie Cinny to maska, która skrywa szaleńca.

Chociaż rano rozgryzłam, co knuje Peeta, czuję ulgę, kiedy się zjawia, ubrany w identyczny kostium jak mój. Jako syn piekarza powinien znać się na ogniu. Towarzyszy mu stylistka, Portia, oraz jej ekipa. Wszyscy są niesamowicie podnieceni wizją naszego przebojowego występu na inauguracji. Tylko Cinna wydaje się nieco znużony, gdy przyjmuje gratulacje.

Zostajemy zaprowadzeni na dolny poziom Centrum Odnowy, który w gruncie rzeczy jest gigantyczną stajnią. Ceremonia inauguracji zacznie się lada moment. Trybuci są parami ładowani na rydwany, zaprzężone w czwórki koni. Nasze są czarne jak węgiel i tak dobrze ułożone, że nawet nie trzeba trzymać wodzy w dłoniach. Cinna i Portia prowadzą nas do rydwanu, ustawiają w dokładnie wyreżyserowanych pozach, poprawiają peleryny, a następnie oddalają się, aby zamienić słowo na osobności.

— Co o tym myślisz? — szepczę do Peety. — O ogniu?

— Zedrę z ciebie pelerynę pod warunkiem, że ty zedrzesz moją — cedzi przez zaciśnięte zęby.

— Umowa stoi — zgadzam się. Jeśli pozbędziemy się ich dostatecznie szybko, to może unikniemy najgorszych poparzeń. Nie jest nam jednak do śmiechu. Trafimy na arenę bez względu na to, w jakim jesteśmy stanie. — Mam świadomość, że obiecaliśmy Haymitchowi robić to, co nam każą, ale chyba nie wziął pod uwagę wszystkich okoliczności.

— Gdzie on właściwie zniknął? — zastanawia się Peeta. — Czy nie powinien nas bronić przed takimi niebezpieczeństwami?

— Jest tak przesiąknięty alkoholem, że raczej nie powinien się zbliżać do ognia — zauważam.

Nagle oboje wybuchamy śmiechem. Chyba tak bardzo się denerwujemy igrzyskami, a w szczególności perspektywą wystąpienia w roli żywych pochodni, że tracimy rozum. Rozlega się muzyka inaugurująca igrzyska. Nietrudno ją usłyszeć, grzmi w całym Kapitolu. Potężne wrota się rozstępują, odsłaniając ulice i tłumy ludzi na chodnikach. Uroczysty przejazd trwa około dwudziestu minut i kończy się na Rynku, gdzie zostaniemy powitani i wysłuchamy hymnu. Stamtąd trafimy do Ośrodka Szkoleniowego, naszego domu, czy raczej więzienia do czasu rozpoczęcia igrzysk.

Rydwanem zaprzężonym w śnieżnobiałe konie jadą trybuci z Pierwszego Dystryktu. Wyglądają pięknie, ich ciała są spryskane srebrną farbą w aerozolu, a na gustownych tunikach połyskują klejnoty. Pierwszy Dystrykt wytwarza luksusowe produkty dla Kapitolu. Rozbrzmiewa ryk tłumu, reprezentanci Jedynki zawsze są ulubieńcami publiczności.

Drugi Dystrykt przygotowuje się do wyjazdu. Gdy my zbliżamy się do drzwi, zauważam, że zachmurzone niebo i zapadający zmrok pogrążają świat w szarościach. Właśnie ruszają trybuci z Jedenastego Dystryktu, gdy pojawia się Cinna z zapaloną pochodnią.

— Pora na nas — oznajmia i podpala peleryny, zanim zdążymy zaprotestować. Nabieram powietrza w płuca i czekam na żar, ale czuję tylko łagodne łaskotanie. Cinna wdrapuje się na powóz, zapala nam nakrycia głowy i oddycha z ulgą. — Udało się — mówi i delikatnie unosi moją brodę. — Pamiętajcie, głowy wysoko. Uśmiech na twarzach. Publiczność się w was zakocha!

Cinna zeskakuje z rydwanu i nagle przychodzi mu do głowy jeszcze jeden pomysł. Krzyczy do nas, ale muzyka zagłusza jego głos. Ponownie coś wrzeszczy i daje znaki rękami.

— O co mu chodzi? — dziwię się. Spoglądam na Peetę i po raz pierwszy uświadamiam sobie, że w blasku sztucznych płomieni wygląda olśniewająco. Z pewnością ja również świetnie się prezentuję.

— Chyba chce, żebyśmy się wzięli za ręce — wyjaśnia Peeta. Łapie mnie za prawą dłoń i na wszelki wypadek spoglądamy na Cinnę. Kiwa głową i podnosi kciuki. Po chwili znika nam z oczu, wjeżdżamy do miasta.

Niepokój tłumu wkrótce ustępuje entuzjazmowi i okrzykom na cześć Dwunastego Dystryktu. Wszyscy patrzą w naszą stronę, przestają zwracać uwagę na trzy poprzedzające nas rydwany. Z początku stoję odrętwiała, ale dostrzegam nasz powóz na wielkim ekranie telewizyjnym. Nie mogę uwierzyć, że tak rewelacyjnie wyglądamy. W półmroku płomienie iluminują nam twarze. Wydaje się, że ciągniemy za sobą ognistą poświatę, która spływa z powiewających peleryn. Cinna się nie mylił. Nie potrzeba nam mocnego makijażu, bez niego wyglądamy lepiej, a przy tym jesteśmy łatwo rozpoznawalni.

„Pamiętajcie, głowy wysoko. Uśmiech na twarzach. Publiczność się w was zakocha!", pobrzmiewa mi w głowie głos Cinny. Unoszę brodę odrobinę wyżej, uśmiecham się promiennie i macham wolną ręką. Cieszę się, że mam u boku Peetę. Dzięki niemu nie tracę równowagi, jest taki solidny, mocny jak skała. Odzyskuję pewność siebie, nawet posyłam publiczności kilka całusów. Mieszkańców Kapitolu ogarnia szaleństwo, obsypują nas kwiatami, wykrzykują nasze imiona, które musieli odszukać w programie imprezy.

Dudniąca muzyka, wiwaty, powszechny podziw przenikają mnie do głębi. Nie potrafię zapanować nad podnieceniem. Cinna zapewnił mi ogromną przewagę nad rywalami. Nikt mnie nie zapomni. Ludzie rozpoznają mnie z wyglądu i z imienia. Katniss. Dziewczyna, która igra z ogniem.

Po raz pierwszy świta mi promyk nadziei. Z pewnością znajdzie się teraz ktoś, kto zechce mnie sponsorować. Nawet niewielka dodatkowa pomoc, odrobina żywności, odpowiednia broń umożliwią mi zaistnienie na igrzyskach.

Ktoś rzuca mi czerwoną różę. Chwytam ją, ostrożnie wącham i ślę pocałunek w kierunku domniemanego ofiarodawcy. Setka rąk wystrzeliwuje w powietrze, aby pochwycić całusa, jakby był to konkretny, namacalny przedmiot.

— Katniss! Katniss! — słyszę ze wszystkich stron. Każdy pragnie mojego pocałunku.

Dopiero na Rynku orientuję się, że z pewnością zatamowałam Peecie krążenie krwi w dłoni. Ściskam go przecież z całych sił. Spoglądam na nasze splecione palce i rozluźniam chwyt, lecz Peeta nie pozwala mi zabrać ręki.

— Nie puszczaj mnie — protestuje. W jego niebieskich oczach migoczą ogniki. — Proszę cię. Mógłbym spaść na ziemię.

— W porządku — zgadzam się. Trzymam go dalej, ale i tak czuję się dziwnie. Cinna stworzył z nas parę, choć nie powinien przedstawiać nas jako drużyny. Przecież trafimy na arenę, aby się pozabijać.

Dwanaście rydwanów okrąża Rynek. Okna okolicznych budynków są zapełnione najdostojniejszymi obywatelami Kapitolu. Nasze kare konie ciągną rydwan prosto ku rezydencji prezydenta Snowa. Zatrzymujemy się przed budowlą, muzyka cichnie po kunsztownym finale.

Prezydent, drobny i chudy człowiek o idealnie siwych włosach staje na balkonie nad naszymi głowami i wygłasza słowa oficjalnego powitania. Podczas przemówienia telewizja tradycyjnie robi przebitki na twarze trybutów. Spoglądam na ekran i orientuję się, że dostajemy znacznie więcej czasu antenowego niż nasi rywale. Im bardziej się ściemnia, tym trudniej oderwać wzrok od migoczących płomieni. Podczas hymnu państwowego realizatorzy starają się pokazać wszystkie pary trybutów, ale kamera zatrzymuje się na rydwanie Dwunastego Dystryktu. Po raz ostatni paradujemy wokół Rynku i znikamy w Ośrodku Szkoleniowym.

Ledwie zamknęły się za nami drzwi, a już otaczają nas ekipy przygotowawcze. Ich członkowie jednocześnie wykrzykują pochwały pod naszym adresem, treść ginie w ogólnym harmidrze. Rozglądam się i zauważam, że wielu trybutów patrzy na nas spode łba. Potwierdzają się moje podejrzenia: dosłownie przyćmiliśmy konkurentów. Cinna i Portia są na miejscu, pomagają nam zeskoczyć z rydwanu i ostrożnie ściągają z nas płonące peleryny oraz czapki. Portia gasi ogień bliżej nieokreślonym aerozolem z pojemnika.

Uświadamiam sobie, że przez cały czas ściskam dłoń Peety. Z trudem rozchylam zesztywniałe palce, oboje masujemy ręce.

— Dzięki, że mnie trzymałaś. Czułem się trochę niepewnie — wyznaje Peeta.

— To się nie rzucało w oczy — zapewniam go. — Nikt nic nie zauważył, idę o zakład.

— A ja idę o zakład, że ludzie zauważyli tylko ciebie. Powinnaś częściej stawać w płomieniach — żartuje. — Z ogniem ci do twarzy. — Uśmiecha się do mnie szczerze, uroczo, ze starannie wymierzoną dozą nieśmiałości. Przez moje ciało niespodziewanie przetacza się fala ciepła.

W głowie uruchamia mi się dzwonek alarmowy.

Nie bądź głupia, upominam sama siebie. Peeta kombinuje, jak cię zabić. Stara się uśpić twoją czujność, żebyś była łatwą ofiarą. Im bardziej go lubisz, tym większe stanowi zagrożenie.

Przecież mogę zagrać tak samo. Wspinam się na palce i całuję go w policzek, w sam środek siniaka.

Nad Ośrodkiem Szkoleniowym góruje wieża zaprojektowana specjalnie dla trybutów oraz ich zespołów. Zamieszkamy w niej do rozpoczęcia igrzysk. Każdy dystrykt otrzymał do wyłącznej dyspozycji całe piętro. Wystarczy wejść do windy i wcisnąć guzik z numerem swojego dystryktu. Nietrudno zapamiętać. Dwukrotnie jechałam windą w Pałacu Sprawiedliwości. Za pierwszym razem po to, by odebrać order po śmierci ojca. Po raz drugi wczoraj, żeby się ostatecznie pożegnać z przyjaciółmi i rodziną. Tamta winda jest jednak ciemna, cała trzeszczy, porusza się ze ślimaczą prędkością i cuchnie kwaśnym mlekiem. Ściany tej kabiny zrobiono z kryształowego szkła, więc w drodze na górę wyraźnie widzę, jak ludzie na parterze kurczą się gwałtownie do rozmiarów mrówek. Jestem wniebowzięta i kusi mnie, żeby poprosić Effie Trinket o jeszcze jedną przejażdżkę, lecz czuję, że to by było dziecinne.

Obowiązki Effie Trinket najwyraźniej nie skończyły się na dworcu kolejowym. Razem z Haymitchem będzie nas nadzorować do chwili, gdy trafimy na arenę. W zasadzie jest to dla nas korzystne, bo przynajmniej na czas zaprowadzi nas we właściwe miejsca. Nie widzieliśmy Haymitcha od momentu, w którym zgodził się nam pomagać. Pewnie się skuł i gdzieś padł. Effie Trinket, dla odmiany, dostała wiatru w żagle. Jesteśmy pierwszym zespołem pod jej opieką, który odniósł sukces podczas ceremonii otwarcia. Effie komplementuje nie tylko nasze kostiumy, lecz również zachowanie. Jeśli wierzyć jej słowom, zna każdą liczącą się osobę w Kapitolu i przez cały dzień prowadziła negocjacje, żeby załatwić nam sponsorów. — Musiałam być bardzo tajemnicza — wyjaśnia i obserwuje nas spod zmrużonych powiek. — Jak się łatwo domyślić, Haymitch nie zadał sobie trudu, aby mi objaśnić waszą strategię. Robiłam jednak, co mogłam. Opowiadałam, jak Katniss poświęciła się dla siostry. Jak oboje skutecznie toczyliście zmagania o przezwyciężenie barbarzyństwa w swoich dystryktach.

Barbarzyństwa? Co za ironia, w końcu mówi to kobieta, która współuczestniczy w przygotowywaniu nas do rzezi. Co jej zdaniem świadczy o naszym sukcesie? Że potrafimy jeść nożem i widelcem?

— Każdy ma jakieś słabe strony — ciągnie. — To normalne. Na przykład wy pochodzicie z dystryktu górniczego. Mówiłam jednak wszystkim, bardzo sprytnie, że pod odpowiednim naciskiem węgiel zmienia się w perły! — Effie uśmiecha się do nas promiennie, więc nie mamy wyjścia, musimy zareagować entuzjastycznie, choć się myli.

Węgiel nie zmienia się w perły, perły rodzą się w organizmach mięczaków. Zapewne chodziło jej o to, że z węgla powstają diamenty, ale i to nie jest prawdą. Podobno w Pierwszym Dystrykcie znajduje się maszyna, która zmienia grafit w diament. U nas, w Dwunastce, nie wydobywa się grafitu. W tym specjalizował się Trzynasty Dystrykt, zanim Kapitol go unicestwił.

Zastanawiam się, czy ludzie, których przez cały dzień zjednywała, wiedzą o tym i czy to ich w ogóle obchodzi.

— Cóż, sama nie mogę zawierać umów sponsorskich w waszym imieniu. Tylko Haymitch ma takie uprawnienia — wzdycha Effie ponuro. — Ale nie martwcie się. W razie potrzeby zagrożę mu, że go zastrzelę, jeśli nie przyjdzie do stołu.

Effie Trinket ma wiele wad, jednak nie brak jej godnej podziwu determinacji.

Moje mieszkanie jest większe niż cały dom, w którym mieszkałam z mamą i siostrą. Prezentuje się równie wykwintnie jak wagon kolejowy, w dodatku jest nafaszerowane automatyką i wiem, że na pewno nie zdążę wcisnąć tu wszystkich guzików. Sam prysznic został wyposażony w tablicę z ponad setką opcji regulacji temperatury wody, jej ciśnienia, wyboru rodzaju mydła, szamponu, zapachu, olejku oraz gąbek masujących. Gdy staję na macie, uruchamiają się dmuchawy z gorącym powietrzem do osuszania ciała. Nie muszę się borykać z kołtunami w mokrych włosach. Wystarczy, że położę dłoń na specjalnej skrzynce, a emitowany przez nią strumień wiatru rozplątuje, rozdziela i niemal błyskawicznie suszy włosy, które jedwabistą kaskadą spływają mi na ramiona.

Programuję szafę, aby wybrać ubranie, które wpadnie mi w oko. Zgodnie z moim życzeniem, okna przybliżają lub oddalają widok na różne części miasta. Wystarczy tylko wyszeptać do mikrofonu nazwę potrawy z ogromnego jadłospisu, a w niecałą minutę już się zjawia, gorąca i wonna. Spaceruję po pokoju i pogryzam gęsią wątróbkę z puszystym chlebem, aż nagle słyszę pukanie do drzwi. Effie woła mnie na kolację.

Świetnie. Umieram z głodu.

Gdy wchodzimy do jadalni, Peeta, Cinna i Portia stoją na balkonie z widokiem na Kapitol. Cieszę się na widok stylistów, zwłaszcza że ma się zjawić także Haymitch. Posiłek z Effie i Haymitchem w roli gospodarzy byłby nie do zniesienia. Poza tym zebraliśmy się nie po to, aby się najeść, lecz aby omówić strategię dalszego działania. Cinna i Portia już dowiedli, jak cenny jest ich wkład.

Milczący młody mężczyzna w białej tunice podaje nam wino w kieliszkach na długich nóżkach. W pierwszym odruchu chcę odmówić, nigdy jednak nie piłam alkoholu, jeśli nie liczyć domowej nalewki, którą mama podaje na kaszel. Kiedy pojawi się następna okazja, żeby spróbować? Biorę do ust łyk cierpkiego, wytrawnego płynu i dochodzę do wniosku, że należałoby go ulepszyć kilkoma łyżkami miodu.

Haymitch zjawia się w chwili, gdy obsługa podaje posiłek. Wygląda na to, że ma własnego stylistę, bo jest czysty i uczesany, no i trzeźwy jak nigdy. Nie odmawia wina, ale gdy pochyla się nad zupą, uświadamiam sobie, że dotąd nie widziałam, żeby coś jadł. Może naprawdę wziął się w garść i jest w stanie nam pomóc.

Cinna i Portia najwyraźniej mają korzystny wpływ na Haymitcha i Effie, którzy odnoszą się do siebie całkiem grzecznie. Oboje prześcigają się w pochwałach pod adresem naszych stylistów. Przy stole toczy się niezobowiązująca rozmowa, a ja myślę wyłącznie o posiłku. Zupa grzybowa, gorzka zielenina z pomidorami wielkości ziaren grochu, krwisty befsztyk pokrojony na plastry cienkie jak papier, kluski w zielonym sosie, ser, który rozpływa się na języku, a do niego słodkie, niebieskie winogrona. Obsługa, młodzi ludzie w jednakowych białych tunikach, w milczeniu podchodzą do stołu i pilnują, by półmiski i kieliszki zawsze były pełne.

Po wypiciu mniej więcej połowy kieliszka wina czuję, że kręci mi się w głowie, więc odtąd piję tylko wodę. Nie podoba mi się to uczucie i liczę na to, że wkrótce minie. Pojęcia nie mam, jak Haymitch może od rana do wieczora funkcjonować w takim stanie.

Próbuję się skupić na rozmowie, która teraz dotyczy kostiumów na prezentację telewizyjną. W pewnej chwili dziewczyna z obsługi stawia na stole fantastyczny tort i sprawnie go podpala. Smakołyk staje w płomieniach, które jeszcze przez jakiś czas migoczą na obrzeżach ciasta i w końcu gasną. Ogarniają mnie wątpliwości.

— Dlaczego ten tort się zapalił? Czy jest na alkoholu? — pytam i spoglądam na dziewczynę. — To ostatnie, czego mi... Och, ja ciebie znam!

Nie potrafię przypomnieć sobie imienia dziewczyny ani okoliczności naszego spotkania. Jestem jednak pewna, że do niego doszło. Ciemnorude włosy, charakterystyczne rysy twarzy, porcelanowa cera. W tej samej chwili czuję, że na widok nieznajomej żołądek ściska mi się ze strachu i poczucia winy. Nie udaje mi się wyłowić wspomnień z nią związanych, ale wiem, że są niedobre. Na twarzy dziewczyny maluje się przerażenie, a ja jestem jeszcze bardziej skołowana i zdezorientowana. Pośpiesznie zaprzecza ruchem głowy i odchodzi od stołu.

Odrywam od niej wzrok i widzę, że czwórka dorosłych obserwuje mnie niczym jastrzębie ofiarę.

— Katniss, nie bądź śmieszna — prycha Effie. — Niby skąd miałabyś znać awoksę? Myśl logicznie.

— Kto to jest awoksa? — pytam niepewnie.

— Awoksa to ktoś, kto popełnił przestępstwo. Tej dziewczynie ucięto język, aby nie mogła mówić — wyjaśnia Haymitch. — Zapewne dopuściła się zdrady, w takiej czy innej formie. Wątpię, żebyś ją znała.

— Nawet jeśli, nie wolno ci odzywać się do awoksów, chyba że wydajesz im polecenie — podkreśla Effie. — Oczywiście, że jej nie znasz, coś ci się przywidziało.

Nie, nie przywidziało mi się. Gdy Haymitch wspomniał o zdradzie, przypomniałam sobie, gdzie widziałam tę dziewczynę. Dezaprobata opiekunów jest jednak tak oczywista, że nawet nie myślę o tym, żeby się przyznać.

— Chyba rzeczywiście, tak tylko... — jąkam się, a wypite wino dodatkowo plącze mi język.

Peeta strzela palcami.

— Delly Cartwright. To o niej pomyślałaś. Mnie też wydała się znajoma. Teraz wiem, kubek w kubek przypomina Delly.

Delly Cartwright jest przysadzistą dziewczyną o ziemistej cerze i żółtawych włosach, która jest podobna do naszej służącej mniej więcej w takim stopniu jak żuk do motyla. Poza tym Delly jest chyba najpogodniejszą osobą na tej planecie, bo bezustannie się uśmiecha do wszystkich w szkole, nawet do mnie. Nie widziałam uśmiechu na twarzy rudej. Z wdzięcznością jednak podchwytuję sugestię Peety.

— Oczywiście, właśnie o niej myślałam. To pewnie przez te włosy — mówię.

— Oczy też wydają się podobne — dodaje Peeta.

Napięcie przy stole słabnie.

— No proszę, wszystko jasne — konkluduje Cinna. — Wracając do tortu, owszem, jest nasączony spirytusem, ale cały alkohol spłonął. Zamówiłem go specjalnie dla uczczenia waszego ognistego debiutu.

Zjadamy tort i przechodzimy do salonu, żeby obejrzeć w telewizji powtórkę ceremonii. Kilka innych par wypadło całkiem nieźle, ale żadna nie dorasta nam do pięt. Nawet w naszym gronie słychać wyraźne „Och!", gdy na ekranie widać, jak opuszczamy Ośrodek Szkoleniowy.

— Kto wpadł na pomysł, żebyście trzymali się za ręce? — pyta Haymitch.

— Cinna — odzywa się Portia.

— Idealnie odmierzona szczypta buntu — chwali Haymitch. — Doskonale wam to wyszło.

Bunt? Muszę się nad tym zastanowić. Przypominam sobie inne pary, stojące sztywno, jak najdalej od siebie, nie dotykające się, jakby trybuci nawet nie przyjmowali do wiadomości istnienia osoby z tego samego dystryktu. Patrząc na nich, można było odnieść wrażenie, że igrzyska już się rozpoczęły. Rozumiem, o co chodzi Haymitchowi. Zaprezentowaliśmy się jako przyjaciele, nie rywale, i ten fakt zapadł ludziom w pamięć równie mocno jak ogniste kostiumy.

— Jutro rano rozpoczynamy pierwszą sesję treningową. Spotkamy się przy śniadaniu, a wtedy wam dokładnie wyjaśnię, czego od was oczekuję — mówi Haymitch do Peety i do mnie. — A teraz idźcie się przespać, dorośli chcą porozmawiać.

Razem z Peetą idę korytarzem do naszych pokojów. Gdy stajemy przed moimi drzwiami, Peeta opiera się o framugę. Nie całkiem blokuje przejście, ale najwyraźniej chce, abym zwróciła na niego uwagę.

— Delly Cartwright — odzywa się. — Kto by pomyślał, że właśnie tutaj napotkamy jej sobowtóra.

Domaga się wyjaśnień, a ja mam ochotę wszystko mu wytłumaczyć. Oboje wiemy, że mnie osłaniał. Znowu stałam się jego dłużniczką, ale jeśli wyznam mu prawdę o dziewczynie, to spłacę dług wdzięczności. I co w tym złego? Nawet gdyby powtórzył komuś tę historię, to w żaden sposób mi nie zaszkodzi. Po prostu byłam świadkiem pewnego zdarzenia. Poza tym Peeta też kłamał w sprawie Delly Cartwright.

Uświadamiam sobie, że mam ochotę porozmawiać z kimś o rudowłosej. Chcę, aby ktoś pomógł mi zrozumieć sprawę. W innych okolicznościach bez wahania zwróciłabym się do Gale'a, ale wątpię, czy go jeszcze kiedyś zobaczę. Zastanawiam się, czy jeśli zwierzę się Peecie, jakoś to wykorzysta przeciwko mnie, i nie mam pojęcia, jak miałby to zrobić. A zresztą, jeśli mu powiem, być może uwierzy, że widzę w nim przyjaciela.

Na myśl o dziewczynie bez języka czuję strach. Przypomniała mi, po co tu jestem. Nikt mnie nie ściągnął do Kapitolu, żebym paradowała w wystrzałowych kostiumach i objadała się smakołykami. Mam umrzeć we krwi, ku uciesze tłumu dopingującego mojego zabójcę.

Powiedzieć mu, czy nie? Po winie mój mózg nadal pracuje na zwolnionych obrotach. Spoglądam na pusty korytarz, zupełnie jakbym tam mogła znaleźć odpowiedź.

Peeta zauważa moje wahanie.

— Byłaś już na dachu? — pyta. Kręcę głową. — Cinna mnie tam zaprowadził. Widać stamtąd właściwie całe miasto. Tylko wiatr strasznie szumi w uszach.

Tłumaczę w myślach: „Nikt nie podsłucha tam naszej rozmowy". Rzeczywiście, ja również mam poczucie, że jesteśmy bezustannie inwigilowani.

— Może wybierzemy się tam teraz? — myślę głośno.

— Pewnie, chodźmy — zgadza się Peeta. Ruszam za nim na schody prowadzące na dach. Wspinamy się na samą górę, do małego pomieszczenia w kształcie kopuły, z drzwiami prowadzącymi na zewnątrz. Wychodzimy na chłodny, wietrzny wieczór. Wstrzymuję oddech, oszołomiona widokiem. Kapitol migocze niczym rozległe pole świetlików. Elektryczność w Dwunastym Dystrykcie pojawia się i znika, zwykle cieszymy się nią zaledwie przez kilka godzin dziennie. Większość wieczorów spędzamy przy świecach. Na prąd można liczyć tylko wtedy, gdy w telewizji nadawane są transmisje z igrzysk albo rząd ogłasza jakieś istotne wiadomości, które obowiązkowo należy obejrzeć. Tutaj nie istnieje pojęcie niedoborów. Prąd jest zawsze.

Razem z Peetą podchodzę do barierki na skraju dachu. Spoglądam prosto w dół, widzę ścianę i zatłoczoną ulicę. Dociera do nas warkot samochodów, sporadyczne okrzyki, dziwne, metaliczne pobrzękiwanie. W domu wszyscy sposobilibyśmy się już do snu.

— Spytałem Cinnę, dlaczego pozwalają nam wchodzić tak wysoko. Zaciekawiło mnie, czy się nie boją, że któryś z trybutów rzuci się prosto w przepaść — mówi Peeta.

— Co powiedział?

— Nie da się skoczyć. — Wyciąga rękę w pozornie pustą przestrzeń. Rozlega się ostry trzask i Peeta gwałtownie cofa dłoń.

— Pole elektryczne odrzuci człowieka z powrotem na dach.

— Bezpieczeństwo przede wszystkim — mówię. Choć Cinna pokazał Peecie dach, nie jestem pewna, czy możemy tutaj przebywać sami, w dodatku o tak późnej porze. Nigdy wcześniej nie widziałam trybutów na dachu Ośrodka Szkoleniowego. To jednak nie oznacza, że nie jesteśmy nagrywani. — Jak myślisz, obserwują nas teraz?

— Niewykluczone — przyznaje. — Chodź obejrzeć ogród.

Po drugiej stronie kopuły widzimy ogródek z kwietnikami i drzewami w donicach. Na gałęziach wiszą setki dzwonków wietrznych, to one rozbrzmiewają charakterystycznym dźwiękiem, który słyszałam. Tutaj, w ogrodzie, przy silnym wietrze, jest na tyle donośny, że bez trudu zagłuszy mówiących półgłosem ludzi. Peeta spogląda na mnie wyczekująco.

Udaję, że patrzę na kwiaty.

— Któregoś dnia polowaliśmy w lesie — zaczynam szeptem. — Zaszyliśmy się w kryjówce i czekaliśmy na zwierzynę.

— Ty i twój ojciec? — odszeptuje.

— Nie, byłam z moim przyjacielem Gale'em. Nagle wszystkie ptaki umilkły. Tylko jeden śpiewał, zupełnie jakby chciał nas ostrzec. Wtedy ją ujrzeliśmy. Głowę daję, że to była ta dziewczyna. Oprócz niej zauważyliśmy też chłopaka. Mieli porwane ubrania i ciemne koła pod oczami. Widać od dawna nie spali. Biegli tak, jakby od tego zależało ich życie.

Przez chwilę milczę, gdy przypominam sobie, jak zamarliśmy na widok tej niecodziennej pary, niewątpliwie spoza Dwunastego Dystryktu. Później zastanawialiśmy się, czy dałoby się im pomóc w ucieczce. Niewykluczone. Moglibyśmy ich ukryć. Gdybyśmy odpowiednio szybko zareagowali. Zaskoczyli nas, fakt, ale przecież i ja, i Gale jesteśmy myśliwymi i dobrze wiemy, jak wyglądają zaszczute zwierzęta. Na pierwszy rzut oka było widać, że tamtych dwoje miało problemy. My jednak tylko patrzyliśmy.

— Nie wiadomo, skąd nadleciał poduszkowiec — wspominam. — W jednej chwili niebo było puste, a w następnej już tam wisiał. W ogóle nie hałasował, ale i tak go zauważyli. Załoga zrzuciła siatkę na dziewczynę i błyskawicznie wciągnęła ją na pokład, tak szybko, jakby jechała windą. Chłopaka przebili jakąś dziwną włócznią wystrzeloną z pokładu. Do jej końca przywiązali linę, jego też wciągnęli. Jestem pewna, że zginął na miejscu. Tylko raz usłyszeliśmy dziewczynę, chyba wrzeszczała imię chłopaka. Potem ten poduszkowiec znikł, całkiem jakby się rozpłynął we mgle. Ptaki znów zaczęły śpiewać jakby nigdy nic.

— Widzieli cię? — chce wiedzieć Peeta.

— Nie mam pojęcia. Ukryliśmy się pod skalnym występem. Wiem jednak, że w pewnej chwili, po ostrzegawczym śpiewie ptaka, ale przed przybyciem poduszkowca, dziewczyna zobaczyła nas oboje. Spojrzała mi w oczy i błagała o pomoc. Nie zareagowaliśmy, ani ja, ani Gale.

— Drżysz — zauważa Peeta.

Przemarzłam pod wpływem wiatru i opowieści. Wrzask dziewczyny. Czy to był jej ostatni krzyk?

Peeta ściąga kurtkę i zarzuca mi ją na ramiona. W pierwszym odruchu mam chęć się cofnąć, ale się powstrzymuję. Nie protestuję, przyjmuję kurtkę, akceptuję jego dobroć. Tak zachowałby się przyjaciel, prawda?

— Byli tutejsi? — pyta i zapina mi guzik przy szyi.

Kiwam głową. Mieli w sobie coś typowego dla mieszkańców Kapitolu. I chłopak, i dziewczyna.

— Jak myślisz, co tam robili? — chce wiedzieć.

— Nie mam pojęcia. — Dwunasty Dystrykt leży na skraju cywilizacji. Dalej jest tylko las, jeśli nie liczyć pogorzeliska po Trzynastce, które nadal się tli, zbombardowane toksycznymi ładunkami wybuchowymi. Od czasu do czasu pokazują je w telewizji, dla przypomnienia. — Nie wiem też, dlaczego opuścili Kapitol. — Haymitch zasugerował, że awoksi dopuścili się zdrady. Kogo zdradzili? Chyba Kapitol, ale przecież mieli tutaj wszystko. Po co mieliby się buntować?

— Ja bym stąd wyjechał — wyznaje Peeta i nerwowo się rozgląda. Jego słowa zabrzmiały donośniej niż dzwonki. Śmieje się. — Wróciłbym do domu, gdyby mi pozwolili. Musisz jednak przyznać, że karmią tu doskonale.

Jest kryty. Jeśli ktoś go podsłuchał, dowiedział się tylko, co myśli wystraszony trybut, a nie młody człowiek kwestionujący rzekomo nieograniczoną dobroć Kapitolu.

— Robi się zimno, lepiej chodźmy do środka — proponuje. W kopule jest ciepło i jasno. Peeta mówi swobodnie, jakby nigdy nic. — Wspomniałaś o swoim przyjacielu, Gale'u. Czy to on odprowadził twoją siostrę podczas dożynek?

— Tak — potwierdzam. — Znasz go?

— Właściwie nie, ale dziewczyny sporo o nim mówią. Zakładałem, że to twój kuzyn albo ktoś bliski. Trzymacie ze sobą.

— Nie, nie jesteśmy spokrewnieni — zaprzeczam.

Peeta kiwa głową. Nie potrafię nic wyczytać z jego twarzy.

— Przyszedł się z tobą pożegnać?

— Tak. — Obserwuję go z uwagą. — Twój ojciec również. Przyniósł mi ciastka.

Peeta unosi brwi, jakby to było dla niego coś nowego. Wiem jednak, że potrafi kłamać jak z nut, więc nie przywiązuję wagi do jego reakcji.

— Naprawdę? Lubi ciebie i twoją siostrę. Tak sobie myślę, że chciałby mieć córkę zamiast całego domu chłopaków.

Wzdrygam się na myśl o tym, że w domu Peety mogłam być tematem rozmowy, choćby nawet krótkiej, podczas kolacji, przy piecu. Z pewnością nie było wówczas przy stole żony piekarza.

— Znał twoją mamę, gdy byli dziećmi — zauważa Peeta.

Jeszcze jedna niespodzianka, ale to pewnie prawda.

— No tak — przyznaję. — Dorastała w mieście.

Mama nigdy nie wspominała o piekarzu, choć chwaliła jego chleb. Nie mówię tego jednak, bo nie chcę urazić Peety.

Stajemy przed drzwiami, zwracam Peecie kurtkę.

— Widzimy się rano — mówię na pożegnanie.

— Na razie — odpowiada i odchodzi korytarzem.

Otwieram drzwi i widzę, że rudowłosa podnosi mój kombinezon i buty, które przed prysznicem rzuciłam na podłogę. Chcę przeprosić ją za to, że być może miała przeze mnie kłopoty. Pamiętam jednak, że do awoksów wolno mi zwracać się tylko z poleceniami.

— Och, przepraszam — odzywam się. — Miałam to zwrócić Cinnie. Bardzo przepraszam. Czy możesz mu zanieść mój kostium?

Unika mojego wzroku, lekko kiwa głową i rusza do wyjścia.

Udałam, że przepraszam ją za swoje zachowanie podczas kolacji. Moje przeprosiny sięgają jednak znacznie głębiej. Wstyd mi, bo nawet nie próbowałam jej pomóc tamtego dnia w lesie. Nie kiwnęłam palcem, gdy ludzie z Kapitolu zabili chłopaka, a ją okaleczyli.

Zachowałam się tak, jakbym oglądała fragment igrzysk.

Ściągam buty i w ubraniu wpełzam do łóżka. Przez cały czas drżę. Może dziewczyna mnie nie pamięta? A skąd, wiem, że mnie rozpoznała. Nie zapomina się twarzy człowieka, który jest ostatnią nadzieją. Chowam głowę pod kołdrę, jakbym w ten sposób chciała się schronić przed rudą niemową. Wyczuwam jednak na sobie jej wzrok, przenika przez ściany, drzwi i pościel.

Ciekawe, czy patrzenie na moją śmierć sprawi jej przyjemność.

Śpię lekko, nękają mnie niepokojące sny. Twarz rudowłosej przeplata się z krwawymi obrazami z dotychczasowych
Głodowych Igrzysk. Widzę mamę, zamkniętą w sobie i nie-
osiągalną, śnię o Prim, wychudzonej i przerażonej. Z wrzaskiem zrywam się z łóżka, wołam do ojca, żeby uciekał, gdy
mina rozrywa się na milion zabójczych ogników.
Przez okna wpada światło brzasku. Kapitol spowija trochę
niesamowita mgła. Boli mnie głowa, do tego w nocy musiałam się ugryźć w wewnętrzną stronę policzka. Dotykam języ-
kiem tego miejsca, wyczuwam smak krwi.
Powoli zwlekam się z łóżka i idę pod prysznic. Na chybił
trafił przyciskam guziki na panelu sterowania i w rezultacie
przeskakuję z nogi na nogę, chłostana strumieniami wody, na
przemian lodowatej i prawie wrzącej. Pod koniec zalewa mnie
cytrynowa piana, którą muszę zeskrobywać szczotką o gęstym
włosiu. No i dobrze. Przynajmniej pobudzam krążenie krwi.
Wysuszona i nasmarowana balsamem nawilżającym sięgam po ubranie, które czeka na mnie przed szafą. Obcisłe
czarne spodnie, burgundowa tunika z długimi rękawami, skórzane buty. Splatam włosy w warkocz na plecach. Tego ranka
po raz pierwszy od dożynek przypominam siebie. Nie mam
wymyślnej fryzury ani odzieży, na moich plecach nie płonie
peleryna. Oto prawdziwa ja. Tak samo wyglądam przed wy-
prawą do lasu. To mnie uspokaja.

Haymitch nie wyznaczył dokładnej godziny na nasze śniadanie i tego ranka nikt się jeszcze ze mną nie kontaktował, ale jestem głodna, więc idę do jadalni, w nadziei, że znajdę tam coś do jedzenia. Nie pomyliłam się. Choć stół jest pusty, na długiej ladzie z boku widzę co najmniej dwadzieścia potraw. Przy nakryciu stoi na baczność młody mężczyzna, awoks. Pytam, czy mogę się sama obsłużyć, a on kiwa głową. Na moim talerzu lądują jajka, kiełbaski, naleśniki z marmoladą pomarańczową, plastry jasnofioletowego melona. Delektuję się, obserwując wschód słońca nad Kapitolem. Na dokładkę biorę gorącą kaszę z wołowiną w potrawce. Na koniec układam na talerzu kilka bułek, siadam przy stole i odrywam kawałek po kawałku, po czym maczam je w gorącej czekoladzie, tak jak Peeta w pociągu.

Wracam myślami do mamy i Prim. Na pewno już są na nogach. Mama przyrządza papkę na śniadanie. Przed pójściem do szkoły Prim doi kozę. Jeszcze przedwczoraj rano byłam w domu. Czy to możliwe? Tak, minęły tylko dwa dni. Nawet z takiej odległości czuję pustkę w domu. Ciekawe, co wczoraj powiedziały o moim ognistym debiucie na igrzyskach? Czy odżyła w nich nadzieja? A może jeszcze bardziej się przeraziły, gdy ujrzały ustawionych w kole dwudziestu czterech trybutów, z których przeżyje tylko jeden?

Zjawiają się Haymitch i Peeta, życzą mi dobrego dnia i napełniają talerze. Irytuję się, bo Peeta nosi strój bliźniaczo podobny do mojego. Muszę porozmawiać z Cinną. Robienie z nas bliźniaków wyjdzie nam bokiem po rozpoczęciu igrzysk. Nasi opiekunowie z pewnością o tym wiedzą. Przypominam sobie jednak, że Haymitch zabronił mi sprzeciwiać się stylistom. Gdyby nie chodziło o Cinnę, lecz o kogoś innego, zapewne zrobiłabym po swojemu. Po wieczornym triumfie nie mam jednak powodu, by krytykować jego decyzje.

Denerwuję się przed szkoleniem. Trybuci mają trzy dni na wspólne ćwiczenia. Ostatniego popołudnia każdy z nas otrzyma możliwość zaprezentowania się przed organizatorami igrzysk. Niedobrze mi na myśl o spotkaniu z innymi zawodnikami. Obracam w palcach bułkę, którą przed chwilą wyjęłam z koszyka. Straciłam apetyt.

Haymitch pochłonął kilka porcji wołowiny. Wzdycha i w końcu odsuwa talerz. Z kieszeni wyciąga butelkę, przez dłuższą chwilę pije, a na koniec opiera się łokciami o stół.

— Do rzeczy — odzywa się. — Szkolenie. Jeśli chcecie, to na początek mogę was uczyć osobno. Musicie teraz zadecydować.

— Dlaczego mielibyśmy się szkolić osobno? — pytam.

— Czasem się zdarza, że ktoś dysponuje jakąś skrywaną umiejętnością, z którą nie chce się zdradzić — tłumaczy Haymitch.

Wymieniamy z Peetą spojrzenia.

— Nie skrywam żadnych szczególnych umiejętności — odzywa się. — A twoje już znam, prawda? Chodzi o to, że zjadłem już niejedną twoją wiewiórkę.

Nigdy nie przyszło mi do głowy, że Peeta jada ustrzelone przeze mnie zwierzęta. Sądziłam, że piekarz po cichu smaży je dla siebie, nie z pazerności, w końcu rodziny w mieście jadły drogie mięso od rzeźniczki, zwykle wołowinę, kurczaki i koninę.

— Może nas pan uczyć razem — zapewniam Haymitcha. Peeta kiwa głową.

— Nie ma sprawy. Skoro tak, powiedzcie mi, co potraficie. — Haymitch patrzy nas wyczekująco.

— Ja nic nie potrafię — oświadcza Peeta. — Pieczenia chleba nie liczę.

— I słusznie. A ty, Katniss? Wiem, że nieźle władasz nożem.

— Tak sobie, ale umiem polować — wyjaśniam. — Strzelam z łuku.

— Dobrze sobie radzisz na łowach?

Muszę się zastanowić. Od czterech lat zajmuję się dostarczaniem żywności z lasu. To niełatwe zajęcie. Nie jestem tak dobra jak ojciec, ale on miał większą wprawę. Lepiej celuję niż Gale, bo mam dłuższą praktykę. Za to on jest niezrównany w zakładaniu pułapek i sideł.

— Nie najgorzej — przyznaję.

— Jest świetna — wtrąca się Peeta. — Mój ojciec kupuje od niej wiewiórki. Od niego wiem, że nigdy nie przeszyła strzałą ciała. Zawsze trafia prosto w oko. Tak samo radzi sobie z królikami, które sprzedaje rzeźniczce. Potrafi położyć nawet jelenia.

Jestem kompletnie zaskoczona. Nie spodziewałam się, że Peeta w taki sposób oceni moje umiejętności. Dziwi mnie, że w ogóle zwrócił na nie uwagę, a poza tym nie rozumiem, dlaczego mnie wychwala.

— Co ty wygadujesz? — pytam podejrzliwie.

— Sama sobie zadaj to pytanie — mówi Peeta. — Jeśli on ma ci jakoś pomóc, musi poznać twoje możliwości, a ty przecież masz się czym pochwalić.

Sama nie wiem dlaczego, ale jego słowa mnie drażnią.

— Może lepiej opowiedz coś o sobie? — warczę. — Widziałam cię na rynku. Bez trudu dźwigasz pięćdziesięciokilogramowe worki z mąką. Dlaczego o tym nie wspomnisz? To nie byle co.

— Jasne. Jestem pewien, że na arenie będzie mnóstwo worków z mąką, żebym sobie nimi porzucał w ludzi — odparowuje. — Przenosząc ciężary, nie nauczysz się walczyć z wrogiem, dobrze o tym wiesz.

— Jest dobry w zapasach — informuję Haymitcha. — W ubiegłym roku zajął drugie miejsce w naszych szkolnych zawodach, przegrał tylko z własnym bratem.

— Jaki z tego pożytek? Ile razy widziałaś, by ktoś udusił przeciwnika w zapaśniczym chwycie? — cedzi Peeta z niesmakiem.

— Na igrzyskach zawsze dochodzi do walki wręcz — mówię. — Wystarczy, że zdobędziesz nóż, a twoje szanse wyraźnie wzrosną. Jeżeli ja zostanę zaatakowana, to już po mnie! — W gniewie podnoszę głos.

— Nikt cię nie zaatakuje! — wybucha Peeta. — Zaszyjesz się gdzieś na drzewie, będziesz jadła surowe wiewiórki i odstrzeliwała przeciwników z łuku. Nawet nie podejrzewasz, co powiedziała moja matka, kiedy przyszła się ze mną pożegnać. Byłem pewien, że chce mnie pocieszyć. Oznajmiła, że Dwunasty Dystrykt wreszcie ma szansę doczekać się zwycięzcy. Dopiero później dotarło do mnie, że nie chodziło jej o mnie, tylko o ciebie!

— E tam. — Macham lekceważąco ręką. — Miała na myśli ciebie i tyle.

— Powiedziała: „Przeżyje, poradzi sobie. To urodzona zwyciężczyni”.

Zamyka mi tym usta. Czy jego matka naprawdę tak się o mnie wyraziła? Czy oceniła mnie wyżej niż syna? Dostrzegam cierpienie w oczach Peety i wiem, że nie kłamie.

Nagle wracam myślami do dnia, w którym stałam na tyłach piekarni. Niemal czuję, jak po plecach spływa mi zimny deszcz, prawie słyszę burczenie w pustym brzuchu. Gdy się odzywam, mój głos brzmi jak głos jedenastolatki.

— Przeżyłam, bo kiedyś ktoś mi pomógł.

Peeta kieruje spojrzenie na bułkę w moich dłoniach, a ja już wiem, że on również pamięta tamten dzień.

— Na arenie też ci pomogą. — Wzrusza ramionami. — Sponsorzy na wyprzódki będą biegli ci z pomocą.

— Tak samo mnie, jak i tobie.

Peeta przewraca oczami do Haymitcha.

— Ona nie ma pojęcia. W ogóle nie rozumie, jak ludzie na nią reagują.

Przesuwa paznokciem po blacie stołu, wzdłuż słoja na desce. Nie chce na mnie patrzeć.

O co mu chodzi? Niby kto miałby mi pomagać? Gdy umierałyśmy z głodu, nikt mi nie pomógł! Nikt prócz Peety. Gdy zdobyłam towar na wymianę, sytuacja się zmieniła. Jestem twarda w interesach. A może się mylę? Co ludzie o mnie myślą? Uważają, że jestem słaba i wymagam ciągłej opieki? Czy Peeta sugeruje, że dokonywałam korzystnych transakcji, bo ludzie się nade mną użalali? Zastanawiam się, czy to prawda. Nie wykluczam, że część kupców traktowała mnie wspaniałomyślnie, lecz zawsze kładłam to na karb ich wieloletnich dobrych relacji z moim ojcem. Poza tym moja zwierzyna jest pierwsza klasa. Nikt mi nie robił łaski!

Wbijam gniewne spojrzenie w bułkę. Jestem pewna, że Peeta chciał mnie obrazić.

Po jakiejś minucie Haymitch zabiera głos.

— No proszę. Interesujące. Katniss, nie mogę ci dać żadnej gwarancji, że na arenie pojawią się łuki i strzały, ale podczas indywidualnego pokazu przed organizatorami powinnaś zademonstrować swoje umiejętności. Do tego czasu trzymaj się z dala od łucznictwa. Jak sobie radzisz z zastawianiem pułapek?

— Potrafię założyć kilka podstawowych rodzajów sideł — mamroczę.

— To się może bardzo przydać podczas zdobywania żywności — mówi Haymitch. — Wiesz, Peeta, ona ma rację, nie lekceważ siły fizycznej na arenie. Niejednokrotnie przechyla szalę zwycięstwa w pojedynku na korzyść zawodnika. W Ośrodku Szkoleniowym mają ciężary, ale w obecności innych trybutów nie ujawniaj, ile potrafisz unieść. Plan dotyczy was obojga. Weźmiecie udział w treningu grupowym. Spędzicie trochę czasu na nauce nowych umiejętności. Poćwiczycie rzut oszczepem, walkę maczugą. Zapamiętacie, jak się wiąże jakiś przyzwoity węzeł. Zaczekajcie z popisami do indywidualnego pokazu. Czy wszystko jasne?

Zgodnie kiwamy głowami.

— Jeszcze jedna sprawa — przypomina sobie Haymitch. — Chcę, żebyście w miejscach publicznych przez cały czas trzymali się blisko siebie. — Oboje zaczynamy protestować, ale Haymitch wali otwartą dłonią w stół. — Przez cały czas! Bezdyskusyjnie! Zgodziliście się wykonywać moje polecenia. Będziecie razem, i każdy ma widzieć, jak okazujecie sobie sympatię. A teraz żegnam. O dziesiątej przy windzie spotkacie się z Effie. Zabierze was na szkolenie.

Przygryzam wargę i sztywnym krokiem wracam do pokoju. Zatrzaskuję głośno drzwi, żeby Peeta na pewno mnie usłyszał. Siadam na łóżku i myślę o tym, jak bardzo nienawidzę Haymitcha. Nienawidzę także Peety oraz siebie za to, że wspomniałam o tym deszczowym dniu sprzed lat.

Co za ironia losu! Oboje będziemy udawali przyjaźń. Musimy teraz nawzajem obsypywać się komplementami i podkreślać, że to drugie zasługuje na większe pochwały. W pewnym momencie staniemy jednak przed koniecznością odrzucenia pozorów i pogodzenia się z faktem, że jesteśmy rywalami na śmierć i życie. Już teraz byłabym gotowa to zaakceptować, gdyby nie idiotyczne zalecenie Haymitcha, który kazał nam trzymać ze sobą podczas szkolenia. To pewnie moja wina, skoro twierdziłam, że nie musi nas trenować osobno. Nie chciałam jednak przez to powiedzieć, że wszystko muszę robić razem z Peetą. Który zresztą najwyraźniej nie chce być moim partnerem.

Słyszę w głowie głos Peety. „Ona nie ma pojęcia. Nie rozumie, jak ludzie na nią reagują". Chciał mnie zdeprecjonować, to oczywiste. Prawda? W głębi duszy zastanawiam się jednak, czy to nie był szczery komplement. Takie słowa aprobaty dowodziłyby, że do pewnego stopnia jestem atrakcyjna. Dziwne, że Peeta zwracał na mnie taką uwagę. Na to, jak poluję. Zresztą i on nie był mi tak obojętny, jak to sobie wyobrażałam. Mąka. Zapasy. Uważnie śledziłam poczynania chłopca, który podarował mi chleb.

Dochodzi dziesiąta. Szoruję zęby i zaczesuję włosy do tyłu. Ze złości na pewien czas przestałam myśleć o zdenerwowaniu, które mnie ogarnęło przed spotkaniem z innymi trybutami. Teraz ponownie czuję przypływ niepokoju. Gdy nadchodzi pora spotkania z Effie i Peetą, przyłapuję się na obgryzaniu paznokci. Momentalnie przestaję.

Sale treningowe mieszczą się na podziemnych kondygnacjach naszego budynku. Dzięki windom docieramy tam w niecałą minutę. Drzwi się otwierają i widzimy przestronne studio, wypełnione różnymi rodzajami broni oraz torami przeszkód. Choć jeszcze nie minęła dziesiąta, przychodzimy ostatni. Pozostali trybuci zgromadzili się w ciasnym kole. Każdy z nich ma przypięty do koszuli kwadrat materiału z numerem swojego dystryktu. Gdy ktoś przyczepia mi do pleców dwunastkę, pobieżnie przyglądam się rywalom. Tylko ja i Peeta jesteśmy ubrani tak samo.

Dołączamy do kręgu. Staje przed nami atletycznie zbudowana kobieta o imieniu Atala i zaczyna objaśniać zasady szkolenia. Specjaliści z każdej dziedziny pozostaną na swoich stanowiskach. Wolno nam swobodnie przemieszczać się po całej sali, w zależności od interesujących nas zagadnień i sugestii naszych mentorów. Na niektórych stanowiskach można poznać techniki przetrwania, na innych prowadzi się ćwiczenia bojowe. Nie wolno nam angażować się w jakiekolwiek symulacje walki z innymi trybutami. Od tego są specjalnie wyznaczeni asystenci.

Gdy Atala zaczyna odczytywać listę stanowisk, ukradkiem przypatruję się rywalom. Po raz pierwszy stoimy razem obok siebie, nie na rydwanach, w zwykłych strojach. Czuję bolesne ukłucie w sercu. Przynajmniej połowa dziewczyn i niemal wszyscy chłopcy są wyżsi ode mnie, choć wielu trybutów nigdy nie odżywiało się prawidłowo. Widać to po ich budowie, skórze, zapadniętych oczach. Może i jestem niższa, ale po rodzinie odziedziczyłam zaradność. Trzymam się prosto i choć jestem chuda, nie brakuje mi siły. Mięso oraz rośliny z lasu w połączeniu z wysiłkiem fizycznym, który towarzyszył ich zdobywaniu, zapewniły mi kondycję lepszą od kondycji większości moich przeciwników.

Wyjątkiem są dzieciaki z bogatszych dystryktów, ochotnicy, od urodzenia dobrze karmieni i szkoleni do walki na igrzyskach. Trybuci z Jedynki, Dwójki oraz Czwórki tradycyjnie prezentują się najlepiej. Zasadniczo szkolenie trybutów przed przyjazdem do Kapitolu jest zabronione, ale ta sama sytuacja powtarza się co roku. W Dwunastce nazywamy ich zawodowymi trybutami, albo po prostu zawodowcami. Zapewne to jeden z nich zwycięży.

W zestawieniu z takimi rywalami moja lekka przewaga po wczorajszym ognistym wejściu wydaje się topnieć. Inni trybuci zazdroszczą nam, bo mamy świetnych stylistów, a nie doskonałe umiejętności. W spojrzeniach zawodowców dostrzegam teraz wyłącznie pogardę. Każdy z nich z pewnością waży od dwudziestu pięciu do pięćdziesięciu kilogramów więcej niż ja. Bije z nich arogancja i brutalność. Gdy Atala kończy odprawę, ruszają prosto do najgroźniejszych rodzajów broni i demonstrują, z jaką wprawą nimi władają.

Rozmyślam o tym, że na szczęście potrafię szybko uciekać, a wtedy ktoś trąca mnie w rękę. Podskakuję nerwowo i orientuję się, że to Peeta. Nadal koło mnie stoi, zgodnie z zaleceniami Haymitcha. Spogląda na mnie z powagą.

— Od czego chciałabyś zacząć?

Przez moment przypatruję się zawodowcom, którzy bezustannie się popisują, żeby zastraszyć przeciwników. Pozostali trybuci, niedożywieni i niezdarni, drżącymi rękami uczą się zadawać ciosy nożami i siekierami.

— Moglibyśmy zawiązać parę węzłów — proponuję.

— Nie ma sprawy — zgadza się Peeta. Podchodzimy do pustego stanowiska. Trener wydaje się zadowolony z przybycia kursantów, od razu widać, że węzły nie są szczególnie popularne wśród trybutów. Orientuje się, że mam pewne pojęcie o zastawianiu sideł, więc pokazuje nam prostą, doskonałą pułapkę na ludzi. Kto w nią wpada, zawisa głową w dół na drzewie, zaplątany jedną nogą w sznur. Przez okrągłą godzinę uczymy się zastawiać tylko tę jedną pułapkę, dzięki czemu oboje opanowujemy ją do perfekcji. Później przechodzimy do stanowiska kamuflażu. Peeta wydaje się szczerze zainteresowany sztuką maskowania i chętnie rozmazuje na bladej skórze różne proporcje błota, gliny i soku z miękkich owoców. Uczymy się także, jak stworzyć przebranie ze splecionych winorośli oraz liści. Trener kamuflażu nie kryje entuzjazmu dla jego osiągnięć.

— Robię torty — wyznaje Peeta.

— Torty? — pytam odruchowo. Jestem skupiona na obserwowaniu chłopaka z Drugiego Dystryktu. Właśnie udało mu się z odległości piętnastu metrów przebić oszczepem serce kukły. — Jakie torty?

— W domu. Różne. Lukrowane, z bitą śmietaną. Do piekarni — tłumaczy.

Chodzi mu o ciasta eksponowane w witrynie. Torty ozdobione kwiatami oraz rozmaitymi ładnymi obrazkami, namalowanymi na lukrze. Można kupować okolicznościowe torty na urodziny i na Nowy Rok. Chociaż nie stać nas na nie, Prim zawsze ciągnie mnie przed piekarnię, gdy jesteśmy na placu, aby napaść nimi oczy. W Dwunastym Dystrykcie jest tak mało piękna, że nie zabraniam jej oglądania słodyczy.

Z uwagą przypatruję się wzorowi na ręce Peety. Złożony z naprzemiennie namalowanych jasnych i ciemnych plam, przywodzi na myśl światło słoneczne, które sączy się przez gęstwinę liści na drzewach. Zastanawiam się, skąd Peeta zna tę kompozycję, skoro chyba nigdy nie pokonał ogrodzenia i nie wędrował po lesie. Czy udało mu się odtworzyć taki wzór na podstawie cienia mizernej, starej jabłonki, która rośnie na jego podwórzu? Nie wiedzieć czemu, to wszystko mnie irytuje: jego umiejętność kamuflażu, nieosiągalne torty, pochwały instruktora.

— Cudownie. Zobaczymy, czy wrogów ubijasz równie dobrze jak śmietanę — zauważam kąśliwie.

— Nie wymądrzaj się. Nigdy nie wiadomo, co można spotkać na arenie... A jeśli tym razem to będzie gigantyczny tort... — fantazjuje Peeta.

— A jeśli się uciszysz, to ruszymy dalej — przerywam mu. Przez następne trzy dni spokojnie zaliczamy kolejne stanowiska i zdobywamy cenne umiejętności. Potrafimy sprawnie rozpalić ognisko, coraz lepiej miotamy nożami i budujemy szałasy. Choć Haymitch kazał nam udawać miernoty, Peeta doskonale sobie radzi w walce wręcz, a ja bez zmrużenia powiek wybieram jadalne rośliny. Trzymamy się jednak z daleka od łucznictwa i podnoszenia ciężarów, które to umiejętności zademonstrujemy podczas indywidualnych pokazów.

Organizatorzy igrzysk pojawili się na początku pierwszego dnia zajęć. Przybyło około dwudziestu osób, kobiet i mężczyzn, ubranych w ciemnofioletowe szaty. Wszyscy zasiadają na małych trybunach otaczających salę ćwiczeń. Niekiedy schodzą ze swoich miejsc i wędrują między stanowiskami, aby przyjrzeć się nam z bliska. Czasem coś notują, kiedy indziej zasiadają przy stole bankietowym, na stałe nakrytym specjalnie dla nich. Gdy jedzą, nie zwracają uwagi na trybutów. Odnoszę jednak wrażenie, że na mnie i na Peetę patrzą częściej niż na innych zawodników. Kilka razy podniosłam na nich wzrok i zauważyłam, że jeden z organizatorów uważnie mi się przygląda. Podczas naszych posiłków rozmawiają z trenerami. Po powrocie na salę spotykamy ich wszystkich zebranych w jednym miejscu.

Do śniadania i kolacji zasiadamy na swoim piętrze, ale lunch wszyscy jemy wspólnie, w jadalni sąsiadującej z salą ćwiczeń. Potrawy są wyłożone na wózkach, rozstawionych po całym pomieszczeniu, abyśmy sami mogli się częstować. Zawodowcy zbierają się zwykle przy jednym stole i hałaśliwie demonstrują swoją wyższość. Najwyraźniej chcą dać innym do zrozumienia, że nie boją się siebie nawzajem, a reszta zawodników nie jest godna uwagi. Większość pozostałych trybutów siedzi samotnie, niczym zagubione owce. Nikt nie odzywa się do nas ani słowem. Jadam razem z Peetą, a podczas posiłków staramy się prowadzić przyjacielską pogawędkę, bo Haymitch ciągle nas do tego przymusza.

Niełatwo nam znaleźć tematy rozmów. Wspominanie domu sprawia ból nam obojgu. Pogawędka o teraźniejszości jest nie do zniesienia. Któregoś dnia Peeta opróżnia koszyk na pieczywo i zauważa, że podają zawodnikom nie tylko biały chleb kapitoliński, lecz także lokalne pieczywo z różnych dystryktów. Bochenek w kształcie ryby, zabarwiony na zielono wodorostami z Czwórki. Rogal posypany ziarnem z Jedenastki. Choć upieczono go z tej samej mąki co nasze zwykłe, brzydkie kajzerki, wygląda nieporównanie bardziej apetycznie.

— I tak to jest — podsumowuje Peeta i zgarnia pieczywo z powrotem do koszyka.

— Sporo wiesz — przyznaję.

— Tylko o chlebie. A teraz się zaśmiej, jakbym powiedział coś zabawnego.

Oboje śmiejemy się w miarę przekonująco i nie zwracamy uwagi na spojrzenia kierowane w naszą stronę z różnych części jadalni.

— Teraz będę się miło uśmiechał, a ty będziesz gadała — mówi Peeta. Te narzucone przez Haymitcha przyjacielskie relacje męczą nas oboje. Odkąd zatrzasnęłam za sobą drzwi, wyraźnie się oziębiły. Musimy jednak wykonywać rozkazy.

— Opowiadałam ci, jak kiedyś ścigał mnie niedźwiedź? — pytam.

— Nie, ale to brzmi obiecująco. — Peeta jest wyraźnie zainteresowany.

Próbuję z ożywieniem na twarzy zrelacjonować całe zdarzenie. Historia jest prawdziwa. Któregoś dnia bardzo głupio wdałam się z baribalem w zatarg o prawa do barci. Rozbawiony Peeta zadaje pytania we właściwych momentach. Jest w tym znacznie lepszy ode mnie.

Drugiego dnia ćwiczymy miotanie oszczepem.

— Chyba ktoś się do nas przyczepił — szepcze Peeta w pewnej chwili.

Ciskam broń. Nawet nieźle mi idzie, pod warunkiem, że cel nie znajduje się zbyt daleko. Odwracam się i widzę dziewczynkę z Jedenastego Dystryktu. Trzyma się nieco z tyłu, obserwuje nas. Kojarzę ją, to dwunastolatka, która przypomina mi Prim. Z bliska wygląda na jakieś dziesięć lat. Ma błyszczące, ciemne oczy i aksamitną, brązową skórę. Stoi lekko uniesiona na palcach stóp, z rękami odchylonymi od tułowia, jakby nawet najcichszy dźwięk mógł ją skłonić do ucieczki w przestworza. W oczywisty sposób kojarzy się z ptakiem.

Peeta wykonuje rzut, a ja sięgam po następny oszczep.

— Chyba ma na imię Rue — zauważa półgłosem.

Przygryzam wargę. Na Łące rośnie ruta, drobny, żółty kwiatek. Rue — ruta. Prim — prymulka. Ani jedna, ani druga nie waży więcej niż trzydzieści parę kilogramów, nawet przemoknięta do nitki.

— I co z tym fantem zrobić? — zastanawiam się głośno, bardziej opryskliwie, niż zamierzałam.

— Nic — słyszę w odpowiedzi. — Rozmawiamy dalej i tyle.

Odkąd wiem, że dziewczynka się do nas przyczepiła, nie mogę przestać o niej myśleć. Krąży za nami, dołącza do nas przy różnych stanowiskach. Podobnie jak ja, sprawnie rozpoznaje rośliny, zwinnie się wspina i ma dobre oko. Świetnie strzela z procy, za każdym razem trafia do celu. Jak jednak miałaby pokonać za pomocą procy ponadstukilogramowego mężczyznę z nożem niczym miecz?

Na piętrze Dwunastego Dystryktu Haymitch i Effie podczas śniadania i kolacji urządzają nam przesłuchania. Wypytują nas o każdą chwilę, chcą znać przebieg naszego dnia. Pytają, co robiliśmy, kto nas obserwował, jak oceniamy innych trybutów. Cinna i Portia nie przychodzą, więc nie ma nikogo, kto przywróciłby posiłkom odpowiedni charakter. Haymitch i Effie już się nie kłócą. Przeciwnie, zachowują się tak, jakby byli jednomyślni. Ponad wszystko pragną skutecznie nas wyszkolić. Zasypują nas wskazówkami, informują, co powinniśmy robić podczas treningu, czego musimy unikać. Peeta wysłuchuje ich cierpliwie, ale ja mam dość, jestem poirytowana.

Drugiego wieczoru, gdy w końcu idziemy spać, słyszę mamrotanie Peety:

— Ktoś powinien załatwić Haymitchowi drinka.

Wydaję odgłos będący czymś pośrednim między parsknięciem a śmiechem i zaraz biorę się w garść. Mój umysł nie wytrzymuje ciągłej gry pozorów. Jak mam trzeźwo myśleć, skoro bezustannie udaję, że przyjaźnię się z Peetą, choć w sumie jesteśmy sobie obcy? Gdy trafimy na arenę, przynajmniej będę wiedziała, czego się trzymać.

— Przestań — warczę. — Nie musimy się zgrywać, kiedy nikogo nie ma w pobliżu.

— Dobrze, Katniss — zgadza się wyraźnie zmęczony. Od tej chwili rozmawiamy wyłącznie w obecności innych ludzi.

Trzeciego dnia szkolenia wywołują nas z lunchu na indywidualne pokazy przed organizatorami igrzysk. Dystrykt po dystrykcie, najpierw chłopak, potem dziewczyna. Dwunastka, co normalne, idzie na ostatni ogień. Snujemy się po jadalni, bo nie wiemy, dokąd iść. Kto wychodzi, nie wraca. W miarę jak sala pustoszeje, słabnie potrzeba udawania przyjaźni. W końcu organizatorzy wzywają Rue i zostajemy sami. Siedzimy w milczeniu, aż wreszcie pada nazwisko Mellark. Peeta wstaje.

— Pamiętaj, co mówił Haymitch. Żebyś pokazał swoją siłę — wyrywa mi się, zanim zdążę ugryźć się w język.

— Dzięki. Będę pamiętał — zapowiada. — A ty... Strzelaj celnie.

Kiwam głową. Nie mam pojęcia, po co w ogóle się odezwałam. Inna sprawa, że w ostateczności kibicowałabym Peecie, a nie innym zawodnikom. Jego zwycięstwo byłoby lepsze dla naszego dystryktu, dla mojej mamy i Prim.

Zostaję wywołana po kwadransie. Przygładzam włosy, prostuję ramiona i ruszam do sali gimnastycznej. Momentalnie dociera do mnie, że wpadłam w tarapaty. Organizatorzy spędzili tu zbyt dużo czasu. Zapoznali się z dwudziestoma trzema trybutami i w większości mają już dość. Ponad wszystko chcą wrócić do domów.

Nie widzę innej możliwości, muszę działać zgodnie z planem. Podchodzę do stanowiska łuczniczego. Ach, co za broń! Od samego początku ćwiczeń swędziały mnie dłonie, tak bardzo pragnęłam wziąć ją do ręki. Łuki wyprodukowano z drewna, plastiku, metalu oraz materiałów, których nawet nie potrafię nazwać. Strzały są ozdobione idealnie równo przyciętymi piórami. Wybieram łuk, sprawdzam cięciwę i zawieszam na ramieniu kołczan do kompletu. W sali znajduje się strzelnica, ale zbyt krótka. Za cele służą zwykłe tarcze oraz ludzkie sylwetki. Staję na środku pomieszczenia i wybieram pierwszy cel, kukłę przeznaczoną do ćwiczeń z nożem. Już podczas napinania łuku mam świadomość, że coś jest nie w porządku. Cięciwa wydaje się mocniej napięta od tych, z których korzystałam w domu. Strzała jest wyraźnie sztywniejsza. W rezultacie chybiam o kilka centymetrów i tracę resztki koncentracji, której dotychczas mi nie brakowało. Przez chwilę czuję upokorzenie, lecz nie daję za wygraną i wracam do zwykłej tarczy. Strzelam ponownie, potem jeszcze raz, aż w końcu nabieram wprawy w obchodzeniu się z nowym typem broni.

Znowu jestem na środku sali ćwiczeń. Zajmuję tę samą pozycję co na początku i przeszywam serce kukły. Następnie przebijam sznur, na którym wisi worek z piaskiem do treningu bokserskiego. Wór z łoskotem pada na podłogę, pęka, z dziury wysypuje się piasek. Bez wahania wykonuję przewrót przez ramię, przyklękam i posyłam strzałę w jedną z lamp wysoko pod sufitem. Uszkodzone urządzenie tryska wodospadem iskier.

Pierwszorzędny strzał. Odwracam się do organizatorów. Kilku z aprobatą kiwa głowami, lecz większość gapi się na pieczoną świnię, która właśnie pojawiła się na stole bankietowym.

Nagle wpadam we wściekłość. Gra toczy się o moje życie, a oni nawet nie mają dość przyzwoitości, aby zwracać na mnie uwagę. Martwa świnia jest ciekawsza ode mnie. Serce wali mi jak młotem, na twarzy wykwitają piekące rumieńce. Bez zastanowienia wyjmuję strzałę z kołczana i posyłam ją prosto w stół organizatorów. Słychać niespokojne okrzyki, ludzie cofają się i potykają. Strzała trafiła w sam środek jabłka w pysku martwej świni, przeszyła je i utkwiła w ścianie za stołem. Wszyscy patrzą na mnie z niedowierzaniem.

— Dziękuję za uwagę — mówię. Składam im symboliczny ukłon i nie czekając na pozwolenie, maszeruję do wyjścia.

8

Idę prosto do windy. Po drodze ciskam łuk w jedną stronę, kołczan w drugą. Mijam wpatrzonych we mnie awoksów pilnujących wind, ładuję się do kabiny i walę pięścią przycisk z dwunastką. Drzwi się zamykają, sunę w górę. Rozklejam się dopiero, kiedy winda zatrzymuje się na moim piętrze. Słyszę nawołujące mnie z salonu głosy, ale biegnę korytarzem do swojego pokoju, ryglują drzwi i rzucam się na łóżko. Wtedy zaczynam szlochać w głos.

Teraz dostanę za swoje. Wszystko zepsułam! Nawet jeśli miałam jeszcze cień szansy, to posyłając strzałę w stronę organizatorów, z własnej winy zaprzepaściłam okazję, by się wykazać. Co teraz ze mną zrobią? Aresztują mnie? Stracą? Odetną mi język i zrobią ze mnie awoksę, abym usługiwała przyszłym trybutom z całego Panem? Gdzie ja miałam rozum, atakując działaczy? Rzecz jasna, nie chciałam do nich strzelić, celowałam w jabłko, bo się wściekłam, że mnie ignorują. Nie zamierzałam zabić żadnego z nich. Gdyby tak było, już by nie żyli!

Zresztą, jakie to ma znaczenie? I tak nie wygrałabym igrzysk. Nie obchodzi mnie to, co ze mną zrobią, tak naprawdę boję się tylko o mamę i Prim. Moja rodzina może ucierpieć z powodu mojej impulsywności. Czy odbiorą moim bliskim ich skromny majątek? Czy zamkną mamę w więzieniu, a Prim w domu komunalnym? A jeśli je zabiją? Chyba nie posunęliby się do morderstwa? Niby dlaczego nie? Co im zależy?

Powinnam była zostać i przeprosić, albo roześmiać się, obrócić wszystko w żart. Może wówczas miałabym prawo liczyć na ich pobłażliwość. Tymczasem opuściłam salę, zachowując się wyjątkowo bezczelnie.

Haymitch i Effie pukają do moich drzwi. Krzyczę, aby sobie poszli, i w końcu odchodzą. Płaczę przez co najmniej godzinę, a potem zwijam się w kłębek, leżę na łóżku, głaszczę jedwabną pościel i obserwuję zachód słońca nad przesłodzonym, sztucznym Kapitolem.

Z początku oczekuję straży. Czas jednak mija i jej przybycie wydaje się coraz mniej prawdopodobne. Uspokajam się. Przecież dziewczyna z Dwunastego Dystryktu jest potrzebna na igrzyskach, prawda? Jeśli zechcą mnie ukarać, mogą to zrobić publicznie. Poczekać, aż się znajdę na arenie, i wtedy napuścić na mnie wygłodniałe, dzikie zwierzęta. Wcześniej dopilnują, abym przypadkiem nie miała przy sobie łuku i strzał do obrony.

Zanim do tego dojdzie, otrzymam tak niską ocenę, że nikt przy zdrowych zmysłach nie zechce mnie sponsorować. Tego się mogę spodziewać dzisiejszego wieczoru. Szkolenie przebiega za zamkniętymi drzwiami, więc ogłasza się tylko wynik każdego z uczestników. Ocena daje widzom pewne pojęcie o umiejętnościach trybutów, dzięki czemu ludzie mogą zacząć obstawiać faworytów. Zakłady są zawierane przez cały czas trwania igrzysk. Wartość punktowa trybuta wskazuje na jego potencjał, jedynka oznacza osobę beznadziejnie słabą, a dwunastka niedościgniony wzór. Dobry stopień nie jest gwarancją, że dany zawodnik zwycięży, stanowi raczej odzwierciedlenie jego osiągnięć podczas treningu. Ze względu na zmienne warunki na arenie wysoka ocena trybuta często momentalnie spada. Kilka lat temu wygrał uczestnik, który początkowo zebrał zaledwie trzy punkty. Wyników nie należy jednak lekceważyć, bo od nich zależy hojność sponsorów. Liczyłam na to, że ze swoimi umiejętnościami strzeleckimi zbiorę sześć, może nawet siedem punktów. Celnością oka chciałam zamaskować słabość fizyczną. Teraz jestem pewna, że dostanę najniższy wynik spośród całej dwudziestki czwórki. Jeśli nie znajdę sponsora, moje szanse przetrwania spadną niemal do zera.

Gdy Effie puka do drzwi i woła mnie na kolację, dochodzę do wniosku, że w sumie mogę iść. Tego wieczoru w telewizji zostaną ogłoszone wyniki punktowe. Nie mogę na zawsze utrzymać w tajemnicy tego, co zaszło. Ruszam do łazienki i myję twarz, ale nadal jest zaczerwieniona i cała w plamy.

Wszyscy zasiedli już przy stole, nawet Cinna i Portia. Żałuję, że się zjawili. Sama nie wiem dlaczego, ale nie chcę ich rozczarować. Czuję się tak, jakbym bezmyślnie zniszczyła owoce ich ciężkiej pracy. Staram się na nikogo nie patrzeć, drobnymi łyczkami zjadam zupę rybną. Słony smak w ustach kojarzy mi się ze łzami.

Dorośli trajkoczą o prognozie pogody, a ja spoglądam Peecie w oczy. Pytająco unosi brwi. Co się stało? Lekko kręcę głową, nic więcej. Kiedy pojawia się główne danie, słyszę głos Haymitcha:

— No dobra, koniec paplaniny. Teraz mówcie, jak kiepsko wam dzisiaj poszło?

Peeta odzywa się pierwszy.

— Nie wiem, czy w ogóle ktoś zwrócił na mnie uwagę. Wszedłem do sali, ale nikt nawet na mnie nie spojrzał. Wszyscy byli zajęci śpiewaniem jakiejś pijackiej piosenki. No to porzucałem trochę ciężkimi przedmiotami, dopóki nie kazali mi iść.

Czuję się odrobinę lepiej. Peeta co prawda nie zaatakował organizatorów, ale również zachowywał się prowokacyjnie.

— A ty, skarbie? — zwraca się do mnie Haymitch.

Nie lubię, kiedy ktoś traktuje mnie protekcjonalnie. Haymitch zirytował mnie do tego stopnia, że odzyskuję zdolność mówienia.

— Strzeliłam do organizatorów.

Wszyscy zamierają.

— Co takiego? — Zgroza w głosie Effie potwierdza moje najgorsze przypuszczenia.

— Strzeliłam do nich z łuku. Właściwie niezupełnie do nich, raczej w ich kierunku. Strzelałam normalnie, ale ignorowali mnie jak Peetę, więc... Szlag mnie trafił i posłałam strzałę prosto w jabłko w pysku tej cholernej pieczonej świni! — mówię buntowniczo.

— Co powiedzieli? — dopytuje się Cinna ostrożnie.

— Nic. Nie wiem. Od razu wyszłam z sali.

— Nie czekałaś na pozwolenie? — Effie wstrzymuje oddech.

— Sama sobie udzieliłam pozwolenia. — Przypominam sobie, jak obiecałam Prim, że naprawdę postaram się zwyciężyć. Czuję się tak, jakby przygniotła mnie ciężarówka węgla.

— No i wszystko jasne — mówi Haymitch. Smaruje bułkę masłem.

— Aresztują mnie? — niepokoję się.

— Mocno wątpię. Na tym etapie zastąpienie cię inną dziewczyną byłoby bardzo kłopotliwe — oświadcza.

— A co z moją rodziną? — chcę wiedzieć. — Zostaną ukarane?

— Mało prawdopodobne. To nie miałoby sensu. Aby w odpowiedni sposób wpłynąć na społeczeństwo, władze musiałyby ujawnić, co się zdarzyło w Ośrodku Szkoleniowym. Ludzie domagaliby się informacji o tym, co zrobiłaś, a nie mogliby ich uzyskać, bo są utajnione. Zawracanie głowy. — Haymitch wzrusza ramionami. — Moim zdaniem raczej zmienią ci życie w piekło, kiedy trafisz na arenę.

— I tak już nam to obiecali — zauważa Peeta.

— Nic dodać, nic ująć — przyznaje Haymitch. Uświadamiam sobie, że stało się niemożliwe. Poprawili mi humor. Haymitch chwyta palcami kotlet wieprzowy i macza go w winie. Effie marszczy brwi, lecz Haymitch jak gdyby nigdy nic odrywa kawałek mięsa i zaczyna chichotać. — Jakie mieli miny?

Kąciki moich ust same się unoszą.

— Wstrząśnięte — wspominam. — Przerażone. Niektórzy zachowywali się idiotycznie. — Przypominam to sobie. — Jeden facet cofnął się i wpakował w wazę z ponczem. Haymitch rechocze. Wszyscy wybuchamy śmiechem, z wyjątkiem Effie, choć nawet ona z trudem maskuje uśmiech.

— Dobrze im tak — mruczy. — Powinni zwracać na ciebie uwagę, to ich praca. Nie mają prawa cię ignorować tylko dlatego, że pochodzisz z Dwunastego Dystryktu. — Nagle rozgląda się ukradkiem, jakby powiedziała coś absolutnie wstrząsającego. — Przykro mi, ale tak właśnie uważam — wyjaśnia w przestrzeń.

— Dostanę potwornie niską ocenę — wzdycham.

— Wyniki są istotne tylko wówczas, gdy dostaje się dużo punktów. Marne i średnie rezultaty nie przyciągną niczyjej uwagi — odzywa się Portia. — Wiadomo, że zawodnicy czasami ukrywają swoje umiejętności i celowo godzą się na kiepską ocenę. To jedna ze strategii przetrwania.

— Oby ludzie tak zrozumieli czwórkę, którą pewnie dostanę. — Peeta wbija wzrok w podłogę. — Byle nie gorzej. Trudno sobie wyobrazić coś żałośniejszego niż chłopak, który podnosi piłkę lekarską i rzuca nią na mizerne parę metrów. Jedna prawie upadła mi na stopę.

Uśmiecham się do niego szeroko i dociera do mnie, że umieram z głodu. Kroję plaster wieprzowiny, zanurzam go w piure ziemniaczanym i biorę się do jedzenia. Wszystko jest pod kontrolą. Mamie i Prim nic nie grozi. A skoro moi bliscy są bezpieczni, to nic złego się nie stało.

Po kolacji przechodzimy do salonu i oglądamy w telewizji ogłoszenie wyników. Najpierw widzimy zdjęcie trybuta, a zaraz potem na ekranie pojawia się rezultat, jaki osiągnął. Zawodowcy jak zwykle zdobywają od ośmiu do dziesięciu punktów. Większość pozostałych dostaje przeciętnie pięć punktów. Zaskoczenie budzi wynik małej Rue, która zgarnia siódemkę. Nie mam pojęcia, co takiego zademonstrowała sędziom, ale jest tak maleńka, że musiała zrobić coś naprawdę imponującego. Dwunasty Dystrykt pojawia się na szarym końcu, jak zwykle. Peeta zdobył ósemkę, więc przynajmniej paru organizatorów zauważyło jego wyczyny. Wbijam paznokcie w spód dłoni, a kiedy na ekranie pojawia się moja twarz, oczekuję najgorszego. W następnej chwili widzę w telewizorze migającą cyfrę jedenaście.

Jedenaście punktów!

Effie Trinket piszczy, wszyscy klepią mnie po plecach, wiwatują i składają gratulacje. Mam wrażenie, że to się nie dzieje naprawdę.

— Na pewno zaszła pomyłka. Czy to w ogóle możliwe? — pytam Haymitcha.

— Widać przypadł im do gustu twój temperament — mówi. — W końcu muszą zorganizować porządne widowisko. Potrzebują uczestników z biglem.

— Katniss, dziewczyna, która igra z ogniem. — Cinna ściska mnie mocno. — Zaczekaj, aż zobaczysz swoją sukienkę na prezentację.

— Jeszcze więcej ognia? — pytam.

— W pewnym sensie — odpowiada tajemniczo.

Gratulujemy sobie nawzajem, ja i Peeta. Dochodzi do jeszcze jednej kłopotliwej sytuacji. Każde z nas sobie nieźle poradziło, ale co to oznacza dla tego drugiego? Szybko uciekam do swojego pokoju i zakopuję się w pościeli. Stres, towarzyszący mi przez cały dzień, a w szczególności płacz, kompletnie mnie wyczerpały. Z ulgą odpływam w sen, odprężona, z liczbą jedenaście nieustannie migającą pod powiekami.

O świcie leżę przez chwilę w łóżku i patrzę na piękny wschód słońca. Jest niedziela, dzień wolny w domu. Zastanawiam się, czy Gale jest już w lesie. Zwykle przez całą niedzielę gromadzimy zapasy na resztę tygodnia. Zrywamy się wcześnie, polujemy i zbieramy, a potem handlujemy na Ćwieku. Rozmyślam o Gale'u, pozbawionym mojego towarzystwa. Oboje dajemy sobie radę na własną rękę, ale lepiej poluje się nam w parze. Partner jest szczególnie przydatny podczas łowów na grubszego zwierza. Dobrze mieć przy sobie kogoś także wtedy, gdy w grę wchodzą lżejsze zajęcia. Gale pomaga mi transportować zdobycz, a nawet sprawia, że męczące zapewnianie rodzinie pożywienia bywa zabawne.

Przez mniej więcej pół roku samodzielnie borykałam się z trudnościami, aż wreszcie po raz pierwszy spotkałam Gale'a w lesie. Pamiętam, że była chłodna październikowa niedziela, w powietrzu unosiła się woń śmierci. Cały ranek upłynął mi na ściganiu się z wiewiórkami po orzechy, a nieco cieplejsze popołudnie poświęciłam na brodzenie w płyciznach stawu i zbieranie bulw strzałki wodnej. Udało mi się upolować tylko jedno zwierzę, wiewiórkę, która w poszukiwaniu żołędzi dosłownie wpadła mi pod nogi. Wolałam jednak skupić się na zbieractwie, bo gdy śnieg zasypywał inne rodzaje żywności, zawsze mogłam liczyć na swoje umiejętności myśliwskie. Tamtego dnia zapuściłam się dalej niż zwykle i w pośpiechu wracałam do domu, dźwigając jutowe worki, kiedy natknęłam się na martwego królika. Zwisał za szyję na cienkim drucie, mniej więcej trzydzieści centymetrów nad moją głową. Jakieś piętnaście metrów dalej zobaczyłam następnego. Rozpoznałam ten rodzaj wnyków, bo mój ojciec niegdyś je zastawiał. Schwytana ofiara zostaje gwałtownie poderwana i zawisa w powietrzu, poza zasięgiem innych głodnych zwierząt. Przez całe lato próbowałam zastawiać sidła, ale bez sukcesu, więc od razu cisnęłam worki i z ciekawością podeszłam bliżej. Dotknęłam palcami drutu nad łbem królika i w tej samej chwili usłyszałam dźwięczny głos:

— To niebezpieczne.

Odskoczyłam o metr lub dwa, a zza drzewa wyłonił się Gale. Z pewnością obserwował mnie przez cały czas. Liczył sobie wówczas zaledwie czternaście lat, ale miał ponad metr osiemdziesiąt wzrostu i z mojej perspektywy równie dobrze mógłby być dorosły. Wcześniej widywałam go w Złożysku, no i w szkole. Spotkaliśmy się jeszcze przy innej okazji. Stracił ojca w tej samej eksplozji, która zabiła mojego tatę. W styczniu stałam przy Gale'u, kiedy w Pałacu Sprawiedliwości odbierał order zasługi. Oboje byliśmy najstarszymi dziećmi w rodzinie. Przypomniałam sobie jego dwóch młodszych braci, przytulonych do matki z wielkim brzuchem. Najwyraźniej tylko dni dzieliły ją od rozwiązania.

— Jak masz na imię? — spytał i podszedł bliżej, żeby wyplątać zwierzę z drutu. U jego pasa wisiały już trzy króliki.

— Katniss — wymamrotałam ledwie słyszalnym szeptem.

— Słuchaj, Kotna, kradzież karze się śmiercią, wiesz o tym?

— Katniss — powtórzyłam głośniej. — Nic nie kradłam. Chciałam tylko popatrzeć na twoje wnyki. Mnie nigdy nie udało się nic schwytać.

Popatrzył na mnie surowo, najwyraźniej nieprzekonany.

— Wobec tego skąd masz wiewiórkę?

— Sama ją ustrzeliłam. — Ściągnęłam łuk z ramienia. Nadal korzystałam z mniejszej broni, którą ojciec zrobił specjalnie dla mnie, ale gdy tylko mogłam, wprawiałam się w strzelaniu z egzemplarza normalnych rozmiarów. Miałam nadzieję, że do wiosny uda mi się upolować większą zwierzynę.

Gale skupił uwagę na łuku.

— Mogę rzucić okiem?

Wręczyłam mu broń.

— Ale pamiętaj, kradzież karze się śmiercią.

Wtedy po raz pierwszy zobaczyłam uśmiech na jego twarzy. Gdy się rozpogodził, przestałam się go obawiać i pomyślałam, że kogoś takiego warto znać. Musiało jednak minąć kilka miesięcy, zanim się do niego uśmiechnęłam.

Później rozmawialiśmy o myśliwstwie. Oznajmiłam, że mogę załatwić mu łuk, jeśli ma coś na wymianę. Nie chodziło mi o żywność. Potrzebowałam wiedzy. Chciałam zastawiać własne sidła i w jeden dzień złowić cały pas tłustych królików. Gale powiedział, że to się da zrobić. Mijały pory roku, a my z oporami zaczęliśmy dzielić się wiedzą, bronią, informacjami o sekretnych miejscach, pełnych dzikich śliwek i indyków. Nauczył mnie zakładania sideł i łowienia ryb. Pokazałam mu rośliny, które nadają się do jedzenia, a potem ofiarowałam mu jeden z naszych cennych łuków. W końcu któregoś dnia staliśmy się zespołem, choć żadne z nas nie powiedziało tego głośno. Dzieliliśmy się pracą i łupami. Dbaliśmy o to, żeby nasze rodziny miały co włożyć do garnka.

Gale zapewniał mi poczucie bezpieczeństwa, za którym tęskniłam od śmierci ojca. Nie spędzałam już długich, samotnych godzin w lesie, towarzyszył mi Gale. Stałam się nieporównanie lepszym łowcą, bo nie musiałam bezustannie zerkać za siebie przez ramię. Ktoś pilnował, by żadne zwierzę ani człowiek nie zaatakował mnie od tyłu. Gale był jednak kimś znacznie więcej niż partnerem do polowań. Uznałam go za powiernika, dzieliłam się z nim przemyśleniami, których przenigdy nie wypowiedziałabym na głos poza lasem. Odwzajemniał się tym samym. Leśne wyprawy z Gale'em... Czasami naprawdę czułam się szczęśliwa.

Nazywam go przyjacielem, ale przez ostatni rok to słowo w odniesieniu do Gale'a nabrało nowego, głębszego znaczenia. Czuję w piersi bolesne ukłucie tęsknoty. Jaka szkoda, że nie ma go teraz przy mnie! Co oczywiste, wcale tego nie chcę. Nie życzyłabym sobie, aby trafił na arenę i parę dni później zginął. Po prostu mi go brakuje. I tak bardzo nie znoszę samotności. Czy za mną tęskni? Na pewno.

Rozmyślam o jedenastce, która poprzedniego wieczoru rozbłyskała pod moim nazwiskiem. Doskonale wiem, co usłyszałabym od Gale'a. „Tak, widzę tutaj pole do poprawy", oświadczyłby. Uśmiechnąłby się do mnie, a ja bez wahania odpowiedziałabym tym samym.

Mimowolnie porównuję swoje relacje z Gale'em i z Peetą. Nigdy nie podawałam w wątpliwość motywacji Gale'a, a robię to bezustannie w wypadku Peety. W gruncie rzeczy całe to porównywanie jest nieuczciwe. Gale'a i mnie połączyła obopólna potrzeba przetrwania. Peeta wie równie dobrze jak ja, że przeżycie jednego z nas oznacza śmierć drugiego. Jak można to zignorować?

Effie puka do drzwi i przypomina, że czeka nas następny „wielki, wielki, wielki dzień!" Jutro wieczorem odbędzie się prezentacja telewizyjna. Jak się domyślam, cały zespół będzie miał ręce pełne roboty, żeby nas należycie przygotować.

Wstaję i biorę szybki prysznic. Tym razem uważniej naciskam guziki. Umyta i ubrana przechodzę do jadalni. Peeta, Effie i Haymitch siedzą blisko siebie przy stole i rozmawiają półgłosem. Zachowują się dziwnie, ale głód pokonuje ciekawość. Zapełniam talerz śniadaniem i dopiero wtedy do nich dołączam.

Dzisiejsza potrawka jest przyrządzona z kawałków delikatnej jagnięciny oraz suszonych śliwek. Smakuje wybornie na dzikim ryżu. Zmiatam połowę pokaźnej porcji i dopiero wtedy dociera do mnie, że nikt nic nie mówi. Wypijam potężny haust soku pomarańczowego, ocieram usta.

— No, dobra — odzywam się. — Co jest grane? Dzisiaj będziemy się uczyli, jak dobrze wypaść podczas prezentacji, tak?

— Zgadza się — potwierdza Haymitch.

— Nie musimy czekać do końca śniadania. Mogę jednocześnie słuchać i jeść — oświadczam.

— Nastąpiła zmiana planów. Chodzi o naszą obecną taktykę — wyjaśnia Haymitch.

— A konkretnie? — pytam. Nie jestem pewna, jaka jest nasza obecna taktyka. O ile pamiętam, dotychczasowa strategia sprowadzała się do udawania miernot przed innymi trybutami.

Haymitch wzrusza ramionami.

— Peeta poprosił o oddzielne szkolenie.

9

Zdrada. To pierwsze, niedorzeczne słowo, jakie przychodzi mi do głowy. Jak można mówić o zdradzie, skoro nigdy nie było między nami zaufania? Nie wchodziło w grę. Jesteśmy trybutami. Co jednak powinnam myśleć o chłopcu, który ofiarował mi chleb, choć groziło mu za to solidne lanie? To on pomagał mi utrzymać równowagę w rydwanie, osłaniał mnie podczas rozmowy o rudowłosej dziewczynie, upierał się, by Haymitch poznał moje umiejętności myśliwskie... Czy w głębi duszy mimowolnie mu ufałam?

Z drugiej strony ulżyło mi, że nareszcie możemy przestać udawać przyjaźń. Wątła nić porozumienia, która niepotrzebnie nas połączyła, wreszcie pękła. Najwyższy czas. Igrzyska rozpoczynają się za dwa dni, a zaufanie do rywala jest słabością. Powinnam się cieszyć, że coś skłoniło Peetę do podjęcia takiej decyzji. Osobiście podejrzewam, że bezpośrednią przyczyną zmiany był mój sukces na treningu. Może Peeta w końcu pojął, że im szybciej otwarcie przyznamy się do wzajemnej wrogości, tym lepiej.

— I dobrze — mówię. — Jaki jest plan dnia?

— Każde z was poświęci cztery godziny na naukę prezentacji z Effie. Drugie tyle spędzicie ze mną, ucząc się, co należy mówić — objaśnia Haymitch. — Katniss, na początek pójdziesz do Effie.

Nie wyobrażam sobie, czego przez tyle godzin mogłabym się uczyć od Effie, ale obie ciężko pracujemy do ostatniej minuty. Przeszłyśmy do mojego pokoju i na początek musiałam włożyć długą sukienkę oraz buty na wysokim obcasie. Przed prezentacją dostanę inne ubranie, ale w tym mam się uczyć chodzić. Najgorsze są buty. Jeszcze nigdy nie nosiłam wysokich obcasów i nie mogę się przyzwyczaić do balansowania na palcach. Effie na okrągło biega w szpilkach, więc dochodzę do wniosku, że jeśli ona potrafi, to ja również. Z sukienką mam inny problem. Materiał bezustannie plącze się wokół butów, więc ją podciągam, a wówczas Effie napada na mnie jak jastrząb i bije po dłoniach.

— Tylko do kostek! — krzyczy.

W końcu opanowuję chodzenie, ale teraz muszę nauczyć się siedzieć, trzymać prosto, zwłaszcza że mam skłonność do pochylania głowy. Zapamiętuję, jak nawiązywać kontakt wzrokowy, jak gestykulować, jak się uśmiechać. Właściwie bezustannie muszę demonstrować szeroki uśmiech. Effie każe mi wygłaszać niezliczone banalne sformułowania, które zaczynam uśmiechem, wypowiadam z uśmiechem albo kończę z uśmiechem. Gdy nadchodzi pora lunchu, mięśnie moich policzków drżą od nadmiernego wysiłku.

— Zrobiłam, co mogłam — wzdycha Effie. — Katniss, pamiętaj: chcesz, aby widzowie cię lubili.

— Uważasz, że mnie nie polubią?

— Przypadniesz im do gustu, jeśli nie będziesz patrzyła na nich wilkiem. Groźne spojrzenia zachowaj na arenę, a teraz pomyśl, że otaczają cię przyjaciele — radzi Effie.

— Oni się zakładają, jak długo przeżyję! — wybucham. — To nie są moi przyjaciele!

— Wobec tego postaraj się udawać — prycha Effie. Po chwili opanowuje się i rozpromienia. — Widzisz, właśnie tak. Uśmiecham się do ciebie, choć doprowadzasz mnie do szału.

— Tak, wydajesz się bardzo przekonująca — przyznaję. — A teraz idę coś zjeść.

Zdejmuję buty i ciężkim krokiem maszeruję do jadalni, podciągając sukienkę aż do ud.

Peeta i Haymitch są chyba w dobrych humorach, więc myślę, że sesja nauki konwersacji powinna się okazać przyjemniejsza od porannych zajęć z Effie. Jestem w błędzie. Po lunchu Haymitch prowadzi mnie do salonu, każe usiąść na kanapie i przez chwilę obserwuje mnie ze zmarszczonym czołem.

— Co jest? — niecierpliwię się w końcu.

— Zastanawiam się, co z tobą zrobić — wyjaśnia. — Muszę zdecydować, jak cię będziemy prezentować. Czy powinnaś być urocza? Wyniosła? Zapalczywa? Jak dotąd lśnisz niczym najprawdziwsza gwiazda. Zgłosiłaś się dobrowolnie, aby ratować siostrę. Cinna sprawił, że twój wygląd na zawsze zapadł ludziom w pamięć. Po szkoleniu zgromadziłaś najlepszy wynik punktowy. Widzowie są zaintrygowani, ale nikt nie wie, kim jesteś. Reakcja sponsorów będzie zależna od tego, jak wypadniesz podczas prezentacji.

Prezentacje telewizyjne trybutów oglądam, odkąd sięgam pamięcią, więc wiem, że w jego słowach jest sporo prawdy. Zawodnik, który przypadnie widzom do gustu dzięki swojemu poczuciu humoru, brutalności lub ekstrawagancji, może liczyć na silne poparcie publiczności.

— Jaką taktykę zastosuje Peeta? Wolno mi o to pytać?

— Będzie sympatyczny. Z poczuciem humoru i dystansem do siebie — tłumaczy Haymitch. — Za to kiedy ty otwierasz usta, sprawiasz wrażenie ponurej i nieufnej.

— Wcale nie! — protestuję.

— Daj spokój — wzdycha Haymitch. — Nie mam pojęcia, skąd wytrzasnęłaś tę radosną, pogodną dziewczynę na rydwanie, ale nie widziałem jej ani wcześniej, ani później.

— Jak wiadomo, dał mi pan mnóstwo powodów do radości — odgryzam się.

— Mnie nie musisz oczarowywać. To nie ja będę cię sponsorował. Wyobraź sobie, że jestem twoją publicznością — proponuje Haymitch. — Zachwyć mnie.

— Doskonale! — warczę. Haymitch wciela się w dziennikarza, a ja próbuję odpowiadać na jego pytania tak, by podbić serca widzów. Idzie mi jednak marnie, bo nie potrafię zapanować nad złością. Irytuje mnie Haymitch, denerwują mnie jego słowa, a nawet to, że muszę udzielać mu odpowiedzi. Myślę wyłącznie o tym, jak strasznie niesprawiedliwe są Głodowe Igrzyska. Dlaczego mam podskakiwać niczym tresowany piesek, żeby zadowolić ludzi, których nienawidzę? Im dłużej trwa wywiad, tym bliższa jestem eksplozji. Dochodzi do tego, że z wściekłością cedzę słowa.

— Dobra, wystarczy — decyduje Haymitch. — Musimy zastosować inną taktykę. Zachowujesz się wrogo, a w dodatku nic o tobie nie wiem. Zadałem ci pół setki pytań i nadal nie mam pojęcia o twoim życiu, rodzinie, upodobaniach. Katniss, ludzie chcą cię poznać.

— Ale ja sobie tego nie życzę! Oni już odbierają mi przyszłość! Nie pozwolę, aby ukradli mi to, co liczyło się dla mnie w przeszłości.

— No to kłam. Zmyślaj! — żąda.

— Kiepsko mi to wychodzi — burczę.

— Masz mało czasu, lepiej szybko naucz się kłamać. Masz w sobie tyle uroku co zdechła dżdżownica — cedzi Haymitch.

Uch. To nie było miłe. Nawet Haymitch musiał się połapać, że przeholował, bo jego głos łagodnieje.

— Mam pomysł — oznajmia. — Postaraj się zachowywać skromnie.

— Skromnie... — powtarzam.

— Właśnie. Jakbyś nie potrafiła uwierzyć, że dziewczyna z Dwunastego Dystryktu tak dobrze sobie poradziła. Jakbyś w najśmielszych marzeniach nie wyobrażała sobie, że zajdziesz tak daleko. Mów o ubraniach od Cinny. Napomknij, jak mili ludzie tu mieszkają i dodaj, że miasto jest oszałamiające. Skoro nie chcesz opowiadać o sobie, przynajmniej podlizuj się widzom. Przez cały czas odwracaj kota ogonem. Bądź wylewna.

Następne godziny okazują się koszmarem. Od razu uświadamiam sobie, że nie potrafię być wylewna. Próbujemy zrobić ze mnie tupeciarę, ale brak mi arogancji. Najwyraźniej jestem zbyt wrażliwa, by zachowywać się jak dzikuska. Nie mam poczucia humoru. Nie jestem ani zabawna, ani seksowna, ani tajemnicza. Pod koniec zajęć okazuje się, że jestem nikim. Gdy dochodzimy do testowania mojego poczucia humoru, Haymitch zaczyna pić. W jego głosie daje się słyszeć nieprzyjemnie zgryźliwy ton.

— Poddaję się, skarbie — mamrocze. — Zwyczajnie odpowiadaj na pytania i próbuj nie dawać widzom odczuć, jak otwarcie nimi gardzisz.

Kolację zjadam samotnie w swoim pokoju. Zamawiam ogromne porcje smakołyków, przejadam się i walczę z nudnościami. Następnie rozładowuję złość na Haymitcha, na Głodowe Igrzyska, na wszystkich mieszkańców Kapitolu. Naczynia fruwają po całym pomieszczeniu. Rudowłosa dziewczyna, która przychodzi posłać łóżko, robi wielkie oczy na widok bałaganu.

— Nie sprzątaj! — krzyczę na nią. — Ma być tak, jak jest!

Jej także nienawidzę. Nie znoszę jej potępiającego spojrzenia, z którego wyczytuję, że uważa mnie za tchórza, potwora, marionetkę Kapitolu i teraz, i wtedy. Zapewne z jej punktu widzenia sprawiedliwości wreszcie stanie się zadość. Zapłacę życiem za to, że w lesie dopuściłam do zabicia chłopca.

Zamiast uciec z pokoju, dziewczyna zamyka za sobą drzwi i idzie do łazienki. Wraca z wilgotną szmatką, delikatnie wyciera moją twarz i przemywa ręce, pokaleczone rozbitym talerzem. Dlaczego to robi? Dlaczego jej na to pozwalam?

— Powinnam była postarać się was uratować — szepczę.

Kręci głową. Czy to znaczy, że podjęliśmy słuszną decyzję, trzymając się na dystans? Czyżby mi wybaczyła?

— Nie, źle zrobiłam — obstaję przy swoim.

Dotyka ust palcami i wskazuje na moją klatkę piersiową. Chyba chce powiedzieć, że również skończyłabym jako awoksa. Pewnie ma rację. Byłabym awoksą albo trupem.

Przez następną godzinę pomagam rudowłosej sprzątać. Kiedy wszystkie śmieci trafiają do zsypu, a jedzenie jest posprzątane, dziewczyna szykuje dla mnie łóżko. Niczym pięciolatka wpełzam pod kołdrę i daję się opatulić. Wychodzi. Żałuję, że nie została, aż zasnę. Mogłaby być przy mnie, kiedy się obudzę. Potrzebuję jej opieki, choć ja jej tego nie dałam.

Rankiem zajmuje się mną nie dziewczyna, lecz ekipa przygotowawcza. Lekcje z Effie i Haymitchem to już przeszłość. Ten dzień należy do Cinny, mojej ostatniej nadziei. Może dzięki niemu będę wyglądała tak spektakularnie, że nikt nie zwróci uwagi na to, co wygaduję.

Skaczą nade mną do późnego popołudnia. Dzięki ich wysiłkom moja skóra przypomina lśniący aksamit, na ramionach mam namalowane przez szablon wzory, a na paznokciach dłoni i stóp rysunki płomieni. Aranżacją fryzury zajmuje się Venia, wplata czerwone kosmyki w moje włosy, tworząc wzór — zaczyna się przy lewym uchu, okrąża głowę i w postaci warkocza opada na prawe ramię. Kładą mi na twarz blady podkład i podkreślają moje rysy. Mam teraz duże, ciemne oczy, pełne, czerwone usta oraz rzęsy, w których odbijają się iskierki światła, kiedy mrugam. Na koniec posypują całe moje ciało pudrem, który sprawia, że migoczę na złoto.

Wreszcie wchodzi Cinna. W dłoniach trzyma chyba moją sukienkę, ale nie mam pewności, bo jest starannie zasłonięta.

— Zamknij oczy — żąda Cinna.

Czuję, jak jedwabna podszewka nasuwa się na moje obnażone ciało. Ubranie jest ciężkie, z pewnością waży ze dwadzieścia kilo. Chwytam Octavię za rękę i na ślepo wsuwam nogi w buty. Z zadowoleniem orientuję się, że ich obcasy są co najmniej o pięć centymetrów niższe od tych, w których Effie kazała mi ćwiczyć. Ktoś coś poprawia, nerwowo kręci się wokół mnie. Po chwili zapada cisza.

— Czy mogę otworzyć oczy? — pytam.

— Tak — zgadza się Cinna. — Otwórz.

Istota, którą widzę w wysokim lustrze, przybyła z innego świata. Mieszkańcy tamtych okolic kosmosu mają połyskującą skórę i błyszczące oczy, a do tego ubrania z klejnotów. Moja suknia... Och, moja suknia jest od góry do dołu zrobiona ze lśniących kamieni szlachetnych, czerwonych, żółtych i białych z akcentami błękitu, które wieńczą czubki płomieni na ognistym wzorze. Nawet lekki ruch wywołuje wrażenie, że ze wszystkich stron liżą mnie jęzory ognia.

Nie jestem ładna. Nie jestem piękna. Jestem promienna niczym słońce.

Przez długą chwilę wszyscy na mnie patrzą. Ja również nie mogę oderwać wzroku od swojego odbicia.

— Och, Cinna — szepczę w końcu. — Dziękuję.

— Obróć się dla mnie — prosi. Odchylam ręce i wiruję, a cała ekipa wznosi okrzyki zachwytu.

Cinna odprawia współpracowników i każe mi spacerować w butach nieporównywalnie wygodniejszych od obuwia Effie. Suknia układa się tak, że nie muszę jej podnosić podczas chodzenia. Jeszcze jeden kłopot z głowy.

— Czyli wszystko już gotowe na prezentację? — pyta Cinna. Z jego miny wnioskuję, że rozmawiał z Haymitchem. Doskonale wie, jaka jestem beznadziejna.

— Jestem do kitu — wzdycham. — Haymitch nazwał mnie zdechłą dżdżownicą. Cokolwiek ćwiczyliśmy, szło mi fatalnie. Nie umiem wcielić się w żadną z ról, które dla mnie wymyślił.

Cinna zastanawia się przez chwilę.

— Może spróbowałabyś być sobą, tak po prostu?

— Sobą? Nic z tego. Zdaniem Haymitcha jestem ponura i wrogo nastawiona — mówię.

— No, bo jesteś... W towarzystwie Haymitcha. — Cinna uśmiecha się od ucha do ucha. — Nie podzielam jego opinii. Ekipa cię uwielbia. Udało ci się nawet podbić serca organizatorów. Co do mieszkańców Kapitolu... Na okrągło rozmawiają o tobie. Wszyscy zgodnie podziwiają twój hart ducha.

Mój hart ducha. To coś nowego. Nie do końca rozumiem to sformułowanie, ale wynika z niego, że jestem waleczna i na dodatek odważna. Czasami bywam też przyjacielska. Fakt, nie rzucam się na szyję każdemu, kogo spotkam, i niespecjalnie często się uśmiecham, ale niektórzy ludzie są mi bliscy.

Cinna chwyta moje lodowate dłonie i ukrywa je w swoich, ciepłych.

— Podczas udzielania odpowiedzi spróbuj sobie wyobrazić, że mówisz do przyjaciela w domu. Kto jest twoim najlepszym przyjacielem? — dopytuje się Cinna.

— Gale — odpowiadam bez wahania. — Ale to nie ma sensu. Po co miałabym Gale'owi opowiadać o sobie, skoro już wszystko wie?

— A ja? Czy zdołałabyś myśleć o mnie jako o przyjacielu?

Spośród wszystkich ludzi, których poznałam po wyjeździe z domu, Cinna zdecydowanie najbardziej przypadł mi do gustu. Polubiłam go od pierwszej chwili i dotąd mnie nie rozczarował.

— Chyba tak, tylko...

— Usiądę na głównej trybunie, razem z innymi stylistami. Będziesz mogła patrzeć prosto na mnie. Gdy ktoś ci zada pytanie, odszukaj mnie wzrokiem i odpowiedz najuczciwiej, jak potrafisz — proponuje Cinna.

— Nawet jeśli moje przemyślenia będą okropne? — pytam, bo naprawdę może się tak zdarzyć.

— Zwłaszcza wtedy — zapewnia mnie Cinna. — Spróbujesz?

Kiwam głową. Mam plan, którego będę się chwytać jak tonący brzytwy.

Wkrótce muszę iść. Prezentacje telewizyjne odbędą się na scenie przed Ośrodkiem Szkoleniowym. Gdy wyjdę z pokoju, w parę minut znajdę się przed zgromadzoną publicznością, przed kamerami, na oczach całego Panem.

Cinna obraca gałkę u drzwi, a ja chwytam jego dłoń.

— Cinna... — Trema zżera mnie dokumentnie.

— Pamiętaj, oni już cię kochają — przypomina łagodnie.

— Po prostu bądź sobą.

W windzie spotykamy się z resztą ekipy Dwunastego Dystryktu. Portia i jej ludzie nie tracili czasu. Peeta prezentuje się oszałamiająco w czarnym kostiumie z płomiennymi akcentami. Pasujemy do siebie, jednak czuję ulgę, że nie jesteśmy ubrani identycznie. Haymitch i Effie także się wystroili z okazji występu w telewizji. Unikam Haymitcha, ale przyjmuję komplementy od Effie. Zaczynam doceniać, że pomimo swojej męczącej bezradności nie jest ona tak destrukcyjna jak Haymitch.

Gdy rozsuwają się drzwi windy, widzimy pozostałych trybutów ustawianych przed sceną. Czas przeznaczony na prezentację spędzimy pod wielkim łukiem. Jestem ostatnia w kolejności, a właściwie przedostatnia, bo dziewczyna poprzedza chłopaka z tego samego dystryktu. Tak bardzo chciałabym iść na pierwszy ogień i mieć to już za sobą! Tymczasem będę musiała słuchać, jak dowcipni, zabawni, skromni, zdeterminowani i uroczy są pozostali trybuci. Na domiar złego publiczność z pewnością zacznie się nudzić, podobnie jak organizatorzy. Tyle że raczej nie mogę strzelać z łuku do widzów, żeby zwrócić na siebie ich uwagę.

Na chwilę przed naszym uroczystym wejściem na scenę Haymitch staje za mną i za Peetą.

— Pamiętajcie — warczy. — Nadal jesteście szczęśliwą parą. Zachowujcie się odpowiednio.

Co takiego? Byłam pewna, że darowaliśmy sobie ten pomysł, kiedy Peeta zażądał oddzielnego szkolenia. Teraz się domyślam, że chodziło o prywatną separację, nie oficjalną. Tak czy owak, i tak nie ma zbyt wielu okazji do interakcji. Idziemy gęsiego w kierunku krzeseł i zajmujemy wyznaczone miejsca. Samo wejście na scenę sprawia, że zaczynam oddychać szybko i płytko. Czuję intensywne pulsowanie krwi w skroniach. Trzęsą mi się nogi na wysokich obcasach, siadam z autentyczną ulgą. Przynajmniej nie upadnę. Zapada zmrok, ale na Rynku jest jaśniej niż w letni dzień. Dla najważniejszych gości ustawiono wysoką trybunę, pierwszy rząd obsiedli styliści. Obiektywy kamer zwrócą się na nich, kiedy publiczność będzie reagowała na wyniki ich pracy. Duży balkon na budynku z prawej strony zajmą organizatorzy, większość pozostałych balkonów przejęły ekipy telewizyjne. Rynek oraz prowadzące do niego aleje są zatłoczone do granic możliwości. Widzowie nie mają co marzyć o miejscach siedzących. Telewizory są włączone w domach, w miejskich salach i świetlicach całego kraju. Spoglądają na nas wszyscy obywatele Panem. Tego wieczoru nie obowiązują ograniczenia w dostawach prądu.

Caesar Flickerman, od ponad czterdziestu lat prowadzący prezentacje, dziarsko wkracza na scenę. Ciarki przechodzą na jego widok, bo zawsze wygląda identycznie. Pod warstwą idealnie białego podkładu widać tę samą twarz. Na każdych igrzyskach ma taką samą fryzurę, tylko innego koloru, i ten sam galowy strój, ciemnogranatowy, upstrzony tysiącem maleńkich, elektrycznych żaróweczek migoczących niczym gwiazdy. W Kapitolu robi się operacje plastyczne, dzięki którym ludzie wyglądają młodziej i szczuplej. W Dwunastym Dystrykcie dojrzały wygląd jest nie lada osiągnięciem, bo bardzo wielu ludzi przedwcześnie umiera. Widząc osobę w podeszłym wieku, ma się ochotę podejść, pogratulować długowieczności, spytać o sekret umiejętności przetrwania. Pulchnym ludziom się zazdrości, bo najwyraźniej nie muszą z trudem wiązać końca z końcem, jak większość z nas. Tutaj wszystko wygląda inaczej. Zmarszczki są niepożądane. Duży brzuch nie świadczy o sukcesie.

W tym roku Caesar ma szaroblękitne włosy, w takim samym odcieniu są jego powieki i usta. Wygląda dziwacznie, ale nie tak przerażająco jak w ubiegłym roku, kiedy postanowił ufarbować się na szkarłat. Wydawało się, że krwawi. Na wstępie opowiada kilka dowcipów, aby rozruszać publiczność. Wkrótce jednak przechodzi do rzeczy. Dziewczyna z Pierwszego Dystryktu wygląda prowokacyjnie w prześwitującej, złotej sukience. Przechodzi na środek sceny i zajmuje miejsce przy Caesarze. Od razu widać, że mentor nie miał trudności przy tworzeniu jej wizerunku. Jest wysoka, ma falujące jasne włosy, szmaragdowozielone oczy, powabne ciało... Słowem, chodzący seksapil.

Każda prezentacja trwa zaledwie trzy minuty. Po upływie wyznaczonego czasu rozlega się brzęczyk i na scenę wchodzi następny trybut. Muszę oddać Caesarowi sprawiedliwość: naprawdę się stara, aby zawodnicy wypadli jak najlepiej. Zachowuje się przyjacielsko, próbuje odprężyć zdenerwowanych, śmieje się z kiepskich żartów, a na banalne odpowiedzi reaguje tak, że zapadają ludziom w pamięć.

Siedzę jak prawdziwa dama, zgodnie z zaleceniami Effie, a przez scenę przewijają się reprezentanci kolejnych dystryktów. Dwójka, Trójka, Czwórka. Każdy zawodnik stara się podkreślić swój wizerunek. Ogromny chłopak z Drugiego Dystryktu sprawia wrażenie bezlitosnej maszyny do zabijania. Dziewczyna o lisiej twarzy z Piątego Dystryktu wydaje się chytra i wyrachowana. Dostrzegam Cinnę, gdy tylko zasiada na krześle, ale jego obecność wcale mnie nie odpręża. Ósemka, Dziewiątka, Dziesiątka. Kulawy chłopak z Dziesiątego Dystryktu jest niezwykle małomówny. Dłonie spływają mi potem, a suknia z klejnotami nie wchłania wilgoci. Na próżno usiłuję wytrzeć mokre ręce w materiał. Jedenastka.

Rue, ubrana w zwiewną sukienkę z koronki oraz skrzydła, podbiega do Caesara. Widok drobnej, bajkowej dziewczynki wywołuje pomruk aprobaty widzów. Prowadzący odnosi się do niej z wyjątkową sympatią, komplementuje wynik jej szkolenia, który wynosi siedem punktów. To rzeczywiście doskonały rezultat jak na tak drobne dziecko. Rue nie ma wątpliwości, jaka będzie jej najmocniejsza strona na arenie.

— Bardzo trudno mnie złapać — odpowiada drżącym głosem, ale bez wahania. — A skoro nie można mnie złapać, to nie można mnie zabić. Dlatego lepiej nie stawiać na mnie krzyżyka.

— Nigdy w życiu — deklaruje Caesar krzepiąco.

Chłopak z Jedenastego Dystryktu, Thresh, ma równie ciemną skórę jak Rue, ale na tym kończą się podobieństwa. To jeden z olbrzymów, na oko liczy sobie prawie dwa metry i jest zbudowany jak tur. Zauważyłam jednak, że kilkakrotnie odrzucił zaproszenie ze strony zawodowców, którzy zachęcali go, by do nich dołączył. Thresh trzyma się na uboczu, z nikim nie rozmawia, nie zainteresowało go szkolenie. Mimo to zebrał dziesięć punktów i jak się nietrudno domyślić, zrobił spore wrażenie na organizatorach. Caesar próbuje nawiązać z nim przyjacielską pogawędkę, ale Thresh go ignoruje, odpowiada tylko „tak", „nie" albo milczy.

Gdybym była jego rozmiarów, mogłabym zachowywać się wrogo i nieprzyjemnie, bo ani trochę by mi to nie zaszkodziło. Idę o zakład, że przynajmniej połowa sponsorów rozważa możliwość wspierania Thresha w taki czy inny sposób. Żałuję, że nie mam pieniędzy, na pewno bym na niego postawiła.

W końcu pada nazwisko Katniss Everdeen. Jak we śnie wstaję i kieruję się na środek estrady. Ściskam wyciągniętą rękę Caesara, który litościwie powstrzymuje się od natychmiastowego wytarcia dłoni o ubranie.

— Przyjazd do Kapitolu z pewnością jest dla ciebie ogromną odmianą, Katniss — zaczyna Caesar. — Co tutaj zrobiło na tobie największe wrażenie?

Co takiego? Co on powiedział? Czuję się tak, jakby jego słowa nie miały żadnego sensu.

Usta mi wyschły na wiór. Rozpaczliwie wyszukuję wzrokiem Cinnę i patrzę mu w oczy. Wyobrażam sobie, że to on pyta: „Co tutaj zrobiło na tobie największe wrażenie?" Przetrząsam umysł w poszukiwaniu najprzyjemniejszego wspomnienia z Kapitolu. „Bądź szczera", powtarzam sobie. „Szczera".

— Potrawka z jagnięciny — wyznaję.

Caesar wybucha śmiechem, i jak przez mgłę uświadamiam sobie, że rozbawiłam także część publiczności.

— Masz na myśli tę z suszonymi śliwkami? — dopytuje się Caesar. Potwierdzam skinieniem głowy. — Och, zajadam się nią, ile wlezie. — Z udanym przerażeniem spogląda na widzów, kładzie dłoń na brzuchu. — Chyba tego nie widać, prawda? — Z tłumu dobiegają krzepiące okrzyki, słychać oklaski. Właśnie taki jest Caesar. W trudnej sytuacji stara się pomóc gościowi.

— Powiem ci coś, Katniss — ciągnie poufale. — Gdy cię ujrzałem na ceremonii otwarcia igrzysk, serce mi zamarło. Co sobie pomyślałaś na widok tak spektakularnego stroju?

Cinna wymownie unosi brew. Masz być szczera.

— To znaczy po tym, jak przezwyciężyłam strach przed spaleniem żywcem, tak? — pytam.

Rozlega się gromki śmiech publiczności. Ludzie są wyraźnie rozbawieni.

— Tak. Powiedz, co czułaś — zachęca mnie Caesar.

Powinnam to wyznać Cinnie, mojemu przyjacielowi.

— Pomyślałam, że Cinna jest rewelacyjny i sprawił mi najcudowniejszy kostium, jaki w życiu widziałam. Nie mogłam uwierzyć, że mam na sobie coś tak fantastycznego. Trudno mi też pojąć, że ubrał mnie dziś w tę suknię. — Unoszę brzegi sukni i rozkładam je na boki. — Patrzcie tylko!

Publiczność wzdycha z zachwytu. Zauważam, że Cinna zatacza palcem ledwie widoczne, maleńkie kółko. „Obróć się dla mnie".

Wykonuję piruet. Reakcja tłumu jest natychmiastowa.

— Och, powtórz to koniecznie! — domaga się Caesar, więc unoszę ręce i wiruję jak szalona, suknia się unosi, łopocze i otacza mnie płomieniami. Widownia eksploduje entuzjazmem. Gdy nieruchomieję, kurczowo chwytam Caesara za rękę.

— Nie przestawaj! — protestuje.

— Muszę, kręci mi się w głowie! — Chichoczę, chyba po raz pierwszy w życiu. Nerwy i piruety zrobiły swoje.

Caesar opiekuńczo otacza mnie ramieniem.

— Bez obaw, przy mnie nic ci nie grozi. Nie pozwolę, abyś poszła w ślady swojego mentora.

Wszyscy się śmieją, gdy kamery najeżdżają na Haymitcha, który zasłynął spektakularnym zwaleniem się ze sceny podczas dożynek. Teraz dobrodusznie macha widowni ręką i wskazuje na mnie.

— Spokojna głowa. — Caesar uspokaja tłum. — Przy mnie jest całkiem bezpieczna. A teraz pomówmy o twojej ocenie. Dostałaś jedenastkę. Możesz nam wyjaśnić, co się właściwie stało podczas pokazu?

Spoglądam na balkon organizatorów i przygryzam wargę.

— Mhm... Powiem tyle, że czegoś podobnego świat nie widział.

Kamery są wycelowane w działaczy, którzy chichoczą i kiwają głowami.

— Nie znęcaj się nad nami — jęczy Caesar, jakbym naprawdę sprawiała mu ból. — Prosimy o szczegóły.

— Chyba nie wolno mi o tym mówić, prawda? — zwracam się do organizatorów na balkonie.

Ten, który wylądował w wazie z ponczem, wychyla się przez barierkę.

— Nie wolno jej mówić! — woła.

— Dziękuję — wzdycham. — Przykro mi, muszę milczeć jak grób.

— Wobec tego wróćmy do momentu, w którym podczas dożynek wyczytano nazwisko twojej siostry — mówi Caesar wyraźnie ciszej. — Zgłosiłaś się dobrowolnie. Czy mogłabyś nam o niej powiedzieć?

Nie. Wam wszystkim nie. Ale mogę opowiedzieć Cinnie. Chyba mi się nie wydaje, że widzę smutek na jego twarzy.

— Ma na imię Prim i tylko dwanaście lat. Kocham ją ponad wszystko.

Na Rynku zapada cisza jak makiem zasiał.

— Czy powiedziała ci coś? Po dożynkach? — pyta Caesar.

Bądź szczera. Bądź szczera. Z wysiłkiem przełykam ślinę.

— Poprosiła mnie, żebym naprawdę postarała się zwyciężyć.

Widzowie zastygają w bezruchu, ze skupieniem wsłuchani w każde moje słowo.

— I co odpowiedziałaś? — dopytuje się Caesar łagodnie.

Czuję, że całe ciało sztywnieje mi z zimna. Mięśnie tężeją, jak przed zabiciem zwierzęcia. Odzywam się zaskakująco niskim głosem.

— Przysięgłam, że się postaram.

— Z pewnością dotrzymasz obietnicy. — Caesar obejmuje mnie i ściska. Rozbrzmiewa dźwięk brzęczyka. — Niestety, czas się skończył. Powodzenia, Katniss. Wystąpiła przed państwem Katniss Everdeen, trybut z Dwunastego Dystryktu.

Zasiadam na swoim miejscu, ale brawa jeszcze długo nie milkną. Spoglądam na Cinnę, potrzebuję jego wsparcia. Dyskretnie unosi kciuki do góry.

Przez pierwszą część prezentacji Peety jestem oszołomiona, ale dociera do mnie, że z miejsca zdobył przychylność widzów. Ludzie się śmieją, pokrzykują. Peeta gra syna piekarza, porównuje trybutów do pieczywa z ich dystryktów, później opowiada anegdotę o niebezpieczeństwach związanych z korzystaniem z kapitolińskich pryszniców.

— Mógłby mi pan powiedzieć, czy nadal pachnę różami?

— pyta Caesara i obaj doprowadzają tłum do ekstazy, przez

dłuższą chwilę obwąchując się nawzajem. Skupiam się, kiedy prowadzący pyta, czy Peeta zostawił w domu dziewczynę. Peeta się waha i bez przekonania kręci głową.

— Przystojniak z ciebie — zauważa Caesar. — Na pewno jest w twoim życiu jakaś szczególna dziewczyna. Przyznaj się, jak ma na imię?

— Rzeczywiście, znam jedną wyjątkową dziewczynę — przyznaje Peeta w końcu. — Podoba mi się, odkąd sięgam pamięcią, już od naszego pierwszego spotkania, ale do tegorocznych dożynek na pewno w ogóle nie wiedziała, że istnieję.

Przez widownię przetacza się pomruk współczucia. Nieodwzajemniona miłość zawsze budzi sympatię.

— Ma narzeczonego? — dopytuje się Caesar.

— Nie mam pojęcia, ale podoba się bardzo wielu chłopakom — mówi Peeta.

— Wobec tego wiem, jak powinieneś postąpić. Wygraj igrzyska i wróć do domu. W takiej sytuacji na pewno ci nie odmówi, zgadza się? — pyta Caesar zachęcającym tonem.

— Wątpię, aby to się sprawdziło. Zwycięstwo... W moim wypadku nie załatwia sprawy. — Peeta opuszcza wzrok.

— A to dlaczego? — zdumiewa się Caesar.

Peeta jest czerwony jak burak.

— Ponieważ... — zająkuje się. — Ponieważ... Ona tu ze mną przyjechała.

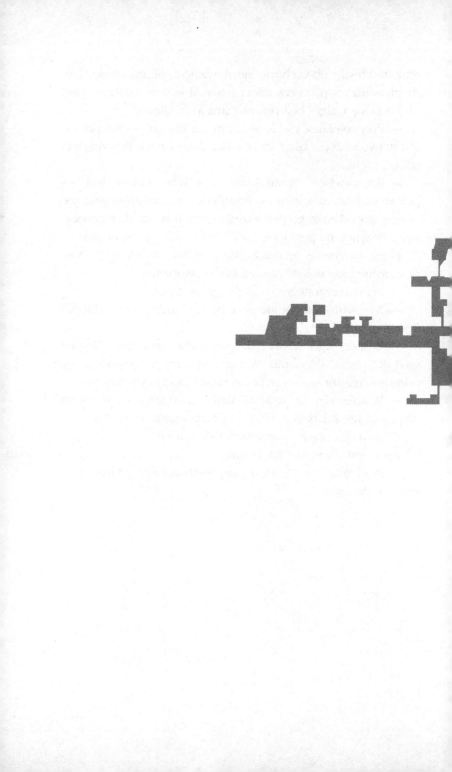

CZĘŚĆ II
IGRZYSKA

10

Kamery przez chwilę pozostają nakierowane na opuszczone powieki Peety i wszyscy myślą tylko o tym, co powiedział. Nagle widzę na ekranach swoją zaskoczoną twarz, z rozchylonymi w niemym proteście ustami, gdy uświadamiam sobie, że mówił o mnie. Zaciskam wargi i wbijam wzrok w ziemię, licząc na to, że w ten sposób uda mi się zamaskować emocje, które we mnie kipią.

— A to pech — wzdycha Caesar. W jego głosie pobrzmiewa autentyczny żal. Publiczność pomrukuje twierdząco, ten i ów krzyczy coś z żalem.

— Kiepsko jest — zgadza się Peeta.

— Trudno się dziwić — dodaje Caesar. — W tej młodej damie łatwo się zakochać. I ona nic nie wiedziała?

Peeta kręci głową.

— Nie, aż do teraz.

Na moment podnoszę wzrok i widzę na ekranie swoje ogromne rumieńce.

— Z pewnością chętnie byśmy ją tutaj poprosili, aby wyjawiła, co czuje, prawda? — pyta Caesar widzów. Potwierdzają wrzaskiem. — Niestety, obowiązują nas sztywne reguły. Katniss Everdeen już wykorzystała swój czas. Wszystkiego dobrego, Peeta Mellark. Chyba przemówię w imieniu całego Panem, jeśli cię zapewnię, że Katniss skradła też nasze serca.

Tłum ryczy ogłuszająco. Peeta zepchnął nas wszystkich na drugi plan, nikt się nie spodziewał, że ze sceny padnie miłosne wyznanie. Publiczność w końcu się uspokaja, Peeta mamrocze cicho „dziękuję" i wraca na miejsce. Wstajemy, aby odśpiewać hymn. Muszę unieść głowę, w ten sposób należy okazać szacunek oficjalnej pieśni państwowej. Od razu zauważam, że na każdym ekranie pokazują zbliżenie moje i Peety. Stoimy zaledwie jakiś metr od siebie, metr, który w głowach widzów staje się przeszkodą nie do pokonania. Biedni, tragiczni bohaterowie. Ja jednak wiem swoje.

Po hymnie trybuci ruszają z powrotem do Ośrodka Szkoleniowego, wchodzą do holu i suną windami na swoje piętra. Starannie wybieram kabinę, w której nie napotkam Peety. Tłum zatrzymuje korowód naszych stylistów, mentorów i opiekunów, więc możemy liczyć tylko na własne towarzystwo. Nikt nic nie mówi. Po drodze na dwunaste piętro z mojej windy wysiadają czterej zawodnicy, potem zostaję sama. Gdy otwierają się drzwi i ruszam do wyjścia, widzę, że Peeta właśnie wysiadł z drugiej kabiny. Bez zastanowienia walę go otwartymi dłońmi w klatkę piersiową. Traci równowagę i wpada na brzydką wazę pełną sztucznych kwiatów. Waza się przewraca i rozbija w drobny mak. Peeta ląduje na ostrych okruchach, jego ręce momentalnie spływają krwią.

— Za co? — pyta wstrząśnięty.

— Nie miałeś prawa! Nie miałeś prawa wygadywać o mnie takich rzeczy! — krzyczę wściekła.

Drzwi wind ponownie się otwierają i na korytarzu zjawia się cała nasza ekipa, Effie, Haymitch, Cinna i Portia.

— Co tu się dzieje? — zdumiewa się Effie, w jej głosie pobrzmiewa nuta histerii. — Upadłeś?

— Po tym, jak mnie pchnęła — odzywa się Peeta, gdy Effie i Cinna pomagają mu wstać.

Haymitch odwraca się w moją stronę.

— Pchnęłaś go?

— Pan wpadł na ten pomysł, co? — warczę. — Postanowił pan zrobić ze mnie idiotkę na oczach całego kraju.

— Nie, to mój pomysł — mamrocze Peeta i wzdryga się, wyciągając z dłoni ostre kawałki ceramiki. — Haymitch tylko mi pomógł.

— Zgadza się, Haymitch jest niesłychanie pomocny. Pomaga tobie! — oznajmiam oskarżycielsko.

— Idiotka z ciebie — mówi Haymitch z niesmakiem. — Uważasz, że Peeta ci zaszkodził? Chłopak ofiarował ci coś, czego na własną rękę nigdy byś nie zdobyła.

— Zrobił ze mnie słabeusza! — oburzam się.

— Dzięki niemu ludzie patrzą na ciebie pożądliwie! — cedzi Haymitch. — Spójrz prawdzie w oczy, tu naprawdę przydała ci się pomoc. Byłaś romantyczna jak ziemniak — do chwili, gdy Peeta wyznał, że cię pragnie. Teraz wszyscy się tobą interesują. Ludzie mówią tylko o tobie i o nim. Nieszczęśliwi kochankowie z Dwunastego Dystryktu!

— Ale my nie jesteśmy nieszczęśliwymi kochankami! — protestuję.

Haymitch chwyta mnie za ramiona i przyciska do ściany.

— Kogo to obchodzi? — pyta ostro. — To wielkie widowisko. Jak cię widzą, tak cię piszą. Gdy twoja prezentacja dobiegła końca, mogłem powiedzieć, że w najlepszym wypadku wypadłaś sympatycznie, choć to i tak graniczy z cudem. Teraz bez wahania powiem, że potrafisz przebojem zdobywać męskie serca. Och, och, chłopcy z twoich rodzinnych stron po prostu leżą pokotem u twych stóp! Jak sądzisz, która prezentacja zapewni ci więcej sponsorów: twoja czy Peety?

Od smrodu wina w jego oddechu robi mi się niedobrze. Strącam z ramion dłonie Haymitcha i się cofam. Usiłuję spokojnie pomyśleć.

Podchodzi do mnie Cinna, otacza mnie ramieniem.

— Katniss — mówi. — On ma rację.

Sama nie wiem, co o tym sądzić.

— Trzeba mnie było uprzedzić, nie wypadłabym tak beznadziejnie.

— Zareagowałaś idealnie — odzywa się Portia. — Gdybyś wiedziała, twoje zachowanie nie byłoby tak naturalne i spontaniczne.

— Ona się przejmuje swoim chłopakiem — burczy Peeta i ciska w dal zakrwawiony fragment wazy.

Na myśl o Gale'u ponownie czuję, jak mnie pieką policzki.

— Nie mam chłopaka!

— Mniejsza z tym. — Peeta wzrusza ramionami. — Idę o zakład, że jest dostatecznie bystry, aby odróżnić blef od prawdy. Poza tym ty nie powiedziałaś, że mnie kochasz. W czym problem?

Usiłuję przetrawić jego słowa. Mój gniew słabnie, teraz jestem rozdarta. Z jednej strony czuję się wykorzystana, z drugiej mam wrażenie, że zyskałam przewagę nad rywalami. Haymitch trafił w sedno. Poradziłam sobie jakoś podczas swojej prezentacji, ale jak zapamiętali mnie ludzie? Głupiutka dziewczyna, kręcąca się jak fryga w migotliwej sukni. Rozchichotana. Jedyną istotną chwilą podczas całej rozmowy było wspomnienie o Prim. Wobec milczącej, zabójczej potęgi Thresha wypadłam blado. Okazałam się niemądra, pusta i płytka. Jeśli ktokolwiek mnie zapamiętał, to tylko dzięki jedenastce za szkolenie.

Peeta sprawił, że stałam się obiektem westchnień, nie tylko jego. Naopowiadał ludziom, że mam wielu adoratorów. Jeśli widzowie naprawdę sądzą, że się kochamy... Pamiętam, jak spontanicznie zareagowali na jego wyznanie. Nieszczęśliwi kochankowie. Haymitch ma słuszność, w Kapitolu lubują się w takich historiach. Nieoczekiwanie zaczynam się przejmować, że nie zareagowałam jak należy.

— Czy po jego wyznaniu pomyśleliście, że ja również mogę się w nim kochać? — pytam wprost.

— Ja tak — potwierdza Portia. — W charakterystyczny sposób opuściłaś wzrok, zarumieniłaś się...

Pozostali zgodnie potakują.

— Szczęściara z ciebie, skarbie — mówi Haymitch. — Sponsorzy będą do ciebie walili drzwiami i oknami.

Czuję się zażenowana własną reakcją. Przymuszam się do spojrzenia na Peetę.

— Przepraszam, że cię popchnęłam.

— Nic się nie stało. — Wzrusza ramionami. — Choć teoretycznie biorąc, złamałaś reguły igrzysk.

— Jak tam twoje dłonie?

— Zagoją się — bagatelizuje sprawę.

Zapada milczenie i nagle wszyscy czujemy smakowity zapach z jadalni.

— Chodźmy coś przekąsić — proponuje Haymitch. Ruszamy za nim do stołu i zajmujemy miejsca. Peeta krwawi jednak zbyt mocno, więc Portia odprowadza go do gabinetu lekarskiego. Pod ich nieobecność delektujemy się kremem oraz zupą z płatków róży. Wracają, gdy kończymy jeść. Peeta ma dłonie w bandażach, a mnie dręczy poczucie winy. Jutro trafimy na arenę. Oddał mi przysługę, a ja go pokaleczyłam. Czy to znaczy, że już zawsze będę jego dłużniczką?

Po kolacji przechodzimy do salonu i oglądamy w telewizji powtórkę prezentacji. Wydaję się sobie powierzchowna i płytka, kiedy wiruję i chichoczę w sukni, ale pozostali zapewniają mnie, że jestem fantastyczna. Peeta rzeczywiście wypada czarująco, podbija serca widzów w roli zakochanego chłopca. I oto znowu ja, zarumieniona i zmieszana, upiększona wprawnymi dłońmi Cinny, ja, obiekt pożądania po wyznaniu Peety, ofiara niefortunnego zbiegu okoliczności, ale nade wszystko — niezapomniana uczestniczka igrzysk.

Kończy się hymn, ekran ciemnieje, w pokoju zapada cisza. Jutro o świcie wszyscy będziemy na nogach, gotowi do wyjścia na arenę. Igrzyska nie rozpoczną się przed dziesiątą, bo wielu mieszkańców Kapitolu późno wstaje. My musimy zerwać się o brzasku. Trudno powiedzieć, ile czasu zajmie nam podróż na arenę przygotowaną do tegorocznych igrzysk.

Wiem, że Haymitch i Effie nie wybiorą się z nami. Gdy tylko opuszczą Ośrodek, trafią do Centrum Operacyjnego Igrzysk. Miejmy nadzieję, że tam sporządzą długą listę naszych sponsorów, a także przemyślą, jak i kiedy dostarczyć nam podarunki. Cinna i Portia dotrą z nami na miejsce, z którego zostaniemy wprowadzeni na arenę. Teraz jednak nadszedł czas ostatecznych pożegnań.

Effie bierze nas oboje za ręce. Naprawdę ma łzy w oczach, gdy życzy nam wszystkiego dobrego. Dziękuje nam, że byliśmy najlepszymi trybutami, jakimi miała zaszczyt się opiekować. Na koniec, jako że nie byłaby sobą, gdyby nie powiedziała czegoś okropnego, dodaje:

— Wcale się nie zdziwię, jeśli w przyszłym roku wreszcie dostanę awans do jakiegoś porządnego dystryktu!

Całuje nas w policzki i pośpiesznie wychodzi, przejęta albo emocjami towarzyszącymi rozstaniu, albo perspektywą lepszej przyszłości.

Haymitch, założywszy ręce, uważnie się nam przypatruje.

— Czekamy na ostatnie rady — mówi Peeta.

— Gdy zabrzmi gong, wynoście się stamtąd w cholerę. Nie wolno wam brać udziału w rzezi, do której dojdzie przy Rogu Obfitości. Po prostu zniknijcie, jak najbardziej zwiększcie dystans do innych trybutów i znajdźcie źródło wody — podkreśla. — Jasne?

— Co potem? — pytam.

— Nie dajcie się zabić — odpowiada. Tej samej rady udzielił nam w pociągu, ale tym razem nie jest pijany ani rozbawiony. W milczeniu kiwamy głowami. Nic dodać, nic ująć.

Idę do pokoju, a Peeta pozostaje, chce zamienić słowo z Portią. To dobrze. Nasze zapewne nienaturalne pożegnanie odwlecze się do jutra. Łóżko jest już gotowe, ale nie widzę rudowłosej dziewczyny. Żałuję, że nie wiem, jak się nazywa, powinnam była ją spytać o imię. Mogła je napisać albo wymigać. Ale pewnie zostałaby za to ukarana.

Biorę prysznic i zeskrobuję złotą farbę, zmywam makijaż, zapach piękna. Z ciężkiej pracy zespołu wizażystów pozostają tylko płomienie na paznokciach. Postanawiam je oszczędzić, żeby widzowie lepiej mnie kojarzyli. Oto ja, Katniss, dziewczyna, która igra z ogniem. Może w najbliższych dniach zdołam czerpać z nich siłę.

Wkładam grubą, mechatą koszulę nocną i kładę się do łóżka. Już po pięciu sekundach uświadamiam sobie, że z pewnością nie zasnę. Niedobrze, bo ogromnie potrzebuję snu. Na arenie każda chwila dekoncentracji grozi śmiercią.

Źle. Mija godzina, potem druga i trzecia, a powieki nie zaczęły mi ciążyć. W kółko rozmyślam o tym, na jakim terenie się znajdę. Trafię na pustynię? Na bagna? Na lodowe pustkowie? Liczę na to, że nie zabraknie tam drzew, które mnie zamaskują, wyżywią i osłonią. Organizatorzy zwykle dbają o to, aby na arenie rosły drzewa, pustkowia są nudne. Na otwartym terenie igrzyska zbyt szybko się kończą. Jaki będzie klimat? Na jakie ukryte pułapki natrafimy? Co wymyślono, żeby nas rozruszać? Nie przestaję też myśleć o innych zawodnikach...

Im bardziej potrzebuję snu, tym mniej chce mi się spać. Dochodzi do tego, że niepokój wygania mnie z łóżka. Wychodzę na korytarz. Moje serce bije zbyt gwałtownie, oddycham zbyt płytko. Pokój zaczął mi się kojarzyć z więzienną celą. Znów go zdemoluję, jeśli zaraz nie odetchnę świeżym powietrzem. Biegnę do drzwi prowadzących na dach. Są otwarte na oścież, pewnie ktoś zapomniał je zamknąć. Mniejsza z tym. Desperacka próba ucieczki i tak nie wchodzi w grę, pole siłowe skutecznie ją udaremni. Poza tym wcale nie chcę uciekać, idę się przewietrzyć. Mam ochotę popatrzeć na niebo i księżyc. To moja ostatnia spokojna noc, jeszcze nikt na mnie nie poluje.

Na szczycie budynku nie ma lamp, ale gdy tylko bosymi stopami dotykam płytek dachowych, zauważam jego sylwetkę, czarną na tle jak zwykle rozświetlonego Kapitolu. Na ulicach jest spory ruch, słychać muzykę, śpiew i klaksony samochodów. Grube tafle szyb w moim pokoju skutecznie tłumią odgłosy miasta. Jeszcze mogę się wycofać, na pewno mnie nie zauważył ani nie usłyszał w tej kakofonii dźwięków. Nocne powietrze jest jednak tak przyjemne, że nie byłabym w stanie wrócić do dusznej klatki, w której kazano mi mieszkać. Zresztą, równie dobrze mogę z nim porozmawiać. Co za różnica?

Bezgłośnie stąpam po płytkach, przystaję metr od jego pleców.

— Powinieneś się przespać — mówię.

Drgnął, ale się nie odwraca. Zauważam, że lekko kręci głową.

— Nie chciałem przegapić imprezy — wyjaśnia. — W sumie zorganizowano ją na naszą cześć.

Staję u jego boku, wychylam się przez barierkę. Na szerokich ulicach widać tłum roztańczonych ludzi. Wbijam wzrok w ich maleńkie postaci, usiłuję dostrzec szczegóły.

— To bal przebierańców? — pytam.

— Kto to wie? — Peeta wzrusza ramionami. — Miejscowi na co dzień ubierają się jak wariaci. Też nie możesz spać?

— Nie potrafię się odprężyć.

— Przejmujesz się rodziną?

— Nie — zaprzeczam z lekkim poczuciem winy. — Zastanawiam się, co przyniesie jutro. Rzecz jasna, tylko tracę czas. — W świetle latarni ulicznych widzę teraz twarz Peety i jego niezdarnie złożone dłonie w bandażach. — Jeszcze raz przepraszam, że się przeze mnie pokaleczyłeś.

— To bez znaczenia, Katniss. I tak nie miałem szansy na tych igrzyskach.

— Nie powinieneś tak myśleć.

— Dlaczego? Przecież to prawda. Zależy mi tylko na tym, aby się nie skompromitować. Poza tym... — Waha się.

— Poza tym co?

— Właściwie nie wiem, jak to ująć. Chodzi o to, że... chcę umrzeć taki, jaki jestem naprawdę. Nie jestem pewien, czy rozumiesz, o co mi chodzi. — Kręcę głową. Jak można umrzeć jako ktoś inny? — Nie chcę, aby mnie tam zmienili, przeobrazili w potwora, którym nigdy nie byłem.

Przygryzam wargę, wstydzę się. Gdy ja rozmyślałam o dostępności drzew na arenie, Peeta się zastanawiał, jak zachować tożsamość. Jak nie stracić samego siebie.

— Chcesz przez to powiedzieć, że nikogo nie zabijesz? — zdumiewam się.

— Nie, gdy przyjdzie co do czego, na pewno będę zabijał jak wszyscy. Nie odejdę bez walki. Po prostu usiłuję znaleźć sposób na to, aby... pokazać Kapitolowi, że mu nie uległem. Chcę dowieść, że jestem kimś więcej niż zaledwie pionkiem w ich igrzyskach.

— Ale nie jesteś kimś więcej. Nikt z nas nie jest. Na tym polegają igrzyska.

— Zgoda, ale w głębi duszy powinniśmy pozostać sobą, i ty, i ja — upiera się Peeta. — Wiesz, w czym rzecz.

— Trochę. Słuchaj, bez obrazy, Peeta, ale właściwie kogo to obchodzi?

— Mnie. Co innego może mnie obchodzić w takiej sytuacji? — irytuje się. Czuję na sobie spojrzenie jego niebieskich oczu, oczekuje odpowiedzi.

Cofam się o krok.

— Myśl o tym, co powiedział Haymitch. Nie możemy dać się zabić.

Peeta uśmiecha się do mnie ze smutkiem i drwiną.

— Nie ma sprawy. Dzięki za radę, skarbie.

To jak policzek. Potraktował mnie protekcjonalnie, jak Haymitch.

— Jeśli ostatnie godziny życia zamierzasz poświęcić na planowanie godnej śmierci na arenie, to bardzo proszę. Osobiście wolę wrócić do Dwunastego Dystryktu.

— Wcale bym się nie zdziwił, gdyby ci się udało — wyznaje Peeta cicho. — Pozdrów moją mamę, kiedy wrócisz.

— Nie ma sprawy — prycham, odwracam się na pięcie i schodzę z dachu.

Przez resztę nocy na przemian budzę się i zapadam w drzemkę. Układam w myślach uszczypliwe uwagi, którymi rano uraczę Peetę Mellarka. Też coś. Zobaczymy, jaki wyniosły i pyszny będzie na arenie, gdy rozpocznie się walka na śmierć i życie. Podobnie jak wielu innych trybutów, pewnie zmieni się w krwiożerczą bestię, która usiłuje pożreć serce zabitego wroga. Kilka lat temu jeden taki przyjechał z Szóstki. Miał na imię Titus. Kompletnie zdziczał, chciał zjadać zabitych przez siebie zawodników, więc organizatorzy musieli go unieszkodliwiać paralizatorami, żeby móc zabierać trupy. Na arenie nie obowiązują żadne reguły, ale kanibalizm nie jest mile widziany przez widzów z Kapitolu, więc organizatorzy dbają o to, aby trybuci nie pozjadali się nawzajem. Po dramatycznej śmierci Titusa w lawinie rozgorzały spekulacje, czy przypadkiem nie została ona celowo sprowokowana, żeby uniemożliwić zwycięstwo szaleńcowi.

Rankiem nie spotykam się z Peetą. Cinna przychodzi przed świtem, wręcza mi skromną sukienkę i prowadzi mnie na dach. Strój zawodnika otrzymam w tunelach pod areną, również tam odbędą się ostatnie przygotowania. Jak spod ziemi wyrasta przed nami poduszkowiec, taki sam jak ten, którego załoga pojmała w lesie rudowłosą dziewczynę. Z pojazdu wysuwa się drabina. Opieram ręce i stopy na dolnych szczeblach i momentalnie nieruchomieję jak sparaliżowana. Silny prąd sprawia, że przywieram do drabiny, która wraz ze mną zostaje wciągnięta na pokład.

Gdy jestem już w poduszkowcu, spodziewam się, że ktoś mnie uwolni, ale wciąż jestem uwięziona. Podchodzi do mnie kobieta w białym fartuchu, w dłoni trzyma strzykawkę.

— To twój lokalizator, Katniss — tłumaczy. — Nie ruszaj się, to szybko i sprawnie umieszczę go pod skórą.

Mam się nie ruszać? Przecież zastygłam jak posąg. Mimo to czuję bolesne ukłucie, kiedy kobieta wbija igłę głęboko, od wewnętrznej strony przedramienia. Metalowe urządzenie lokalizacyjne tkwi teraz w mojej ręce, organizatorzy bez trudu znajdą mnie na arenie. Nie mogą sobie pozwolić na zgubienie trybuta.

Gdy tylko lokalizator trafia na miejsce, drabina mnie puszcza. Kobieta znika, a z dachu schodzi Cinna. Pojawia się młody awoks, który prowadzi nas na śniadanie. Pomimo przykrego ucisku w brzuchu jem, ile wlezie. Doskonałe potrawy nie robią na mnie najmniejszego wrażenia. Tak bardzo się denerwuję, że równie dobrze mogłabym wpychać do ust pył węglowy. Moje zainteresowanie budzi wyłącznie widok za oknami. Suniemy nad miastem, później mijamy dziki krajobraz. Z takiej perspektywy patrzą ptaki, ale one są wolne i bezpieczne, w przeciwieństwie do mnie.

Podróż trwa około pół godziny. Potem okna zostają zaciemnione, to znak, że zbliżamy się do areny. Poduszkowiec ląduje. Razem z Cinną wracam do drabiny, która tym razem prowadzi do podziemnego kanału, zakończonego przejściem do systemu tuneli pod areną. Idziemy do mojej komory przygotowawczej, kierując się specjalnie rozmieszczonymi znakami. W Kapitolu nazywa się ją salą ekspedycyjną. W dystryktach mówi się o niej zagroda, jakbyśmy byli zwierzętami rzeźnymi.

Wszystko tutaj jest nowe, jak spod igły. Będę pierwszą i jedyną zawodniczką, która skorzysta z tego pomieszczenia. Areny to miejsca o znaczeniu historycznym, po igrzyskach zachowuje się je w niezmienionej formie. Mieszkańcy Kapitolu chętnie je odwiedzają, zdarza się im spędzić w takich miejscach wakacje. Przybywają na miesiąc, ponownie oglądają igrzyska, zwiedzają tunele, spacerują tam, gdzie ginęli trybuci. Kto chce, może nawet wziąć udział w inscenizacji.

Podobno jedzenie jest rewelacyjne.

Z trudem utrzymuję śniadanie w brzuchu, kiedy biorę prysznic i szczotkuję zęby. Cinna splata mi włosy w skromny warkocz, taki jak zwykle noszę. Dostajemy paczkę z ubraniem, identycznym dla każdego trybuta. Mój stylista nie miał nic do powiedzenia przy jego wyborze, nawet nie wie, co znajdziemy w pudełku. Pomaga mi jednak włożyć bieliznę, proste, beżowe spodnie, jasnozieloną bluzę, zapiąć mocny, brązowy pas i narzucić na siebie cienką kurtkę z kapturem, która sięga mi do ud.

— Materiał kurtki zaprojektowano tak, aby zatrzymywał ciepłotę ciała. Spodziewaj się chłodnych nocy — mówi.

Buty, wkładane na obcisłe skarpety, okazują się wygodniejsze, niż można by się spodziewać. Dzięki miękkiej skórze, z której je uszyto, kojarzą mi się z moim własnym obuwiem do polowań. Wąską podeszwę z protektorami zrobiono z elastycznej gumy, świetnej do biegania.

Wydaje mi się, że jestem już gotowa, ale Cinna wyciąga z kieszeni złotą broszkę z kosogłosem. Kompletnie o niej zapomniałam.

— Skąd ją masz? — zdumiewam się.

— Odpiąłem z zielonego kompletu, który miałaś na sobie w pociągu — wyjaśnia. Przypominam sobie, że odczepiłam broszkę od sukienki mamy i przymocowałam do koszuli. — To symbol twojego dystryktu, prawda? — Kiwam głową, a on przypina mi broszkę do koszuli. — Niewiele brakowało, a rada zatwierdzająca zatrzymałaby ją po oględzinach. Część rady uznała, że szpilkę można wykorzystać jako broń, co dałoby ci nieuczciwą przewagę. Ostatecznie wycofali zastrzeżenia. Zarekwirowali jednak pierścionek dziewczyny z Pierwszego Dystryktu. Kiedy się obróciło kamień, ze środka wyskakiwał kolec z trucizną. Twierdziła, że nie miała o niczym pojęcia, nie dało się dowieść, że kłamie. Straciła jednak pamiątkę. Już, jesteś gotowa. Przejdź się, sprawdź, czy ci wygodnie.

Spaceruję, biegnę w koło, wymachuję ramionami.

— Tak, bez zarzutu — potwierdzam. — Wszystko doskonale pasuje.

— Wobec tego nie mamy nic więcej do roboty — oświadcza Cinna. — Pozostaje nam czekać na wezwanie. Może masz ochotę jeszcze coś przekąsić?

Nie chcę nic jeść, ale chętnie sięgam po szklankę wody, którą wypijam małymi łykami. Oboje siedzimy na kanapie i czekamy. Nie chcę gryźć paznokci ani warg, więc nerwowo skubię zębami wewnętrzną stronę policzka. Jeszcze się nie zagoiła po tym, jak ją poraniłam kilka dni temu. Wkrótce czuję w ustach smak krwi.

Zdenerwowanie przeradza się w przerażenie. Coraz wyraźniej sobie uświadamiam, co mnie czeka. Już za niespełna godzinę mogę leżeć martwa. Zimny trup. Obsesyjnie macam małą, twardą grudkę pod skórą na przedramieniu, w miejscu, gdzie kobieta zrobiła mi zastrzyk. Mocno ściskam urządzenie lokalizacyjne, nie zważam na ból. Po chwili widzę, jak na moim ciele pojawia się niewielki siniak.

— Katniss, masz ochotę porozmawiać? — pyta Cinna.

Kręcę głową, ale chwilę później wyciągam do niego dłoń. Cinna bierze ją w obie ręce i tak siedzimy dalej, aż wreszcie miły, kobiecy głos oznajmia, że nadeszła pora.

Przez cały czas trzymając Cinnę za rękę, podchodzę do okrągłej, metalowej płyty i staję na jej środku.

— Pamiętaj, co powiedział Haymitch. Biegnij, znajdź wodę. Później jakoś sobie poradzisz — przypomina mi Cinna. Potwierdzam skinieniem głowy. — I jeszcze jedno. Nie wolno mi zawierać zakładów, ale gdybym mógł, z pewnością postawiłbym na ciebie.

— Poważnie? — szepczę.

— Jak najpoważniej — mówi. Nachyla się i całuje mnie w czoło. — Powodzenia, trzymaj się, dziewczyno, która igrasz z ogniem.

Z sufitu opuszcza się szklany cylinder. Rozdziela nasze splecione dłonie, odgradza mnie od Cinny. Spoglądam na niego zza szyby i widzę, że dotyka palcami brody. Głowa do góry. Podnoszę głowę i wyprostowuję się jak struna. Kapsuła unosi się wraz ze mną. Na kilkanaście sekund otaczają mnie ciemności, a następnie czuję, jak metalowa płyta wypycha mnie z cylindra, prosto na świeże powietrze. Przez moment nic nie widzę, oślepiona jasnością dnia, ale uświadamiam sobie, że silny wiatr przynosi krzepiący zapach sosen.

Nagle słyszę potężny, tubalny głos legendarnego spikera, Claudiusa Templesmitha:

— Panie i panowie, Siedemdziesiąte Czwarte Głodowe Igrzyska uważam za otwarte!

Sześćdziesiąt sekund. Tyle musimy stać na metalowych tarczach. Będziemy mogli z nich zejść dopiero, gdy przebrzmi dźwięk gongu. Jeżeli ktoś się pośpieszy i opuści tarczę przed upływem minuty, rozmieszczone wszędzie miny przeciwpiechotne urwą mu nogi. Sześćdziesiąt sekund to dość czasu, żeby się uważnie rozejrzeć. Trybuci stoją w okręgu, każdy z nich jest jednakowo oddalony od Rogu Obfitości, wielkiej, złotej konstrukcji w kształcie stożka, z którego wnętrza wysypują się przedmioty niezbędne do przetrwania na arenie. Otwór wylotowy Rogu ma wysokość około siedmiu metrów, drugi koniec jest spiralnie zawinięty. Dostrzegam żywność, pojemniki z wodą, broń, lekarstwa, odzież, zapałki. Wokoło walają się inne rzeczy, ich wartość jest tym niższa, im dalej leżą od Rogu Obfitości. Zaledwie kilka kroków od siebie zauważam fragment plastikowej folii, wielkości metra kwadratowego. Coś takiego z całą pewnością przydałoby się podczas ulewy. Przy wylocie Rogu widzę namiot, który ochroniłby mnie w każdych warunkach pogodowych. Gdyby tylko wystarczyło mi siły woli, aby stoczyć o niego walkę z pozostałymi dwudziestoma trzema trybutami... Otrzymałam jednak wyraźny zakaz uczestniczenia w rzezi przy Rogu Obfitości.

Stoimy na otwartej równinie, pokrytej ubitą ziemią. Za plecami trybutów, którzy znajdują się naprzeciwko mnie, widzę pustą przestrzeń. To oznacza, że jest tam stromizna, może nawet urwisko. Z prawej strony rozpościera się jezioro. Po lewej i z tyłu widzę rzadki las sosnowy. Haymitch kazałby mi schronić się właśnie tam. I to natychmiast.

W myślach powtarzam jego polecenia: „Po prostu zniknijcie, jak najbardziej zwiększcie dystans do innych trybutów, i znajdźcie źródło wody".

Walczę jednak z pokusą, ogromną pokusą. Tyle skarbów leży niemal na wyciągnięcie ręki. Mam świadomość, że jeśli ich nie zdobędę, zrobi to ktoś inny. Zawodowcy, którzy przeżyją krwawą jatkę, podzielą między siebie wszystkie łupy. Dzięki nim lepiej sobie poradzą na arenie. Nagle jeden z przedmiotów przykuwa moją uwagę. Na stercie zwiniętych w rulony koców zauważam srebrny kołczan oraz łuk z napiętą cięciwą, zupełnie jakby czekał, aż ktoś z niego strzeli.

Jest mój, myślę. Został stworzony dla mnie.

Szybko biegam. W sprincie nie dorówna mi żadna dziewczyna w szkole, choć parę z nich pokonałoby mnie na dłuższe dystanse. Róg jest oddalony o jakieś czterdzieści metrów, a to dla mnie idealna odległość. Wiem, że mogę zdobyć łuk, na pewno dotrę do niego pierwsza, tylko jak szybko zdołam potem uciec? Zanim rozrzucę paczki i chwycę broń, reszta trybutów również dobiegnie do łupów. Położę trupem jednego, może dwóch, ale nie stawię czoła tuzinowi. Z tak bliskiej odległości pokonają mnie oszczepami i pałkami. Zresztą, wystarczą im nawet gołe, wielgachne pięści.

Przychodzi mi do głowy, że przecież nie będę jedynym celem ataku. Idę o zakład, że wielu trybutów zignorowałoby drobną dziewczynę, nawet zdobywczynię jedenastki na indywidualnym pokazie, żeby w pierwszej kolejności uporać się z groźniejszymi wrogami.

Haymitch nigdy nie widział, jak biegam. Może gdybym mu zademonstrowała swój sprint, poradziłby mi, żebym spróbowała zdobyć broń. Przecież łuk zapewniłby mi przetrwanie. W stercie przedmiotów zauważam tylko jeden egzemplarz. Wiem, że minuta dobiega końca. Muszę podjąć ostateczną decyzję. Automatycznie przybieram pozycję do biegu, ale nie w kierunku okolicznych lasów, lecz prosto do Rogu, tam, gdzie czeka na mnie łuk. Nagle zauważam Peetę, jest piąty albo szósty z mojej prawej strony. Dzieli nas spora odległość, ale widzę, że na mnie patrzy i chyba kręci głową. Nie jestem pewna, słońce świeci mi w oczy. Zastanawiam się, o co mu chodzi, i nagle słychać gong.

Zagapiłam się! Okazja przeszła mi koło nosa. Dwie sekundy spóźnienia wystarczają, żebym zmieniła plany. Przez ułamek chwili szoruję stopami w miejscu, jakby mózg nie zdążył wydać im dyspozycji, ale zaraz potem pędem ruszam z miejsca, porywam z ziemi folię oraz bochenek chleba i gnam dalej. Zdobycze są jednak mizerne, a ja się wściekam na Peetę, który mnie zdekoncentrował, więc błyskawicznie pokonuję dwadzieścia metrów do jasnopomarańczowego plecaka o nieznanej zawartości. Nie darowałabym sobie, gdybym uciekła z niemal pustymi rękami.

Chłopak, chyba z Dziewiątki, chwyta plecak równocześnie ze mną. Szarpiemy się przez chwilę, ale on nagle się rozkasłuje i bryzga na mnie krwią. Cofam się chwiejnie, z obrzydzeniem i niedowierzaniem. Twarz oblepiają mi krople ciepłej, lepkiej substancji. Chłopak osuwa się na ziemię i wtedy zauważam nóż sterczący mu z pleców. Pozostali trybuci dobiegli już do Rogu i rozpraszają się, gotowi do ataku. Dziewczyna z Dwójki, jakieś dziesięć metrów ode mnie, zbliża się pędem, w dłoni ściska ze sześć noży. Widziałam, jak miotała nimi na treningu. Nigdy nie chybiła, a ja jestem jej następnym celem.

Mój dotąd nieukierunkowany lęk zmienia się w strach przed tą dziewczyną, drapieżnikiem gotowym mnie zabić. Czuję gwałtowny przypływ adrenaliny, przerzucam plecak przez ramię i ile sił w nogach pędzę do lasu. Za plecami słyszę świst noża, i, żeby ochronić głowę, instynktownie unoszę plecak. Ostrze wbija się w niego, a ja zakładam pasek także na drugie ramię, wciąż gnając w stronę drzew. Mam przeczucie, że dziewczyna nie ruszy za mną w pogoń. Będzie wolała wrócić do Rogu Obfitości, zanim znikną stamtąd co lepsze przedmioty. Uśmiecham się pod nosem. Dzięki za nóż, myślę. Na skraju lasu odwracam się, żeby zerknąć za siebie. Kilkunastu trybutów uczestniczy w zajadłej bitwie przy Rogu. Na ziemi już leży parę trupów. Ci, którzy postanowili salwować się ucieczką, właśnie znikają między drzewami lub w pustej przestrzeni naprzeciwko mnie. Nadal biegnę, aż wreszcie las odgradza mnie od innych zawodników. Mogę zwolnić, teraz poruszam się spokojnym truchtem, przez pewien czas chyba zdołam utrzymać tempo. Mijają godziny, a ja na przemian biegnę i maszeruję, żeby jak najbardziej zwiększyć dystans do rywali. W trakcie szarpaniny z chłopakiem z Dziewiątego Dystryktu zgubiłam chleb, ale udało mi się wepchnąć folię do rękawa. Teraz, podczas marszu, starannie składam plastik i wsuwam go do kieszeni. Sięgam po nóż. Jest porządnie wykonany, ma ostre, długie ostrze z ząbkami do piłowania przy samej rękojeści. Wtykam broń za pas. Nie mam odwagi się zatrzymać, aby sprawdzić zawartość plecaka. Wciąż oddalam się od Rogu, tylko od czasu do czasu przystaję i sprawdzam, czy nikt mnie nie goni.

Mogę iść jeszcze długo. Wiem, bo wiele razy całymi dniami krążyłam po lesie. Muszę jednak pić wodę. To było drugie zalecenie Haymitcha. Pierwsze do pewnego stopnia zignorowałam, więc teraz z uwagą poszukuję śladów wody. Na próżno.

Las powoli się zmienia, zauważam, że sosny są przemieszane z innymi drzewami. Niektóre z nich rozpoznaję, inne są mi całkiem obce. W pewnej chwili słyszę hałas. Momentalnie dobywam noża, przekonana, że trzeba się będzie bronić, ale zauważam tylko spłoszonego królika.

— Miło cię widzieć — szepczę. Skoro napotkałam jednego, to zapewne w okolicy roi się od królików, gotowych do wyłapania.

Teren stopniowo się obniża. Nie jestem tym zachwycona. W dolinach czuję się jak w pułapce. Lubię przebywać wysoko, choćby na wzgórzach wokół Dwunastego Dystryktu, bo stamtąd od razu dostrzegam nadciągających wrogów. Tym razem nie mam wyboru, muszę iść dalej.

Dziwne, nawet nie czuję się źle. Procentują dni, w których folgowałam sobie przy stole. Nie brak mi sił, choć jestem niewyspana. Pobyt w lesie wpływa na mnie orzeźwiająco. Delektuję się samotnością, choć to tylko złudzenie. Zapewne właśnie w tej chwili pokazują mnie w telewizji, może nie bez przerwy, ale od czasu do czasu. Pierwszego dnia jest tyle trupów, że jeden wędrujący po lesie trybut musi wydawać się nudny. Na pewno jednak wielokrotnie przewinę się przez ekrany telewizorów, by ludzie wiedzieli, że żyję, nie jestem ranna i z werwą pokonuję kilometry. W pierwszym dniu igrzysk zawiera się mnóstwo zakładów, bo wtedy padają pierwsze trupy. Nic jednak nie może równać się z szałem, który ogarnia widzów, kiedy na arenie pozostaje tylko garstka zawodników.

Późnym popołudniem dociera do mnie huk armat. Każdy wystrzał oznacza jednego martwego trybuta. Bitwa przy Rogu Obfitości z pewnością dobiegła końca. Służby porządkowe zabiorą zakrwawione zwłoki, dopiero gdy zabójcy się rozproszą. W dniu otwarcia zwleka się nawet z armatnimi wystrzałami, bo przed zakończeniem pierwszego starcia nie sposób przeliczyć trupów. Zadyszana, pozwalam sobie na krótki odpoczynek i liczę wystrzały. Pierwszy... drugi... trzeci... i tak dalej, aż do jedenastego. Łącznie jedenastu zabitych. W grze pozostało jeszcze trzynaście osób. Paznokciami zdrapuję skrzepniętą krew chłopaka z Dziewiątki, który kaszlnął mi w twarz. Z pewnością zginął na miejscu. Rozmyślam o Peecie. Czy przetrwał ten dzień? Za kilka godzin się przekonam. Wieczorem na niebie zostaną wyświetlone zdjęcia zabitych, aby pozostali mogli im się przyjrzeć.

Nieoczekiwanie przytłacza mnie myśl, że Peeta mógł już zginąć. Może jego wykrwawione, blade zwłoki właśnie wracają do Kapitolu, gdzie zostaną umyte, przebrane i wysłane w prostej, drewnianej skrzyni z powrotem do Dwunastego Dystryktu. Może Peety już tutaj nie ma. Wraca do domu. Z całych sił próbuję sobie przypomnieć, czy go widziałam po rozpoczęciu walki. Na próżno, pamiętam tylko, jak kręcił głową w chwili, gdy rozległ się dźwięk gongu.

Może nie powinnam się przejmować? Jeśli już zginął, to chyba dobrze dla niego. Nie wierzył, że zwycięży, a ja wolałabym uniknąć wątpliwej przyjemności pozbawienia go życia. Jeżeli odszedł na zawsze, to przynajmniej nie musi dłużej uczestniczyć w tym koszmarze.

Wyczerpana, osuwam się na ziemię obok plecaka. I tak muszę przed zmrokiem przejrzeć jego zawartość. Chcę sprawdzić, czym dysponuję na starcie. Odczepiam paski i rozmyślam o tym, że plecak jest solidny, ale ma dość niefortunną barwę. Pomarańczowy kolor będzie dosłownie jaśniał w mroku. Odnotowuję w pamięci, że z samego rana muszę go odpowiednio zamaskować.

Unoszę klapkę. W tej chwili najbardziej potrzebuję wody. Polecenie Haymitcha było jak najbardziej słuszne. Bez wody długo nie pociągnę. Przez kilka dni uda mi się jakoś funkcjonować z nieprzyjemnymi objawami odwodnienia, a potem stracę zdolność poruszania się i w ciągu tygodnia umrę, bezwarunkowo. Pieczołowicie wykładam przedmioty. Cienki, czarny śpiwór zatrzymujący ciepło ludzkiego ciała. Paczka krakersów. Paczka suszonych skrawków wołowiny. Fiolka jodyny. Pudełko drewnianych zapałek. Mały zwój drutu. Okulary przeciwsłoneczne. Dwulitrowej pojemności plastikowa butelka z zakrętką, sucha jak pieprz.

Nie mam wody. Czy tak trudno było im napełnić butelkę? Suchość w gardle i ustach staje się dokuczliwa, usta mi pierzchną. Od świtu jestem na nogach, dzień jest upalny, więc intensywnie się pocę. W naszych lasach też się bezustannie ruszam, ale zawsze znajduję strumienie z czystą wodą albo śnieg, który mogę rozpuścić.

Pakuję się i do głowy przychodzi mi upiorna myśl. Jezioro. To, które zauważyłam w oczekiwaniu na gong. A jeśli jest jedynym źródłem wody na całej arenie? W ten sposób mogliby nas zmusić do walki. Jezioro znajduje się cały dzień drogi od miejsca, w którym teraz siedzę, a przecież bez wody znacznie trudniej będzie mi tam powrócić. Nawet gdy dotrę do celu, z pewnością napotkam uzbrojone po zęby straże zawodowców. Prawie wpadam w panikę, ale przypominam sobie królika, którego wcześniej spłoszyłam. On także musi coś pić. Trzeba się tylko zorientować, gdzie.

Zapada zmrok, ale nie mogę się odprężyć. Drzewa rosną zbyt rzadko, aby zapewnić mi ochronę. Warstwa sosnowych igieł, które wytłumiają moje kroki, utrudnia mi tropienie zwierząt, kiedy usiłuję odnaleźć ich ścieżki do wodopoju. Poza tym przez cały czas podążam w dół, coraz głębiej w dolinę, która wydaje się bezdenna.

Doskwiera mi nie tylko pragnienie, lecz i głód. Nie ośmielam się jednak naruszyć cennego zapasu krakersów i wołowiny. Biorę więc nóż i zbliżam się do pnia jednej z sosen. Odcinam zewnętrzną warstwę i zeskrobuję solidną porcję miękkiej, wewnętrznej kory. Idę i powoli przeżuwam uzyskaną masę. Po tygodniu delektowania się najpyszniejszymi potrawami na świecie mam trudności z jej przełknięciem, ale w życiu zjadłam niejedną garść sośniny, więc szybko się przyzwyczaję.

Mija godzina i staje się oczywiste, że muszę znaleźć miejsce na obozowisko. Aktywne nocą zwierzęta budzą się ze snu, od czasu do czasu słyszę pohukiwanie albo wycie. Wiem już, że będę zmuszona rywalizować z drapieżnikami o królicze mięso. Wkrótce się okaże, czy sama zostanę uznana za pokarm. Nawet w tej chwili mogą mnie tropić rozmaite stworzenia.

Postanawiam jednak, że przede wszystkim będę się miała na baczności przed trybutami. Jestem przekonana, że wielu z nich zamierza kontynuować polowanie nocą. Uczestnikom rzezi przy Rogu Obfitości nie brak pożywienia, do woli korzystają z wody z jeziora, mają pochodnie i latarki, a także rozmaite rodzaje broni, które zamierzają jak najszybciej wypróbować. Mogę tylko żywić nadzieję, że wędrowałam na tyle szybko i sprawnie, że teraz jestem poza ich zasięgiem.

Przed rozbiciem obozu sięgam po drut i zastawiam w krzakach dwa wnyki. Wiem, że przygotowywanie sideł jest ryzykowne, ale moje zapasy szybko się wyczerpią, jeśli nie zacznę ich uzupełniać. Poza tym nie mogę przecież zastawiać pułapek w drodze. Na wszelki wypadek idę jeszcze przez pięć minut i dopiero w pewnej odległości od zasadzek wynajduję odpowiednie miejsce na nocleg.

Starannie wybieram drzewo, wierzbę, nie przesadnie wysoką, ale za to otoczoną innymi wierzbami. Długie, powłóczyste witki zapewnią mi dobrą kryjówkę. Wdrapuję się po najmocniejszych gałęziach, blisko pnia. Po chwili natrafiam na solidne rozwidlenie, które wykorzystam na łóżko. Kilka prób wystarcza, abym stosunkowo wygodnie ułożyła śpiwór. Wpycham do niego plecak i przesuwam go do samego końca, potem sama wchodzę do środka. Na wszelki wypadek wyciągam pas, otaczam nim gałąź wraz ze śpiworem i ponownie zapinam go w talii. Jeżeli teraz przypadkowo obrócę się we śnie, nie połamię sobie kości podczas upadku na ziemię. Jestem na tyle niska, że mogę przykryć głowę górną częścią śpiwora, ale nasuwam także kaptur. Po zmierzchu szybko robi się zimno. Sporo ryzykowałam, biegnąc po plecak, ale teraz wiem, że dokonałam właściwego wyboru. Śpiwór jest bezcenny, zatrzymuje ciepło mojego ciała i w ten sposób pomaga mi w utrzymaniu stałej temperatury. Jestem pewna, że w tej chwili dla co najmniej kilku innych trybutów największym problemem jest chłód, za to ja być może zdołam przespać kilka godzin. Gdyby tylko nie męczyło mnie pragnienie...

Tuż po zmroku słyszę dźwięki hymnu państwowego, po którym zostaną wyemitowane informacje o zabitych trybutach. Przez gałęzie dostrzegam płynące po niebie godło Kapitolu, wyświetlane na gigantycznym ekranie, który zainstalowano na jednym ze znikających poduszkowców. Muzyka cichnie i niebo na moment ciemnieje. W domu obejrzałybyśmy pełną relację z całego dnia, łącznie ze szczegółowymi zbliżeniami ginących trybutów. Uważa się jednak, że zawodnicy nie powinni wszystkiego oglądać, bo część z nich mogłaby w nieuczciwy sposób uzyskać przewagę nad resztą. Gdybym, dajmy na to, przechwyciła łuk i kogoś zastrzeliła, wówczas moja tajemnica stałaby się powszechnie znana. Tutaj, na arenie, widzimy wyłącznie te fotografie, które pokazywano podczas ogłaszania naszych wyników punktowych. Patrzymy na zbliżenia twarzy, a zamiast rezultatów odczytujemy numer dystryktu każdego ze zmarłych. Biorę głęboki oddech i patrzę na zdjęcia jedenastu zabitych. Liczę ich na palcach, jednego po drugim.

Pierwsza pojawia się dziewczyna z Trzeciego Dystryktu. To oznacza, że zawodnicy z Jedynki i Dwójki przeżyli, jak się należało spodziewać. Następny jest chłopak z Czwartego Dystryktu. I tu zaskoczenie, zwykle wszystkim zawodowcom udaje się przeżyć pierwszy dzień. Chłopak z Piątki... Dziewczyna o lisiej twarzy, czyli Liszka, jak ją w myślach nazywam, chyba sobie poradziła. Trybuci z Szóstki i Siódemki. Chłopak z Ósemki. Oboje z Dziewiątki. Tak, widzę zdjęcie chłopaka, z którym walczyłam o plecak. Podliczam na palcach, brakuje jeszcze tylko jednego zabitego trybuta. Czyżby Peeta...? Nie, to dziewczyna z Dziesiątego Dystryktu. Na tym koniec. Ponownie pojawia się godło Kapitolu, rozbrzmiewa muzyczny finał i zapadają ciemności. Słychać już tylko odgłosy lasu.

Oddycham z ulgą. Peeta żyje. Ponownie sobie powtarzam, że jeśli zginę, moja mama i Prim najbardziej skorzystają na jego zwycięstwie. Tak sobie tłumaczę sprzeczne uczucia, które mną miotają na myśl o Peecie. Jestem mu winna wdzięczność za to, że podczas prezentacji telewizyjnej wyznał mi miłość i w ten sposób uatrakcyjnił mnie w oczach widzów. Potem jednak zezłościłam się na niego, bo podczas rozmowy na dachu traktował mnie z wyższością. Boję się, że w każdej chwili możemy stanąć do walki na śmierć i życie.

Jedenastu poległo, ale nie zginął nikt z Dwunastego Dystryktu. Zastanawiam się, kto przeżył. Pięciu zawodowców. Liszka. Thresh i Rue. Rue... Więc jednak udało się jej dotrwać do końca pierwszego dnia. Cieszę się wbrew rozsądkowi. To razem dziesięcioro, łącznie ze mną. Pozostałą trójkę rozszyfruję jutro. Teraz jest ciemno, mam za sobą długą drogę i leżę wysoko na drzewie, jak w gnieździe. Muszę spróbować odpocząć.

Właściwie nie śpię już drugą dobę, do tego przez cały dzień pokonywałam teren areny. Powoli się odprężam, zamykam oczy. W ostatnim przebłysku świadomości dociera do mnie, że szczęśliwie nie chrapię...

Trzask! Budzi mnie odgłos łamanej gałęzi. Jak długo spałam? Cztery godziny? Pięć? Koniec nosa zmarzł mi na lód. Trzask, trzask! Co znowu? To nie jest hałas, jaki się robi podczas marszu po lesie, lecz ostre dźwięki, które słychać wtedy, gdy ktoś złazi z drzewa. Trzask, trzask! Oceniam, że mają swoje źródło w miejscu oddalonym o kilkaset metrów, z mojej prawej strony. Powoli, bezgłośnie obracam się w tamtym kierunku. Przez kilka minut nie widzę nic. Panują egipskie ciemności, ale słyszę odgłosy zamieszania. Nieoczekiwanie rozbłyska iskra i dostrzegam płomyk. Ktoś grzeje ręce nad ogniem, nic więcej nie jestem w stanie dostrzec.

Muszę przygryźć wargę, aby nie wykrzyczeć wszystkich znanych mi przekleństw pod adresem miłośnika ognisk. Jak można być tak bezmyślnym? Co innego, gdyby ktoś rozpalił ogień o zmroku. Trybuci spod Rogu Obfitości, nawet pomimo swojej ogromnej siły i bogatych zapasów, nie mogliby w krótkim czasie dotrzeć aż tutaj i nie dostrzegliby płomieni. Teraz jednak zapewne już od kilku godzin przeczesują las w poszukiwaniu ofiar. Równie dobrze można by wymachiwać flagą i krzyczeć: „Jestem tutaj, dopadnijcie mnie!"

Znalazłam się rzut kamieniem od największego idioty igrzysk. Tkwię przypięta do drzewa i nie mam śmiałości uciec, bo moja przybliżona lokalizacja właśnie została ujawniona wszystkim zainteresowanym zabójcom. Rozumiem, że jest zimno, a nie każdy ma śpiwór. Trudno, czasem trzeba zacisnąć zęby i jakoś dotrwać do świtu!

Przez następnych parę godzin leżę i się wściekam. Jestem już niemal pewna, że gdy tylko zejdę z drzewa, bez najmniejszego problemu poradzę sobie z nowym sąsiadem. Instynkt podpowiada mi ucieczkę, nie walkę, ale on stanowi dla mnie oczywiste zagrożenie. Głupcy są niebezpieczni. Ten trybut zapewne nie ma żadnej przyzwoitej broni, tymczasem ja mogę się poszczycić pierwszorzędnym nożem.

Niebo jest nadal czarne, lecz wyczuwam pierwsze oznaki nadchodzącego świtu. Zaczynam wierzyć, że my — to znaczy ja oraz osoba, którą pragnę zabić — mamy szansę dotrwać do rana niezauważeni. Wtedy słyszę ten dźwięk. Kilka par stóp rusza biegiem. Wielbiciel ognisk z pewnością przysnął. Nie ma najmniejszej szansy na ucieczkę. Teraz już wiem, że to dziewczyna, rozpoznaję jej płeć, gdy błaga o litość, a zaraz potem rozpaczliwie wrzeszczy. Słyszę śmiech i gratulacje wypowiadane przez kilka osób. Ktoś krzyczy: „Dwunastu w piachu, jedenastu w kolejce!" Pozostali ryczą z aprobatą.

Zatem walczą watahą. Nawet nie jestem szczególnie zdziwiona. W początkowej fazie igrzysk często tworzą się koalicje. Silniejsi łączą się w bandę, aby wyłowić słabszych, a gdy napięcie staje się nie do zniesienia, zwracają się przeciwko sobie. Nie muszę się specjalnie wysilać, od razu wiem, kto zawarł to przymierze. Zebrali się w nim pozostali przy życiu zawodnicy z Pierwszego, Drugiego i Czwartego Dystryktu. Dwóch chłopaków i trzy dziewczyny. Ci sami, którzy wspólnie zasiadali do lunchu.

Przez chwilę słyszę, jak sprawdzają, czy dziewczyna miała jakieś wartościowe zapasy. Z ich komentarzy wynika, że nie znaleźli nic godnego uwagi. Zastanawiam się, czy ofiarą jest Rue, ale szybko odrzucam tę myśl. Rue z pewnością nie rozpaliłaby ogniska, to zbyt inteligentna dziewczyna.

— Lepiej się wynośmy, aby mogli zabrać ciało, zanim zacznie cuchnąć. — Mam prawie niezachwianą pewność, że to głos brutalnego chłopaka z Dwójki. Pozostali pomrukują na znak zgody i ze zgrozą orientuję się, że wataha rusza prosto na mnie. Nie zdają sobie sprawy z mojej obecności. Skąd mogliby o niej wiedzieć? Starannie się ukryłam w kępie drzew i do świtu raczej mnie nie zauważą. O wschodzie słońca czarny śpiwór przestanie mnie maskować i stanie się widoczny. Jeśli banda podąży dalej, po prostu mnie minie i po chwili zniknie w lesie.

Trybuci zatrzymują się jednak na polance, w odległości około dziesięciu metrów od mojego drzewa. Mają przy sobie pochodnie i latarki. Spoza gałęzi dostrzegam czasem rękę, czasem but. Nieruchomieję jak kamień, boję się choćby odetchnąć. Czy mnie zauważyli? Nie, jeszcze nie. Z ich słów wnioskuję, że co innego zaprząta ich umysły.

— Dlaczego jeszcze nie strzelili z armaty?

— Właśnie, to dziwne. Powinni to zrobić od razu, nic ich nie powstrzymuje.

— Chyba że dziewczyna jeszcze żyje.

— Gdzie tam, zimny trup. Sam ją załatwiłem.

— Więc co z tą armatą?

— Ktoś powinien wrócić i sprawdzić, czy na pewno nie spapraliśmy roboty.

— Racja, nie ma sensu drugi raz jej tropić.

— Przecież mówię, że to zimny trup!

Wybucha kłótnia, lecz jeden z trybutów ucisza pozostałych.

— Tracimy czas! Pójdę ją wykończyć i ruszajmy w drogę.

Prawie spadam z drzewa. Rozpoznaję głos Peety.

12

Całe szczęście, że zapobiegliwie przypięłam się pasem do drzewa. Przetoczyłam się na bok, wysunęłam z rozwidlenia gałęzi i teraz wiszę twarzą w dół. Jedną ręką i stopami podtrzymuję plecak w śpiworze, przyciśnięty do pnia. Z pewnością narobiłam hałasu, kiedy się zsunęłam, ale trybuci są zbyt zajęci awanturą, aby zwracać uwagę na podejrzane szelesty.

— No to ruszaj, kochasiu — zgadza się chłopak z Dwójki.

— Sam sprawdź.

W świetle latarki dostrzegam Peetę, który wraca do dziewczyny przy ognisku. Ma opuchniętą i posiniaczoną twarz, rękę owiniętą zakrwawionym bandażem. Idzie nierównym krokiem, zapewne kuleje. Przypominam sobie, jak powstrzymywał mnie ruchem głowy, abym nie wzięła udziału w walce o zapasy. Teraz wiem, że sam od początku zamierzał wziąć udział w morderczej bijatyce. Ani myślał słuchać poleceń Haymitcha.

Dobra, to jestem w stanie zrozumieć. Widok tylu skarbów był kuszący. Ale nie potrafię pojąć czego innego. Jak Peeta mógł się zbratać z zawodowymi trybutami? Dlaczego dołączył do ich watahy i poluje na pozostałych? Nikomu z Dwunastego Dystryktu coś podobnego nigdy nie przyszłoby do głowy! Zawodowcy słyną z okrucieństwa i buty, a w dodatku są lepiej wyżywieni, bo pozostają na usługach Kapitolu. Wszyscy darzą zawodowców szczerą i głęboką nienawiścią. Wyobrażam sobie, co teraz mówią o Peecie nasi rodacy. I ktoś taki jak on miał czelność gadać o kompromitacji?

No jasne, szlachetny chłopiec po prostu wciągnął mnie na dachu w jedną ze swoich gierek. Więcej tego nie zrobi. Niecierpliwie będę obserwowała nocne niebo w nadziei, że ujrzę jego zdjęcie wśród pozostałych zmarłych trybutów. O ile sama go wcześniej nie zabiję.

Zawodowcy milczą, a gdy Peeta znika im z oczu, zaczynają rozmawiać półgłosem.

— Dlaczego po prostu go nie zabijemy? Miejmy to już za sobą.

— Niech się z nami włóczy. Przeszkadza ci? Dobrze sobie radzi z nożem.

Naprawdę? Nie wiedziałam. Dzisiaj dowiaduję się mnóstwa interesujących rzeczy na temat mojego przyjaciela Peety.

— Poza tym dzięki niemu łatwiej będzie nam ją znaleźć.

Dopiero po chwili uświadamiam sobie, że mówią o mnie.

— Co ty? Twoim zdaniem łyknęła tę mdławą historyjkę o miłości?

— Czemu nie? Jak na mój gust to zwykła kretynka. Rzygać mi się chce na myśl o tym, jak się kręciła w tej sukni.

— Ciekawe tylko, jak się jej udało zdobyć jedenastkę.

— Dam głowę, że kochaś wie.

Ucisza ich szelest kroków Peety.

— Żyła? — pyta chłopak z Dwójki.

— Tak, ale już po niej — wyjaśnia Peeta. W tym samym momencie rozlega się wystrzał. — Ruszamy?

Wataha zawodowców rusza biegiem dokładnie o świcie, przy wtórze ptasich treli. Tkwię w bezruchu, wciąż w niewygodnej pozycji. Moje zmęczone mięśnie drżą z wysiłku, ale czekam jeszcze i dopiero po dłuższej chwili wdrapuję się z powrotem na gałąź. Muszę zejść, iść w dalszą drogę, lecz przez moment tylko leżę i trawię to, co usłyszałam. Peeta trzyma z zawodowcami, a na domiar złego pomaga im mnie wytropić. Jestem kretynką, którą trzeba traktować serio, bo dostała jedenaście punktów. Ponieważ umie strzelać z łuku, o czym Peeta wie najlepiej.

A jednak nadal im nie powiedział. Czyżby zatrzymał tę informację dla siebie, gdyż wie, że tylko dzięki niej jeszcze żyje? Czy na potrzeby telewidzów dalej udaje miłość do mnie? Co mu chodzi po głowie?

Nagle milkną ptaki, a jeden z nich wydaje donośny ostrzegawczy pisk. Rozbrzmiewa tylko jedna nuta, to ta sama nuta, którą usłyszeliśmy z Gale'em, kiedy pojmano rudowłosą, żeby zrobić z niej awoksę. Wysoko ponad przygasającym ogniskiem pojawia się poduszkowiec. Z pojazdu wysuwają się duże, metalowe szczypce. Martwa dziewczyna jest powoli, ostrożnie wciągana na pokład, maszyna znika. Ptaki wznawiają przerwaną pieśń.

Rusz się, szepczę do siebie. Wypełzam ze śpiwora, zwijam go i wsuwam do plecaka. Biorę głęboki wdech. Dotąd skrywałam się w mroku, otulona śpiworem i osłonięta gałęziami wierzby, więc realizatorom zapewne trudno było wycelować we mnie obiektywy kamer. Teraz jednak jestem pewna, że mnie nagrywają. Gdy tylko dotknę nogami ziemi, telewidzowie ujrzą zbliżenie mojej twarzy.

Publiczność musi być zachwycona, że schowałam się na drzewie, podsłuchałam rozmowę zawodowców i zauważyłam wśród nich Peetę. Jeszcze nie wiem dokładnie, jaką taktykę obiorę, więc póki co postanawiam robić dobrą minę do złej gry. Nie mogę wyglądać na zdezorientowaną. Nie wolno mi sprawiać wrażenia zagubionej ani wystraszonej.

Wszyscy powinni odnieść wrażenie, że jestem panią sytuacji.

Wychylam się zza liści i staję w świetle poranka. Nieruchomieję na sekundę, aby kamery miały czas mnie uchwycić. Następnie lekko przechylam głowę i uśmiecham się wymownie. I o to chodzi! Niech widzowie teraz główkują, o czym pomyślałam!

Zbieram się do wymarszu, lecz nagle przypominam sobie o wnykach. Może sprawdzanie ich nie jest rozsądne, kiedy w okolicy przebywają wrogowie, ale muszę podjąć ryzyko. Zbyt wiele lat spędziłam na polowaniach. Poza tym nie potrafię się oprzeć pokusie zdobycia świeżego mięsa. Nagrodą okazuje się dorodny królik. Szybko go oporządzam i patroszę, stertą liści przykrywam głowę, łapy, ogon, skórę i wnętrzności. Brakuje mi ognia, nie chcę jeść surowego królika z obawy przed tularemią. Kiedyś już zapadłam na tę przykrą chorobę i nie mam ochoty ponownie przez nią przechodzić. Nagle przypominam sobie o zabitej dziewczynie i pośpiesznie ruszam do jej obozowiska. Jest tak, jak myślałam, ogień przygasł, ale zwęglone drewno jest nadal gorące. Dzielę zwierzynę, strugam rożen z gałęzi i ustawiam go nad popiołem.

Cieszę się, że jestem filmowana. Chcę, aby sponsorzy wiedzieli, że potrafię polować i warto na mnie stawiać, bo nie dam się głodem wciągnąć w pułapkę tak łatwo jak inni. Królik się piecze, a ja rozcieram kawałek zwęglonej gałęzi i biorę się do maskowania pomarańczowego plecaka. Czerń skutecznie kamufluje bagaż, ale zdecydowanie przydałaby się warstwa błota. Ale żeby znaleźć błoto, muszę poszukać wody...

Zakładam plecak, chwytam rożen, kilkoma kopniakami zasypuję węgle ziemią i wyruszam w kierunku przeciwnym do tego, który wybrali zawodowcy. W marszu zjadam połowę królika, resztę zawijam w folię. Będzie na później. Mięso sprawia, że kiszki przestają mi grać marsza, ale nadal jestem spragniona. Znalezienie wody jest teraz dla mnie podstawową koniecznością.

Jestem absolutnie pewna, że podczas marszruty przez cały czas okupuję ekrany telewizorów, więc starannie ukrywam emocje. Claudius Templesmith i zaproszeni przez niego komentatorzy muszą się doskonale bawić, analizując zachowanie Peety i moje reakcje. Co o tym wszystkim można sądzić? Czy Peeta ujawnił swoją prawdziwą naturę? Czy jego zachowanie wpływa na wysokość wygranych w zakładach? Czy stracimy sponsorów? Czy w ogóle mamy sponsorów? Tak, jestem pewna, że tak. A przynajmniej mieliśmy.

Peeta z całą pewnością zakłócił dynamikę rozwoju legendy o skrzywdzonych przez los kochankach. A może się mylę? W sumie niewiele o mnie mówił, więc nadal mamy szansę czerpać korzyści z mitu o nieszczęśliwej miłości. Jeżeli będę udawała rozbawienie tą historią, to ludzie mogą pomyśleć, że wspólnie ją wymyśliliśmy.

Słońce wschodzi i robi się bardzo jasno, nawet pod koronami drzew. Wsmarowuję w usta nieco króliczego sadła i staram się nie dyszeć, ale wszystko na nic. Minął zaledwie dzień, a ja z każdą chwilą coraz mocniej się odwadniam. Usiłuję przypomnieć sobie wszystko, co wiem na temat wyszukiwania wody. Skoro zawsze spływa w doliny, to chyba podążam we właściwym kierunku. Gdyby jeszcze udało mi się znaleźć zwierzęcy szlak do wodopoju albo intensywnie zieloną kępę roślin. W ten sposób szybko dotarłabym do celu. Nic wokoło jednak się nie zmienia. Teren łagodnie się obniża, latają takie same ptaki i drzewa też są takie same.

Mijają godziny, a ja coraz wyraźniej uświadamiam sobie, że moja sytuacja staje się fatalna. Udało mi się oddać odrobinę ciemnobrązowego moczu, boli mnie głowa, a z języka zrobił mi się suchy placek, którego w żaden sposób nie potrafię nawilżyć. Słońce drażni mi oczy, więc wyłuskuję z plecaka okulary, ale gdy je wkładam, coś dziwnego dzieje się z moim wzrokiem. Odkładam je z powrotem.

Późnym popołudniem wydaje mi się, że znalazłam ratunek. Dostrzegam kępę krzewów, pędzę do nich i pośpiesznie zrywam owoce, aby wyssać ich słodki sok. Przysuwam je do ust i w ostatniej chwili uważnie im się przyglądam. Rzekome borówki mają nieco odmienny kształt od znanych mi jagód. Gdy rozrywam jedną z nich, widzę w środku krwistoczerwony miąższ. Nie rozpoznaję ich, może są jadalne, ale moim zdaniem omal nie padłam ofiarą okrutnego żartu organizatorów. Nawet instruktorka rozpoznawania roślin w Ośrodku Szkoleniowym wyraźnie podkreśliła, abyśmy unikali wszelkich jagód, jeśli nie mamy absolutnej i niezachwianej pewności, że nie są trujące. Wiedziałam o tym już wcześniej, ale tak bardzo chce mi się pić, że dopiero na wspomnienie jej słów zmuszam się do wyrzucenia owoców.

Ogarnia mnie coraz silniejsze wyczerpanie, które nie ma nic wspólnego ze zwykłym zmęczeniem po długiej wędrówce. Muszę się często zatrzymywać na odpoczynek, choć wiem, że tylko konsekwentne poszukiwania mogą zaradzić mojej słabości. Wypróbowuję nową taktykę: wspinam się na drzewo, najwyżej jak potrafię w obecnej kiepskiej formie. Z góry wypatruję śladów wody, lecz gdziekolwiek spojrzę, wszędzie widzę jednolitą połać lasu.

Postanawiam maszerować aż do zmroku. Przerywam marszrutę dopiero wtedy, gdy potykam się o własne nogi.

Zmordowana, wdrapuję się na drzewo i przypinam pasem do gałęzi. Nie mam apetytu, lecz ssę króliczą kostkę, aby dać zajęcie ustom. Zapada noc, rozlegają się dźwięki hymnu, a wysoko na niebie widzę zdjęcie dziewczyny, którą wykończył Peeta. Była chyba z Ósmego Dystryktu.

Strach przed watahą zawodowców schodzi na drugi plan. Myślę tylko o palącym pragnieniu. Ostatecznie banda poszła w przeciwnym kierunku, a o tej porze również muszą odpocząć. Brak wody może ich nawet skłonić do powrotu nad jezioro w celu uzupełnienia zapasów.

Kto wie, czy to nie jedyne miejsce, do którego i ja powinnam podążyć.

Ranek przynosi cierpienie. Przy każdym uderzeniu serca odczuwam bolesne łupanie w głowie. Nawet najlżejszy ruch prowadzi do szarpiącego bólu stawów. Zamiast skoczyć z drzewa, zwalam się z niego na ziemię. Dopiero po kilku minutach udaje mi się zebrać cały ekwipunek. W głębi duszy wiem, że postępuję niewłaściwie. Powinnam zachowywać się ostrożniej, poruszać szybciej i sprawniej. Czuję się jednak tak, jakbym miała watę w głowie, nie potrafię nic zaplanować. Na siedząco opieram się o pień i próbuję myśleć. Palcem delikatnie głaszczę suchy wiór języka, rozważam ewentualności. Skąd wziąć wodę?

Powinnam wrócić do jeziora? Marny pomysł. Nie uda mi się. Może lepiej liczyć na deszcz? Na niebie nie dostrzegam ani jednej chmurki.

Muszę szukać dalej. Nie mam innego wyjścia. Wtedy uświadamiam sobie coś i czuję, jak ogarnia mnie fala wściekłości. Myślę tylko o jednym.

Haymitch! Mógłby załatwić mi wodę! Wystarczy, że naciśnie guzik, a po paru minutach u moich stóp wyląduje srebrny spadochron z pojemnikiem. Jestem pewna, że mam sponsorów, z całą pewnością jednego lub dwóch gotowych zakupić dla mnie pół litra wody. Owszem, to kosztuje majątek, ale ci ludzie śpią na pieniądzach. Poza tym będą na mnie stawiać. Może Haymitch nie uświadamia sobie, jak bardzo potrzebuję pomocy.

— Woda — mówię na tyle głośno, na ile mi starcza odwagi i pełna nadziei czekam na spadochron z nieba. Nic się jednak nie dzieje.

Coś tu nie gra. Czyżbym tylko łudziła się nadzieją, że ktoś mnie sponsoruje? A może zachowanie Peety odstraszyło wszystkich moich sponsorów? Nie, to niemożliwe. Na pewno jest ktoś, kto chciałby kupić mi wodę, tylko Haymitch wstrzymuje jej dostawę. Jako mój mentor ma pełną kontrolę nad transportem podarunków od osób z zewnątrz. Wiem, że mnie nienawidzi. Dał mi to dostatecznie jasno do zrozumienia. Czyżby nie cierpiał mnie do tego stopnia, żeby skazać na śmierć z pragnienia? To chyba niemożliwe, prawda? Jeśli mentor źle traktuje swoich trybutów, naraża się na gniew widzów. Mieszkańcy Dwunastego Dystryktu rozliczą go z wszystkich niegodziwości. Nawet Haymitch nie chciałby ponieść takich konsekwencji. Różnie można mówić o moich znajomych handlarzach z Ćwieka, ale wątpię, by powitali Haymitcha z otwartymi ramionami, jeśli przez niego umrę. Ciekawe, skąd wówczas weźmie alkohol? O co więc chodzi? Czyżby znęcał się nade mną, bo mu się postawiłam? Czy wszystkich sponsorów kieruje do Peety? A jeśli jest zbyt pijany, aby zauważyć, co się dzieje na arenie? Nie potrafię w to uwierzyć tak samo jak w to, że Haymitch usiłuje mnie zabić przez zaniechanie. Przecież na swój paskudny sposób szczerze usiłował przygotować mnie do zmagań. Wobec tego co jest grane?

Ukrywam twarz w dłoniach. Nie muszę się już obawiać płaczu, zabrakło mi wody na łzy. Co wyprawia Haymitch? Pomimo całej złości, nienawiści i podejrzliwości wsłuchuję się w cichy głos w swej głowie, który wyszeptuje mi odpowiedź.

Może w ten sposób wysyła ci sygnał, mówi ten głos. Wiadomość. Jakiej treści? Nagle wszystko rozumiem. Haymitch może wstrzymywać dostawę wody tylko z jednego powodu. Po prostu wie, że jestem bliska jej znalezienia.

Zaciskam zęby i dźwigam się na nogi. Mam wrażenie, że plecak stał się trzykrotnie cięższy. Podnoszę z ziemi złamaną gałąź, która posłuży mi za laskę, i ruszam w drogę. Słońce praży bez opamiętania, panuje jeszcze gorszy skwar niż przez pierwsze dwa dni. Czuję się jak kawałek starej skóry, schnącej i pękającej w upale. Każdy krok stawiam z ogromnym wysiłkiem, ale nie chcę się zatrzymać. Nie mogę usiąść. Jeśli odpocznę, zapewne już nie pójdę dalej i zapomnę, co powinnam zrobić.

Jestem teraz wyjątkowo łatwym celem. Każdy trybut, nawet mała Rue, mógłby mnie wyeliminować. Wystarczyłoby mnie przewrócić, odebrać mi nóż i pchnąć mnie nim, a ja nawet nie stawiałabym oporu. Jeżeli nawet ktoś przebywa w tej części lasu, to mnie ignoruje. Czuję się tak, jakby najbliższy żywy człowiek znajdował się milion kilometrów stąd.

Jednak nie jestem sama. Nieustannie tropią mnie kamery. Wracam myślami do czasów, kiedy to ja oglądałam trybutów, głodujących, spragnionych, zakrwawionych, śmiertelnie odwodnionych. Jestem teraz na ekranach, chyba że gdzie indziej toczy się naprawdę interesująca walka.

Myślę o Prim. Raczej nie ogląda mnie na żywo, ale w szkole, w porze lunchu emitowane są najświeższe wiadomości z areny. Przez wzgląd na nią staram się nie okazywać rozpaczy.

Gdy dochodzi popołudnie, wiem, że koniec jest bliski. Nogi mi się trzęsą, serce wali stanowczo zbyt szybko. Bezustannie zapominam, co jest moim celem. Potykam się często, ale za każdym razem udaje mi się odzyskać równowagę. Kiedy jednak laska wysuwa mi się z ręki, lądują na ziemi i nie jestem w stanie się podźwignąć. Oczy same mi się zamykają.

Nie jest źle, myślę. To miejsce wydaje się całkiem znośne.

Upał słabnie, co świadczy o zbliżającym się wieczorze. Czuję delikatną, słodką woń, która kojarzy mi się z liliami. Dotykam gładkiej ziemi, palce z łatwością ślizgają się po wierzchniej warstwie gleby.

Tutaj dobrze będzie umrzeć, decyduję.

Opuszkami palców rysuję drobne zawijasy na chłodnym, śliskim podłożu.

Uwielbiam błoto. Nie zliczę, ile razy wytropiłam zwierzynę dzięki miękkiej ziemi, w której można czytać jak w książce. Poza tym doskonale się nadaje na okład po użądleniu przez pszczołę. Błoto. Błoto. Błoto! Raptownie otwieram oczy i zanurzam palce w miękkiej glebie. To naprawdę błoto! Głęboko wciągam powietrze. Zapach lilii! Lilie wodne!

Czołgam się przez błoto, pełznę ku zapachowi. W odległości pięciu metrów od miejsca, w którym upadłam, napotykam gęstwinę roślin. Przedzieram się przez nią i omal nie wpadam do stawu. Na jego powierzchni unoszą się białe kwiaty, moje piękne lilie.

Z najwyższym trudem powstrzymuję się od zanurzenia twarzy w wodzie i wychłeptania jej jak najwięcej. Słucham jednak ostatnich podszeptów rozumu i nie nabieram wody do ust. Drżącymi dłońmi wyciągam butelkę i napełniam ją w całości. Przypominam sobie, ile należy dodać kropli jodyny, żeby oczyścić wodę, i w męczarniach czekam pół godziny, aż napój będzie gotowy. Właściwie tylko mi się wydaje, że mija pół godziny, ale z całą pewnością dłużej nie zdołam wytrzymać.

Teraz powoli, ostrożnie, powtarzam sobie. Wypijam łyk i czekam. Potem następny. Przez dwie godziny pochłaniam całe dwa litry. Po nich jeszcze dwa. Przed udaniem się na spoczynek przyrządzam kolejną porcję. Na drzewie przez cały czas popijam i zjadam królika na kolację. Pozwalam sobie nawet na jeden z cennych krakersów. Kiedy rozbrzmiewa hymn, czuję się nieporównanie lepiej. Tego wieczoru na niebie nie pojawiają się twarze, dzisiaj nie zginął żaden trybut. Jutro pozostanę tutaj, nad stawem. Odpocznę, zamaskuję plecak błotem, złowię kilka drobnych ryb, które zauważyłam w toni, wygrzebię z mułu nieco korzeni lilii i przyrządzę z nich smaczny posiłek. Okrywam się śpiworem i ściskam butelkę z wodą, która uratowała mi życie.

Kilka godzin później wyrywa mnie ze snu donośny tupot. Zdezorientowana, rozglądam się dookoła. Jeszcze nie świta, ale obolałymi oczami dostrzegam zagrożenie.

Trudno byłoby nie zauważyć ściany ognia sunącej prosto na mnie.

13

W pierwszym odruchu usiłuję zejść z drzewa, ale jestem przyczepiona pasem do gałęzi. Nieporadnie odpinam sprzączkę i zwalam się jak kłoda na ziemię, wciąż uwięziona w śpiworze. Nie ma czasu na pakowanie. Na szczęście plecak i butelka z wodą są w śpiworze. Wpycham do środka także pas, zarzucam pakunek na ramię i uciekam.

Świat sprowadza się teraz do płomieni i dymu. Płonące konary z trzaskiem spadają z drzew i eksplodują pióropuszami iskier u moich stóp. Nie mam wyboru, podążam za zwierzętami. Pędzę w ślad za królikami i jeleniami, dostrzegam nawet watahę dzikich psów gnających przez las. Wierzę w ich zdolność orientacji, bo mają bardziej wyostrzony instynkt. Są jednak dla mnie zbyt prędkie. Z gracją pędzą między krzewami, a ja zahaczam butami o korzenie i zwalone gałęzie. Nie mam co marzyć o dotrzymaniu kroku zwierzynie.

Panuje upiorny skwar, lecz od upału dokuczliwszy jest dym. W każdej chwili grozi mi uduszenie. Przyciskam do nosa górę koszuli, zadowolona, że ubranie jest kompletnie mokre od potu. Korzystam z cienkiej warstwy ochronnej tkaniny, biegnę dalej. Krztuszę się, usiłuję nie zwracać uwagi na śpiwór, walący mnie w plecy, i gałęzie, które wyłaniają się z szarej, dymnej mgły i nieoczekiwanie chłostają mnie po twarzy. Wiem tylko, że muszę biec.

Kataklizmu nie wywołał nieostrożny trybut, którego ognisko wymknęło się spod kontroli. To nie jest dzieło przypadku.

Ścigają mnie płomienie nienaturalnej wysokości, jednolite, bez wątpienia zaplanowane i wzniecone przez człowieka, maszynę, organizatora. W ostatnim dniu z areny ziało nudą. Nikt nie zginął, może nawet nikt z nikim nie walczył. Widzowie w Kapitolu szybko stracą zainteresowanie, jeśli igrzyska nie będą dostatecznie pasjonujące. Do tego absolutnie nie wolno dopuścić.

Rozumowanie organizatorów jest proste. Sformowała się wataha zawodowców, która dąży do wymordowania pozostałych rywali, zapewne rozsianych po całym obszarze areny. Pożar ma nas zagonić w jedno miejsce. Mogę sobie wyobrazić bardziej subtelne sposoby nakłaniania ludzi do walki, ale temu nie sposób odmówić wyjątkowej skuteczności.

Przeskakuję nad płonącą kłodą. Sus nie jest dostatecznie wysoki. Dolna część kurtki staje w płomieniach, muszę się zatrzymać, aby zedrzeć z siebie ubranie i zdusić ogień butami. Nie zamierzam jednak zostawić częściowo zwęglonej i dymiącej odzieży. Lekceważę ryzyko i wpycham kurtkę do śpiwora, mam nadzieję, że z braku dostatecznej ilości tlenu ogień zgaśnie. Wszystko, co mam, mieści się w śpiworze. To niewiele, ale musi mi wystarczyć do przeżycia.

Po kilku minutach czuję nieznośne pieczenie w gardle i nosie. Wkrótce zaczynam kaszleć bez opamiętania, mam wrażenie, że płuca mi się gotują. Paskudne uczucie przeradza się w cierpienie, a każdy oddech boleśnie rozpala wnętrze klatki piersiowej. W chwili gdy żołądek podchodzi mi do gardła, udaje mi się schronić pod występem skalnym. Wymiotuję, przepada mizerna kolacja i żałosne resztki wypitej wody. Spazmatyczne torsje trwają do czasu, gdy organizm nie ma już czego usunąć z przewodu pokarmowego.

Przez moment tkwię na czworakach, ale wiem, że muszę ruszać w dalszą drogę. Przeszywają mnie dreszcze, mam zawroty głowy, z wysiłkiem chwytam upragnione powietrze. Pozwalam sobie na wypłukanie ust odrobiną wody, wypluwam wstrętny osad i wypijam kilka łyków z butelki.

Masz minutę, powtarzam sobie. Jedną minutę na odpoczynek.

Korzystam z okazji, aby uporządkować ekwipunek, zwijam śpiwór i byle jak upycham wszystko w plecaku. Minuta dobiegła końca. Wiem, że pora ruszać dalej, ale dym utrudnia mi myślenie. Moim kompasem były dotąd chyże zwierzęta, lecz za nimi nie nadążałam. Mam świadomość, że jeszcze nie wędrowałam po tej części lasu, dotąd nie natrafiłam na tak pokaźnej wielkości skały jak ta, pod którą się teraz ukrywam. Dokąd zaganiają mnie organizatorzy? Z powrotem w stronę jeziora? Na nowe tereny, pełne nowych niebezpieczeństw? Zaledwie przez kilka godzin cieszyłam się spokojem nad stawem, kiedy rozszalał się żywioł. Czy dałabym radę wędrować równolegle do czoła fali ognia i w ten sposób powrócić w okolice, z których uciekłam? A może przynajmniej udałoby mi się wrócić nad staw, do źródła wody? Pasmo pożaru musi mieć gdzieś swój kres, a ogień nie może palić się w nieskończoność. Płomienie zgasną, ale nie dlatego, że organizatorzy nie potrafią ich podtrzymywać. Po prostu nie wolno znudzić telewidzów. Gdybym przedostała się na drugą stronę linii ognia, uniknęłabym spotkania z zawodowcami. Postanawiam obejść piekło, choć wiem, że nadłożę wiele kilometrów. Długą, okrężną trasą powrócę tam, skąd uciekłam. Nagle tuż obok, w odległości pół metra od mojej głowy eksplodują na skale pierwsze dwie kule ognia. Wyskakuję z kryjówki, strach na nowo podwaja moje siły.

Rozpoczyna się nowy etap igrzysk. Pożar miał na celu tylko wykurzenie nas z ukrycia, teraz widownia może liczyć na prawdziwą uciechę. Słyszę następny syk, padam płasko na ziemię, nie patrzę, co mi grozi. Ognista kula trafia w drzewo z lewej strony, które momentalnie staje w płomieniach. Zginę, jeśli będę tkwiła w miejscu. Zrywam się na równe nogi, a trzeci pocisk eksploduje tam, gdzie przed chwilą leżałam. Tuż za moimi plecami w powietrze wylatuje słup ognia. Tracę poczucie czasu, w panice usiłuję uchylać się przed atakami. Nie wiem, skąd są wystrzeliwane kule ognia, ale na pewno nie bombarduje mnie poduszkowiec. Pociski lecą pod innym kątem, ich źródło musi się znajdować na ziemi. Zapewne na całej połaci lasu zainstalowano precyzyjne wyrzutnie, ukryte w drzewach lub w skałach. Gdzieś daleko, w sterylnie czystym pomieszczeniu, przy pulpicie sterowniczym zasiada organizator, który jednym ruchem palca na przełączniku może w parę sekund odebrać mi życie. Wystarczy tylko, że wystrzeli kulę ognia prosto we mnie.

Ogólnikowe plany powrotu nad staw biorą w łeb, kiedy kluczę, nurkuję i odskakuję, aby uniknąć niebezpiecznych pocisków. Każdy z nich jest wielkości jabłka, ale pomimo niedużych rozmiarów stanowią dla mnie ogromne zagrożenie, bo przy zetknięciu z celem wybuchają z potężną energią. Wszystkie moje zmysły koncentrują się na walce o przeżycie. Nie mam czasu się zastanawiać, czy podejmuję właściwą decyzję. Gdy słyszę syk, muszę reagować, zwłoka oznacza pewną śmierć.

Przez cały czas staram się podążać naprzód. Od wczesnego dzieciństwa oglądałam transmisje Głodowych Igrzysk, stąd wiem, że określone obszary areny są przystosowane do jednego typu ataków. Jeżeli uda mi się opuścić rejon, w którym obecnie przebywam, znajdę się poza zasięgiem rażenia wyrzutni. Niewykluczone, że w rezultacie wpadnę do jamy ze żmijami, ale póki co nie zaprzątam sobie tym głowy.

Nie mam pojęcia, jak długo uciekam przed pociskami, ale w końcu czuję, że ostrzał stopniowo traci na intensywności. To dobrze, bo ponownie dostaję torsji. Tym razem nieokreślona, kwaśna substancja wypala mi gardło i wdziera się do nosa. Muszę się zatrzymać, moje ciało skręca się w konwulsjach i gwałtownie próbuje pozbyć się toksyn wchłoniętych podczas ataku. Czekam na następny syk, sygnał, by pognać przed siebie. Jest jednak całkiem cicho. Gwałtowne torsje wyciskają mi z oczu piekące łzy, ubranie przesiąkło potem. Pomimo dymu i fetoru wymiocin uderza mnie smród płonących włosów. Nieporadnie sięgam po warkocz i przekonuję się, że kula ognia spaliła go na długości co najmniej piętnastu centymetrów. Pasma zwęglonych włosów kruszą mi się w palcach. Jak zahipnotyzowana wpatruję się w poczerniałe szczątki dawnej fryzury, gdy dociera do mnie znajomy syk.

Mięśnie reagują natychmiast, ale tym razem niedostatecznie szybko. Płonący pocisk ląduje na ziemi, tuż obok, lecz wcześniej ociera się o moją prawą łydkę. Spodnie się zapalają, wpadam w panikę. Obracam się i cofam na czworakach, piszczę, chcę się wydostać z koszmaru. W końcu odzyskuję jednak resztki rozumu i systematycznie szoruję nogą po ziemi, dzięki czemu udaje mi się stłumić największy ogień. Następnie gołymi rękami, bez zastanowienia zdzieram z siebie resztki tkaniny.

Siadam na ziemi, kilka metrów od słupa płomieni z kuli. Rwący ból łydki staje się nie do zniesienia, na dłoniach rosną mi czerwone bąble. Jestem zbyt roztrzęsiona, aby iść dalej. Jeżeli organizatorzy chcą mnie dobić, nie powinni zwlekać.

Słyszę głos Cinny, przywołuję w umyśle widok kosztownego materiału i migotliwych klejnotów. „Katniss, dziewczyna, która igra z ogniem". Na wspomnienie tych słów organizatorzy muszą zrywać boki ze śmiechu. Niewykluczone, że piękne stroje Cinny podsunęły im pomysł zafundowania mi właśnie takiego rodzaju tortur. Rzecz jasna, nie mógł przewidzieć sytuacji, z pewnością przejmuje się moim losem. Jestem pewna, że mi dobrze życzy. Gdybym jednak rozważyła wszystkie okoliczności, być może bezpieczniej dla mnie byłoby pokazać się na rydwanie całkiem nago.

Bombardowanie zakończyło się definitywnie. Nie chcą mojej śmierci, w każdym razie jeszcze nie teraz. Każdy wie, że mogą nas zniszczyć w parę sekund po dźwięku gongu. Prawdziwa zabawa podczas Głodowych Igrzysk polega na oglądaniu, jak trybuci mordują się nawzajem. Co pewien czas organizatorzy zabijają trybuta, aby przypomnieć zawodnikom, że mogą to zrobić. Przede wszystkim jednak manipulują nami tak, byśmy starli się ze sobą jeden na jednego. Skoro nikt już do mnie nie strzela, to widomy znak, że nieopodal przebywa co najmniej jeden trybut.

Gdybym mogła, najchętniej wdrapałabym się na drzewo i zamaskowała, ale dym nadal jest tak gęsty, że można się w nim udusić. Z trudem wstaję i kuśtykam jak najdalej od burzy ognia, która tworzy na niebie jasną łunę. Płomienie chyba mnie już nie ścigają, teraz walczę wyłącznie z cuchnącymi, czarnymi chmurami.

Dostrzegam jeszcze inne światło, słoneczne, które łagodnie wyłania się zza tumanów. Wirujący dym przechwytuje promienie, w takich warunkach mało co daje się zauważyć. Widoczność ogranicza się do maksimum piętnastu metrów we wszystkich kierunkach. Nie ma możliwości, żebym dostrzegła zaczajonego na mnie trybuta. Na wszelki wypadek powinnam dobyć noża, ale raczej nie udałoby mi się go zbyt długo utrzymać w dłoni. Bólu rąk nawet nie da się porównać do potwornych cierpień, które powoduje rana na łydce. Nie znoszę oparzeń, nienawidzę ich od zawsze, nawet tych najdrobniejszych, których nabawiałam się czasem podczas wyciągania chleba z pieca. Nie wyobrażam sobie okropniejszego bólu, a w dodatku jeszcze nigdy nie doznałam poparzeń tak rozległych.

Wyczerpanie sprawia, że dopiero brodząc po kostki w wodzie, orientuję się, iż weszłam do stawu. Jest zasilany przez cudownie chłodne źródło, które chlupocząc, wypływa ze skalnej rozpadliny. Zanurzam dłonie w płyciźnie i momentalnie czuję ulgę. Czy nie to zawsze powtarzała mama? Przy oparzeniach należy przede wszystkim przemyć ranę zimną wodą, tak chłodzi się rozpalone miejsce. Tyle że jej chodziło o niewielkie uszkodzenia skóry. Pewnie zaleciłaby polewanie rąk wodą. Czy jednak łydka wymaga takiego samego leczenia? Choć jeszcze nie miałam odwagi jej obejrzeć, domyślam się, że skala oparzenia na nodze jest zupełnie inna.

Przez pewien czas leżę na brzuchu, na brzegu stawu, i poruszam dłońmi w wodzie. Przypatruję się płomykom na paznokciach. Rysunki stopniowo się kruszą, i dobrze. Do końca życia mam dość ognia.

Zmywam z twarzy krew i popiół. Usiłuję sobie przypomnieć wszystko, co wiem o leczeniu oparzeń. Są powszechne na obszarze Złożyska, gdzie gotujemy na węglu i ogrzewamy nim domy. Do tego dochodzą jeszcze wypadki górnicze... Kiedyś pewna rodzina przyniosła do nas nieprzytomnego młodego mężczyznę, błagając mamę o pomoc. Lekarz okręgowy, odpowiedzialny za leczenie górników, spisał rannego na straty i kazał rodzinie zabrać go, żeby umarł w domu. Nie pogodzili się z tą opinią. Nieprzytomny górnik leżał na stole w naszej kuchni. Rzuciłam okiem na ranę, otwartą, ze zwęglonymi mięśniami, wypaloną do kości, i natychmiast wybiegłam z domu. Poszłam do lasu i przez cały dzień polowałam, prześladowana wizją okropnej dziury w nodze oraz wspomnieniami o śmierci ojca. Co ciekawe, Prim, zwykle bojaźliwa i nieśmiała, nawet nie wyszła z kuchni, bo postanowiła pomagać mamie. Mama twierdzi, że lekarzem człowiek się rodzi, a nie zostaje. Obie robiły, co mogły, jednak stało się tak, jak przewidział doktor.

Moja łydka wymaga opatrzenia, ale nie jestem w stanie na nią spojrzeć. A jeśli wygląda równie okropnie jak noga tamtego biedaka? Co będzie, jeżeli zobaczę własną kość? W pewnej chwili przypominam sobie, co mówiła mama. Jeśli oparzenie jest naprawdę rozległe i głębokie, ofiara często w ogóle nie odczuwa bólu, bo nerwy ulegają zniszczeniu. Pokrzepiona tą myślą, prostuję się i wysuwam nogę.

Na widok łydki niemal mdleję. Jest szkarłatna, pokryta pęcherzami. Wkładam wielki wysiłek w to, żeby spokojnie i powoli oddychać, jestem niemal pewna, że obiektywy kamer są wycelowane w moją twarz. Nie mogę okazywać słabości z powodu rany. Jeśli zależy mi na uzyskaniu pomocy, muszę być dzielna. Litość nie zapewni mi wsparcia. Ludzie powinni mnie podziwiać za wytrwałość i nieustępliwość. Odcinam szczątki nogawki na wysokości kolana i z bliska oglądam ranę. Fragment skóry wielkości małej dłoni uległ poparzeniu. Nie widzę żadnych śladów zwęglenia ciała, więc myślę, że zanurzenie nogi w wodzie nie zaszkodzi. Delikatnie wsuwam łydkę do stawu, obutą piętę opieram na kamieniu, aby skóra zbytnio nie przesiąkła, i głęboko oddycham, bo chłód wody naprawdę nieco koi ból. Wiem, że jakieś zioła przyśpieszają gojenie, ale nie mogę ich sobie przypomnieć i nawet nie wyobrażam sobie, żebym ruszyła na ich poszukiwanie. Najwyraźniej muszę się zadowolić wodą i czekać na poprawę sytuacji.

Czy powinnam iść dalej? Dym powoli ustępuje, nadal jest zbyt gęsty, żeby normalnie oddychać. Niewykluczone, że oddalając się od ognia, wpadnę prosto na uzbrojonych zawodowców. Poza tym za każdym razem, gdy wyciągam nogę z wody, ból nasila się tak bardzo, że muszę ponownie ją zanurzyć. Dłonie mają się odrobinę lepiej. Od czasu do czasu jestem w stanie na krótką chwilę wyjąć je ze stawu. Powoli porządkuję wyposażenie. Na początek napełniam butelkę wodą ze źródła, dodaję jodynę, a gdy odpowiedni czas mija, ponownie zaczynam nawadniać organizm. Niedługo potem zmuszam się do zjedzenia krakersa. Skubię go powoli, dzięki czemu żołądek przestaje się dopominać o swoje prawa. Zwijam śpiwór, zasadniczo nietknięty, z wyjątkiem kilku czarnych plam. Co innego kurtka. Materiał cuchnie, jest wyraźnie nadpalony, dolna część na plecach w ogóle nie nadaje się do naprawy. Odcinam zniszczony fragment i w ten sposób zostaję z ubraniem, które ledwie zasłania mi żebra. Dobrze, że kaptur jest nietknięty. Nawet taka kurtka jest lepsza niż żadna.

Pomimo bólu zmęczenie daje o sobie znać. Najchętniej wdrapałabym się na drzewo i zdrzemnęła na gałęzi, ale każdy bez trudu by mnie zauważył. Poza tym nie wyobrażam sobie porzucenia stawu. Starannie pakuję ekwipunek, nawet zakładam plecak, nie jestem jednak w stanie ruszyć z miejsca. Dostrzegam wodne rośliny o jadalnych korzeniach i przyrządzam lekki posiłek z ostatnim kawałkiem królika. Sączę wodę. Patrzę, jak słońce powoli sunie po niebie. Dokąd miałabym pójść? Gdzie jest bezpieczniej niż tutaj? Kładę się na plecaku, nie mam siły dłużej walczyć z sennością.

Jeśli zawodowcy chcą mnie znaleźć, to bardzo proszę, myślę, i powoli zapadam w odrętwienie. Niech mnie znajdą...

I rzeczywiście, znajdują mnie. Mam szczęście, że jestem gotowa do drogi. Gdy słyszę odgłos kroków, mam niecałą minutę przewagi nad wrogiem. Zapada wieczór. Otwieram oczy, momentalnie się zrywam i biegnę. Rozchlapując wodę, gnam na drugi brzeg stawu, wpadam w zarośla. Noga mnie spowalnia, ale wyczuwam, że moi prześladowcy również nie są tacy prędcy jak przed pożarem. Dociera do mnie ich pokasływanie, nawołują się chrapliwie.

Mimo wszystko się zbliżają, niczym wataha zdziczałych psów, więc robię to, co zawsze w podobnych okolicznościach. Wybieram wysokie drzewo i zaczynam się na nie wspinać. O ile bieg sprawiał mi ból, o tyle wdrapywanie się po gałęziach jest koszmarną męczarnią. Wspinanie się na drzewa wymaga nie tylko wysiłku fizycznego, lecz także bezpośredniego kontaktu dłoni z korą drzewa. Nadal jednak jestem zwinna. Gdy zawodowcy podchodzą do pnia, tkwię na wysokości około siedmiu metrów nad ziemią. Przez moment stoimy i przypatrujemy się sobie badawczo. Mam nadzieję, że nie słyszą, jak łomocze mi serce.

To chyba koniec, przechodzi mi przez myśl. Czy mam jakieś szanse w starciu z tymi ludźmi? Zjawiła się cała szóstka, pięciu zawodowców i Peeta. Jedyna pociecha w tym, że również wyglądają na solidnie zmaltretowanych. Ale co z tego, skoro są tak dobrze uzbrojeni? Uśmiechają się szeroko, pogardliwie, obserwują mnie jak zwierzynę w pułapce. Sytuacja wydaje się beznadziejna. Nagle dociera do mnie oczywisty fakt. Wszyscy oni są ode mnie więksi i silniejsi, to jasne, ale są także ciężsi. Z tego powodu to ja, nie Gale, ośmielałam się wspinać po najwyżej rosnące owoce. To ja okradałam ptaki z jaj w trudno dostępnych gniazdach. Z pewnością ważę co najmniej o dwadzieścia pięć do trzydziestu kilogramów mniej od najszczuplejszego zawodowca.

Teraz ja się uśmiecham.

— Co tam u was? — wołam pogodnie.

Tracą rezon, a w dodatku wiem, że telewidzowie będą zachwyceni.

— Może być — odzywa się chłopak z Drugiego Dystryktu. — A u ciebie?

— Ostatnio było odrobinę za ciepło jak na mój gust — odpowiadam. Niemal słyszę śmiech mieszkańców Kapitolu. — Tu, na górze, jest bardziej przewiewnie. Może wpadniecie z wizytą?

— Chętnie — zapowiada ten sam chłopak.

— Cato, weź to — mówi dziewczyna z Jedynki i podsuwa mu srebrny łuk i kołczan ze strzałami. Mój łuk! Moje strzały! Na ich widok ogarnia mnie wściekłość, mam ochotę wrzeszczeć na siebie i na tego zdrajcę Peetę, który uniemożliwił mi zdobycie łuku. Próbuję nawiązać z Peetą kontakt wzrokowy, ale chyba celowo odwraca głowę i poleruje nóż o krawędź koszuli.

— Nie — warczy Cato i odpycha łuk. — Lepiej sobie poradzę mieczem.

Widzę broń, o której mówi. To nóż o krótkim i ciężkim ostrzu, który nosi przy pasie.

Daję Catonowi czas, by wdrapał się na wysokość paru metrów, i dopiero wtedy ruszam dalej w górę. Gale zawsze powtarzał, że kojarzę mu się z wiewiórką, bo potrafię skakać po najcieńszych witkach. Po części to zasługa mojej wagi, ale mam też dużą wprawę. Sztuka polega na tym, aby umiejętnie stawiać stopy i chwytać gałęzie. Pokonuję jeszcze dziesięć metrów, kiedy słyszę trzask. Spoglądam w dół i widzę, jak Cato młóci rękami, spadając wraz z gałęzią na ziemię. Mam nadzieję, że skręcił kark, kiedy z głuchym łoskotem uderza o podłoże, ale wstaje i klnie jak szewc.

Dziewczyna ze strzałami — słyszę, że ktoś na nią woła Glimmer, fuj, ci ludzie z Pierwszego Dystryktu robią pośmiewisko z własnych dzieci — postanawia wdrapać się na drzewo i pnie się tak długo, aż gałęzie zaczynają jej pękać pod nogami. Dopiero wtedy rozsądek podpowiada jej, że powinna się zatrzymać. Znajduję się na wysokości ponad dwudziestu pięciu metrów. Glimmer postanawia mnie zestrzelić, ale od razu widać, że fatalnie sobie radzi z łukiem. Jedna ze strzał przypadkiem wbija się w drzewo nieopodal i jestem w stanie po nią sięgnąć. Szyderczo wymachuję zdobyczą nad jej głową, jakbym tylko dla zabawy zadała sobie trud odzyskania strzały, ale tak naprawdę zamierzam jej użyć przy pierwszej nadarzającej się okazji. Gdybym to ja miała w rękach tę srebrną broń, wybiłabym ich co do nogi, wszystkich.

Zawodowcy zbijają się w gromadę i słyszę, jak coś mamroczą konspiracyjnym szeptem. Są wściekli, bo zrobiłam z nich idiotów. Zmierzcha się jednak, i ich plany ataku na mnie się dezaktualizują. W końcu słyszę szorstki głos Peety.

— Ech, lepiej ją tam zostawmy na górze. I tak nigdzie się stamtąd nie ruszy. Rozprawimy się z nią rano.

Na pewno ma rację pod jednym względem. Nigdzie się stąd nie ruszę. Znikła ulga, którą czułam dzięki wodzie ze stawu, oparzeliny rozbolały mnie z całą mocą. Szybko schodzę na rozwidlenie gałęzi i niezdarnie szykuję się do snu. Wkładam kurtkę, rozwijam śpiwór, przypinam się pasem. Przez cały czas usiłuję powstrzymać się od jęczenia. Moja noga nie jest w stanie wytrzymać ciepła, więc rozcinam materiał śpiwora i wystawiam łydkę na powietrze. Spryskuję wodą ranę oraz dłonie.

Brawura kompletnie mnie opuściła. Męczy mnie osłabienie wywołane bólem oraz głodem, lecz nie potrafię się zmusić do jedzenia. Nawet jeśli przetrwam noc, co przyniesie ranek? Wpatruję się w korony drzew i usiłuję zasnąć, ale ból skutecznie mnie rozbudza. Ptaki szykują się do snu, wyśpiewują kołysanki pisklętom. Ożywiają się nocne stworzenia. Pohukuje sowa. Przez wszechobecny dym przebija się lekka woń skunksa. Z sąsiedniego drzewa spoglądają na mnie oczy nieznanego zwierzęcia, może oposa. W jego źrenicach odbija się światło ognia z pochodni zawodowców. Nagle opieram się na łokciu. To nie są oczy oposa, brak im szklistego połysku, który tak dobrze znam. Co więcej, te oczy w ogóle nie należą do zwierzęcia. W gasnącym świetle dnia rozpoznaję, kto po cichu podgląda mnie spomiędzy gałęzi.

Rue.

Od jak dawna tam tkwi? Zapewne od początku. Nieruchoma i niezauważona obserwowała rozwój wypadków w dole. Może wdrapała się na drzewo na krótko przede mną, usłyszawszy odgłosy nadciągającej watahy.

Przez moment krzyżujemy spojrzenia. Po chwili Rue bezszelestnie unosi dłoń, nie trącając przy tym nawet jednego listka, i pokazuje coś nad moją głową.

14

Kieruję wzrok na wskazany punkt w koronie mojego drzewa. Z początku nie mam pojęcia, o co chodzi, lecz chwilę potem, jakieś pięć metrów wyżej dostrzegam w półmroku niewyraźny kształt. Co to takiego? Zwierzę? Wydaje się rozmiarów szopa, ale zwisa pod gałęzią i od czasu do czasu lekko się kołysze. Nie rozpoznaję tego czegoś. Wśród mnóstwa dobrze mi znanych, wieczornych odgłosów lasu wychwytuję nietypowy, niski pomruk. Już wiem. Mam nad głową gniazdo os.

Przeszywa mnie strach, ale mam dość rozumu, aby się nie ruszać. Nawet nie wiem, jaki gatunek os zamieszkał na tym drzewie. Być może są to najzwyklejsze owady, spokojne i niegroźne, dopóki ktoś ich nie zaczepi. Trwają jednak Głodowe Igrzyska i to, co zwykłe, nie jest normą. Należy zakładać, że napotkałam jedną z kapitolińskich mutacji, osy gończe. Podobnie jak głoskułki, te mordercze owady przyszły na świat w laboratorium. Podczas wojny zostały wykorzystane jak miny lądowe i rozmieszczone w strategicznych miejscach dystryktów. Są większe od zwykłych os, mają charakterystyczną, jednolicie złotą barwę, a po ich użądleniu powstaje guz wielkości śliwki. Większość osób wytrzymuje zaledwie kilka użądleń. Niektórzy umierają już po pierwszym. Pokąsani, jeśli przeżyją, pod wpływem jadu doświadczają halucynacji, które niejednokrotnie wywołują szaleństwo. I jeszcze jedno. Ten gatunek os zajadle ściga każdego, kto będzie usiłował je zabić lub choćby zakłóci spokój gniazda. Stąd się wzięła ich nazwa.

Po zakończeniu wojny Kapitol zniszczył wszystkie gniazda w okolicy, ale pozostawił roje w pobliżu dystryktów. Podejrzewam, że mają przypominać nam o naszej bezradności — z tego samego powodu organizuje się Głodowe Igrzyska. Obecność rojów w lesie dodatkowo skłania mieszkańców Dwunastki do trzymania się w granicach wyznaczonych przez ogrodzenie. Czasem się zdarzało, że wraz z Gale'em napotykałam gniazdo gończych os i zawsze omijaliśmy je szerokim łukiem. Czy właśnie taki rój zwisa tuż nade mną? Spoglądam na sąsiednie drzewo, liczę na pomoc Rue, ale znikła wśród liści. Zważywszy na okoliczności, to, jaki gatunek os mi zagraża, chyba nie ma większego znaczenia. Jestem ranna i utkwiłam w pułapce. Mogę przez pewien czas odpocząć pod osłoną ciemności, ale do wschodu słońca zawodowcy zdążą wymyślić, jak mnie zabić. Nie mają innego wyjścia, nie darują mi życia po tym, jak zrobiłam z nich pośmiewisko. Gniazdo os może być dla mnie jedyną szansą ratunku. Gdyby udało mi się zrzucić rój, zyskałabym możliwość ucieczki. Operacja jest jednak ryzykowna, w jej trakcie sama mogę zginąć.

Co oczywiste, nie uda mi się zbliżyć do gniazda, aby je odciąć. Aby zrzucić osy na rywali, muszę oderżnąć u nasady gałąź z rojem. Nóż o częściowo ząbkowanym ostrzu powinien dać sobie z tym radę. A moje poparzone dłonie? A jeśli towarzyszące piłowaniu wibracje rozdrażnią osy? Być może zawodowcy zorientują się, co robię, i przeniosą obóz. Wówczas cały plan weźmie w łeb.

Uświadamiam sobie, że najlepszą sposobnością do dyskretnego przecięcia gałęzi jest moment, gdy odgrywają hymn. Który może zabrzmieć choćby za chwilę. Wyczołguję się ze śpiwora, poprawiam nóż za pasem i wdrapuję się wyżej. Robi się niebezpiecznie, gałęzie są za cienkie nawet dla mnie, ale nie przerywam wędrówki. Gdy docieram w pobliże gniazda, brzęczenie staje się wyraźne, choć dziwnie przytłumione jak na gończe osy.

To przez dym, myślę. Są otumanione. Tylko tak powstańcy mogli walczyć z morderczymi owadami.

Promienne godło Kapitolu wykwita na niebie, grzmią dźwięki hymnu.

Teraz albo nigdy, decyduję i biorę się do piłowania. Pęcherze na prawej dłoni eksplodują, kiedy niezdarnie przeciągam nóż do przodu i do tyłu. Na gałęzi pojawia się rowek, praca przychodzi mi łatwiej, ale i tak wykonuję ją z najwyższym trudem. Zaciskam zęby i konsekwentnie piłuję, tylko od czasu do czasu spoglądając na niebo. Okazuje się, że dzisiaj nikt nie zginął. To dobrze. Widzowie będą zadowoleni, że tkwię ranna na drzewie, a na dole waruje wataha zawodowców. Hymn dobiega jednak końca, a ja przepiłowałam tylko trzy czwarte grubości gałęzi. Muzyka milknie, niebo ciemnieje. Muszę przestać.

Co teraz? Zapewne potrafiłabym dokończyć pracę po omacku, ale być może mój plan wymaga przemyślenia. Jeżeli osy są zbyt ospałe, jeżeli gniazdo zahaczy o gałęzie i nie spadnie na ziemię, a ja mimo wszystko spróbuję uciec, to narażę się na śmiertelne niebezpieczeństwo, a mój wysiłek pójdzie na marne. Uznaję, że lepiej będzie dokończyć pracę o świcie i wtedy cisnąć rój prosto na głowy prześladowców.

W słabym blasku pochodni zawodowców ostrożnie wycofuję się na rozwidloną gałąź, gdzie czeka na mnie najmilsza niespodzianka w życiu. Na śpiworze spoczywa mały, plastikowy pojemnik, podczepiony do srebrnego spadochronu. Mój pierwszy podarunek od sponsorów! Haymitch musiał mi go przysłać w trakcie hymnu. Pojemnik z łatwością mieści mi się w dłoni. Co jest w środku? Na pewno nie żywność. Odkręcam wieczko i po zapachu poznaję, że to lekarstwo. Ostrożnie dotykam maści. Rwący ból na czubku palca momentalnie ustaje.

— Och, Haymitch — szepczę. — Dziękuję.

Nie porzucił mnie. Nie zostawił mnie na pastwę losu. Lekarstwo musiało kosztować majątek. Aby je kupić, zapewne potrzeba było pieniędzy nie jednego, lecz wielu sponsorów. Dla mnie lek jest bezcenny.

Zanurzam w maści dwa palce i delikatnie rozprowadzam ją po łydce. Działa natychmiast, ból znika jak za dotknięciem czarodziejskiej różdżki i pozostaje wyłącznie przyjemny chłód. To nie jest ziołowe smarowidło, jak te, które mama robi z leśnych roślin. To supernowoczesny balsam medyczny, wyprodukowany w laboratoriach Kapitolu. Po opatrzeniu rany na łydce wcieram cienką warstwę leku w dłonie. Zawijam pojemnik w spadochron i ostrożnie odkładam go do plecaka. Ból zelżał, więc mogę się ponownie ułożyć w śpiworze. Zasypiam niemal natychmiast.

O nadejściu nowego dnia powiadamia mnie ptak, który przycupnął w odległości zaledwie metra lub dwóch od mojej głowy. W porannej szarówce spoglądam badawczo na dłonie. Lekarstwo sprawiło, że wściekle czerwone plamy przybrały barwę łagodnego, niemowlęcego różu. Noga nadal piecze, bo oparzenie na łydce jest znacznie głębsze. Rozprowadzam świeżą warstwę balsamu i cicho pakuję ekwipunek. Cokolwiek się stanie, będę musiała się ruszać, i to prędko. Zjadam krakersa oraz pasek wołowiny i wypijam kilka kubków wody. Po wczorajszym dniu niemal nic nie zostało mi w brzuchu, zaczynam już odczuwać skutki głodu.

W dole widzę watahę zawodowców oraz Peetę, pogrążonych we śnie na gołej ziemi. Glimmer śpi oparta o pień drzewa, więc domyślam się, że trzymała straż, ale zmogło ją zmęczenie.

Wytężam wzrok, aby spenetrować sąsiednie drzewo, lecz nigdzie nie widzę Rue. Ostrzegła mnie przed osami, więc czuję się w obowiązku zrewanżować się jej tym samym. Poza tym, jeśli mam dzisiaj umrzeć, to chcę, aby Rue zwyciężyła. Nie potrafię znieść świadomości, że Peeta zbierze laury, nie obchodzi mnie nawet to, że moja rodzina mogłaby wówczas liczyć na odrobinę pożywienia.

Dyskretnym szeptem przywołuję Rue po imieniu, i od razu zauważam oczy, rozszerzone i czujne. Ponownie wskazuje palcem gniazdo. Unoszę nóż i poruszam nim tak, jakbym piłowała. Kiwa głową i znika. Na pobliskim drzewie rozlega się szelest, w następnym momencie identyczny hałas dobiega z innej, dalszej korony. Uświadamiam sobie, że mała skacze z drzewa na drzewo. Mam ochotę wybuchnąć głośnym śmiechem. Czy tę umiejętność zademonstrowała organizatorom igrzysk? Wyobrażam sobie, jak fruwa po sprzęcie do ćwiczeń i ani razu nie dotyka podłogi. Za taki wyczyn należałaby się jej co najmniej dziesiątka.

Na wschodzie przebijają się różowe pasma brzasku. Nie mogę już dłużej czekać. W porównaniu z koszmarem wieczornej wspinaczki teraz ucinam sobie zaledwie spacerek. Docieram do gałęzi podtrzymującej rój, wsuwam nóż do gotowego rowka i przymierzam się do piłowania, kiedy zauważam, że na gnieździe coś się rusza. Pancerz morderczej gończej osy lśni jasnozłoto, kiedy owad przechadza się po swoim papierowoszarym domu. Bez wątpienia wydaje się nieco oszołomiona, ale jest przytomna i sprawna, co oznacza, że wkrótce pojawią się następne. Spód moich dłoni ocieka potem, który kroplami przenika przez warstwę maści. Staram się ostrożnie osuszyć ręce o koszulę, ale czas mnie goni. Jeśli w parę sekund nie uporam się z gałęzią, cały rój ruszy prosto na mnie.

Nie ma na co czekać. Biorę głęboki oddech, zaciskam dłoń na rękojeści noża i piłuję jak najmocniej. Raz, dwa, raz, dwa! Gończe osy zaczynają brzęczeć, słyszę, jak wylatują z gniazda. Raz, dwa, raz, dwa! Gwałtowny ból rozrywa mi kolano. Wiem, że jedna już mnie znalazła, a inne zaraz do niej dołączą. Raz, dwa, raz, dwa! Gdy nóż rozcina ostatnie włókno drewna, odpycham koniec gałęzi jak najdalej od siebie. Gniazdo spada, przebija się między niższymi konarami, na kilku przez chwilę zawisa, ale rozkołysane leci dalej, aż wreszcie z łoskotem uderza o ziemię. Roztrzaskuje się jak wielkie jajo, a w powietrze wzlatuje chmara rozsierdzonych morderczyń.

Czuję drugie użądlenie w policzek, trzecie w szyję. Jad niemal natychmiast mnie ogłupia. Jedną ręką otaczam pień, a drugą wyrywam z ciała haczykowate żądła. Mam szczęście, przed upadkiem gniazda dostrzegły mnie tylko trzy gończe osy. Reszta skupiła złość na wrogach u stóp drzewa.

Rozpętuje się piekło. Zawodowcy ocknęli się ze snu, kiedy osy przypuściły na nich frontalny atak. Peeta oraz parę innych osób ma dość rozumu, aby wszystko zostawić i rzucić się pędem do ucieczki. „Do jeziora!", krzyczą. „Do jeziora!" Chcą się w nim zanurzyć i przeczekać napaść wściekłych owadów. Woda pewnie jest blisko, skoro liczą na to, że umkną rozjuszonym osom. Glimmer i jeszcze jedna dziewczyna z Czwartego Dystryktu nie mają tyle szczęścia. Zanim nikną mi z pola widzenia, zostają wielokrotnie użądlone. Glimmer zachowuje się jak wariatka, piszczy, bez sensu usiłuje odganiać osy łukiem. Przyzywa innych na pomoc, ale nikt nie wraca, wiadomo. Dziewczyna z Czwórki, zataczając się, znika w oddali, ale nie sądzę, żeby zdążyła do jeziora. Patrzę, jak Glimmer pada, przez kilka minut wije się spazmatycznie na ziemi, a na koniec nieruchomieje.

Z gniazda zostaje pusta skorupa. Osy odleciały w pogoni za domniemanymi wrogami. Wątpię, żeby powróciły, ale nie zamierzam ryzykować. Schodzę z drzewa, zeskakuję na ziemię i rzucam się do ucieczki w kierunku przeciwnym do jeziora. Kręci mi się w głowie od trucizny z żądeł, lecz odnajduję drogę do stawu i zanurzam się w wodzie, na wypadek gdyby osy nadal chciały mnie wytropić. Po mniej więcej pięciu minutach wyczołguję się na skały. Ludzie nie przesadzali, opowiadając o skutkach użądlenia przez gończe osy. Guz na kolanie jest bliższy rozmiarami pomarańczy niż śliwce. Z miejsc po żądłach sączy się cuchnący, zielony płyn.

Opuchlizna. Ból. Wysięk. Widok Glimmer skręcającej się w męczarniach. Sporo zdarzeń, zważywszy na to, że słońce jeszcze nie zdążyło wyłonić się zza horyzontu. Nawet nie chcę myśleć o tym, jak Glimmer teraz musi wyglądać. Zdeformowane ciało, nabrzmiałe palce sztywnieją, zaciśnięte na łuku... Łuk! Pomimo otępienia udaje mi się skojarzyć oczywiste fakty. Momentalnie wstaję i zataczając się między drzewami, wracam do Glimmer. Łuk. Strzały. Muszę je mieć. Jeszcze nie rozległ się armatni wystrzał, więc może Glimmer leży w śpiączce, ale jej serce nadal walczy z jadem. Kiedy jednak się podda i huk obwieści jej śmierć, nadleci poduszkowiec, aby zabrać zwłoki razem z jedynym łukiem i kołczanem na igrzyskach. Nie ma mowy, aby moja ulubiona broń ponownie wymknęła mi się z rąk!

Docieram do Glimmer w chwili, gdy rozbrzmiewa grzmot. Gończe osy znikły. Dziewczyna, olśniewająco piękna w złotej sukni tamtego wieczoru podczas prezentacji telewizyjnej, jest nie do rozpoznania. Rysy twarzy kompletnie znikły, kończyny są trzy razy większe niż normalnie. Guzy po użądleniach zaczęły pękać, rozpryskując dookoła cuchnący zgnilizną, zielony płyn. Muszę połamać kamieniem coś, co kiedyś było jej palcami, inaczej nie uwolniłabym łuku. Kołczan na plecach jest przyciśnięty całym ciężarem ciała trupa. Usiłuję je przetoczyć, ciągnę zwłoki za rękę, ale mięso rozpada mi się w dłoniach i padam plecami na ziemię.

Czy to się dzieje naprawdę? A może zaczęły się halucynacje? Mocno zaciskam powieki i usiłuję oddychać przez usta. Powtarzam sobie, że nie wolno mi wymiotować. Śniadanie musi pozostać w żołądku, być może na następne polowanie wybiorę się dopiero za kilka dni. Armata strzela po raz drugi, więc domyślam się, że właśnie umarła dziewczyna z Czwartego Dystryktu. Ptaki milkną i tylko jeden gwiżdże ostrzegawczo. To znak, że za moment przybędzie poduszkowiec. Jestem skołowana, wydaje mi się, że zabiorą Glimmer, ale to nie ma sensu, bo przecież nadal pozostaję na wizji, ciągle walczę o strzały. Ponownie padam na kolana, drzewa wokół mnie zaczynają wirować. Na samym środku nieba pojawia się maszyna. Przykrywam sobą ciało Glimmer, jakbym chciała je obronić, ale widzę, że w powietrze unosi się dziewczyna z Czwórki i znika razem z pojazdem.

— Do roboty! — rozkazuję sobie. Zaciskam szczęki, wpycham dłonie pod trupa Glimmer, dźwigam to, co wydaje się jej klatką piersiową i przewalam zwłoki na brzuch. Nie panuję nad sobą, dyszę spazmatycznie, tkwię w koszmarze tak upiornym, że tracę poczucie rzeczywistości. Ciągnę srebrny kołczan, ale o coś zahaczył, może o łopatkę Glimmer, nie mam pojęcia, aż wreszcie wyszarpuję cenny łuk. Obejmuję go i nagle słyszę tupot kroków, kilku par nóg. Ktoś się przedziera przez krzaki, najwyraźniej wrócili zawodowcy. Przyszli, aby mnie zabić, albo chcą odzyskać broń. Ewentualnie jedno i drugie.

Za późno na ucieczkę. Wyciągam z kołczana smukłą strzałę i usiłuję umieścić ją na łuku, lecz zamiast jednej cięciwy widzę trzy. Na dodatek z użądlonych miejsc bije tak odrażający fetor, że nie mogę się zmusić do oddania strzału. Nie mogę. Nie umiem. Nie potrafię.

Bezradnie patrzę, jak pierwszy łowca wypada spośród drzew, w uniesionej dłoni trzyma gotowy do rzutu oszczep. Wstrząs widoczny na twarzy Peety wydaje mi się bezsensowny, czekam na cios, lecz uzbrojona ręka opada.

— Co ty tu jeszcze robisz? — syczy. Patrzę oszołomiona, jak woda spływa mu cienkim strumykiem po użądleniu pod uchem. Całe ciało Peety migocze, jakby dopiero co pokryła je rosa. — Zwariowałaś? — Trąca mnie tępym końcem oszczepu. — Wstawaj! Na co czekasz? — Dźwigam się, ale on nie przestaje mnie dźgać. Co jest? O co chodzi? Peeta mocno mnie popycha. — Uciekaj! — wrzeszczy. — Biegiem!

Za jego plecami pojawia się Cato, gwałtownymi cięciami miecza toruje sobie drogę przez krzaki. Jego również pokrywa migotliwa wilgoć, pod jednym okiem widać paskudną opuchliznę od użądlenia. Promienie słoneczne odbijają się od

ostrza jego broni. Wykonuję polecenie Peety. Ściskam mocno
łuk oraz strzały i biegnę. Po drodze wpadam na drzewa, które wyrastają jak spod ziemi, potykam się i przewracam, lecz
usiłuję utrzymać równowagę. Mijam staw i gnam do nieznanej
części lasu. Świat niepokojąco się kołysze. Motyl puchnie do
rozmiarów domu i rozpada się na niezliczone gwiazdy. Drzewa wzbierają krwią, która ochlapuje mi buty. Z pęcherzy na
dłoniach wypełzają mi mrówki, lecz nie potrafię ich strząsnąć.
Wdrapują mi się po rękach, po szyi. Ktoś długo wrzeszczy, do-
nośnym, piskliwym głosem, nie przerywa, choć powinien nabrać powietrza. Ogarnia mnie niejasne przekonanie, że to ja
krzyczę. Potykam się i wpadam do płytkiej jamy, wypełnionej
drobnymi, pomarańczowymi bańkami, które bzyczą jak gniazdo gończych os. Przyciskam kolana do szyi i nieruchomieję
w oczekiwaniu na śmierć.

Walczę z mdłościami, straciłam orientację, a w myślach powtarzam jedno zdanie.

Peeta Mellark właśnie uratował mi życie.

W następnej chwili mrówki wdzierają mi się do oczu i tracę przytomność.

15 ◉▶

Przeżywam koszmar za koszmarem, budzę się tylko po to, by wkroczyć do jeszcze upiorniejszego snu. Widzę ze szczegółami wszystko to, czego się najbardziej boję, moje wizje są zdumiewająco realistyczne. A przy tym wierzę, że doświadczam ich naprawdę. Za każdym razem gdy odzyskuję świadomość, myślę, że mam to już wreszcie za sobą, ale jestem w błędzie. Wkraczam w kolejny etap tortury. Niezliczenie wiele razy patrzę na umierającą Prim. Ile razy odtwarzam w pamięci ostatnie chwile ojca? Jak długo czuję, że to moje własne ciało jest rozrywane na strzępy? W taki sposób działa jad gończych os, opracowany z niebywałą starannością tak, aby atakował tę część mózgu, która jest odpowiedzialna za nasze lęki.

W końcu odzyskuję zmysły i leżę nieruchomo w oczekiwaniu na następny atak majaków. Po dłuższym czasie nabieram jednak pewności, że mój organizm wreszcie usunął truciznę. Teraz muszę zadbać o wycieńczone, osłabione ciało. Przez cały czas leżę na boku, unieruchomiona w pozycji embrionalnej. Unoszę dłoń do oczu i przekonuję się, że są całe i nieuszkodzone przez mrówki, które były wytworem mojej wyobraźni. Z gigantycznym wysiłkiem prostuję kończyny. Boli mnie tyle części ciała, że nawet nie chce mi się zastanawiać, które konkretnie. Powoli, bardzo powoli siadam. Tkwię w płytkim dole wysłanym starymi, opadłymi liśćmi, nie w wyimaginowanej jamie pełnej brzęczących, pomarańczowych baniek. Ubranie klei się od wilgoci, ale nie wiem, czy pokrywa mnie woda ze stawu, rosa, deszcz czy też pot. Długo, bardzo długo mogę jedynie sączyć małymi łykami wodę z butelki i patrzeć, jak żuk wdrapuje się na wiciokrzew.

Jak długo leżałam nieprzytomna? Kontakt z rzeczywistością straciłam rankiem. Teraz jest popołudnie, ale stawy zesztywniały mi tak nieznośnie, że musiała minąć doba z okładem, może nawet dwie. W takiej sytuacji nie mam jak się dowiedzieć, którzy trybuci przeżyli atak gończych os. Na pewno z gry odpadły Glimmer i dziewczyna z Czwartego Dystryktu. Co jednak z chłopakiem z Jedynki, obojgiem trybutów z Dwójki, z Peetą? Czy zginęli od użądleń? Jeżeli przeżyli, to ich dni musiały wyglądać równie okropnie jak moje. A co z Rue? Jest tak drobna, że nawet mała dawka jadu mogłaby ją zabić. Ale gończe osy musiałyby ją najpierw dopaść, a miała nad nimi sporą przewagę na starcie.

Usta wypełnia mi paskudny smak zgnilizny. Nie udaje mi się spłukać go wodą. Podpełzam do wiciokrzewu i zrywam kwiat. Delikatnie wyciągam ze środka pręcik i upuszczam na język kroplę nektaru. Słodycz rozpływa mi się po ustach, ścieka do gardła, rozgrzewa mi żyły wspomnieniami lata, znajomego lasu i bliskości Gale'a. Odtwarzam w pamięci naszą rozmowę z ostatniego, wspólnie spędzonego ranka.

„Poradzilibyśmy sobie. Opuścilibyśmy dystrykt. Moglibyśmy uciec, zamieszkać w lesie. Tylko ty i ja, udałoby się".

Nagle przestaję myśleć o Gale'u, przypominam sobie to, co zrobił Peeta. On... uratował mi życie! Dopiero wtedy, gdy się ponownie zjawił, udało mi się odróżnić rzeczywistość od zwidów wywołanych jadem gończych os. Skoro mnie ocalił, a intuicja mi podpowiada, że tak właśnie się stało, to w jakim celu? Czy po prostu zgrywa zakochanego, tak jak podczas prezentacji telewizyjnej? A może naprawdę postanowił mnie chronić? Jeśli tak, to co robi w towarzystwie zawodowców? Nic tu nie ma sensu.

Przez chwilę się zastanawiam, co o tym zdarzeniu pomyślał Gale, a potem przestaję zaprzątać sobie tym umysł. Z jakiegoś powodu nie lubię rozmyślać jednocześnie o Gale'u i Peecie. Postanawiam skupić uwagę na najlepszym, co mnie spotkało, odkąd trafiłam na arenę. Mam łuk i strzały! Okrągły tuzin strzał, jeśli liczyć tę, którą zdobyłam na drzewie. Nie dostrzegłam na broni ani śladu trującej, zielonej mazi, ściekającej z ciała Glimmer. Mam prawo podejrzewać, że ta substancja mogła nie istnieć, ale na pewno prawdziwe są wielkie plamy zaschniętej krwi. Usunę je później. Teraz poświęcam minutę na trening. Strzelam kilka razy do pobliskiego drzewa. Łuk bardziej przypomina broń z Ośrodka Szkoleniowego niż moją własną z lasu, lecz to bez znaczenia. Poradzę sobie.

Dzięki łukowi patrzę na igrzyska z zupełnie innej perspektywy. Rzecz jasna, muszę stawić czoło twardym przeciwnikom. Nie jestem już jednak tylko zwierzyną łowną, która umyka i szuka kryjówek albo broni się rozpaczliwie. Gdyby Cato nagle wyłonił się z lasu, nie uciekałabym, tylko strzeliła. Muszę przyznać, że z przyjemnością czekam na okazję do starcia.

Co oczywiste, najpierw muszę odzyskać siły. Znowu dramatycznie się odwodniłam, moje zapasy wody są na wykończeniu. Zniknęło trochę ciała, którego udało mi się nabrać w okresie przygotowawczym w Kapitolu, poszło też parę dodatkowych kilogramów. Wystają mi kości biodrowe i żebra, tak wynędzniała nie byłam od tamtych okropnych miesięcy po śmierci ojca. Na dodatek muszę jakoś opatrzyć rany: oparzenia, rozcięcia i sińce, powstałe wskutek obijania się o drzewa, oraz trzy wyjątkowo obolałe i spuchnięte guzy po użądleniu przez gończe osy. Oparzeliny smaruję balsamem. Próbowałam wklepywać go w guzy, jednak nic to nie dało. Mama zna dobre antidotum na jad os, to liście pewnej rośliny, które wyciągają truciznę, ale rzadko miewa okazję do ich stosowania. Nawet nie pamiętam nazwy tego zioła, a co dopiero mówić o jego wyglądzie.

Przede wszystkim woda, postanawiam w myślach. Polować będę w trakcie poszukiwań.

Bez trudu orientuję się, skąd przyszłam. Moją trasę wyznacza ścieżka zniszczeń, dokonanych wśród roślinności przez ogarnięte szaleństwem ciało. Ruszam w przeciwnym kierunku, mam nadzieję, że moi wrogowie nadal przebywają w nierealnym świecie — wytworzonym z jadu morderczych os.

Nie jestem w stanie maszerować prędko, moje stawy nie wytrzymują żadnych gwałtownych ruchów. Wyznaczam sobie powolne tempo wędrówki myśliwego, który tropi zwierzynę. Już po kilku minutach dostrzegam królika i po raz pierwszy mam okazję zapolować nowym łukiem. Nie wychodzi mi strzał prosto w oko, ale królik i tak jest mój. Po mniej więcej godzinie natrafiam na strumień, płytki i szeroki, w zupełności wystarczy na moje potrzeby. Słońce silnie praży, więc w oczekiwaniu na oczyszczenie wody rozbieram się do bielizny i brodzę w łagodnym prądzie. Od stóp do głów pokrywa mnie gruba warstwa brudu. Usiłuję ochlapać twarz i ciało wodą, ale ostatecznie na kilka minut kładę się w strumieniu i czekam, aż sadza, krew i częściowo złuszczona skóra z oparzeń same spłyną. Przepłukuję ubranie i rozwieszam je na krzakach, żeby wyschło, a sama na chwilę siadam na brzegu, w pełnym słońcu, i palcami rozplątuję włosy. Odzyskuję apetyt, więc zjadam krakersa z paskiem wołowiny. Garścią mchu ścieram krew z mojej srebrnej broni.

Odświeżona, ponownie smaruję oparzenia, splatam włosy w warkocz i wkładam wilgotną odzież. Słońce i tak wkrótce ją wysuszy. Najrozsądniejszym posunięciem wydaje mi się kontynuowanie wędrówki pod prąd. Wolę iść w górę strumienia, bo w ten sposób mam stały dostęp do świeżej wody, a także do korzystającej z wodopojów zwierzyny. Bez trudu ubijam nieznanego mi ptaka, zapewne odmianę dzikiego indyka. Na pewno jest jadalny. Późnym popołudniem postanawiam rozpalić małe ognisko i upiec mięso. Jestem pewna, że o zmierzchu dym nie będzie widoczny, a przed nocą zamierzam wygasić ogień. Patroszę zwierzynę, szczególną uwagę zwracam na ptaka, lecz nie dostrzegam w nim nic niepokojącego. Po oskubaniu z piór ma rozmiary kurczaka, choć jest tłusty i jędrny. Kładę pierwszą porcję na węglach, gdy nagle słyszę trzask łamanej gałązki.

Błyskawicznie odwracam się w kierunku hałasu i jednocześnie przykładam do ramienia łuk oraz strzałę. Nikogo tam nie ma, w każdym razie nikogo nie widzę. Dopiero po chwili dostrzegam czubek dziecięcego buta, ledwie wystający zza pnia drzewa. Odprężam się i szeroko uśmiecham. Trzeba przyznać, że umie wędrować po lesie. Jest cicha jak cień, inaczej nie udałoby jej się śledzić mnie tak dyskretnie. Zapominam ugryźć się w język, słowa same wyrywają się z moich ust.

— Wiesz, nie tylko oni mogą zawierać sojusze — zauważam.

Zaledwie sekundę czekam na reakcję. Po chwili zza krawędzi pnia wyłania się jedno oko Rue.

— Chcesz, żebym była twoim sojusznikiem?

— Dlaczego nie? Uratowałaś mnie, pokazałaś mi gniazdo gończych os. Jesteś bystra, skoro jeszcze żyjesz. Poza tym chyba i tak nie dasz mi spokoju. — Rue mruga okiem, zastanawia się nad odpowiedzią. — Głodna? — Widzę, że głośno przełyka ślinę i patrzy na mięso. — Chodź, udało mi się dzisiaj ustrzelić dwie zdobycze.

Niepewnie wychodzi na otwartą przestrzeń.

— Umiem robić okłady na użądlenia os — deklaruje.

— Naprawdę? — pytam. — Z czego?

Grzebie we własnym plecaku i wyciąga garść liści. Jestem prawie pewna, że z takich samych korzysta mama.

— Gdzie je znalazłaś?

— W okolicy. Wszyscy mamy je przy sobie, kiedy idziemy do pracy w sadach. Zostawili tam mnóstwo gniazd — tłumaczy Rue. — Tu też ich nie brakuje.

— Racja, jesteś z Jedenastego Dystryktu. Rolnictwo — uświadamiam sobie. — Pracujesz w sadach, tak? Nic dziwnego, że umiesz fruwać po drzewach, jakbyś miała skrzydła. — Rue się uśmiecha. Wspomniałam o czymś, z czego jest naprawdę dumna. — Chodź, zrobisz mi okład.

Siadam przy ognisku i podwijam nogawkę, aby zademonstrować guz po użądleniu w kolano. Ze zdumieniem widzę, że Rue wsuwa liście do ust i zaczyna je przeżuwać. Mama zastosowałaby inne metody, ale raczej nie mamy wyboru. Po upływie mniej więcej minuty Rue przyciska mi do kolana kulkę zielonej papki z liści i śliny.

— Och... — Nie mogę powstrzymać westchnienia. Mam wrażenie, że liście wysysają ból wprost z użądlonego miejsca.

Rue chichocze.

— Dobrze, że wyciągnęłaś żądła ze skóry, bo byłoby z tobą o wiele gorzej.

— Teraz szyja! I jeszcze policzek! — niemal błagam.

Wpycha do ust następną garść liści i wkrótce mogę się śmiać, bo czuję niesamowitą ulgę. Zauważam długą oparzelinę na przedramieniu Rue.

— Dam ci na to lekarstwo — oświadczam. Odkładam broń i smaruję rękę Rue maścią na oparzenia.

— Masz dobrych sponsorów — wzdycha tęsknie.

— A ty już coś dostałaś? — pytam. Rue kręci głową. — Co się odwlecze, to nie uciecze — pocieszam ją. — Z czasem coraz więcej ludzi będzie sobie uświadamiało, jaka jesteś inteligentna. — Obracam mięso.

— Nie żartowałaś? Naprawdę chcesz, żebyśmy były sojuszniczkami? — dopytuje się.

— Jak najbardziej — potwierdzam. Niemal słyszę jęk Haymitcha, niezadowolonego, że sprzymierzam się z chuderlawym dzieckiem. Naprawdę potrzebuję Rue. Jest zaradna i ufam jej. Dlaczego miałabym to trzymać w tajemnicy? Przypomina mi Prim.

— Zgoda — decyduje i wyciąga rękę. Ściskamy sobie dłonie. — Umowa stoi.

Rzecz jasna, ten układ siłą rzeczy jest tymczasowy, ale żadna z nas o tym nie wspomina.

Rue dokłada do posiłku pokaźną garść nieznanych mi, zawierających skrobię korzeni. Po upieczeniu nad ogniem mają ostrosłodki smak pasternaku. Rue rozpoznaje ptaka, w jej dystrykcie nazywają go grzędownikiem. Czasami stado grzędowników przylatuje do sadu, wówczas robotnicy mogą liczyć na przyzwoity lunch. Rozmowa się urywa, gdy obie napełniamy brzuchy. Grzędownik ma pyszne mięso, tak soczyste, że tłuszcz spływa nam po brodach, kiedy przeżuwamy.

— Mhm — wzdycha Rue z zachwytem. — Jeszcze nigdy nie miałam całej nogi tylko dla siebie.

Nie wątpię, że mówi prawdę. Na pewno rzadko jadała mięso.

— Weź i drugą — proponuję.

— Poważnie? — dziwi się.

— Bierz, co chcesz. Teraz mam łuk i strzały, więc łatwo upoluję więcej. Do tego mogę zastawiać wnyki. Pokażę ci, jak to się robi — mówię. Rue nadal niepewnie spogląda na udko ptaka. — Częstuj się i już — mówię i wtykam jej w rękę sterczącą z mięsa kość. — Za parę dni mięso będzie do wyrzucenia, a mamy przecież całego ptaka i królika.

Gdy trzyma w dłoni porcję mięsa, jej apetyt zwycięża. Rue odgryza potężny kęs.

— Sądziłam, że w Jedenastce macie więcej jedzenia niż my — ciągnę. — Sama rozumiesz, w końcu produkujecie żywność. Rue robi wielkie oczy.

— Gdzie tam. Nie wolno nam zjadać upraw.

— Dlaczego? Aresztują was za to, czy co?

— Batożą na oczach wszystkich — wzdryga się Rue. — Burmistrz bardzo pilnuje, aby surowo karano winnych.

Z jej miny wnioskuję, że podobne wypadki są tam częste. Publiczna chłosta to rzadkość w Dwunastym Dystrykcie, choć od czasu do czasu kogoś karze się w ten sposób. Zasadniczo ja i Gale moglibyśmy być chłostani codziennie za kłusownictwo. Mogłaby nas spotkać nawet gorsza kara, ale lokalne władze chętnie kupują od nas mięso. Poza tym nasz burmistrz, ojciec Madge, nie gustuje w takich widowiskach. Może fakt, że jesteśmy najniżej cenionym, najbiedniejszym, najchętniej wykpiwanym dystryktem w kraju ma swoje zalety. Na przykład takie, że Kapitol zostawia nas w spokoju, o ile odprowadzamy wymagane ilości węgla.

— Czy wy możecie brać tyle węgla, na ile wam przyjdzie ochota? — pyta Rue.

— Skąd — odpowiadam. — Należy nam się tyle, ile sami kupimy albo zeskrobiemy z butów.

— Podczas żniw karmią nas nieco lepiej, aby ludzie mogli dłużej pracować — mówi.

— Nie musisz chodzić do szkoły?

— Nie w trakcie żniw. Każda para rąk się przyda do pracy.

Ciekawi mnie jej codzienne życie. Rzadko kontaktujemy się z mieszkańcami innych dystryktów. Zastanawiam się nawet, czy organizatorzy zezwalają na emisję naszej rozmowy. Choć gadamy o rzeczach pozornie nieszkodliwych, władze nie chcą, aby ludzie zbyt dużo wiedzieli o innych rejonach kraju.

Zgadzam się na sugestię Rue i wykładamy całe nasze zapasy, żeby zaplanować przyszłość. Widziała już większość rzeczy z mojej spiżarni, ale dokładam do sterty kilka ostatnich krakersów i pasków wołowiny. Rue zgromadziła całkiem przyzwoity zbiór korzeni, orzechów, zieleniny, a nawet owoców.

Toczę w dłoni nieznaną jagodę.

— Jesteś pewna, że to się nadaje do jedzenia?

— Jasne, takie same jagody rosną w naszych lasach. Objadam się nimi od kilku dni.

Wrzuca garść do buzi. Niepewnie rozgryzam owoc. Smakuje jak dobrze mi znane jeżyny. Z każdą chwilą utwierdzam się w przekonaniu, że słusznie postąpiłam, biorąc Rue na sojusznika. Dzielimy zapasy na dwie części. Gdybyśmy musiały się rozstać, każda z nas będzie miała żywność na kilka dni. Rue dysponuje jeszcze małym bukłakiem na wodę, procą własnej roboty oraz dodatkową parą skarpet. Ostry odłamek skalny zastępuje jej nóż.

— Wiem, że to niewiele — przyznaje jakby ze skruchą. — Ale musiałam szybko uciekać spod Rogu Obfitości.

— Postąpiłaś słusznie — chwalę ją i demonstruję własny dobytek. Na widok okularów przeciwsłonecznych Rue wstrzymuje oddech.

— Jak je zdobyłaś? — pyta zdumiona.

— Były w plecaku. Póki co ani razu z nich nie korzystałam. Nie chronią przed słońcem i gorzej się w nich widzi. — Wzruszam ramionami.

— To nie są okulary na słońce, tylko na noc! — wykrzykuje Rue. — Noktowizory. Czasami, kiedy zbieramy nocą, ludzie pracujący najwyżej, gdzie nie dociera światło pochodni, dostają taki sprzęt. Któregoś dnia jeden chłopak, Martin, usiłował zabrać sobie okulary. Ukrył je w spodniach. Zabili go na miejscu.

— Zabili chłopaka, bo wziął sobie okulary? — pytam z niedowierzaniem.

— Tak, a w dodatku wszyscy wiedzieli, że jest niegroźny. Martin miał nierówno pod sufitem. Zachowywał się jak trzylatek. Okulary były mu potrzebne do zabawy.

Kiedy tego słucham, dochodzę do wniosku, że Dwunasty Dystrykt to bezpieczny azyl. Rzecz jasna, ludzie w naszym rejonie ciągle słaniają się z głodu, ale nie wyobrażam sobie, aby Strażnicy Pokoju mogli zamordować niedorozwinięte umysłowo dziecko. Wszyscy znają małą dziewczynkę, która kręci się po Ćwieku, jedną z wnuczek Śliskiej Sae. Jest trochę opóźniona, ale ludzie traktują ją jak niegroźne zwierzątko, rzucają jej resztki żywności i różne drobiazgi.

— Więc do czego one służą? — pytam Rue i sięgam po okulary.

— Widać w nich nawet wtedy, gdy jest całkiem ciemno. Wypróbuj je wieczorem, po zachodzie słońca.

Podsuwam Rue kilka zapałek, a ona wręcza mi potężną garść liści na ukąszenia, na wypadek, gdyby moje guzy ponownie się zaogniły. Wygaszamy ognisko i niemal do zmroku idziemy w górę strumienia.

— Gdzie sypiasz? — pytam. — Na drzewach? — Potwierdza skinieniem głowy. — W samej kurtce?

Podnosi zapasowe skarpety.

— To moje rękawice — tłumaczy.

Myślę o zimnych nocach.

— Jeśli chcesz, możesz spać ze mną w śpiworze. Zmieścimy się obie bez trudu.

Rue się rozpromienia. Widzę, że nawet nie śmiała marzyć o takim szczęściu.

Wyszukujemy wygodne rozwidlenie gałęzi wysoko na jednym z drzew i przygotowujemy się do snu, kiedy rozbrzmiewa hymn. Dzisiaj nikt nie zginął.

— Rue, ocknęłam się dopiero dziś. Ile nocy przespałam? — Muzyka powinna zagłuszyć nasze słowa, ale na wszelki wypadek szepczę. Dla pewności wolę też zasłonić usta dłonią. Nie chcę, żeby widzowie wiedzieli, co powiem o Peecie. Rue mnie naśladuje, tak samo zakrywa buzię ręką.

— Dwie — odszeptuje. — Dziewczyny z Jedynki i Czwórki nie żyją. Została nas dziesiątka.

— Stało się coś dziwnego. Tak mi się przynajmniej wydaje. Możliwe, że miałam zwidy wywołane jadem gończych os. Kojarzysz chłopca z mojego dystryktu? Ma na imię Peeta. Chyba uratował mi życie, ale trzymał z zawodowcami.

— Już się od nich odłączył — wyjaśnia Rue. — Obserwowałam ich obóz nad jeziorem. Udało im się wrócić, zanim padli od użądleń. Jego tam nie ma. Może musiał uciec po tym, jak cię ocalił.

Milczę. Jeżeli Peeta naprawdę mnie uratował, ponownie stałam się jego dłużniczką i nie mam jak mu się zrewanżować.

— Jeśli to zrobił, to pewnie tylko na pokaz. On chce, aby ludzie wierzyli, że się we mnie kocha.

— Aha — mruczy Rue zamyślona. — Nie sądziłam, że udaje.

— Wiem, co mówię — przekonuję ją. — Wymyślił tę taktykę razem z naszym mentorem. — Hymn cichnie, niebo ciemnieje. — Wypróbuję okulary. — Sięgam do plecaka i przymierzam szkła. Rue nie wpuszczała mnie w maliny. Widzę wszystko, od liści na drzewach do skunksa, który przedziera się przez krzaki dwadzieścia metrów dalej. Gdybym chciała, mogłabym go zabić, nie ruszając się z miejsca. Mogłabym zabić każdego.

— Ciekawe, kto jeszcze ma coś takiego — rozważam.

— Zawodowcy znaleźli dwie pary, ale oni mają wszystko u siebie nad jeziorem — wzdycha Rue. — Są tacy silni...

— My też jesteśmy silne — stwierdzam. — Tylko w inny sposób.

— Ty jesteś, umiesz strzelać — oświadcza Rue. — A co ja potrafię?

— Umiesz się wyżywić. Zawodowcy nie mogliby się z tobą równać.

— Wcale nie muszą. Mają mnóstwo zapasów.

— A gdyby ich nie mieli? Wyobraź sobie, że nagle kończy im się żywność. Jak długo by sobie poradzili? — pytam. — Przecież to są Głodowe Igrzyska.

— Ale oni nie są głodni, Katniss — upiera się Rue.

— Słusznie — przyznaję. — Na tym polega problem. — Po raz pierwszy przychodzi mi do głowy plan działania. Tym razem nie zamierzam uciekać i się chować. Postanawiam przystąpić do ofensywy. — Będziemy musiały to zmienić, Rue.

Rue postanowiła obdarzyć mnie bezgranicznym zaufaniem. Wiem to na pewno, bo gdy milkną dźwięki hymnu, tuli się do mnie i zasypia. Ja również nie podejrzewam jej o złe zamiary i nie uciekam się do szczególnych środków ostrożności. Gdyby chciała mojej śmierci, po prostu uciekłaby z drzewa, nie pokazując mi gniazda gończych os. Mimowolnie rozmyślam o tym, co oczywiste i bolesne. Obie nie możemy zwyciężyć w igrzyskach. Ponieważ jednak nadal mamy stosunkowo małe szanse na przeżycie, udaje mi się zignorować przykre wnioski.

Skupiam uwagę na swoim najświeższym pomyśle związanym z zawodowcami i ich dobytkiem. Wspólnie z Rue muszę znaleźć sposób na zniszczenie ich żywności. Jestem całkiem pewna, że samodzielne wyżywienie okaże się dla nich niesłychanie uciążliwe. Zawodowcy tradycyjnie dążą do szybkiego przejęcia całych zapasów i dopiero potem zaczynają działać. Parę razy się zdarzyło, że nie dość starannie chronili żywność. Kiedyś do ich magazynu wdarło się stado odrażających gadów, innego roku zapasy pochłonęła powódź, sztucznie wywołana przez organizatorów. Po tego typu zdarzeniach zwykle zwyciężają trybuci z innych dystryktów. Fakt, że zawodowcy byli lepiej żywieni w domu, przemawia na ich niekorzyść, bo nie umieją radzić sobie z głodem. W przeciwieństwie do mnie i Rue.

Oczy mi się kleją, tej nocy nie opracuję szczegółowej strategii. Rany się goją, ciężko mi się myśli z powodu jadu os, a ciepło Rue u mojego boku, jej głowa na moim ramieniu dają mi poczucie bezpieczeństwa. Po raz pierwszy uświadamiam sobie, jak bardzo doskwiera mi samotność na arenie. Bliskość drugiego człowieka jest kojąca. Ulegam senności z postanowieniem, że jutro sytuacja się odwróci. Od tej pory zawodowcy będą musieli mieć się na baczności.

Budzi mnie huk armatniego wystrzału. Gwałtownie otwieram oczy, przekonuję się, że niebo jest już jasne, ptaki świergoczą. Rue przycupnęła na gałęzi, w dłoniach coś trzyma. Czekamy, nasłuchując kolejnych grzmotów, ale po chwili staje się jasne, że zginęła tylko jedna osoba.

— Jak myślisz, kto to był tym razem? — Nie potrafię przestać myśleć o Peecie.

— Trudno powiedzieć. Mógł zginąć każdy — zauważa Rue. — Pewnie przekonamy się wieczorem.

— Kto jeszcze pozostał przy życiu?

— Chłopak z Pierwszego Dystryktu. Trybuci z Dwójki. Chłopiec z Trójki. Thresh i ja. I jeszcze ty oraz Peeta — wylicza Rue. — To razem ośmioro. Aha, i chłopak z Dziesiątki, ten z chorą nogą. W sumie dziewięcioro.

Pozostał jeszcze jeden, ale żadna z nas nie może sobie przypomnieć, o kogo chodzi.

— Ciekawe, jak zginął ten ostatni — zastanawia się Rue.

— Dziwnie to zabrzmi, ale to dobrze dla nas. Śmierć powinna na pewien czas zaspokoić telewidzów. Może zdążymy coś zrobić, zanim organizatorzy uznają, że nic się nie dzieje. Co masz w rękach? — pytam zaciekawiona.

— Śniadanie — oświadcza Rue. Wyciąga dłonie, w których trzyma dwa duże jajka.

— Co za ptak je złożył?

— Nie jestem pewna. Chyba jakiś wodny, bo tam dalej jest grzęzawisko.

Fajnie byłoby je ugotować, ale żadna z nas nie zaryzykuje, rozpalając ognisko. Zakładam, że zabity trybut padł ofiarą zawodowców, którzy zapewne odzyskali siły i ponownie włączyli się w igrzyska. Wysysamy jajka, zjadamy po króliczej nodze i garści jagód. Takie śniadanie zadowoliłoby każdego.

— Gotowa? — pytam i zakładam plecak.

— Do czego? — dziwi się Rue, ale zrywa się ochoczo. Od razu widzę, że chętnie zrobi to, co zaproponuję.

— Dzisiaj odbierzemy zawodowcom żywność — zapowiadam.

— Poważnie? Jak? — Dostrzegam w jej oczach błysk entuzjazmu. Pod tym względem jest całkiem inna niż Prim, dla której przygody to mordęga.

— Nie mam pojęcia. Chodź, pójdziemy na polowanie i po drodze coś wymyślimy.

Polowanie idzie nam marnie, bo wolę wyciągnąć z Rue jak najwięcej informacji na temat obozu zawodowców. Szpiegowała ich krótko, ale jest bystra. Baza znajduje się nad jeziorem, a żywność trzymają w magazynie oddalonym o mniej więcej trzydzieści metrów. Za dnia wystawiają strażnika, chłopaka z Trójki, który pilnuje zapasów.

— Chłopak z Trzeciego Dystryktu? — zastanawiam się. — Dołączył do ich bandy?

— Tak, ani na moment nie rusza się z obozu. Gończe osy pokąsały także jego, kiedy przyleciały w pościgu za zawodowcami — objaśnia Rue. — Chyba obiecali pozostawić go przy życiu, jeśli będzie stał na straży. Nie jest zbyt wysoki ani silny.

— Jaką ma broń?

— Nie jestem pewna, źle widziałam. Na pewno oszczep. Pewnie niektórych udałoby mu się odpędzić, ale Thresh zabiłby go z łatwością — ocenia Rue.

— I żywność leży gdzieś z boku? — dziwię się, ale Rue potwierdza skinieniem głowy. — Coś mi tu nie gra.

— Mnie też — zgadza się. — Ale nie wiem, co dokładnie. Katniss, a jeśli już dostaniesz się do ich żywności, to jak się jej pozbędziesz?

— Spalę ją. Zatopię w jeziorze. Zaleję paliwem. — Dźgam Rue w brzuch, tak samo, jak kiedyś Prim. — Zjem ją! — Chichocze. — Nie martw się, coś wymyślę. Niszczenie jest znacznie łatwiejsze od tworzenia.

Przez jakiś czas wykopujemy korzenie, zbieramy owoce i zieleninę, półgłosem omawiamy dalszą taktykę. Dowiaduję się, że Rue jest najstarsza z sześciorga rodzeństwa, które zajadle chroni, oddaje mu swoje racje żywnościowe, a pokarm zdobywa na łąkach dystryktu, w którym Strażnicy Pokoju są znacznie mniej życzliwi niż nasi. Na pytanie, co najbardziej lubi, Rue bez wahania odpowiada:

— Muzykę.

— Muzykę? — powtarzam. W moim świecie muzyka pod względem użyteczności plasuje się gdzieś między wstążkami do włosów a tęczą, przy czym tęcza może przynajmniej dawać pewne pojęcie o pogodzie. — Dużo czasu poświęcacie muzyce?

— Śpiewamy w domu, przy pracy też. Właśnie dlatego tak bardzo podoba mi się twoja broszka. — Pokazuje palcem kosogłosa, o którym znowu zapomniałam.

— Są u was kosogłosy?

— Pewnie. Z kilkoma się blisko przyjaźnię. Możemy sobie śpiewać i odśpiewywać godzinami. Potrafią przekazywać wiadomości ode mnie.

— Jak to?

— Zwykle tkwię na najwyższych gałęziach, więc pierwsza zauważam chorągiewkę sygnalizującą koniec pracy. Wtedy śpiewam specjalną piosenkę — objaśnia Rue. Otwiera usta i słodkim, czystym głosem wyśpiewuje króciutki, czteronutowy utworek. — Kosogłosy powtarzają ją w całym sadzie. W ten sposób wszyscy się dowiadują, że pora odpocząć. Tylko lepiej nie podchodzić zbyt blisko gniazd, kosogłosy mogą być niebezpieczne, ale trudno je za to winić.

Odpinam broszkę i wręczam ją Rue.

— Proszę, weź. Dla ciebie będzie więcej znaczyła niż dla mnie.

— Och, nie — protestuje i zaciska moje palce na złotym kosogłosie. — Lubię, jak ją nosisz. Dlatego postanowiłam ci zaufać. Poza tym mam coś innego. — Spod koszuli wyciąga upleciony z trawy sznurek, na którym wisi niezgrabna drewniana gwiazdka, a może kwiatek. — To mój talizman na szczęście.

— Jak dotąd się sprawdza — mówię i z powrotem przypinam kosogłosa. — Może naprawdę powinnaś się trzymać tego, co skuteczne.

Przed lunchem mamy już plan. Wczesnym popołudniem jesteśmy gotowe do jego realizacji. Pomagam Rue zebrać gałęzie na pierwsze dwa ogniska i ułożyć z nich stosy. Trzecią stertę drewna ustawi sama, wystarczy jej czasu. Postanawiamy spotkać się później w miejscu, gdzie zjadłyśmy pierwszy wspólny posiłek. Strumień powinien mnie tam zaprowadzić. Przed rozstaniem sprawdzam, czy Rue nie brakuje żywności ani zapałek. Upieram się nawet, aby zabrała mój śpiwór, na wypadek, gdybyśmy nie spotkały się przed nocą.

— A ty? Nie zmarzniesz? — niepokoi się Rue.

— Na pewno nie, jeśli tylko zabiorę drugi śpiwór znad jeziora — oświadczam i uśmiecham się od ucha do ucha. — Przecież tutaj nie karze się za kradzież.

W ostatniej chwili Rue postanawia nauczyć mnie sygnału kosogłosa, tego samego, którym obwieszcza zakończenie dnia pracy.

— Może się nie udać, ale jeśli usłyszysz, że kosogłosy śpiewają tę melodię, to ze mną wszystko w porządku — tłumaczy. — Tyle tylko, że nie mogę od razu wrócić na miejsce spotkania.

— Dużo tutaj mieszka kosogłosów?

— Nie zauważyłaś ich? — zdumiewa się Rue. — Wszędzie mają gniazda.

Muszę przyznać, że nie zauważyłam ani jednego.

— Zgoda — deklaruję. — Jeżeli wszystko pójdzie z planem, spotkamy się na kolacji.

Rue nieoczekiwanie mnie obejmuje. Waham się tylko przez moment i odwzajemniam uścisk.

— Uważaj na siebie — wzdycha.

— Ty też. — Odwracam się i ruszam w kierunku strumienia. Nie przestaję się martwić. Boję się, że Rue zginie, boję się też, że nie zginie i tylko my dwie zostaniemy przy życiu. Nie chcę jej opuszczać. Przejmuję się też losem Prim, którą musiałam porzucić. Na szczęście nie jest zdana na własne siły, opiekuje się nią mama oraz Gale, i jeszcze piekarz, który obiecał, że nie będzie chodziła głodna. Rue ma tylko mnie.

Gdy docieram do strumienia, muszę iść z jego biegiem do punktu, w którym się znalazłam po ataku gończych os. Brodząc w wodzie, muszę pamiętać o czujności, bo bezustannie szukam odpowiedzi na dręczące mnie pytania. Przede wszystkim zastanawiam się nad Peetą. Czy poranny wystrzał armatni obwieścił jego śmierć? Jeśli tak, to w jaki sposób Peeta stracił życie? Zginął z ręki zawodowca? Czy w ten sposób ktoś się na nim zemścił za udzielenie mi pomocy? Z wysiłkiem odtwarzam w pamięci szczegóły zdarzeń przy zwłokach Glimmer. Wówczas Peeta nagle wyłonił się zza drzew. Dlaczego tak dziwnie połyskiwał? Może cała ta sytuacja rozegrała się wyłącznie w moim umyśle?

Wczoraj musiałam wędrować bardzo powoli, bo zaledwie w kilka godzin docieram do płytkiego rozlewiska, gdzie wzięłam kąpiel. Zatrzymuję się, aby uzupełnić zapas wody i pokryć plecak warstwą świeżego błota. Bez względu na to, ile razy go zamaskuję, pomarańczowy kolor zawsze się przebije i plecak wygląda tak jak na początku.

Bliskość obozowiska zawodowców wyostrza mi zmysły. Im bliżej podchodzę, tym bardziej mam się na baczności. Coraz częściej przystaję i nasłuchuję nietypowych dźwięków. Przez cały czas trzymam strzałę na cięciwie. Nie dostrzegam ani jednego trybuta, ale zauważam sporo z tego, o czym mówiła Rue. Łączki pełne słodkich jagód. Krzew, którego liście uleczyły mi miejsca po użądleniach. Gęsto rozmieszczone gruszkowate gniazda gończych os w sąsiedztwie drzewa, na którym tkwiłam uwięziona. Tu i tam błysk czarno-białego skrzydła kosogłosa wśród gałęzi wysoko nad moją głową.

Gdy dochodzę do drzewa, pod którym walają się szczątki opuszczonego gniazda, na moment nieruchomieję, zbierając się na odwagę. Rue przekazała mi szczegółowe instrukcje na temat lokalizacji najlepszego punktu obserwacyjnego nad jeziorem.

Pamiętaj, powtarzam sobie. Teraz jesteś myśliwym, nie zwierzyną.

Mocniej zaciskam palce na łuku i podążam dalej. Docieram do gęstwiny opisanej przez Rue i ponownie muszę docenić przebiegłość oraz inteligencję dziewczynki. Punkt obserwacyjny znajduje się na samym skraju lasu, lecz krzewy są tak gęste na całej wysokości, że bez trudu mogę dyskretnie podglądać obóz zawodowców. Dzieli mnie od niego rozległa, płaska połać ziemi, na której rozpoczęły się igrzyska.

Zauważam czworo trybutów: chłopaka z Pierwszego Dystryktu, Catona i dziewczynę z Dwójki oraz kościstego chłopca o ziemistej cerze, z pewnością z Trójki. Podczas pobytu w Kapitolu właściwie ani razu nie zwróciłam na niego uwagi. Nie wyróżniał się niczym: ani kostiumem, ani wynikiem po szkoleniu, ani prezentacją. Nawet teraz, kiedy siedzi i dłubie przy jakimś plastikowym pudełku, łatwo go przeoczyć w otoczeniu potężnych i dominujących kompanów. Z pewnością musi przedstawiać dla nich pewną wartość, skoro dali mu przeżyć. Jego obecność tylko wzmaga mój niepokój. Nie mam pojęcia, z jakiego powodu zawodowcy zrobili z niego strażnika i dlaczego jeszcze go nie zabili.

Cała czwórka najwyraźniej nadal dochodzi do siebie po napaści gończych os. Pomimo znacznej odległości dostrzegam pokaźne, nabrzmiałe guzy na ich ciałach. Zapewne nie mieli dość rozumu, aby usunąć ze skóry żądła, a jeżeli nawet to zrobili, to nic nie wiedzą o leczniczych liściach. Od razu widać, że nie pomogło im żadne lekarstwo ewentualnie znalezione w Rogu. Róg Obfitości znajduje się cały czas w tym samym miejscu, lecz jest całkiem pusty. Większość zapasów, przechowywanych w skrzynkach, jutowych workach i plastikowych wiadrach, spoczywa w starannie ułożonej piramidzie, zaskakująco daleko od obozu. Pozostałe przedmioty są rozrzucone wokół sterty prowiantów, podobnie jak na początku igrzysk leżały w pobliżu Rogu Obfitości. Piramidę przykrywa siatka, która na pierwszy rzut oka nie spełnia żadnej istotnej funkcji, poza tym, że zniechęca ptaki.

Zastanawiająca jest cała konstrukcja obozowiska. Zdziwienie budzi odległość między częścią mieszkalną a magazynową, całkowicie zbędna siatka oraz obecność chłopca z Trzeciego Dystryktu. Jedno jest pewne: zniszczenie zapasów zawodowców nie będzie tak proste, jak się zdaje. W grę wchodzi nieznany mi czynnik i muszę pozostać w ukryciu tak długo, aż się nie zorientuję, w czym rzecz. Domyślam się, że przy piramidzie została zainstalowana jakaś pułapka. Biorę pod uwagę wilcze doły, spadające siatki, a także nici, których zerwanie powoduje odpalenie zatrutej strzałki wycelowanej w serce intruza. Możliwości są niezliczone.

Biję się z myślami, aż w pewnej chwili dociera do mnie głos Catona, który wskazuje jakieś miejsce w lesie, daleko za moimi plecami. Bez odwracania się wiem, że to Rue musiała rozpalić ognisko. Rozmyślnie nazbierałyśmy świeżych gałęzi z liśćmi, aby z daleka było widać gęsty dym. Zawodowcy z miejsca zaczęli się zbroić.

Wybucha kłótnia, na tyle głośna, że słyszę, czego dotyczy. Chodzi o to, czy chłopak z Trójki powinien iść, czy też zostać.

— Idzie — decyduje Cato. — Potrzebujemy go w lesie, a poza tym nie ma tu nic więcej do roboty. Nikt nie ruszy naszych zapasów.

— A co z kochasiem? — powątpiewa chłopak z Jedynki.

— Jeszcze raz wam mówię, żebyście o nim zapomnieli. Dobrze wiem, gdzie go ciąłem. To cud, że jeszcze się nie wykrwawił. Tak czy owak, nie ma teraz siły, aby nas ograbić — oświadcza Cato.

Zatem ciężko ranny Peeta chowa się gdzieś w lesie. Nadal nie mam jednak pojęcia, co kazało mu zdradzić zawodowców.

— Ruszamy — pogania resztę Cato, wciska oszczep w dłonie chłopca z Trzeciego Dystryktu i idą w kierunku ogniska. Gdy wkraczają do lasu, słyszę jeszcze jego słowa:

— Kiedy ją znajdziemy, zginie tak, jak sam zadecyduję. Nie życzę sobie, aby ktoś się wtrącał.

Wątpię, żeby mówił o Rue. Ostatecznie to nie ona zrzuciła mu na głowę gniazdo gończych os.

Pozostaję na miejscu jeszcze przez około pół godziny i zastanawiam się, co zrobić z zapasami. Dzięki łukowi mogę działać na dystans. Może posłać płonącą strzałę prosto w piramidę? Z pewnością trafiłabym w jeden z otworów w siatce, ale nie mam żadnej gwarancji, że całość zajęłaby się ogniem. Co bardziej prawdopodobne, spaliłaby się wyłącznie strzała, i co wtedy? Nic bym nie osiągnęła, ale za to zdradziła o wiele za dużo na swój temat. Zawodowcy dowiedzieliby się, że ich odwiedziłam, że mam sojusznika i że potrafię posługiwać się łukiem oraz strzałami.

Nie mam wyjścia. Muszę podejść bliżej i sprawdzić, co dokładnie chroni zapasy. Szykuję się do opuszczenia krzaków, gdy nagle kątem oka dostrzegam, że w oddali coś się rusza. W odległości kilkuset metrów z prawej strony zauważam człowieka wyłaniającego się z lasu. Przechodzi mi przez myśl, że to Rue, lecz w następnej chwili rozpoznaję Liszkę. To jej nie mogłyśmy sobie przypomnieć rankiem. Wyczołguje się na otwartą przestrzeń, a gdy uznaje, że nic jej nie grozi, rzuca się biegiem w stronę piramidy. Pędzi szybkimi, drobnymi krokami. Zatrzymuje się tuż przed kręgiem wyznaczonym przez porozrzucane wokół piramidy przedmioty, z uwagą wpatruje się w ziemię i ostrożnie stawia stopy na upatrzonym miejscu. Następnie zbliża się do sterty dziwacznymi, nerwowymi podskokami. Czasami ląduje na jednej nodze i nieznacznie się chwieje, niekiedy ryzykuje kilka kroków. W pewnym momencie wystrzeliwuje w górę, frunie nad małą beczką i ląduje na palcach. Źle jednak ocenia odległość i siła pędu pcha ją do przodu. Słyszę przenikliwy pisk, gdy podpiera się rękami o ziemię, lecz poza tym nic się nie dzieje. Wystarcza chwila, by ponownie się wyprostowała i ruszyła dalej, do samej piramidy.

Zatem mam rację, to jest pułapka, która jednak wydaje się znacznie bardziej skomplikowana, niż zakładałam. Nie myliłam się też co do dziewczyny. Liszka jest wyjątkowo przebiegła, skoro odkryła ścieżkę prowadzącą do zapasów żywności i potrafi ją tak sprawnie odtworzyć. Napełnia plecak, bierze kilka przedmiotów spośród rozmaitych pojemników, krakersy ze skrzynki, garść jabłek z jutowego worka, który wisi na sznurze z boku wiadra. Podbiera tylko trochę z każdego rodzaju produktów, aby nikt się nie zorientował, że czegoś brak. Nie chce wzbudzić niczych podejrzeń. Na koniec ponownie wykonuje dziwaczny taniec, opuszcza krąg i pośpiesznie umyka do lasu, cała i zdrowa.

Uświadamiam sobie, że z frustracji zgrzytam zębami. Liszka potwierdziła to, czego się domyślałam. Pytanie tylko, jaką pułapkę zastawili zawodowcy, skoro jej obejście wymaga tak niesłychanej sprawności? Czyżby wyposażyli ją w dużą liczbę włączników? Dlaczego dziewczyna pisnęła, gdy dotknęła dłońmi trawy? Powoli uświadamiam sobie oczywistą prawdę. Można by pomyśleć... że ziemia wybuchnie.

— Teren jest zaminowany — szepczę. To wszystko tłumaczy. Dlatego zawodowcy bez oporów pozostawiają niestrzeżony dobytek. Z tego powodu Liszka tak dziwnie się zachowywała. Po to była im potrzebna pomoc chłopaka z Trójki, przemysłowego dystryktu, gdzie produkuje się telewizory, samochody i materiały wybuchowe. Tylko skąd je wziął? Znajdowały się wśród zapasów? Organizatorzy zwykle unikają dostarczania trybutom tego typu broni, wolą, żeby uczestnicy igrzysk osobiście się zabijali. Wyskakuję z zarośli i pędzę do jednej z metalowych tarcz, które wyniosły nas na arenę. Ziemia wokół płyty została rozkopana i ponownie przydeptana. Miny lądowe uległy rozbrojeniu po minucie od naszego przybycia na plac boju, lecz chłopak z Trzeciego Dystryktu najwyraźniej je ponownie uzbroił. Nigdy nie widziałam, aby którykolwiek uczestnik igrzysk zrobił coś podobnego. Idę o zakład, że wstrząsnął nawet organizatorami.

Cóż, gratulacje dla przybysza z Trójki za to, że ich przechytrzył, ale co ja mam teraz zrobić? Nie mogę przedrzeć się przez tyle zasadzek, wybuch momentalnie rozedrze mnie na strzępy. Odpada też pomysł z wystrzeliwaniem płonącej strzały. Miny są odpalane pod wpływem nacisku, nawet bardzo lekkiego. Parę lat temu jedna z uczestniczek upuściła swój talizman, małą, drewnianą kulkę, kiedy jeszcze stała na tarczy. W rezultacie dziewczynę trzeba było dosłownie zeskrobywać z ziemi.

Mam silną rękę, więc może udałoby mi się cisnąć kilka kamieni na pole minowe. Tylko co by mi to dało? Odpaliłabym co najwyżej jedną minę. Czy wystarczyłoby to do wywołania reakcji łańcuchowej? Bardzo wątpliwe. Chłopak z Trzeciego Dystryktu zapewne rozmieścił miny w taki sposób, aby eksplozja jednej z nich nie doprowadziła do serii wybuchów. W ten sposób śmierć intruza nie oznaczałaby automatycznego zniszczenia zmagazynowanych przedmiotów. Poza tym nawet jedna detonacja z pewnością skłoniłaby zawodowców do powrotu. No i jest jeszcze sieć, niewątpliwie pozostawiona po to, aby odeprzeć ewentualną napaść. Mój atak miałby szanse powodzenia tylko wówczas, gdybym rzuciła na pole minowe

jednocześnie ze trzydzieści kamieni i w ten sposób sprowoko-
wała reakcję łańcuchową, która zniszczyłaby wszystko w zasięgu rażenia ładunków wybuchowych.

Odwracam się i spoglądam na las. W niebo unosi się dym
z drugiego ogniska Rue. Teraz zawodowcy chyba zaczęli już
podejrzewać, że ktoś chce ich wyprowadzić w pole. Mam
mało czasu.

Musi istnieć jakieś dobre rozwiązanie, jestem tego pewna. Potrzebuję tylko chwili skupienia. Wpatruję się w piramidę, w wiadra, w skrzynki, zbyt ciężkie, aby przewrócić je
strzałą. Może w którymś pojemniku znajduje się olej? Ponownie rozważam możliwość użycia płonącej strzały, lecz dochodzę do wniosku, że mogłabym opróżnić cały kołczan i nie
trafić w puszkę z olejem. Przecież tylko zgaduję, gdzie może
być. Poważnie zastanawiam się, czy nie pójść w ślady Liszki.
Gdybym odtworzyła trasę, którą pokonała, na miejscu pewnie znalazłabym nowy sposób zniszczenia sterty zapasów. Nagle mój wzrok pada na worek z jabłkami. Chyba zdołałabym
jednym strzałem przeciąć sznur, czy nie strzelałam dość celnie w Ośrodku Szkoleniowym? Worek jest duży, ale i tak wy-
starczyłby na tylko jedną eksplozję. Gdyby tylko dało się rozsypać jabłka...

Wiem, co robić. Podchodzę jak najbliżej i postanawiam poświęcić trzy strzały. Mocno staję na nogach, przestaję zwracać
uwagę na otoczenie i w skupieniu celuję do worka. Pierwsza
strzała rozdziera bok worka w pobliżu sznura, w jucie powstaje szczelina. Druga strzała znacznie powiększa otwór. Widzę,
że jedno z jabłek się kołysze i posyłam trzecią strzałę, która
przebija naderwany fragment worka i mocnym szarpnięciem
zupełnie odrywa go od całości.

Przez ułamek sekundy mam wrażenie, że świat stanął
w miejscu. W następnej chwili jabłka rozsypują się po ziemi,
a siła eksplozji odrzuca mnie daleko do tyłu.

17

Gruchnięcie na ubitą ziemię odbiera mi dech. Plecak tylko w niewielkim stopniu osłabia moc upadku. Na szczęście kołczan utknął mi w zgięciu łokcia, dzięki czemu ocalało moje ramię oraz strzały. Przez cały czas mocno ściskam w dłoni łuk. Ziemią nadal wstrząsają eksplozje, ale ich nie słyszę. Uświadamiam sobie, że nie słyszę kompletnie nic. Jabłka najwyraźniej odpaliły tyle min, że spadające szczątki zdetonowały pozostałe ładunki. Osłaniam twarz rękami, kiedy wokół mnie gęsto spadają roztrzaskane resztki. Powietrze wypełnia drażniący dym, który dodatkowo utrudnia oddychanie.

Mniej więcej po minucie ziemia przestaje drżeć. Przewracam się na bok i przez chwilę napawam widokiem dymiących resztek przedmiotów, które jeszcze moment temu tworzyły piramidę. Wątpię, aby zawodowcom udało się odzyskać cokolwiek z tych porozsypywanych odpadków.

Pora się stąd wynosić, decyduję w myślach. Banda wróci najszybciej, jak się da.

Wstaję z wysiłkiem i dociera do mnie, że ucieczka nie będzie prosta. Kręci mi się w głowie, i to mocno. Wokoło wirują drzewa, a ziemia faluje pod moimi stopami. Robię kilka kroków i nagle ląduję na czworakach. Nie mam pojęcia, co się ze mną dzieje. Czekam przez parę minut, aż zawroty głowy ustąpią, ale nic się nie zmienia.

Zaczynam wpadać w panikę. Nie mogę tutaj zostać. Bezwzględnie muszę uciec, ale nie jestem w stanie iść, w dodatku nadal nic nie słyszę. Przykładam rękę do lewego ucha, które było zwrócone w kierunku wybuchu, odsuwam ją i widzę, że ocieka krwią. Czyżbym ogłuchła po eksplozji? To mnie przeraża. Podczas łowów polegam w równej mierze na wzroku, co na słuchu, może nawet częściej nasłuchuję, niż obserwuję. Nie wolno mi okazać strachu. Mam absolutną pewność, że w tej chwili mój obraz jest widoczny na wszystkich telewizorach w Panem.

Żadnych krwawych śladów, przypominam sobie. Naciągam kaptur na głowę i niezdarnie zawiązuję sznurek pod brodą. Materiał powinien wchłonąć krew. Nie mogę chodzić, ale czy dam radę pełznąć na czworakach? Niepewnie ruszam przed siebie. Tak, mogę się przemieszczać na rękach i kolanach, ale bardzo powoli. Las tylko w niektórych miejscach nadaje się na kryjówkę. Cała nadzieja w tym, że dotrę do gęstwiny, odkrytej przez Rue, i ukryję się wśród zieleni. Nie mogę dać się złapać teraz, na otwartej przestrzeni, gdy pełznę na czworakach. Z pewnością spotkałaby mnie śmierć, w dodatku długa i bolesna, z ręki Catona. Sił dodaje mi świadomość, że ogląda mnie teraz Prim. Centymetr po centymetrze zmierzam do kryjówki.

Kolejna fala uderzeniowa prawie wbija mnie w ziemię. Najwyraźniej odpaliła jedna z min na uboczu, zdetonowana przez jakiś osuwający się przedmiot, może przez skrzynkę. Powtarza się to jeszcze dwa razy. Przychodzą mi na myśl ostatnie ziarna, które wystrzeliwują, kiedy wraz z Prim prażę kukurydzę.

Udaje mi się ukryć naprawdę w ostatniej chwili. Dosłownie wczołguję się w krzaki u podstawy drzewa, kiedy z lasu wyłania się Cato, a zaraz po nim reszta watahy. Jego wściekłość jest tak bezbrzeżna, że aż komiczna. Pierwszy raz w życiu widzę człowieka, który naprawdę rwie sobie włosy z głowy i wali pięściami w ziemię. Zapewne rozbawiłoby mnie to, gdyby nie fakt, że gniew Catona jest wymierzony we mnie.

Doskonale wie, czyja to sprawka. Na dodatek jestem bardzo blisko i nie mogę uciekać ani się bronić. Ogarnia mnie przerażenie. Z zadowoleniem myślę tylko o tym, że dzięki gęstwinie liści telewidzowie nie widzą mojej twarzy. Zawzięcie obgryzam paznokcie. Aby powstrzymać szczękanie zębami, zdzieram nimi resztki lakieru.

Chłopak z Trzeciego Dystryktu rzuca kamieniami w pozostałości magazynu, zapewne aby się przekonać, czy wszystkie miny zostały zdetonowane. Widocznie tak jest, bo zawodowcy zbliżają się do pobojowiska.

Catonowi przeszła pierwsza faza szału i teraz rozładowuje wściekłość na dymiących szczątkach, kopniakami otwierając rozmaite pojemniki. Pozostali trybuci gmerają w pogorzelisku w nadziei na znalezienie czegoś wartościowego. Nie zostało jednak nic, co nadawałoby się do użytku. Chłopak z Trójki zbyt gorliwie wykonał zadanie. Ta sama myśl chyba świta w głowie Catona, bo patrzy na chłopaka i, jak mi się wydaje, zaczyna na niego wrzeszczeć. Chłopak się odwraca i usiłuje biec, ale Cato momentalnie rzuca się na niego i od tyłu łapie go za głowę. Gdy gwałtownym szarpnięciem wykręca ją w bok, widzę, jak prężą się mięśnie na jego ręce.

Szybko poszło. Chłopak z Trzeciego Dystryktu umarł w ułamku sekundy.

Pozostali dwaj zawodowcy zapewne usiłują uspokoić Catona. Widzę, że chce wrócić do lasu, ale oni bezustannie wskazują palcami niebo. Nie mam pojęcia, o co im chodzi, aż wreszcie dociera to do mnie. Uważają, że sprawca eksplozji zginął na miejscu. Skąd mogą wiedzieć o strzałach i jabłkach? W ich mniemaniu pułapka miała wadliwą konstrukcję, ale przynajmniej zginął trybut, który wyzwolił zapalniki. Armatni wystrzał mógł z łatwością zostać zagłuszony przez wielokrotne eksplozje. Porozrywane resztki złodzieja zabrał poduszkowiec. Oddalają się na przeciwległy brzeg jeziora, aby umożliwić organizatorom zabranie zwłok chłopaka z Trójki. Czekają.

Zakładam, że rozbrzmiewa armatni grzmot. Nadlatuje poduszkowiec, ciało trafia na pokład. Słońce niknie za horyzontem, nadchodzi zmierzch. Wysoko na niebie dostrzegam godło i wiem, że rozlegają się dźwięki hymnu. Na moment zapada ciemność, a następnie wyświetla się zdjęcie chłopca z Trójki i chłopca z Dziesiątki, który najwyraźniej zginął rankiem. Ponownie pojawia się godło. Zawodowcy już znają prawdę. Zamachowiec żyje. W blasku godła widzę Catona oraz dziewczynę z Drugiego Dystryktu. Oboje wkładają noktowizory. Chłopak z Jedynki podpala gałąź drzewa, żeby wykorzystać ją jako pochodnię, w migotliwym świetle widzę ich ponure, zacięte twarze. Zawodowcy ruszają z powrotem do lasu, na polowanie.

Zawroty głowy powoli ustępują i choć nadal nic nie słyszę na lewe ucho, w prawym coś mi dzwoni. To chyba dobry znak. Nie ma sensu opuszczać kryjówki. Jestem tutaj stosunkowo bezpieczna, bo pozostaję blisko miejsca zbrodni. Pewnie zakładają, że zamachowiec ma nad nimi dwie lub trzy godziny przewagi. Musi jednak minąć jeszcze sporo czasu, zanim zaryzykuję i wyruszę w drogę.

Na początek wygrzebuję z plecaka okulary i zakładam je. Od razu trochę się odprężam, bo przynajmniej jeden z moich łowieckich zmysłów funkcjonuje bez zarzutu. Wypijam nieco wody i wypłukuję krew z ucha z obawy, że jej zapach przywabi drapieżniki — wystarczy, że poczują woń świeżej krwi — i postanawiam zjeść solidny posiłek, z zieleniny, korzeni oraz owoców zebranych dzisiaj wspólnie z Rue.

Gdzie się podziewa moja mała sojuszniczka? Czy udało jej się wrócić na miejsce spotkania? Czy martwi się o mnie? Dobre i to, że na niebie nie pojawiło się jej zdjęcie. Obie żyjemy.

Podliczam na palcach pozostałych przy życiu trybutów. Chłopak z Jedynki, obie osoby z Dwójki, Liszka, obie pary z Jedenastki i Dwunastki. Jest nas ośmioro. W Kapitolu wszyscy zapewne zakładają się bez opamiętania. W telewizji powstają specjalne filmy o każdym z nas. Dziennikarze być może już przeprowadzają wywiady z naszymi przyjaciółmi i członkami rodzin. Sporo czasu minęło, odkąd trybut z Dwunastego Dystryktu dostał się do finałowej ósemki. Teraz zostało nas dwoje, choć ze słów Catona wynikało, że Peeta jest już jedną nogą w grobie. Tyle że Cato nie jest żadną wyrocznią. Kto właśnie stracił całe zapasy?

Siedemdziesiąte Czwarte Głodowe Igrzyska uważam za otwarte, Cato. Teraz powalczymy na serio.

Czuję podmuch zimnego wiatru i machinalnie sięgam do plecaka po śpiwór. Dopiero po sekundzie przypominam sobie, że zostawiłam go Rue. Powinnam była zaopatrzyć się w drugi, ale przejęta minami kompletnie o tym zapomniałam. Przeszywają mnie dreszcze. Wynajdywanie grzędy na drzewie i spędzanie na niej nocy nie wydaje się rozsądne, więc wygrzebuję wgłębienie pod krzakami i obsypuję się liśćmi oraz igłami sosen. Niewiele to daje, nadal koszmarnie marznę. Osłaniam tułów plastikową płachtą, a plecak ustawiam tak, aby chronił mnie przed wiatrem. Jest nieco lepiej. Teraz zaczynam rozumieć dziewczynę z Ósmego Dystryktu, która pierwszej nocy rozpaliła ognisko. Szczękam zębami, z trudem usiłuję dotrwać do rana. Nagarniam jeszcze więcej liści oraz igieł. Ręce wsuwam do kurtki, kolana przyciskam do klatki piersiowej i w takiej pozycji udaje mi się zasnąć.

Gdy otwieram oczy, czuję się tak, jakbym patrzyła na świat przez lekko popękaną szybę. Mija dłuższa chwila, zanim dociera do mnie, że słońce z pewnością wzeszło już dawno temu, a okulary szatkują mi widzenie. Zdejmuję je, siadając, i nagle zamieram, bo słyszę śmiech znad jeziora. Jest zniekształcony, ale liczy się to, że w ogóle go zarejestrowałam. Najwyraźniej odzyskuję słuch. Zgadza się, ponownie słyszę na prawe ucho, choć nadal mi w nim dzwoni. Co do lewego — cóż, przynajmniej nie krwawi.

Zerkam przez krzaki, boję się, że zawodowcy powrócili. Gdyby tak się stało, utknęłabym w zaroślach na bliżej nieokreślony czas. Nie, to Liszka. Stoi na szczątkach piramidy i śmieje się do rozpuku. Jest bystrzejsza od zawodowców, bo z popiołu wygrzebuje kilka użytecznych przedmiotów. Metalowy garnek. Ostrze noża. Jej rozbawienie mnie dziwi, ale uświadamiam sobie, że dzięki likwidacji zasobów zawodowców szanse Liszki, jak i pozostałych, znacznie wzrosły. Przychodzi mi do głowy, żeby się ujawnić i zawrzeć drugi sojusz przeciwko wspólnemu wrogowi. Szybko jednak odrzucam tę myśl. Przebiegły uśmiech na ustach Liszki podpowiada mi, że ta pozornie przyjazna dziewczyna prędzej czy później mogłaby wbić mi nóż w plecy. Skoro tak, to może nadarza się dobra okazja, aby ją zastrzelić z łuku? Nie decyduję się, bo widzę, że Liszka coś usłyszała. Nie mnie, bo odwraca głowę i spogląda w kierunku urwiska, po czym sprintem biegnie w stronę lasu. Czekam. Nikt ani nic się nie pokazuje. Skoro jednak Liszka dostrzegła niebezpieczeństwo, być może i ja powinnam się stąd oddalić. Poza tym chcę jak najszybciej opowiedzieć Rue o piramidzie.

Nie mam pojęcia, gdzie przebywają zawodowcy, więc droga powrotna wzdłuż strumienia wydaje się równie dobra jak każda inna. Pośpiesznie maszeruję, z łukiem w jednej ręce i porcją grzędownika w drugiej. Umieram z głodu, mój organizm domaga się nie tylko liści oraz jagód, lecz również tłuszczu i białka z mięsa. Do strumienia docieram bez żadnych przygód. Na miejscu uzupełniam wodę i myję się, ze szczególnym uwzględnieniem uszkodzonego ucha. Potem ruszam w górę strumienia. W pewnej chwili zauważam odciski butów w przybrzeżnym błocie. Byli tu zawodowcy, ale dość dawno temu. Ślady są głębokie, bo odbiły się w miękkim błocie, które teraz niemal całkiem wyschło w palącym słońcu. Dociera do mnie, że nie zatarłam śladów po sobie. Chyba pochopnie liczyłam na to, że będę stąpała lekko, a sosnowe igły zamaskują moje tropy. Teraz ściągam buty oraz skarpety i na bosaka brnę po dnie strumienia.

Chłodna woda orzeźwia mi ciało i odświeża umysł. Bez trudu zabijam dwie ryby, powoli sunące przez leniwe wody, i idę dalej, skubiąc rybę, choć dopiero co jadłam grzędownika. Drugą zostawię dla Rue.

Stopniowo, powoli dzwonienie w prawym uchu znika, aż wreszcie całkiem ustaje. Co pewien czas machinalnie sięgam do lewego ucha i usiłuję oczyścić je z czegoś, co uniemożliwia mu funkcjonowanie. Jeśli jest jakaś poprawa, to jej nie odczuwam. Nie potrafię się przyzwyczaić do jednostronnej głuchoty. Zakłóca mi ona wewnętrzną równowagę, czuję się bezbronna z lewej strony, jakbym częściowo oślepła. Co chwila mimowolnie obracam głowę w lewo, a prawe ucho usiłuje zapełnić pustkę wywołaną ścianą nicości tam, skąd jeszcze wczoraj spływały nieprzeliczone informacje. Im więcej czasu mija, tym mniej mam nadziei na odzyskanie słuchu.

Gdy docieram do miejsca naszego pierwszego spotkania, jestem pewna, że nie zaszła tu żadna zmiana. Nie dostrzegam śladu obecności Rue, ani na ziemi, ani na drzewach. Zastanawiające. O tej porze powinna już tutaj być, jest południe. Z pewnością spędziła noc na drzewie. Co więcej mogła zdziałać bez latarki i ze świadomością, że po okolicy wędrują zawodowcy z noktowizorami? Trzecie ognisko miała rozpalić jak najdalej, wczoraj kompletnie zapomniałam sprawdzić, czy jej się to udało. Teraz pewnie ostrożnie wraca. Mogłaby się pospieszyć, nie chcę zbyt długo kręcić się w tym miejscu. Wolałabym przez całe popołudnie iść wyżej, po drodze byśmy zapolowały. Póki co nie pozostaje mi jednak nic innego, tylko czekać.

Spłukuję krew z kurtki oraz z włosów i zabieram się do opatrywania coraz liczniejszych ran. Oparzenia goją się doskonale, ale i tak smaruję je odrobiną balsamu. Przede wszystkim muszę teraz dbać o to, aby nie doszło do zakażenia. Postanawiam zjeść drugą rybę, i tak długo nie wytrzyma w tym upale. W razie potrzeby złapię jeszcze kilka dla Rue, tylko niech się wreszcie zjawi.

Z uszkodzonym słuchem czuję się zbyt bezbronna na ziemi, więc wchodzę na drzewo, aby tam czekać. Gdyby pojawili się zawodowcy, z łatwością ich zastrzelę. Słońce powoli sunie po niebie. Staram się zabijać czas. Przeżuwam liście i nakładam miazgę na użądlenia. Guzy znikły, ale skóra nadal jest wrażliwa. Rozczesuję wilgotne włosy palcami i zaplatam warkocz. Starannie sznuruję buty. Uważnie oglądam łuk oraz dziewięć pozostałych strzał. Co pewien czas sprawdzam stan lewego ucha — przykładam do niego liść i szeleszczę, jak dotąd z marnym skutkiem.

Choć wsunęłam już kawał grzędownika oraz obie ryby, nadal burczy mi w brzuchu. Wiem, że czeka mnie dziurawy dzień. W Dwunastym Dystrykcie nazywamy tak dni, kiedy przez cały czas chodzimy głodni, bez względu na to, jak bardzo napchalibyśmy brzuchy. Brak zajęcia tylko pogarsza sytuację, więc postanawiam urządzić sobie ucztę. W końcu na arenie straciłam ładnych parę kilo i potrzebuję dodatkowych kalorii. Poza tym mam łuk i strzały, więc głód nie zajrzy mi w oczy.

Powoli rozłupuję skorupy i zjadam garść orzechów. Sięgam po ostatniego krakersa. Ogryzam szyję grzędownika. Na szczęście oskubanie jej do czysta zajmuje mi sporo czasu. Na koniec raczę się skrzydłem i ptak odchodzi w niebyt. Dziurawy dzień trwa jednak w najlepsze, zaczynam marzyć o jedzeniu. Szczególnie tęsknie wspominam luksusowe potrawy serwowane w Kapitolu. Kurczak w kremowym sosie z pomarańczy. Ciasta i pudding. Chleb z masłem. Kluski w zielonym sosie. Potrawka z jagnięciny z suszonymi śliwkami. Ssę kilka miętowych listków i powtarzam sobie, że dosyć tego dobrego. Mięta dobrze się sprawdza, bo po kolacji często pijamy miętową herbatę, więc udaje mi się — w pewnym stopniu — oszukać żołądek, że pora posiłku dobiegła końca.

Siedzę na drzewie, grzeję się na słońcu, w ustach mam świeżą miętę, pod ręką łuk i strzały... Odkąd trafiłam na arenę, nie czułam się tak odprężona. Szkoda tylko, że Rue jeszcze nie przyszła, mogłybyśmy się stąd wynieść. Cienie powoli rosną, a wraz z nimi mój niepokój. Późnym popołudniem postanawiam wyruszyć na poszukiwania. Mogę przynajmniej odnaleźć trzecie ognisko i sprawdzić, czy nie ma tam wskazówek dotyczących miejsca pobytu Rue.

Przed odejściem rozrzucam kilka miętowych liści wokół naszego starego ogniska. Zebrałyśmy liście daleko stąd, więc Rue zrozumie, że tutaj byłam, a zawodowcom nic to nie powie.

W niespełna godzinę jestem na miejscu, w którym zgodnie z umową powinno zapłonąć trzecie ognisko. Od razu się orientuję, że coś tu nie gra. Drewno leży ułożone wprawną ręką, starannie poprzekładane podpałką. Nikt jednak nie podłożył ognia. Rue przygotowała ognisko, ale do niego nie wróciła. Gdzieś między momentem, w którym ujrzałam słup dymu, a tą chwilą, kiedy wysadziłam w powietrze zmagazynowane zapasy zawodowców, Rue wpadła w tarapaty.

Muszę sobie powtarzać, że nadal żyje. A może już zginęła? Przecież armatni wystrzał, obwieszczający jej śmierć, mógł zabrzmieć wczesnym rankiem, kiedy nawet moje zdrowe ucho nie potrafiłoby go wychwycić. Czy jej zdjęcie pojawi się na wieczornym niebie? Nie, w to nie uwierzę. Mogło ją zatrzymać tysiące powodów. Wystarczyło, że zabłądziła albo musiała się ukryć przed stadem drapieżników, ewentualnie przed innym trybutem, choćby Threshem. Cokolwiek się zdarzyło, prawie na pewno gdzieś utkwiła niedługo po tym, jak rozpaliła drugie ognisko i szła podłożyć ogień pod trzecie. Coś ją zatrzymało na drzewie.

Postanawiam wytropić to coś.

Po bezczynnym popołudniu z prawdziwą ulgą skradam się wśród cieni, które skutecznie mnie maskują. Nie dostrzegam jednak nic podejrzanego, nigdzie nie zauważam śladów walki, nie widzę na ziemi porozrzucanych sosnowych igieł. Nieruchomieję na moment i nagle coś słyszę. Muszę dla pewności przechylić głowę na bok, ale dźwięk rozbrzmiewa ponownie. Kosogłos wyśpiewuje charakterystyczną czteronutową melodię. To oznacza, że Rue miewa się dobrze.

Uśmiecham się szeroko i ruszam w kierunku ptaka. Następny przysiadł całkiem niedaleko i powtarza znajome dźwięki. Rue z pewnością im śpiewała, i to niedawno. W przeciwnym razie kosogłosy nuciłyby inną melodię. Patrzę na drzewa, wypatruję śladów jej obecności. Przełykam ślinę i odśpiewuję, chcę jej przekazać, że bez obaw może do mnie dołączyć. Kosogłos powtarza melodię i w ten samej chwili słyszę wrzask.

To krzyk dziecka, małej dziewczynki, na arenie nikt prócz Rue nie potrafi wydać z siebie takiego dźwięku. Biegnę, choć to może być pułapka, choć trzech zawodowców może się na mnie czaić. Nie zatrzymam się. Dobiega mnie jeszcze jeden piskliwy krzyk, tym razem Rue woła mnie po imieniu.

— Katniss! — wrzeszczy. — Katniss!

— Rue! — krzyczę, żeby wiedziała, że jestem blisko. Żeby oni wiedzieli, że się zbliżam. Obym tylko odwróciła od niej ich uwagę, oby zainteresowali się dziewczyną, która zrzuciła im na głowy gniazdo gończych os i zgarnęła jedenaście punktów diabli wiedzą za co. — Rue! Biegnę do ciebie!

Wpadam na polanę i widzę Rue na ziemi, całkowicie zaplątaną w sieci. Udaje się jej tylko wyciągnąć rękę przez oko sieci i wypowiedzieć moje imię, a wtedy oszczep przeszywa jej ciało.

Zanim uda mu się wyszarpnąć oszczep, chłopak z Pierwszego Dystryktu umiera. Moja strzała wbija się głęboko w sam środek jego szyi. Pada na kolana i skraca sobie ostatnie chwile życia, wyciągając strzałę. Topi się we własnej krwi, a ja ponownie napinam łuk i celuję raz w jedną, raz w drugą stronę.

— Są tu jeszcze jacyś? — krzyczę do Rue. — Są jeszcze?

Musi kilkakrotnie powtórzyć, że nie, zanim ją usłyszę.

Przetoczyła się na bok i skuliła wokół oszczepu. Odpycham trupa chłopaka i dobywam noża, którym rozcinam sieć. Rzut oka na ranę wystarcza. Wiem, że nie ma mowy o ratunku. Już nikt nie zdołałby jej pomóc. Cały grot utkwił w brzuchu. Przyklękam obok Rue i bezradnie patrzę na broń. Słowa pociechy nie mają sensu, nie zamierzam jej wmawiać, że wszystko będzie dobrze. Nie jest naiwna. Wyciąga dłoń, a ja chwytam ją mocno, jakby od tego zależało moje życie. Jakbym to ja umierała, nie Rue.

— Wysadziłaś w powietrze ich zapasy? — szepcze.

— Wszystko bez wyjątku — odpowiadam.

— Musisz zwyciężyć.

— Zwyciężę. Teraz zwyciężę dla nas obu — obiecuję. Słyszę huk armaty, podnoszę wzrok. Obwieścili śmierć chłopaka z Pierwszego Dystryktu.

— Nie odchodź. — Rue zaciska palce na mojej dłoni.

— Nie zamierzam. Zostanę przy tobie. — Przysuwam się bliżej, kładę jej głowę na moich kolanach. Delikatnie odgarniam za ucho jej ciemne, gęste włosy.

— Zaśpiewaj — prosi ledwie słyszalnym szeptem.

Mam zaśpiewać? Ale co? Znam kilka piosenek. Może trudno w to uwierzyć, ale w moim domu również kiedyś gościła muzyka. Sama pomagałam ją tworzyć. Ojciec swoim niezwykłym głosem zachęcał mnie do śpiewania, ale od jego śmierci rzadko mi się zdarzało powracać do muzyki. Śpiewam tylko wtedy, gdy Prim jest poważnie chora. Te same piosenki, które lubiła jako niemowlę.

Mam śpiewać. W zaciśniętym gardle czuję łzy, zachrypłam od dymu i zmęczenia. Muszę jednak przynajmniej spróbować spełnić ostatnią prośbę Prim... to znaczy Rue. Przychodzi mi do głowy prosta kołysanka, którą usypia się roztrzęsione, głodne niemowlęta. To stary utwór, chyba nawet bardzo stary. Powstał w zamierzchłych czasach, na naszych wzgórzach. Moja nauczycielka muzyki mówiła, że to góralska piosenka. Słowa są proste i kojące, dają nadzieję na lepsze jutro i pomagają zapomnieć o okropnej rzeczywistości.

Odchrząkam, z trudem przełykam ślinę i zaczynam:

W oddali łąki, wejdźże do łóżka,
Czeka tam na cię z trawy poduszka.
Skłoń na niej główkę, oczęta zmruż,
Rankiem cię zbudzi słońce, twój stróż.

Tu jest bezpiecznie, ciepło jest tu,
Stokrotki polne zaradzą złu.
Najsłodsza mara tu ziszcza się,
Tutaj jest miejsce, gdzie kocham cię.

Rue trzepocze powiekami i zamyka oczy. Jej klatka piersiowa ledwie się porusza. Łzy, które dotąd tkwiły mi w gardle, nagle znajdują ujście i spływają po policzkach. Muszę jednak dokończyć piosenkę, którą śpiewam dla niej.

Poblask miesiąca spłynie w mrok łąk,
Okryj się liśćmi, weź je do rąk.
W niepamięć odpuść kłopotów moc,
Znikną na zawsze, gdy minie noc.

Tu jest bezpiecznie, ciepło jest tu,
Stokrotki polne zaradzą złu.

Ostatnie wersy są ledwie słyszalne:

Najsłodsza mara tu ziszcza się,
Tutaj jest miejsce, gdzie kocham cię.

Wszystko nieruchomieje i cichnie. Mija kilka sekund i kosogłosy, jak zaczarowane, podejmują moją piosenkę.

Przez chwilę klęczę i patrzę, jak moje łzy skapują na jej twarz. Armatni wystrzał oznajmia śmierć Rue. Pochylam się, przyciskam wargi do jej skroni. Powoli, jakbym nie chciała obudzić małej, kładę jej głowę na ziemi i puszczam dłoń. Teraz powinnam się oddalić, żeby poduszkowiec mógł zabrać zwłoki. Nie ma po co tu tkwić. Przewracam chłopaka z Pierwszego Dystryktu na brzuch, zabieram mu plecak i wyciągam strzałę, którą odebrałam mu życie. Odcinam też paski plecaka Rue. Wiem, że chciałaby mi go przekazać. Nie ruszam jednak oszczepu w jej brzuchu. Broń jest usuwana razem z ciałami, w których utkwiła. Oszczep do niczego mi się nie przyda, więc im szybciej zniknie z areny, tym lepiej.

Nie mogę oderwać wzroku od Rue, jeszcze drobniejszej niż zwykle, niczym małe zwierzątko zwinięte w kłębek w gnieździe z sieci. Nie umiem tak jej tutaj zostawić. Już nikt jej nie skrzywdzi, jednak Rue sprawia wrażenie całkowicie bezbronnej. Nawet nie mam powodu nienawidzić chłopaka z Jedynki, po śmierci również wydaje się bezsilny. To Kapitolu nienawidzę, to oni nam to robią.

Słyszę w głowie głos Gale'a. Jego słowa wymierzone w Kapitol nie wydają mi się już bezsensowne, nie mogę ich dłużej ignorować. Śmierć Rue zmusiła mnie do stawienia czoła własnej wściekłości z powodu okrucieństwa i niesprawiedliwości, których doświadczamy. Na arenie czuję się jeszcze bardziej bezsilna niż w domu. Nie mam jak zemścić się na Kapitolu. A może?

Przypominam sobie słowa Peety wypowiedziane na dachu. „Po prostu usiłuję znaleźć sposób na to, aby... pokazać Kapitolowi, że mu nie uległem. Chcę dowieść, że jestem kimś więcej niż zaledwie pionkiem w ich igrzyskach". Po raz pierwszy dociera do mnie, o co mu chodziło.

Chcę coś zrobić, tu i teraz, aby ich zawstydzić, aby dowieść, że to oni są winni. Muszę pokazać Kapitolowi, że cokolwiek zrobi, do czegokolwiek nas przymusi, w głębi duszy pozostaniemy niezwyciężeni. Rue nie była pionkiem w ich igrzyskach, ani ja nim nie jestem.

Zaledwie kilka kroków od skraju lasu rosną dzikie kwiaty. Pewnie są to chwasty, lecz występują w pięknych odcieniach fioletu, żółci i bieli. Zbieram całe naręcze i wracam do Rue. Powoli, łodyżka po łodyżce, zdobię jej ciało kwiatami. Zasłaniam paskudną ranę, układam kwiaty wokół jej twarzy. Zdobię barwnymi płatkami włosy.

Będą musieli to pokazać. Nawet jeśli teraz skierowali kamery na coś innego, będą musieli pokazać Rue podczas zabierania zwłok. Wówczas wszyscy ją zobaczą i zorientują się, że to zrobiłam. Cofam się o krok i po raz ostatni na nią patrzę. Gdy tak leży, wygląda, jakby zasnęła na łące.

— Żegnaj, Rue — szepczę. Przyciskam do ust trzy środkowe palce lewej dłoni i wyciągam rękę. Odchodzę, nie odwracając się za siebie.

Ptaki umilkły. Jeden z kosogłosów gwiżdże ostrzegawczo, zapowiadając przylot poduszkowca. Nie mam pojęcia, skąd o tym wie, najwyraźniej słyszy dźwięki nieuchwytne dla człowieka. Przystaję, zapatrzona przed siebie. Nie spoglądam wstecz. Wkrótce ponownie rozbrzmiewa ptasi świergot i wiem, że Rue już nie ma.

Inny kosogłos, na oko młody, ląduje na gałęzi przede mną i śpiewa melodię Rue. Moja piosenka i hałas poduszkowca brzmiały zbyt obco, żeby nowicjusz zdołał je zapamiętać i umiał rozpoznać, ale opanował tych kilka nut. Które oznaczają, że jest bezpieczna.

— Jest jej dobrze i nic jej nie grozi — mówię, gdy przechodzę pod gałęzią ptaka. — Już nie musimy się o nią martwić.

Jest jej dobrze i nic jej nie grozi.

Nie wiem, dokąd się udać. Przez jedną jedyną noc z Rue cieszyłam się przelotnym poczuciem, że jestem w domu. Teraz znikło. Do zmierzchu snuję się to tu, to tam, gdzie mnie nogi poniosą. Nie boję się i nie zachowuję należytej ostrożności. To oczywiste, że jestem łatwym celem, ale bez wahania zabiję każdego, kto mi się nawinie. Zrobię to z zimną krwią, nawet nie zadrży mi ręka. Nienawiść do Kapitolu w najmniejszym stopniu nie osłabiła mojej nienawiści do rywali, zwłaszcza do zawodowców. Przynajmniej oni mogą zapłacić za śmierć Rue.

Nikogo nie napotykam. Została nas tylko garstka, arena jest wielka. Należy się spodziewać, że organizatorzy wkrótce zastosują nową metodę, żeby napuścić nas na siebie. Dzisiaj jednak nie brakowało krwi, więc może nawet uda się spokojnie zasnąć.

Przymierzam się do wciągnięcia bagaży na drzewo, aby przygotować się do snu, kiedy z nieba sfruwa srebrny spadochron i ląduje u moich stóp. Podarunek od sponsorów. Tylko dlaczego dostaję go teraz? Nie brakuje mi zapasów. Może Haymitch zauważył, że jestem przygnębiona i postanowił mnie pocieszyć. A może dostałam coś, co wyleczy mi ucho?

Rozwijam przesyłkę i widzę niewielki bochenek chleba, który w niczym nie przypomina białego, kapitolińskiego pieczywa. Przygotowano go z ciemnego, racjonowanego zboża i uformowano w kształcie rogala, na wierzchu posypany jest ziarnem. Przypominam sobie lekcję, której w Ośrodku Szkoleniowym udzielił mi Peeta. Od niego wiem, jak wyglądają charakterystyczne odmiany regionalnego pieczywa. Ten chleb pochodzi z Jedenastego Dystryktu. Ostrożnie podnoszę jeszcze ciepły bochenek. Ile musiał kosztować tych biedaków, których nie stać na żywność dla siebie? Wyskrobanie monety na zbiórkę musiało wiązać się ze sporymi wyrzeczeniami wielu osób. Chleb z pewnością był przeznaczony dla Rue. Zamiast wycofać podarunek po jej śmierci, mieszkańcy Jedenastki uprawnili Haymitcha do przekazania go mnie. Czy w ten sposób pragną mi podziękować? A może, podobnie jak ja, nie lubią zostawać z zaciągniętym długiem? Bez względu na powód, z niczym takim się dotąd nie spotkałam. Prezent od mieszkańców dystryktu dla obcego trybuta.

Unoszę głowę i staję w ostatnich promieniach zachodzącego słońca.

— Pragnę podziękować mieszkańcom Jedenastego Dystryktu — mówię. Chcę, aby wiedzieli, że mam świadomość, skąd pochodzi prezent. I że w pełni doceniam jego wartość.

Wdrapuję się niebezpiecznie wysoko na drzewo, nie żeby się schronić, ale jak najdalej uciec od tego, co dzisiaj przeżyłam. W plecaku Rue znajduję starannie zwinięty śpiwór. Jutro uporządkuję ekwipunek. Jutro opracuję nowy plan działania. Teraz udaje mi się tylko przypiąć pasem do gałęzi i zjeść kilka drobnych kęsów chleba. Jest dobry, kojarzy się z domem.

Wkrótce na niebie pojawia się godło, w moim prawym uchu rozbrzmiewa hymn. Widzę chłopca z Pierwszego Dystryktu, a po nim Rue. To już wszyscy na dzisiaj.

Zostało nas sześcioro, myślę. Zaledwie sześcioro.

Zasypiam od razu, z chlebem w zaciśniętych dłoniach. Czasami, kiedy czuję się wyjątkowo źle, mózg podarowuje mi szczęśliwy sen. Idę z ojcem na wyprawę do lasu. Spędzam z Prim godzinę na słońcu i wspólnie jemy ciasto. Tej nocy umysł zsyła mi Rue, nadal całą w kwiatach, przycupniętą wśród koron drzew. Uczy mnie rozmawiać z kosogłosami. Nie widzę ani śladu po jej ranach, nie ma krwi, jest tylko pogodna, roześmiana dziewczynka, która czystym, melodyjnym głosem śpiewa nieznane mi piosenki, jedną po drugiej. Przez całą noc. Powoli się budzę i w półśnie słyszę ostatnie słowa piosenki, choć Rue już zniknęła wśród liści. Gdy odzyskuję świadomość, przez krótką chwilę czuję się lepiej. Usiłuję jak najdłużej pozostać w błogim stanie, wywołanym przez sen, lecz szybko powracam do rzeczywistości, tak smutnej i samotnej jak nigdy.

Jestem ociężała, jakby wszystkie moje żyły wypełnił płynny ołów. Nic mi się nie chce, mam ochotę tylko leżeć w śpiworze i bez emocji spoglądać przez okap liści. Przez kilka godzin tkwię w bezruchu. Z letargu tradycyjnie wyrywa mnie wizja zaniepokojonej twarzy Prim, która w domu ogląda mnie na ekranie telewizora.

Wydaję sobie serię poleceń, które trzeba wykonać.

— Teraz musisz usiąść, Katniss — rozkazuję. — Teraz napij się wody, Katniss. — Moje ruchy są powolne, automatyczne. — Katniss, uporządkuj bagaże.

W plecaku Rue znajduję niemal pusty bukłak na wodę, garść orzechów i korzeni, kawałek króliczego mięsa, zapasowe skarpety i procę. Chłopak z Pierwszego Dystryktu miał przy sobie kilka noży, dwa zapasowe groty, latarkę, małą, skórzaną saszetkę, apteczkę pierwszej pomocy, pełną butelkę z wodą i paczkę suszonych owoców. Paczkę owoców! Miał dostęp do wszelkiego typu żywności, a wybrał tylko to. Odbieram to jako dowód jego niesłychanej buty. Dlaczego miałby się obarczać dodatkowym ciężarem, skoro w obozie czekały na niego smakołyki? Przecież można szybko zabić wrogów i wrócić do domu na obiad. Mam nadzieję, że inni zawodowcy również wyruszyli niemal bez zapasów i teraz nie mają już nic do jedzenia.

Przypominam sobie, że moje zapasy również się kończą. Zjadam bochenek z Jedenastego Dystryktu i resztkę królika. Żywność znika w oczach. Zostały mi tylko korzenie i orzechy Rue, suszone owoce chłopaka i pasek wołowiny.

— Katniss, teraz musisz iść na polowanie — przykazuję sobie.

Posłusznie przekładam do swojego plecaka wszystko, co może mi się przydać. Schodzę z drzewa i ukrywam noże oraz groty pod stertą kamieni, żeby nikt ich nie mógł wykorzystać. Błąkając się wczoraj wieczorem, straciłam orientację w terenie, ale staram się iść w kierunku strumienia. Natrafiam na trzecią stertę gałęzi, której nie zdążyła zapalić Rue, więc wiem, że jestem na dobrej drodze. Wkrótce zauważam na drzewie stado grzędowników i zabijam trzy. Nawet nie zdążyły się połapać, że giną. Wracam do ogniska Rue i je rozpalam. Nie przejmuję się gęstym dymem.

Gdzie jesteś, Cato?, myślę, gdy piekę ptactwo i korzenie Rue. Czekam tu na ciebie.

Kto wie, gdzie teraz przebywają zawodowcy. Albo są zbyt daleko, żeby do mnie dotrzeć, albo są pewni, że zastawiłam na nich pułapkę. Ewentualnie... Czy to możliwe? Czy mogą się mnie bać? Wiedzą, że mam przy sobie łuk i strzały, to jasne. Cato widział, jak je zabieram martwej Glimmer. Pytanie brzmi, czy już dopasowali elementy układanki i wiedzą, że to ja wysadziłam im zapasy oraz zabiłam ich towarzysza? Mogą podejrzewać o to Thresha. Bardziej prawdopodobne, że to właśnie on byłby skłonny pomścić śmierć Rue, w końcu oboje pochodzili z tego samego dystryktu. Inna sprawa, że nigdy się nią nie interesował.

A co z Liszką? Czy znajdowała się w pobliżu, kiedy wysadzałam w powietrze prowiant i ekwipunek zawodowców? Na pewno nie. Następnego ranka, gdy widziałam ją roześmianą na zgliszczach, zachowywała się jak ktoś, kto dostał przemiły prezent.

Zawodowcy raczej nie podejrzewają Peety o rozpalenie ogniska. Cato jest pewien, że Peeta dogorywa. Wbrew sobie nabieram ochoty, aby opowiedzieć mu, jak ozdobiłam kwiatami ciało Rue. Teraz rozumiem, co chciał mi przekazać na dachu, i pragnęłabym mu to powiedzieć. Jeżeli wygra, obejrzy mnie podczas nocy zwycięstwa, kiedy puszczają najciekawsze fragmenty igrzysk na wielkim ekranie, tuż nad sceną, na której odbyła się telewizyjna prezentacja. Zwycięzca zasiada na honorowym miejscu na podium, otoczony ludźmi ze swojej ekipy.

Ale przecież powiedziałam Rue, że to ja tam będę. Zrobię to, dla nas obu. Obietnica złożona Rue wydaje mi się jeszcze ważniejsza niż słowa przysięgi wypowiedziane przed Prim.

Naprawdę uważam, że mam szansę sobie poradzić. Mogę wygrać. Nie chodzi tylko o strzały ani o fakt, że kilka razy przechytrzyłam zawodowców, choć i jedno, i drugie jest krzepiące. Coś się zdarzyło, gdy klęczałam przy Rue i patrzyłam, jak uchodzi z niej życie. Jestem zdecydowana ją pomścić. Sprawić, aby jej śmierć nie poszła w zapomnienie. Jest na to tylko jeden sposób: muszę zwyciężyć i tym samym na zawsze zapaść ludziom w pamięć.

Przesadnie długo piekę mięso, nie tracąc nadziei, że zjawi się ktoś, kogo mogłabym zastrzelić, ale nikt nie nadchodzi. Może inni trybuci walczą teraz do nieprzytomności. Jestem pewna, że odkąd położyłam rywala trupem, pojawiam się na ekranach telewizorów częściej, niż mogłabym sobie wymarzyć.

W końcu pakuję żywność i wracam do strumienia, aby uzupełnić zapas wody. Poranna ociężałość ponownie mnie ogarnia i choć jest wczesny wieczór, wdrapuję się na drzewo i szykuję do snu. Odtwarzam w myślach wczorajsze zdarzenia. Przez cały czas mam przed oczami wizję przeszytej oszczepem Rue, nie mogę też zapomnieć widoku chłopaka ze sterczącą z szyi strzałą. Nie rozumiem, dlaczego w ogóle myślę o tym trybucie.

Nagle zdaję sobie sprawę, że to był pierwszy człowiek, którego zabiłam.

W wypadku każdego uczestnika igrzysk prowadzona jest na bieżąco aktualizowana statystyka, którą chętnie śledzą osoby zawierające zakłady. Kontrolowana jest między innymi liczba zabitych przeciwników. Zapewne zostałam automatycznie uznana za zabójczynię Glimmer oraz dziewczyny z Czwartego Dystryktu, ponieważ zrzuciłam na nie gniazdo. Chłopak z Jedynki był jednak pierwszą osobą, którą umyślnie pozbawiłam życia. Z mojej ręki zginęło mnóstwo zwierząt, ale tylko jeden człowiek. Przypominam sobie słowa Gale'a: „A właściwie co to za różnica?"

Jedno i drugie jest zdumiewająco podobne. Wystarczy naciągnąć cięciwę i celnie posłać strzałę. Tyle że rezultat jest całkiem odmienny. Zabiłam chłopaka, a nawet nie znałam jego imienia. Gdzieś daleko opłakuje go rodzina, jego przyjaciele chcą mojej krwi. Może miał dziewczynę, która szczerze wierzyła w jego szczęśliwy powrót...

A potem myślę o nieruchomym ciele Rue i przestaję sobie zaprzątać głowę chłopakiem. Przynajmniej na razie.

Zgodnie z przekazem na niebie, dzień minął bez żadnych godnych uwagi zdarzeń. Nikt nie zginął. Ciekawe, kiedy należy się spodziewać następnego kataklizmu, który zmusi nas do starcia. Jeśli jeszcze dzisiaj, to powinnam się przespać. Zasłaniam zdrowe ucho, żeby nie słyszeć hymnu, ale docierają do mnie dźwięki trąbek, więc siadam wyprostowana i zamieram w oczekiwaniu.

Informacje z zewnątrz są przekazywane na arenę wieczorem, w postaci zestawienia zgonów. Z rzadka rozbrzmiewają jednak trąbki, po których wygłoszony zostaje tekst obwieszczenia. Zazwyczaj jest to wezwanie na ucztę. W wypadku niedoborów żywności organizatorzy igrzysk zapraszają uczestników na przyjęcie, przygotowane w znanym wszystkim miejscu, takim jak okolice Rogu Obfitości. Impreza ma służyć zachęceniu trybutów do zgromadzenia się i walki. Czasami rzeczywiście czekają na nich suto zastawione stoły, lecz niekiedy mogą liczyć najwyżej na bochenek czerstwego chleba, o który muszą się bić z przeciwnikami. Nie dałabym się skusić perspektywą uczty, ale być może byłaby to doskonała okazja do usunięcia kilku rywali.

Z nieba grzmi głos Claudiusa Templesmitha, który gratuluje pozostałej przy życiu szóstce. Nie zaprasza nas jednak na posiłek. Jego słowa są wyjątkowo zastanawiające. Nastąpiła zmiana zasad igrzysk. Zmiana zasad? Samo to sformułowanie jest zdumiewające, w końcu nie obowiązują nas żadne reguły poza tą, że na samym początku przez minutę nie wolno nam zejść z metalowej tarczy. No i jeszcze jest jedna niepisana zasada, żeby nie zjadać się nawzajem. Zgodnie z nowymi ustaleniami dwójka trybutów z tego samego dystryktu może zwyciężyć, jeśli to oni ostatni pozostaną przy życiu. Claudius zawiesza głos, jakby zdawał sobie sprawę, że go nie rozumiemy, i jeszcze raz omawia szczegóły zmiany.

W końcu pojmuję, o co chodzi. W tym roku może zwyciężyć dwoje trybutów, jeśli tylko przybyli z tego samego dystryktu. Oboje mogą żyć. Oboje możemy żyć.

Zanim zdołam się ugryźć w język, wykrzykuję imię Peety.

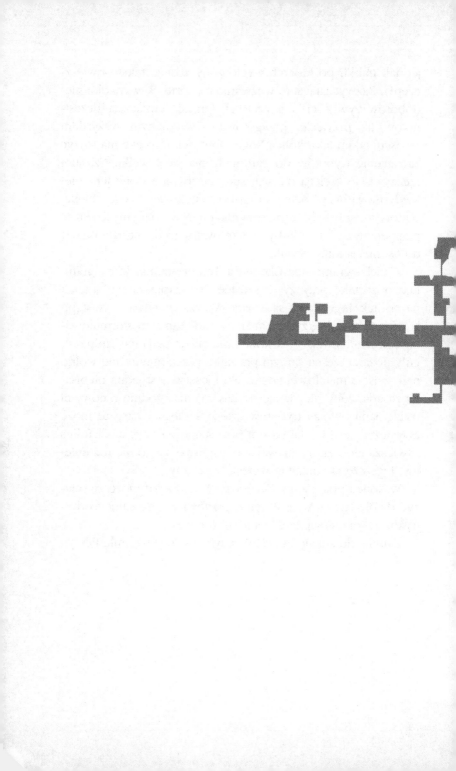

CZĘŚĆ III
ZWYCIĘZCA

19

Przyciskam dłonie do ust, ale jest już za późno. Niebo ciemnieje, rozlega się kumkanie żabiego chóru.

Idiotka!, mówię sobie w myślach. Jak mogłaś zrobić coś tak głupiego?

Zamieram w oczekiwaniu, aż w lesie zaroi się od napastników. Przypominam sobie jednak, że niemal nikt nie przeżył. Ranny Peeta jest teraz moim sojusznikiem. Nie mam już żadnych wątpliwości. Gdybym odebrała mu życie, po powrocie do Dwunastego Dystryktu spotkałabym się z powszechnym potępieniem. To samo dotyczy jego. Jako telewidz również znienawidziłabym każdego trybuta, który od razu nie sprzymierzyłby się z partnerem. Poza tym wzajemna ochrona naprawdę ma sens. Jestem dziewczyną z pary, która przeżywa nieszczęśliwą miłość, więc bezwzględnie muszę zbliżyć się do Peety. Inaczej nie mam co liczyć na wsparcie życzliwych sponsorów.

Nieszczęśliwi kochankowie... Peeta z pewnością konsekwentnie odgrywa swoją rolę. Czy inaczej organizatorzy wprowadziliby tę nieoczekiwaną zmianę zasad? Dwoje rzekomo zakochanych trybutów, którzy mają szansę zwyciężyć, ma zapewne zgromadzić liczne grono wielbicieli. Przekreślenie nadziei młodych na szczęście mogłoby zagrozić popularności igrzysk. To nie moja zasługa. Dokonałam tylko tyle, że nie zabiłam Peety. Jego wyczyny na arenie z pewnością przekonały widzów, że pragnie mnie ocalić. Kręcił głową, żeby mnie powstrzymać przed uczestnictwem w wyścigu do Rogu Obfitości. Walczył z Catonem, bo chciał umożliwić mi ucieczkę. Nawet dołączył do zawodowców tylko po to, żeby mnie chronić. Jak się okazuje, Peeta nigdy nie stanowił dla mnie zagrożenia.

Uśmiecham się, gdy o tym myślę. Opuszczam dłonie i unoszę twarz w kierunku księżyca, aby kamery mogły mieć dobre ujęcie. Wobec tego, kogo z pozostałych powinnam się obawiać? Liszki? Chłopiec z jej dystryktu nie żyje, więc musi sobie radzić sama, nocą. Jej strategia opiera się na unikaniu przeciwnika, a nie atakowaniu. Podejrzewam, że nawet jeśli usłyszała mój głos, to nie podejmie żadnych działań. Będzie tylko miała nadzieję, że ktoś inny mnie zabije.

Jest jeszcze Thresh. Fakt, stanowi poważne zagrożenie, tyle że od rozpoczęcia igrzysk nie widziałam go ani razu. Przypominam sobie zaniepokojenie Liszki, gdy na miejscu eksplozji usłyszała jakiś dźwięk. Nie odwróciła się wówczas w stronę lasu, lecz w przeciwnym kierunku. Spłoszył ją hałas dobiegający z nieznanego mi miejsca za urwiskiem. Mogłabym iść o zakład, że umykała przed Threshem, który zajął tamten obszar areny. Na pewno nie usłyszał mnie z takiej odległości, a nawet jeśli, to przebywam zbyt wysoko. Człowiek jego postury nie ma szansy dostać się tutaj.

Pozostaje więc Cato i dziewczyna z Drugiego Dystryktu. Oboje bez wątpienia świętują wprowadzenie nowej reguły. Oprócz mnie i Peety stanowią jedyną pozostałą przy życiu parę. Czy mam teraz przed nimi uciekać, na wypadek gdyby usłyszeli, jak wołam Peetę?

Nie, myślę. Niech przybędą.

Niech przyjdą w noktowizyjnych okularach, niech przywloką tu swoje ciężkie ciała, pod których ciężarem łamią się gałęzie. Chętnie zaczekam, aż wejdą w pole rażenia moich strzał. Nie zrobią tego jednak, wiem o tym doskonale. Skoro nie przyszli za dnia, nie zaryzykują wędrówki nocą. Będą się bali pułapki. Jeśli się zjawią, to tylko z własnego wyboru. Nie zwabię ich, zdradzając swoje miejsce pobytu.

Katniss, pozostań na miejscu i spróbuj zasnąć, rozkazuję sobie, choć najchętniej od razu wyruszyłabym na poszukiwanie Peety. Znajdziesz go jutro.

Zasypiam, ale rankiem jestem wyjątkowo czujna. O ile zawodowcy mogą powstrzymywać się przed zaatakowaniem mnie na drzewie, o tyle chętnie zastawią pułapkę na ziemi. Staram się jak najlepiej przygotować na to, co przyniesie dzień. Zjadam obfite śniadanie, zakładam plecak, szykuję broń i dopiero wtedy złażę z drzewa. Na ziemi wszystko wydaje się ciche i spokojne.

Zamierzam zachowywać daleko idącą ostrożność. Zawodowcy wiedzą, że spróbuję odnaleźć Peetę. A jeżeli zamierzają zaczekać z atakiem, aż go odszukam? Jeśli rzeczywiście jest tak poważnie ranny, jak uważa Cato, to będę musiała bronić nas oboje, bez żadnego wsparcia. Nie wierzę jednak, że odniósł ciężkie obrażenia, nie przeżyłby tak długo. Poza tym skąd mam wiedzieć, gdzie go szukać?

Bezskutecznie się zastanawiam, czy coś, co kiedyś powiedział mi Peeta, może wskazywać, gdzie się teraz znajduje. Wracam myślami do naszego ostatniego spotkania, gdy się zjawił, lśniący w świetle słońca, i krzykiem zmusił mnie do ucieczki. Przybył też Cato z mieczem w dłoni. Uciekłam, a on ranił Peetę, któremu jednak udało się przeżyć starcie. W jaki sposób? Może lepiej zniósł działanie jadu gończych os. Jak daleko zdołał uciec, pchnięty nożem i oszołomiony trucizną? Jak mu się udało przeżyć tyle dni? Nawet jeśli nie umarł od ran i użądleń, to na pewno powinno go wykończyć pragnienie.

Nagle uświadamiam sobie, że właśnie ta informacja powinna być dla mnie wskazówką w trakcie poszukiwań. Peeta nie przeżyłby bez wody. Po pierwszych dniach na arenie wiem to na pewno. Ukrywa się gdzieś w pobliżu źródła. W grę wchodzi jeszcze jezioro, ale raczej nie biorę go pod uwagę, leży zbyt blisko obozu zawodowców. Są tu także nieliczne stawy, zasilane wodą ze źródeł, ale Peeta stałby się wyjątkowo łatwym celem, gdyby zaszył się gdzieś nieopodal. Pozostaje więc tylko strumień, ten sam, przy którym rozbiłam obóz z Rue — mija jezioro i płynie dalej. Gdyby Peeta trzymał się strumienia, byłby w stanie zmieniać miejsce pobytu i zawsze by miał dostęp do wody. Nurt zacierałby ślady, a do tego Peeta mógłby nawet złapać jakąś rybę.

Tak czy owak, od czegoś muszę zacząć.

Dla zmylenia wroga rozpalam sporo świeżego drewna. Nawet jeśli moi rywale uznają, że to podstęp, pewnie pomyślą, że ukrywam się nieopodal, podczas gdy ja będę szukać Peety.

Słońce w jednej chwili wysusza poranną mgiełkę, co zwiastuje wyjątkowo upalny dzień. Woda przyjemnie chłodzi mi stopy, kiedy podążam z biegiem nurtu. Mam ochotę nawoływać Peetę, ale się powstrzymuję. Muszę go dostrzec i usłyszeć zdrowym uchem, albo zaczekać, aż on mnie znajdzie. Z pewnością wie, że go szukam. Przecież nie uznałby mnie za kompletnego półgłówka, który dalej działa w pojedynkę, ignorując nową zasadę. A jeśli się mylę? Peeta jest nieobliczalny, co w innych okolicznościach uznałabym za interesującą cechę. Teraz jednak wolałabym się domyślać, gdzie go szukać.

Wkrótce docieram do miejsca, z którego wyruszyłam do obozu zawodowców. Nie dostrzegam ani śladu Peety, ale nie jestem tym zdziwiona. Odkąd zrzuciłam gniazdo gończych os, wędrowałam tędy trzykrotnie. Gdyby tutaj przebywał, z pewnością coś bym zauważyła. Strumień skręca w lewo i wpływa do nieznanej mi części lasu. Błotniste brzegi są porośnięte plątaniną wodnych roślin, za którymi piętrzą się coraz bardziej masywne skały. Mam wrażenie, że znalazłam się w pułapce. Ucieczka znad strumienia byłaby teraz nie lada wyzwaniem. Nie wyobrażam sobie walki z Catonem albo Threshem i jednoczesnej wspinaczki po skalistym wzniesieniu. Dochodzę do wniosku, że całkowicie błędnie wybrałam możliwą trasę ucieczki Peety, ranny chłopiec nie dałby rady korzystać ze strumienia, gdyż czerpanie wody wiązałoby się ze zbyt dużym wysiłkiem fizycznym. Już mam zawrócić, gdy dostrzegam smużkę krwi z boku dużego kamienia. Ślad jest od dawna suchy, ale rozmazane plamy świadczą o tym, że ktoś usiłował wytrzeć posokę. Być może był to człowiek nie w pełni władz umysłowych.

Trzymam się blisko skał i powoli sunę ku krwi. Szukam Peety. Natrafiam jeszcze na kilka zaschniętych, czerwonych śladów, przy jednym zauważam nawet parę nitek z rozdartego materiału, ale nigdzie nie dostrzegam śladów życia. W końcu daję za wygraną.

— Peeta! — mówię półgłosem. — Peeta!

Na brzydkim drzewie przysiada kosogłos i zaczyna mnie naśladować, więc milknę. Rezygnuję z poszukiwań i wracam po skałach do strumienia.

Na pewno się przeniósł, decyduję w myślach. Poszedł dalej, w dół strumienia.

Dotykam stopą tafli wody, gdy naraz słyszę za plecami męski głos.

— Przyszłaś mnie dobić, skarbie?

Raptownie się odwracam. Głos dobiegł z lewej strony, więc trudno mi ustalić, skąd dokładnie. Choć zabrzmiał chrapliwie i słabo, na pewno należał do Peety. Kto inny na arenie nazwałby mnie skarbem? Uważnie oglądam brzeg, ale nic tam nie ma. Tylko błoto, rośliny i skały.

— Peeta? — szepczę. — Gdzie ty jesteś?

Nie słyszę odpowiedzi. Czyżbym się przesłyszała? Skąd, głos był najzupełniej prawdziwy i w dodatku zabrzmiał bardzo blisko.

— Peeta? — powtarzam i ostrożnie sunę wzdłuż linii brzegu.

— Nie rozdepcz mnie.

Odskakuję. Głos Peety zabrzmiał tuż pod moimi stopami, a jednak nadal nic nie widzę. Nagle otwiera oczy, niebieskie i błyszczące w brązowym mule, wśród zielonych liści. Wydaję z siebie stłumiony krzyk, a Peeta się śmieje i nagradza mnie widokiem białych zębów.

Nie wyobrażam sobie lepszego kamuflażu. Nie rozumiem, dlaczego ciskał ciężarami. Powinien był przyjść do organizatorów przebrany za drzewo albo za głaz. Albo za błotnisty, porośnięty chwastami brzeg rzeki.

— Zamknij oczy — mówię. Mruży powieki, zaciska usta i całkiem znika. O ile się nie mylę, jego ciało znajduje się pod warstwą błota i roślin. Twarz i ręce zamaskował po mistrzowsku, są praktycznie niewidzialne. Klękam obok.

— Jak rozumiem, teraz procentują godziny, które poświęciłeś na zdobienie tortów.

Peeta się uśmiecha.

— Racja — przyznaje rozbawiony. — Dekoracja cukiernicza ostatnią metodą obrony umierającego.

— Nie umrzesz — oznajmiam stanowczo.

— Skąd wiesz?

— Stąd. Jesteśmy teraz w jednej drużynie — przypominam mu.

Otwiera oczy.

— Racja, też o tym słyszałem. Cieszę się, że znalazłaś to, co ze mnie zostało.

Sięgam po butelkę z wodą i daję mu się napić.

— Cato cię zranił? — pytam.

— Tak, w lewą nogę. W udo — wyjaśnia.

— Chodź, przetransportuję cię do strumienia. Umyjesz się, a ja obejrzę rany.

— Najpierw pochyl się nade mną — proponuje. — Chcę ci coś powiedzieć. — Nachylam się i przysuwam zdrowe ucho do jego ust. Kiedy szepcze, czuję łaskotanie. — Pamiętaj, że kochamy się do szaleństwa, więc możesz mnie całować, kiedy tylko zechcesz.

Gwałtownie odsuwam głowę, ale wybucham śmiechem.

— Dzięki, będę o tym pamiętać.

Przynajmniej jest w stanie żartować. Gdy jednak usiłuję doprowadzić go do strumienia, swobodna atmosfera znika. Brzeg jest oddalony o niecały metr. Czy pokonanie zaledwie kilkudziesięciu centymetrów może być trudne? Okazuje się, że bardzo, bo Peeta nie może się ruszyć. Jest bardzo słaby, przynajmniej nie stawia oporu — nie mam co liczyć na więcej. Usiłuję go przeciągnąć, ale choć stara się zachowywać cicho, co chwila przenikliwie krzyczy z bólu. Błoto i rośliny najwyraźniej go unieruchomiły. Zmuszam się do nieludzkiego wysiłku i gwałtownym szarpnięciem wyrywam Peetę z ziemi. Nadal leży niecały metr od linii wody, zaciska zęby, a spływające mu z oczu łzy znaczą jasne smugi na brudnej twarzy.

— Zrobimy tak — mówię. — Spróbuję wtoczyć cię do strumienia. Woda jest tutaj bardzo płytka. Zgoda?

— Super — oświadcza.

Kucam przy nim i powtarzam sobie, że cokolwiek się stanie, nie wolno mi przestać, dopóki nie znajdzie się w wodzie.

— Na trzy — zapowiadam. — Raz, dwa, trzy!

Peeta wykonuje tylko jeden pełny obrót i wydaje z siebie tak potworny ryk, że muszę przestać. Leży teraz na skraju strumienia. Może tak jest lepiej.

— Zmiana planów — obwieszczam. — Nie wepchnę cię całego do wody.

Może się zdarzyć, że jeśli go wtoczę na płyciznę, później nie zdołam wyciągnąć go z wody.

— Nie będzie więcej toczenia? — pyta.

— Dobrze jest, jak jest. Teraz cię umyję. Postaraj się obserwować las, dobrze?

Sama nie wiem, od czego zacząć. Peeta jest tak oblepiony błotem i kępami liści, że nawet nie widzę jego ubrania, o ile w ogóle ma je na sobie. Po krótkim wahaniu biorę się do roboty. Nagość na arenie to normalna rzecz, prawda?

Dysponuję dwiema butelkami z wodą i bukłakiem Rue. Opieram je o skały w strumieniu, tak że dwa naczynia zawsze się napełniają, kiedy wodą z trzeciego polewam ciało Peety. Po dłuższej chwili udaje mi się odskrobać tyle błota, że dostrzegam ubranie. Delikatnie odciągam suwak kurtki, rozpinam guziki koszuli i ściągam z Peety górną część odzieży. Podkoszulek dosłownie wrósł mu w rany, więc muszę rozciąć nożem materiał i porządnie zwilżyć go wodą, żeby się odlepił. Widzę liczne stłuczenia, przez środek torsu biegnie długi ślad po oparzeniu. Do tego dochodzą jeszcze cztery guzy po użądleniach gończych os, wliczając w to opuchliznę pod uchem. Trochę mi lżej. Z tymi obrażeniami jestem w stanie się uporać. Postanawiam na początek opatrzyć tułów Peety, aby choć częściowo zmniejszyć jego cierpienia, a dopiero potem zająć się raną na nodze.

Pielęgnacja urazów wydaje się bezcelowa, dopóki Peeta leży w błocie, więc z wysiłkiem opieram go o głaz. Teraz siedzi i bez słowa skargi poddaje się moim zabiegom. Zmywam mu z włosów i ze skóry cały brud. W promieniach słońca jego skóra jest blada jak kreda, nie wydaje się już mocny i potężny. Z guzów po ukąszeniach wydłubuję żądła. Peeta się wzdryga, ale oddycha z ulgą, kiedy aplikuję mu okłady z liści. Następnie zostawiam go, aby wysechł na słońcu, a sama piorę jego potwornie brudną koszulę i kurtkę. Czystą odzież rozkładam na kamieniach i wsmarowuję balsam na oparzenia w klatkę piersiową Peety. Wtedy zauważam, że jego skóra robi się gorąca. Warstwa błota i woda z butelek dotąd chłodziły rozpalone gorączką ciało. Przeszukuję apteczkę chłopaka z Pierwszego Dystryktu i natrafiam na tabletki zbijające gorączkę. Mama czasami daje za wygraną i kupuje takie, kiedy zawodzą jej domowe medykamenty.

— Masz, połknij — rozkazuję, a on posłusznie bierze lekarstwo do ust. — Na pewno jesteś głodny.

— Wcale nie. To dziwne, ale od kilku dni ani trochę nie chce mi się jeść. — Podsuwam mu kawałek grzędownika, na co marszczy nos i odwraca głowę. Wiem, że to bardzo zły znak.

— Peeta, koniecznie musisz coś przełknąć — upieram się.

— Nawet jeśli coś zjem, to i tak zaraz zwrócę — protestuje. Udaje mi się skłonić go do skubnięcia kilku kawałków suszonego jabłka. — Dzięki, Katniss. Naprawdę jest mi znacznie lepiej. Mogę się teraz zdrzemnąć? — pyta.

— Już niedługo — obiecuję. — Najpierw chcę obejrzeć twoją nogę.

Najdelikatniej, jak potrafię, ściągam mu buty, skarpety i wreszcie spodnie, centymetr po centymetrze. Zauważam ślad po mieczu Catona, lecz rana jest przykryta materiałem i nawet nie mam pojęcia, czego się spodziewać. Głębokie cięcie jest silnie zaczerwienione i sączy się z niego krew zmieszana z ropą. Cała noga wyraźnie spuchła i co najgorsze, czuję mocny smród zgnilizny.

Mam ochotę uciec. Chcę zaszyć się w lesie jak wtedy, gdy do naszego domu trafił tamten poparzony. Wyszłam na polowanie, podczas gdy mama i Prim zajmowały się czynnościami, których nie chciałam wykonywać, bo zabrakło mi umiejętności oraz odwagi. Teraz jestem zdana na własne siły. Staram się zachowywać spokój, jak mama, kiedy musiała stawiać czoło wyjątkowo trudnym przypadkom.

— Ohyda, prawda? — zauważa Peeta i uważnie mnie obserwuje.

— Bywało gorzej. — Wzruszam ramionami, jakby to był drobiazg. — Szkoda, że nie widziałeś górników, którzy czasem trafiali do mnie do domu. — Nie wspominam, że zwykle wychodziłam, kiedy mama przyjmowała ludzi cierpiących na coś poważniejszego niż przeziębienie. Właściwie to nawet kaszel mi przeszkadzał. — Na początek trzeba porządnie oczyścić ranę.

Zostawiam Peetę w majtkach, bo nie wyglądają na zniszczone, i nie chcę ich ściągać przez spuchnięte udo. No dobrze, przyznaję, nie czuję się komfortowo na myśl o jego nagości. Mama i Prim zupełnie inaczej do tego podchodzą. Golizna nie robi na nich żadnego wrażenia, żadna z nich nie widzi powodu do zakłopotania. Co za ironia losu: na tym etapie igrzysk moja młodsza siostra byłaby znacznie bardziej pomocna Peecie. Wsuwam pod niego moją plastikową płachtę i obmywam go do końca. Z każdą butelką wylanej wody coraz wyraźniej widzę, że rana jest w fatalnym stanie. Poza tym dolna część ciała Peety wygląda całkiem nieźle, jeśli nie liczyć guza po użądleniu oraz kilku drobnych oparzeń, które od razu smaruję balsamem. Nie mam tylko pojęcia, jak się uporać z rozległym rozcięciem na udzie.

— Na początek zaczekamy, aż rana się przewietrzy, a potem... — Zawieszam głos.

— A potem ją opatrzysz? — podpowiada mi Peeta. Mam wrażenie, że mnie żałuje. Chyba wie, że jestem w kropce.

— No właśnie — potwierdzam. — Tymczasem zjedz to.

Wpycham mu do ręki kilka kawałków suszonej gruszki i wracam do strumienia, by wyprać resztę ubrania. Kiedy odzież leży i schnie, przeglądam zawartość apteczki. Znajduję wyłącznie to, co niezbędne w nagłym wypadku: bandaże, tabletki przeciwgorączkowe, lek na ból brzucha. Nic, czym mogłabym leczyć Peetę.

— Będziemy musieli eksperymentować — przyznaję. Wiem, że liście na ukąszenia gończych os przeciwdziałają zakażeniu, więc biorę się do przygotowania okładu. Po chwili wciskam do rany garść przeżutej zieleniny i wkrótce po nodze zaczyna spływać ropa. Mówię sobie, że tak ma być, i przygryzam wewnętrzną stronę policzka, bo się boję, że zaraz zwrócę śniadanie.

— Katniss? — odzywa się Peeta. Patrzę mu w oczy i dobrze wiem, że jestem zielonkawa. — Co z tym pocałunkiem? — pyta bezgłośnie.

Wybucham śmiechem, bo jest mi tak niedobrze, że już nie mogę wytrzymać.

— Coś się stało? — pyta, odrobinę zbyt niewinnie.

— Widzisz... Nie jestem w tym dobra. Nie dorównuję mamie. Nie mam pojęcia, co robię, i nienawidzę ropy! — wyrzucam z siebie. — Pfuj! — stękam i spłukuję pierwszą porcję liści, aby nałożyć drugą. — Błe!

— Jak ci się udaje polować? — zdumiewa się Peeta.

— Wierz mi, polowanie to drobiazg z porównaniu z czymś takim. Poza tym, biorąc pod uwagę to, co wiem i umiem, właśnie cię zabijam.

— Wobec tego pośpiesz się trochę, dobrze? — prosi.

— Nie, niedobrze. Zamknij się i jedz tę gruszkę — burczę.

Po trzech zmianach opatrunku i odsączeniu mniej więcej wiadra ropy rana wygląda nieporównanie lepiej. Opuchlizna wyraźnie zmalała i dopiero teraz widzę, jak głęboko ciął Cato. Nóż przebił mięśnie do samej kości.

— Co dalej, pani doktor? — dopytuje się Peeta.

— Chyba posmaruję chore miejsce balsamem na oparzenia. O ile się nie mylę, na zakażenie też pomaga. A potem może zabandażuję ranę?

Noga owinięta czystą bawełną prezentuje się całkiem znośnie. W porównaniu ze śnieżnobiałym, sterylnym opatrunkiem skraj majtek Peety wydaje się obrzydliwie brudny. To siedlisko zarazków. Sięgam po plecak Rue.

— Trzymaj. — Podaję Peecie bagaż. — Zasłoń się, a ja wypiorę ci majtki.

— Wszystko jedno, możesz na mnie patrzeć — deklaruje Peeta.

— Niczym się nie różnisz od reszty mojej rodziny — wzdycham. — Mnie nie jest wszystko jedno, rozumiesz?

Odwracam się twarzą do strumienia i czekam. Po chwili majtki z pluskiem lądują w wodzie. Peeta pewnie trochę lepiej się czuje, skoro ma siłę rzucać bielizną.

— Wrażliwa jesteś jak na niebezpieczną zabójczynię — zauważa, kiedy ugniatam majtki dwoma kamieniami. — Teraz żałuję, że cię wyręczyłem, kiedy kąpaliśmy Haymitcha.

Wzdrygam się na samo wspomnienie.

— Co ci dotąd przysłał? — pytam.

— Zupełnie nic — wyznaje i milknie, jakby coś sobie właśnie uświadomił. — A co, ty coś dostałaś?

— Maść na oparzenia — przyznaję niemal nieśmiało. — I jeszcze trochę chleba.

— Zawsze wiedziałem, że jesteś jego ulubienicą — mamrocze Peeta.

— Daj spokój — obruszam się. — Nie cierpi przebywać ze mną w jednym pomieszczeniu.

— Bo jesteście do siebie podobni — zauważa. Puszczam jego słowa mimo uszu, bo w pierwszej chwili mam ochotę obrazić Haymitcha, a to nie jest dobry moment na zniechęcanie mentora.

Pozwalam Peecie zasnąć, bo i tak musimy zaczekać, aż wyschnie mu ubranie, ale późnym popołudniem wolę dłużej nie zwlekać. Delikatnie szarpię go za ramię.

— Peeta, musimy ruszać.

— Chcesz iść? — Wydaje się zmieszany. — Dokąd?

— Jak najdalej stąd. Może z biegiem strumienia. Poszukamy dla ciebie dobrej kryjówki, żebyś mógł tam nabrać sił. — Pomagam mu się ubrać, ale zostawiam go na bosaka, będziemy brodzili po dnie. Ciągnę go w górę, aby wstał, lecz gdy tylko opiera ciężar ciała na nodze, jego twarz robi się biała jak kreda. — Śmiało, dasz sobie radę.

Peeta nie daje sobie rady. Już po pięćdziesięciu metrach w dół strumienia, które pokonał wsparty o moje ramię, wyraźnie się chwieje. Jestem pewna, że lada moment straci przytomność. Sadzam go na brzegu z głową między kolanami i niezgrabnie klepię po plecach, jednocześnie rozglądając się po okolicy. Najchętniej wciągnęłabym go na drzewo, ale o tym mogę tylko pomarzyć. Nie jest jednak najgorzej. W niektórych skałach powstały małe jamy. Wpada mi w oko jedna z nich, na wysokości około dwudziestu metrów nad poziomem strumienia. Gdy Peeta ponownie może wstać, częściowo go prowadzę, częściowo niosę prosto do upatrzonej jaskini. W sumie wolałabym poszukać lepszej kryjówki, ale ta musi mi wystarczyć, bo mój sojusznik pada z nóg. Z jego twarzy odpłynęła cała krew, ciężko dyszy i choć nadal jest bardzo ciepło, drży.

Na dno groty sypię warstwę sosnowych igieł, rozkładam na nich śpiwór i pomagam Peecie wgramolić się do środka. Korzystając z jego nieuwagi, wsuwam mu do ust parę tabletek i daję wodę do popicia, ale nie chce kompletnie nic jeść. Potem już tylko leży i wodzi za mną oczami, kiedy przygotowuję coś w rodzaju zasłony z pnączy, aby ukryć wlot jamy. Rezultat jest mizerny. Zwierzę być może nie zwróciłoby uwagi na naszą kryjówkę, ale człowiek momentalnie się zorientuje, że coś jest nie tak. Zirytowana, rozwalam całą konstrukcję.

— Katniss — odzywa się Peeta. Podchodzę bliżej i odgarniam mu włosy z oczu. — Dzięki, że mnie znalazłaś.

— Sam byś mnie znalazł, gdybyś był w lepszej formie. — Ma rozpalone czoło, zupełnie jakby lekarstwo nie skutkowało. Nagle przeraża mnie nieoczekiwana myśl, że umrze.

— Tak. Posłuchaj, gdyby nie udało mi się wrócić... — zaczyna.

— Nie mów tak. Nie po to wysączyłam z ciebie tę całą ropę.

— Wiem. Ale tak na wszelki wypadek, gdyby mi się nie udało... — usiłuje kontynuować.

— Nie, Peeta. Nawet nie chcę o tym myśleć. — Kładę mu na wargach palce, aby umilkł.

— Ale ja...

Spontanicznie się pochylam i całuję Peetę w usta. Mam nadzieję, że w ten sposób go uciszę. Ten gest i tak jest spóźniony, bo rzeczywiście, powinniśmy manifestować swoją szaleńczą miłość. Po raz pierwszy w życiu całuję chłopaka, więc chyba powinno to na mnie zrobić wrażenie. Czuję jednak wyłącznie nienaturalne, gorączkowe ciepło jego warg. Odsuwam się i opatulam go śpiworem.

— Nie umrzesz — oświadczam. — Zabraniam ci umierać.
Rozumiesz?

— Rozumiem — szepcze.

Wychodzę na chłodne, wieczorne powietrze, kiedy z nieba spływa spadochron. Pośpiesznie rozplątuję przesyłkę w nadziei, że wreszcie przysyłają porządne lekarstwo na chorą nogę Peety. W środku znajduję jednak tylko garnek z gorącym rosołem.

Haymitch wysłał mi jasny sygnał. Jeden pocałunek równa się jedna porcja rosołu. Niemal słyszę, jak mówi z przekąsem: „Podobno się kochacie, skarbie. Twój chłopak umiera. Daj mi coś, z czym mogę wyjść do ludzi!"

Ma rację. Jeśli chcę utrzymać Peetę przy życiu, muszę ofiarować widzom coś, czym się przejmą. Nieszczęśliwi kochankowie pragną za wszelką cenę wspólnie wrócić do domu. Dwa serca bijące w jednym rytmie. Romans.

Nigdy nie byłam zakochana, więc udawanie miłości to dla mnie prawdziwe wyzwanie. Myślę o rodzicach. O tym, że ojciec nigdy nie zapominał przynieść mamie upominków z lasu. Rozpromieniała się, słysząc jego kroki u drzwi. Gdy umarł, omal również nie odeszła z tego świata.

— Peeta! — mówię tym szczególnym tonem, który mama rezerwowała wyłącznie dla ojca. Peeta znowu przysnął, ale budzę go pocałunkiem. Z początku wydaje się zaniepokojony, ale uśmiecha się, jakby był szczęśliwy, mogąc bez końca leżeć i wodzić za mną wzrokiem. Pierwszorzędnie udaje.

Unoszę garnek.

— Peeta, spójrz, co Haymitch ci przysłał.

20

Nakłonienie Peety do wypicia rosołu wiąże się z godzinnymi namowami, błaganiem, grożeniem, groźbami oraz — a jakże — pocałunkami. W końcu, drobnymi łyczkami opróżnia garnek, a ja daję mu zasnąć, po czym zajmuję się sobą. Z wilczym apetytem pożeram kolację złożoną z grzędownika oraz korzeni i jednocześnie oglądam podsumowanie dnia. Dzisiaj nikt nie zginął, ale widzowie na pewno byli zadowoleni, bo razem z Peetą zapewniłam im sporo wrażeń. Liczę na to, że organizatorzy podarują nam spokojną noc.

Rozglądam się odruchowo w poszukiwaniu wygodnego drzewa na nocleg, lecz uświadamiam sobie, że moja dotychczasowa taktyka musi się zmienić, przynajmniej tymczasowo. Nie mogę opuścić bezbronnego Peety. Jego ostatnią kryjówkę nad strumieniem zostawiłam nietkniętą, bo i tak nie udałoby mi się jej skutecznie zamaskować, a teraz znajdujemy się zaledwie pięćdziesiąt metrów dalej. Wkładam okulary, biorę broń i siadam na warcie.

Temperatura gwałtownie spada i wkrótce jestem zmarznięta na kość. Ostatecznie daję za wygraną i wsuwam się do śpiwora. U boku Peety jest mi przyjemnie ciepło. Układam się wygodnie, lecz po chwili dociera do mnie, że robi mi się gorąco, zbyt gorąco. Śpiwór skutecznie zatrzymuje ciepło, a Peeta ma gorączkę. Przykładam dłoń do jego czoła, jest rozpalone i suche. Nie mam pojęcia, co robić. Zostawić go w śpiworze i liczyć na to, że nadmiar ciepła w końcu zbije gorączkę? Wyciągnąć go i wystawić na chłód, żeby nocne powietrze go oziębiło? Ostatecznie postanawiam zwilżyć skrawek bandaża i zrobić Peecie okład na czoło. To niewiele, ale obawiam się drastyczniejszej interwencji.

Noc spędzam obok Peety, na wpół leżąc, na wpół siedząc. Raz na jakiś czas odświeżam bandaż i staram się nie zastanawiać nad tym, że w parze z Peetą narażam się na znacznie większe niebezpieczeństwo, niż gdy byłam sama. Jestem uziemiona, muszę go bezustannie pilnować i pielęgnować. Od początku wiedziałam jednak, że jest ranny, a mimo to wyruszyłam na jego poszukiwanie. Pozostaje mi tylko zaufać intuicji, która nakazała mi odnaleźć Peetę.

Niebo różowieje, gdy zauważam połyskliwy pot na jego wardze. Temperatura spadła o kilka kresek, choć daleko jej do normalnego poziomu. Poprzedniego wieczoru, gdy zbierałam pnącza, natrafiłam na krzew z jagodami Rue. Teraz ogałacam go z owoców i w garnku po rosole rozgniatam je na papkę z dodatkiem zimnej wody.

Wracam do jaskini w chwili, gdy Peeta usiłuje wstać.

— Obudziłem się, a ciebie nie było — skarży się. — Martwiłem się.

Nie potrafię powstrzymać śmiechu, gdy pomagam mu z powrotem się położyć.

— Martwiłeś się? — powtarzam za nim. — O mnie? Chyba powinieneś czasem przyjrzeć się sobie.

— Przyszło mi do głowy, że Cato i Clove cię znaleźli. Lubią polować nocą — wyjaśnia poważnie.

— Clove? Kto to taki? — dziwię się.

— Dziewczyna z Drugiego Dystryktu. Jeszcze żyje, prawda?

— Tak, żyje. Oprócz nich pozostaliśmy jeszcze my oraz Thresh i Liszka — wyliczam. — Tak nazwałam dziewczynę z Piątki. Jak samopoczucie?

— Znacznie lepsze niż wczoraj. W błocie było mi koszmarnie, teraz jest po prostu komfortowo. Mam czyste ubranie, lekarstwa, śpiwór... i ciebie.

No tak, znowu ta historia z miłością. Głaszczę go po policzku, a on chwyta mnie za rękę i przyciska ją do ust. Przypominam sobie, że ojciec robił tak samo i zastanawiam się, gdzie Peeta podpatrzył ten gest. Jego ojciec i ta wiedźma na pewno się tak nie zachowywali.

— Żadnych pocałunków, dopóki czegoś nie zjesz — mówię stanowczo.

Podciągam go, żeby mógł się oprzeć plecami o skałę, a on posłusznie przełyka mus jagodowy, którym go karmię. Jednak nadal nie chce jeść mięsa.

— Nie spałaś — zauważa.

— Nie szkodzi — oświadczam, choć w gruncie rzeczy padam z nóg.

— Teraz idź spać, a ja zostanę na straży. W razie czego cię obudzę — proponuje. Waham się. — Katniss, trzeba się czasem zdrzemnąć.

Peeta ma słuszność. Prędzej czy później muszę się przespać i chyba powinnam się położyć teraz, kiedy jest jasno, a on zachowuje względną czujność.

— W porządku — zgadzam się. — Ale obudź mnie po kilku godzinach.

Jest za ciepło, aby się zagrzebywać w śpiworze. Rozpościeram go na podłodze jamy i kładę się na tak przygotowanym posłaniu. Jedną dłoń trzymam na łuku i nałożonej na cięciwę strzale. W razie potrzeby mogę teraz w jednej chwili zaatakować wroga. Peeta siedzi obok mnie, wciąż oparty o ścianę, z wyciągniętą przed siebie chorą nogą, i obserwuje okolicę.

— Śpij — mówi łagodnie. Odgarnia mi z czoła kosmyki włosów. W przeciwieństwie do inscenizowanych pocałunków oraz wymuszonych pieszczot ten gest wydaje się naturalny i szczery. Nie chcę, aby Peeta przestawał, więc dalej głaszcze mnie po włosach, aż wreszcie zasypiam.

Za długo. Spałam za długo. Wiem to już w chwili, gdy otwieram oczy i widzę, że jest popołudnie. Peeta przez cały czas siedzi obok, w tej samej pozycji. Zrywam się ze śpiwora, jestem zaniepokojona, ale wypoczęta, od wielu dni tak dobrze nie spałam.

— Peeta, miałeś mnie obudzić po paru godzinach — upominam go.

— Po co? Nic się nie działo — wyjaśnia. — Poza tym lubię cię obserwować, kiedy śpisz. Nie patrzysz wtedy spode łba. To bardzo dobrze robi ci na urodę.

Oczywiście, od razu spoglądam na niego spode łba, na co on uśmiecha się szeroko. Wtedy zauważam, że ma spierzchnięte usta. Przykładam mu dłoń do policzka. Jest rozpalony jak piec węglowy. Twierdzi, że pił wodę, ale moim zdaniem butelki są nietknięte. Podaję mu tabletki przeciwgorączkowe i pilnuję, aby wypił najpierw jeden litr wody, potem drugi. Opatruję mu mniejsze rany, oparzenia, użądlenia. Wszystkie wyglądają zdecydowanie lepiej. Przygotowuję się na najgorsze i odwijam bandaż z nogi.

Serce mi zamiera. Udo Peety wygląda źle, znacznie gorzej niż wczoraj. Co prawda ropa przestała się sączyć, ale opuchlizna jest zdecydowanie większa. Napięta, błyszcząca skóra wydaje się rozpalona. Nagle zauważam czerwone pasemka pełznące do górnej części nogi. Posocznica. Jeżeli nie uda się jej opanować, Peeta wkrótce umrze. Przeżute liście i balsam nie powstrzymają ogólnego zakażenia organizmu. Potrzebujemy silnych antybiotyków z Kapitolu. Nie wyobrażam sobie, ile kosztuje tak mocne lekarstwo. Czy do jego zakupu wystarczyłyby wszystkie pieniądze przekazane Haymitchowi przez sponsorów? Wątpię. Im bliżej końca igrzysk, tym bardziej rosną ceny podarunków dla uczestników. Za taką samą sumę pierwszego dnia można kupić cały posiłek, a dwunastego tylko krakersa. Lekarstwo dla Peety od samego początku turnieju musi kosztować majątek.

— Obrzęk jest większy, ale ropa znikła — oświadczam łamiącym się głosem.

— Katniss, moja matka nie leczy ludzi, ale dobrze wiem, co to posocznica — mówi Peeta.

— Musisz żyć dłużej niż inni. Gdy tylko zwyciężymy, w Kapitolu szybko cię wyleczą.

— To dobry plan — zgadza się Peeta. Wiem jednak, że w gruncie rzeczy chce mi dodać otuchy.

— Musisz jeść. Nie wolno ci tracić sił. Ugotuję ci zupę.

— Nie rozpalaj ognia — prosi. — Nie warto ryzykować.

— Zobaczymy. — Biorę garnek i idę nad strumień. Zdumiewa mnie koszmarny upał. Mogłabym iść o zakład, że organizatorzy dramatycznie podwyższają temperaturę w ciągu dnia i gwałtownie ją obniżają nocą. Spoglądam na rozpalone przybrzeżne kamienie i przychodzi mi do głowy pewna myśl. Może nie będę potrzebowała ognia.

Usadawiam się na wielkiej, płaskiej skale w połowie drogi między strumieniem a jamą. Po oczyszczeniu stawiam pół garnka wody na słońcu i wrzucam do niego kilka rozgrzanych kamieni wielkości jajek. Nigdy nie kryłam, że marna ze mnie kucharka. Jestem jednak dobrej myśli, ponieważ zupa ma się składać ze wszystkiego, co mam pod ręką, i nawet nie muszę pilnować, aby się nie przypaliła. Rozgniatam mięso grzędownika tak długo, aż zmienia się w breję, miażdżę też parę korzeni Rue. Na szczęście wcześniej upiekłam i jedno, i drugie, więc pozostaje mi tylko podgrzać potrawę. Ocieplana przez słońce i kamienie woda jest już gorąca, więc wrzucam mięso oraz warzywa, wyciągam kamienie i dodaję parę nowych, a potem idę szukać zieleniny, żeby poprawić smak zupy. Natrafiam na kępę szczypioru, częściowo ukrytą pod jedną ze skał. Świetnie. Szatkuję go drobno, wrzucam do garnka i ponownie wymieniam kamienie. Na koniec przykrywam naczynie i zostawiam potrawę, żeby się poddusiła.

W okolicy nie dostrzegłam wielu znaków obecności zwierzyny, ale nie chcę odchodzić dalej i zostawiać Peety samego. Zamiast polować, zakładam sześć wnyków i liczę na łut szczęścia. Zastanawiam się, co robią inni trybuci, jak sobie radzą bez stałego źródła zaopatrzenia w żywność. Przynajmniej troje z nich: Cato, Clove i Liszka korzystali prawie wyłącznie z zapasów, które wysadziłam w powietrze. Thresh zapewne nie. Podejrzewam, że wie przynajmniej tyle, co Rue, i potrafi bez niczyjej pomocy żywić się tym, co sam zbierze. Czy walczą ze sobą? Czy nas szukają? Może któryś z nich nas wytropił i tylko czeka na stosowny moment, by zaatakować? Na myśl o tym pośpiesznie wracam do groty.

Peeta wyciągnął się na śpiworze, w cieniu skał. Choć lekko się rozpromienia na mój widok, i tak wygląda mizernie. Przykładam mu do głowy chłodne bandaże, rozgrzewają się niemal natychmiast w zetknięciu z rozpaloną skórą.

— Potrzebujesz czegoś? — pytam.

— Nie. Dziękuję. Chociaż... Tak, opowiedz mi o czymś.

— O czym? — Marna ze mnie gawędziarka. Z opowieściami jest trochę tak jak ze śpiewaniem. Raz na jakiś czas Prim udaje się jednak wyciągnąć ze mnie jakąś historię.

— Może coś pogodnego? — proponuje Peeta. — Opowiedz mi o najszczęśliwszym dniu, jaki pamiętasz.

Mimowolnie wydaję z siebie odgłos, który jest skrzyżowaniem westchnienia i jęku rozpaczy. Pogodna historyjka? To mnie będzie kosztowało nieporównanie więcej wysiłku niż ugotowanie zupy. Przetrząsam umysł w poszukiwaniu miłych wspomnień. Większość z nich dotyczy Gale'a oraz mnie podczas polowania i wątpię, aby przypadły do gustu Peecie albo telewidzom. Pozostaje tylko coś związanego z Prim.

— Mówiłam ci kiedyś, jak zdobyłam kozę dla Prim? — Peeta kręci głową i patrzy na mnie wyczekująco, więc zaczynam. Zachowuję jednak ostrożność, bo wiem, że moje słowa będzie słychać w całym Panem. Choć ludzie bez wątpienia skojarzyli już fakty i wiedzą, że nielegalnie poluję, to nie chcę w żaden sposób zaszkodzić Gale'owi, Śliskiej Sae, rzeźniczce ani nawet Strażnikom Pokoju z mojego dystryktu. To moi klienci i nie wolno mi publicznie ogłosić, że także oni łamią prawo.

Oto prawdziwa wersja historii o tym, skąd wzięłam pieniądze na Damę, kozę Prim. Był piątkowy wieczór, dzień przed dziesiątymi urodzinami mojej siostry, które wypadają pod koniec maja. Tuż po lekcjach razem z Gale'em wyruszyłam do lasu, bo chciałam upolować jak najwięcej zwierzyny, którą zamierzałam wymienić na prezent dla Prim. Planowałam sprawić jej niespodziankę: może szczotkę do włosów albo materiał na nową sukienkę. Dzięki sidłom upolowaliśmy całkiem sporo zwierząt, a w lesie nie brakowało zieleniny, jednak w gruncie rzeczy nasz łup nie był wiele większy od tego, z czym zwykle wracaliśmy w piątkowy wieczór. Szłam do domu rozczarowana, choć Gale mnie zapewniał, że następnego dnia powiedzie nam się lepiej. Po drodze zrobiliśmy sobie krótką przerwę nad strumykiem, a wtedy go ujrzałam. To był młody jeleń, zapewne roczniak, sądząc po wielkości. Jego poroże ledwie kiełkowało, było małe i obrośnięte skórą. Zwierzę znieruchomiało, niepewne i gotowe do ucieczki, najwyraźniej jeszcze nie znało człowieka. Było przepiękne.

Straciło na urodzie, gdy przeszyły je dwie strzały. Jedna trafiła zwierzaka w szyję, druga w pierś. Wystrzeliłam jednocześnie z Gale'em. Jeleń usiłował biec, lecz się potknął, a Gale błyskawicznie poderżnął mu gardło nożem, zanim zwierzę się zorientowało, co się z nim dzieje. Poczułam ukłucie żalu, że zabiliśmy coś tak młodego i kruchego. Moment później jednak zaburczało mi w brzuchu na myśl o takiej ilości młodego i kruchego mięsa.

Jeleń! Gale'owi i mnie udało się dotąd ubić tylko trzy. Pierwsza była łania, która zraniła się w nogę, i właściwie trudno ją liczyć. Dzięki niej jednak przekonaliśmy się, że grubej zwierzyny nie należy ściągać na Ćwiek. Narobiliśmy straszliwego zamieszania, każdy upatrzył sobie jakiś fragment i od razu się targował, a niektórzy sami zaczęli rozbierać dziczyznę. Do akcji wkroczyła wówczas Śliska Sae. Posłała nas z łanią do rzeźniczki, ale zwierzę było już fatalnie pokaleczone, tu i tam brakowało połci mięsa, skórę szpeciły liczne nakłucia. Choć wszyscy uczciwie zapłacili, wartość zwierzyny spadła.

Tym razem zaczekaliśmy do zmroku i przekradliśmy się przez dziurę w ogrodzeniu nieopodal rzeźni. Choć wszyscy wiedzieli, że jesteśmy myśliwymi, woleliśmy nie paradować z siedemdziesięciokilogramowym jelonkiem po ulicach Dwunastego Dystryktu w świetle dnia, aby nie kłuć władz w oczy.

Zapukaliśmy do drzwi. Otworzyła nam Rooba, niska i pulchna rzeźniczka. Z Roobą nikt się nie targuje. Podaje cenę, można się zgodzić albo zrezygnować. Rooba dobrze płaci. Zgodziliśmy się na jej warunki, a ona dorzuciła nam jeszcze parę steków z dziczyzny, które mieliśmy odebrać po tym, jak rozbierze jelonka. Zarobek podzieliliśmy równo między siebie, lecz nawet wówczas to była największa gotówka, jaką każde z nas kiedykolwiek miało przy sobie. Postanowiliśmy zachować całą sprawę w tajemnicy i na koniec następnego dnia zaskoczyć rodziny mięsem oraz pieniędzmi.

W taki oto sposób uzyskałam fundusze na kupno kozy, ale Peecie mówię, że sprzedałam stary, srebrny medalion mamy. Nie chcę nikomu zaszkodzić. Potem relacjonuję najważniejszą część historii, która się rozegrała późnym popołudniem w dniu urodzin Prim.

Wraz z Gale'em udałam się na targowisko na placu, aby kupić tam materiał na sukienkę. Gdy gładziłam palcami grubą, niebieską bawełnę, coś przykuło moją uwagę. Na bazarze zjawił się starzec, który na drugim krańcu Złożyska hoduje stadko kóz. Nie znam jego prawdziwego imienia ani nazwiska, wszyscy mówią na niego Koziarz. Ma spuchnięte, obolałe stawy, powykręcane pod dziwnym kątem, a do tego dławi go suchy kaszel — pamiątka po długich latach spędzonych w kopalniach. Dopisuje mu jednak szczęście. Przez długie lata pracy udało mu się zaoszczędzić tyle, że kupił sobie kozy, i teraz, u schyłku życia, miał coś do roboty i nie umierał powoli z głodu. Koziarz to okropny brudas i brak mu cierpliwości, ale jego zwierzęta są czyste, a ich tłustym mlekiem może się nasycić każdy, kogo na to stać.

Jedna z kóz, biała w czarne łaty, leżała na wózku. Od razu było widać, dlaczego. Jakieś zwierzę, zapewne pies, fatalnie rozszarpało jej bark i wdało się zakażenie. Koza miała się naprawdę źle, Koziarz musiał ją trzymać podczas dojenia. Pomyślałam wówczas, że wiem, kto zdołałby ją wyleczyć.

— Gale — wyszeptałam. — Chcę mieć tę kozę dla Prim.

Mleczna koza może odmienić życie mieszkańca Dwunastego Dystryktu. Kozy żywią się byle czym, a Łąka to dla nich idealne pastwisko. Właściciel kozy może liczyć na dwa litry mleka dziennie, doskonałego do wypicia, do wyrobu sera i na sprzedaż. Na dodatek wszystko absolutnie legalnie.

— Jest ciężko ranna — zauważył Gale. — Przyjrzyjmy się jej lepiej.

Podeszliśmy do wózka i kupiliśmy kubek mleka na spółkę. Potem stanęliśmy nad kozą, jakbyśmy chcieli zaspokoić pustą ciekawość.

— Dajcie jej spokój — burknął starzec.

— Tylko patrzymy — odparł Gale.

— Patrzcie szybciej, bo wkrótce trafi pod nóż. Nikt nie kupuje jej mleka, a jeśli już, to za pół ceny — poskarżył się Koziarz.

— Ile pan za nią weźmie od rzeźniczki? — spytałam.

Wzruszył ramionami.

— Zaczekajcie chwilę, to sami zobaczycie.

Odwróciłam się i ujrzałam Roobę, która zmierzała przez plac prosto w naszą stronę.

— Dobrze, że pani jest — powitał rzeźniczkę Koziarz. — Tej dziewczynie wpadła w oko pani koza.

— Nic mi do niej, jeśli jest już sprzedana — wyjaśniłam obojętnie.

Rooba zmierzyła mnie od stóp do głów i zmarszczyła czoło na widok chorego zwierzęcia.

— Nie jest — zaprzeczyła. — Dość spojrzeć na jej bark. Idę o zakład, że połowa mięsa zgniła i nie nadaje się nawet na kiełbasę.

— Co takiego? — oburzył się staruszek. — Dobiliśmy targu!

— Dobijaliśmy targu, kiedy to zwierzę miało na skórze ledwie kilka śladów po zębach. Teraz to co innego. Niech pan sprzeda kozę dziewczynie, skoro jest na tyle głupia, żeby ją kupić — poradziła mu Rooba. Na odchodnym dyskretnie do mnie mrugnęła.

Koziarz się wściekł, ale nadal chciał się pozbyć umierającego zwierzęcia. Targowaliśmy się przez pół godziny, a wokół nas zgromadził się spory tłum, a każdy miał coś do powiedzenia w sprawie transakcji. Gdyby koza przeżyła, zrobiłabym świetny interes. Gdyby zdechła, zostałabym obrabowana. Widzowie podzielili się na dwa obozy, a ja ostatecznie kozę kupiłam.

Gale zaproponował, że ją przeniesie. Moim zdaniem tak samo jak ja chciał zobaczyć minę Prim. W chwili kompletnego oszołomienia całą sytuacją kupiłam różową wstążkę i zawiązałam ją na szyi kozy. Dopiero wtedy pośpiesznie ruszyliśmy do mojego domu.

Trzeba było widzieć reakcję Prim, kiedy przekroczyliśmy próg. Przypominam, że to właśnie Prim była tą dziewczynką, która uparła się, aby uratować paskudnego starego kota, Jaskra. Na widok kozy niemal wpadła z radości w histerię, jednocześnie chlipała i chichotała. Na widok rany mama okazała większą wstrzemięźliwość, ale obie natychmiast zabrały się do ratowania kozy. Razem rozdrabniały zioła, sporządzały napary i wlewały je do gardła zwierzaka.

— Zupełnie jak ty — odzywa się Peeta. Niemal zapomniałam, że jest tuż obok.

— Skąd, daj spokój. One potrafią dokonywać cudów. Koza by nie zdechła, nawet gdyby bardzo chciała. — Gryzę się w język, poniewczasie uświadamiając sobie, jak moje słowa musiał odebrać Peeta. Przecież właśnie umiera, otoczony moją nieporadną opieką.

— Bez obaw, ja też nie chcę — żartuje. — Dokończ.

— Właściwie to już koniec. Pamiętam jeszcze, że tamtej nocy Prim uparła się spać z Damą na kocu przy kominku. Zanim obie zasnęły, koza lizała ją po policzku, jakby ją całowała na dobranoc. Od razu pokochała Prim.

— Nadal nosi na szyi różową wstążkę? — pyta Peeta.

— Chyba tak — potwierdzam. — Dlaczego chcesz wiedzieć?

— Próbuję to sobie wyobrazić — wyjaśnia zamyślony. — Teraz wiem, dlaczego tamten dzień był dla ciebie szczęśliwy.

— Zdawałam sobie sprawę, że koza stanie się dla nas małą kopalnią złota.

— Tak, rzecz jasna miałem na myśli właśnie to, a nie to, że sprawiłaś olbrzymią radość siostrze, którą kochasz tak bardzo, że zajęłaś jej miejsce na dożynkach — burczy Peeta ironicznie.

— Koza naprawdę na siebie zarobiła. Zwróciła się nam wielokrotnie — podkreślam z wyższością.

— Byłaby czarną niewdzięcznicą, gdyby cię zawiodła po tym, jak uratowałaś jej życie — oświadcza Peeta. — Zamierzam iść w jej ślady.

— Naprawdę? Może mi tylko przypomnisz, ile mnie kosztowałeś?

— Mnóstwo kłopotów, ale bez obaw. Zrewanżuję ci się.

— To, co mówisz, nie ma sensu. — Sprawdzam mu temperaturę czoła. Gorączka wyraźnie się nasila. — Ale przynajmniej nie jesteś już taki rozpalony.

Wzdrygam się, przestraszona dźwiękiem trąbek. Pośpiesznie wstaję i błyskawicznie podchodzę do otworu jamy. Muszę starannie zapamiętać każde wypowiedziane słowo. Na niebie pojawia się mój nowy najlepszy przyjaciel, Claudius Templesmith, który — jak się tego spodziewałam — zaprasza nas na ucztę. Nie jesteśmy aż tak głodni, więc obojętnie odrzucam propozycję, ale Claudius mówi dalej:

— Zaczekajcie. Część z was zapewne już wyraziła brak zainteresowania moim zaproszeniem. To jednak nie będzie zwykła uczta. Każde z was czegoś bardzo potrzebuje.

Rzeczywiście, koniecznie potrzebuję lekarstwa na nogę Peety.

— Każde z was znajdzie to w plecaku oznaczonym numerem swojego dystryktu. Szukajcie o świcie przy Rogu Obfitości, i zastanówcie się, czy warto rezygnować z takiej sposobności. Niektórym z was następna się nie nadarzy — podkreśla Claudius.

Zapada cisza, ale jego słowa nadal pobrzmiewają mi w uszach. Podskakuję, kiedy Peeta znienacka dotyka mojego ramienia i mówi:

— Nie. Nie będziesz ryzykować dla mnie życia.

— Kto powiedział, że zamierzam?

— Więc nie pójdziesz? — upewnia się.

— Oczywiście, że nie pójdę. Uwierz wreszcie we mnie. Twoim zdaniem jestem gotowa wpakować się w sam środek walki z Catonem, Clove i Threshem? Nie bądź głupi — obruszam się i pomagam mu wrócić na posłanie. — Poczekam, aż się pozabijają, zobaczymy na niebie zdjęcia wyeliminowanych trybutów i wtedy obmyślimy jakiś plan.

— Nie umiesz kłamać, Katniss. Nie mam pojęcia, jak dotąd udało ci się przeżyć. — Zaczyna mnie naśladować: — „Wiedziałam, że koza stanie się dla nas małą kopalnią złota. Ale przynajmniej nie jesteś już taki rozpalony. Oczywiście, że nie pójdę". — Z dezaprobatą kręci głową. — Nigdy nie próbuj szczęścia w kartach. Spłuczesz się dokumentnie.

Czuję, że twarz czerwienieje mi ze złości.

— Masz rację, pójdę. A ty mnie nie powstrzymasz.

— Mogę cię śledzić, przynajmniej przez część drogi. Pewnie nie dotrę do Rogu Obfitości, ale jeżeli zacznę cię wołać po imieniu, wówczas na pewno ktoś mnie znajdzie. Masz jak w banku, że wtedy umrę.

— Z chorą nogą nie pokonasz nawet stu metrów — oznajmiam.

— Wobec tego dalej będę się czołgał — ostrzega Peeta. — Jeśli ty pójdziesz, ja pójdę za tobą.

Jest na tyle uparty i chyba dostatecznie silny, aby spełnić groźbę. Będzie podążał za mną po lesie i wołał mnie po imieniu. Nawet jeżeli nie znajdzie go żaden trybut, to pewnie dopadną go dzikie zwierzęta. Nie jest w stanie się bronić. Aby odejść, musiałabym chyba zamurować wejście do jaskini. Poza tym nie wiadomo, co mu się może stać pod wpływem wysiłku.

— I co mam robić? Siedzieć tutaj i patrzeć, jak umierasz? — pytam. Peeta musi wiedzieć, że to rozwiązanie nie wchodzi w grę. Widzowie by mnie znienawidzili. Szczerze powiedziawszy, gdybym nie spróbowała zdobyć lekarstwa, sama również bym siebie znienawidziła.

— Nie umrę, obiecuję. Ale ty też obiecaj, że nie pójdziesz — dodaje. No cóż, wie, że widzowie znienawidziliby jego, gdyby tego nie powiedział.

Osiągnęliśmy sytuację patową. W tej sprawie nie przekonam Peety, więc nawet nie próbuję. Niechętnie udaję, że przystaję na jego propozycję.

— Skoro tak, to musisz robić wszystko, co ci każę. Pić wodę, budzić mnie o takiej porze, o jakiej sobie zażyczę, i jeść moją zupę, choćby była nie wiem jak obrzydliwa! — warczę.

— Umowa stoi. Gdzie masz tę zupę?

— Zaczekaj chwilę. — Do zmroku jeszcze daleko, ale powietrze jest już lodowate. Jestem absolutnie pewna, że organizatorzy manipulują przy temperaturze. Ciekawe, czy któryś z uczestników koniecznie potrzebuje przyzwoitego koca. Zupa w żelaznym garnku jest nadal przyjemnie ciepła. Poza tym całkiem nieźle smakuje.

Peeta zjada ją bez słowa skargi, a nawet skrobie łyżką po dnie garnka, aby dowieść, że jest pełen zapału. Co chwila wygłasza pochwały pod adresem potrawy i pewnie byłabym z tego zadowolona, gdybym nie wiedziała, co gorączka robi z ludźmi. Peeta zachowuje się zupełnie tak jak Haymitch, zanim kompletnie straci przytomność po alkoholu. Dopóki jeszcze udaje mi się nawiązać kontakt, podaję mu następną dawkę lekarstwa przeciw gorączce.

Schodzę do strumienia, żeby pozmywać, lecz myślę tylko o tym, że Peeta umrze, jeśli nie wybiorę się na ucztę. Zapewne uda mi się utrzymać go przy życiu jeszcze przez dzień lub dwa, ale potem zakażenie dotrze do serca, mózgu albo płuc i będzie za późno na ratunek. Zostanę zupełnie sama. Znowu. Pozostanie mi tylko czekać na innych.

Biję się z myślami tak zajadle, że prawie nie zauważam spadochronu, choć unosi się na wodzie tuż obok mnie. Rzucam się ku niemu, gwałtownym szarpnięciem wyciągam przesyłkę z wody i zrywam srebrny materiał, spod którego wyłania się fiolka. A jednak Haymitchowi się udało! Zdobył lekarstwo! Nie mam pojęcia, w jaki sposób, może namówił kilku romantycznych głupców do sprzedaży klejnotów, ale teraz mogę uratować Peetę! Dziwię się tylko, że fiolka jest tak mała. Lek z pewnością ma bardzo silne działanie, skoro dzięki niemu wyzdrowieje ktoś tak poważnie chory jak Peeta. Nagle ogarniają mnie wątpliwości. Odkorkowuję fiolkę i uważnie wącham jej zawartość. Moje nadzieje gasną, gdy wyczuwam słodkomdławy zapach. Na wszelki wypadek biorę na język kroplę preparatu. Nie mam żadnych wątpliwości, to syrop nasenny, bardzo rozpowszechniony w Dwunastym Dystrykcie. Nie jest drogi w porównaniu z innymi lekarstwami, ale silnie uzależniający. Niemal każdy prędzej czy później przyjmuje dawkę tej mikstury. My również trzymamy w domu trochę syropu w butelce. Mama podaje go rozhisteryzowanym pacjentom, aby ich pozbawić przytomności na czas zszywania paskudnej rany, albo po to, by ich uspokoić, ewentualnie umożliwić cierpiącemu spokojne spędzenie nocy. Wystarcza do tego zaledwie odrobina lekarstwa. Fiolka tego rozmiaru potrafiłaby uśpić Peetę na cały dzień, ale co mi z tego? Jestem tak wściekła, że mam ochotę cisnąć do strumienia prezent od Haymitcha, lecz coś sobie uświadamiam. Na cały dzień? To nawet więcej, niż potrzebuję.

Przygotowuję mus jagodowy, żeby zamaskować smak syropu, i dla pewności dorzucam jeszcze parę listków mięty. Potem wracam do jamy.

— Przyniosłam ci smakołyk. Przeszłam się trochę dalej w dół strumienia i natrafiłam na poletko jagodowe.

Peeta bez wahania otwiera usta, aby zjeść pierwszą łyżkę. Przełyka jej zawartość i lekko ściąga brwi.

— Strasznie słodkie — zauważa.

— Zgadza się, bo to są cukrowe jagody. Mama robi z nich dżem. Nigdy ich nie jadłeś?

— Nie — zaprzecza, trochę zdezorientowany. — Ale znam ten smak. Cukrowe jagody?

— Rzadko się pojawiają na rynku, bo rosną dziko — tłumaczę. Peeta przełyka następną łyżkę. Została już tylko jedna.

— Są słodkie jak syrop — mówi i zjada ostatnią łyżkę. — Syrop.

Nagle robi wielkie oczy, uświadamiając sobie prawdę. Przyciskam mu dłoń do ust i nosa, zmuszam go do przełknięcia lekarstwa, nie pozwalam mu go wypluć. Próbuje sprowokować wymioty, ale jest za późno, traci przytomność. W jego omdlewających oczach dostrzegam niemy wyrzut, i wiem, że nigdy nie wybaczy mi tego, co zrobiłam.

Przykucam na piętach i spoglądam na niego ze smutkiem i satysfakcją. Z brody Peety wycieram samotną, rozgniecioną jagodę.

— Kto powiedział, że nie umiem kłamać? — pytam go, choć już mnie nie słyszy.

Nie szkodzi. Ważne, że słyszy mnie reszta mieszkańców Panem.

21

Ostatnie godziny przed zmierzchem poświęcam na zbieranie kamieni i jak najstaranniejsze kamuflowanie otworu jamy. Praca przebiega powoli i jest wyczerpująca. Pot ścieka ze mnie ciurkiem, przeniosłam mnóstwo kamieni, ale jestem zadowolona z rezultatu. Grota wydaje się teraz fragmentem większej sterty kamieni, jakich dużo w okolicy. Przez mały, niewidoczny z zewnątrz otwór zdołam wpełznąć do Peety. To dobrze, bo tej nocy będę musiała ponownie schronić się wraz z nim w śpiworze. Jeśli nie wrócę z uczty, Peeta pozostanie w ukryciu, choć nie będzie całkiem uwięziony. To jednak raczej nie ma znaczenia, bez lekarstwa długo nie pożyje. Jeżeli zginę podczas uczty, Dwunasty Dystrykt najprawdopodobniej nie doczeka się w tym roku zwycięzcy.

Przyrządzam posiłek z drobnych ościstych rybek, które zamieszkują tę część strumienia, napełniam wszystkie pojemniki i oczyszczam wodę, a na koniec pucuję broń. Mam łącznie dziewięć strzał. Zastanawiam się, czy zostawić Peecie nóż, aby miał się czym bronić pod moją nieobecność, lecz to bez sensu. Jego ostateczną formą obrony jest przecież kamuflaż. Nóż może się przydać mi. Kto wie, co mnie wkrótce spotka?

Nie wątpię tylko co do kilku spraw. Na uczcie na pewno zjawią się Cato, Clove i Thresh. Trudno powiedzieć, czy przyjdzie Liszka, w końcu jej taktyka polega na unikaniu bezpośredniego starcia. Jest jeszcze drobniejsza ode mnie i do tego bezbronna, chyba że ostatnio zdobyła jakiś oręż. Zakładam, że będzie się kręciła w pobliżu Rogu Obfitości i wyczekiwała okazji, aby coś podebrać. Co do pozostałej trójki... Będę miała ręce pełne roboty. Moja przewaga nad innymi polega głównie na tym, że umiem zabijać na odległość. Żeby jednak zdobyć plecak, o którym mówił Claudius Templesmith, plecak z numerem dwanaście, będę musiała wkroczyć w sam środek walki.

Obserwuję niebo, licząc na to, że o świcie napotkam jednego wroga mniej, ale tej nocy nie pojawia się nikt. Jutro na pewno zostaną wyświetlone zdjęcia trybutów. Uczty zawsze się kończą ofiarami śmiertelnymi.

Wczołguję się do jamy, wkładam okulary i zwijam się w kłębek obok Peety. Na szczęście w ciągu dnia solidnie się wyspałam. Nie wolno mi zasnąć. Wątpię, aby tej nocy ktoś nas zaatakował, ale nie mogę ryzykować przespania świtu.

Tej nocy panuje okropny, przenikliwy chłód, zupełnie jakby organizatorzy wpompowali na arenę lodowate powietrze. Zapewne tak właśnie zrobili. Leżę u boku Peety w śpiworze i staram się wchłonąć całą jego gorączkę. Dziwne, że fizycznie przebywam tak blisko osoby, która jest praktycznie nieobecna. Peeta równie dobrze mógłby znajdować się w Kapitolu albo w Dwunastym Dystrykcie, czy choćby na Księżycu. Nie mam z nim żadnego kontaktu. Od początku igrzysk nie czułam się aż tak samotna.

Pogódź się z tym, że czeka cię podła noc, powiadam sobie. Choć usiłuję skupić uwagę na innych sprawach, myślami ciągle powracam do mamy i Prim. Zastanawiam się, czy w ogóle zdołają zasnąć tej nocy. Na tak późnym etapie igrzysk, przy tak ważnym zdarzeniu jak uczta, lekcje zapewne zostaną odwołane. Moja rodzina może oglądać turniej na naszym telewizorze, starym pudle trzaskającym od wyładowań elektrostatycznych, albo dołączyć do tłumu na placu, gdzie stoją wielkie, dobrze widoczne ekrany. W domu mają zapewnioną intymność, ale na placu mogłyby liczyć na wsparcie widzów.

Usłyszałyby dobre słowo, ten i ów w miarę możliwości ofia-
rowałby im coś do jedzenia. Zastanawiam się, czy piekarz je
odszukał, zwłaszcza teraz, gdy tworzę z Peetą jedną drużynę,
i czy dotrzymał słowa. Zobowiązał się przecież, że Prim nie
będzie chodziła z pustym brzuchem.

Mieszkańcy Dwunastego Dystryktu na pewno nie posiada-
ją się z radości. Rzadko mamy okazję komuś kibicować pod
sam koniec igrzysk. Ludzie muszą za nami przepadać, zwłaszcza teraz, kiedy jesteśmy parą. Wystarczy, że zamknę oczy,
a już widzę w wyobraźni, jak krzyczą w kierunku ekranów,
zagrzewając nas do walki. Widzę twarze wiwatujących zebranych: Śliskiej Sae, Madge, nawet Strażników Pokoju, którzy
kupują ode mnie mięso.

Wyobrażam sobie także Gale'a. Znam go dobrze. Na pewno nie krzyczy i nie wiwatuje, ale za to czujnie patrzy, bezustannie nas obserwuje, zwraca uwagę na każdy nasz ruch
i gest. Chce, abym wróciła do domu. Ciekawe, czy szczęśli-
wego powrotu życzy także Peecie. Gale nie jest moim chłopakiem, ale czy byłby nim, gdybym mu zasygnalizowała, że to
możliwe? Wspomniał o wspólnej ucieczce. Czy w ten sposób
chciał tylko zwiększyć nasze szanse przetrwania poza dystryktem? A może chodziło mu o coś więcej?

Zastanawiam się, co sobie myśli o całym tym całowaniu.

Przez szczelinę w skałach obserwuję sunący po niebie księżyc. Do ostatecznych przygotowań biorę się mniej więcej trzy
godziny przed świtem. Wodę i apteczkę pierwszej pomocy zostawiam w zasięgu ręki Peety. Do mojego powrotu nic więcej
nie będzie mu potrzebne, a nawet te podstawowe rzeczy tylko trochę przedłużą mu życie. Przez chwilę biję się z myślami
i ostatecznie ściągam z niego kurtkę, którą wkładam. Jemu nie
jest potrzebna. Teraz Peeta leży w ciepłym śpiworze, z wysoką
gorączką, a w ciągu dnia, jeżeli nie wrócę dostatecznie wcześnie, usmaży się w zbędnym ubraniu. Dłonie już mi zesztywniały z zimna, więc biorę zapasowe skarpety Rue, wycinam

w nich otwory na palce i naciągam na dłonie. Jest lepiej. Do małego plecaka Rue wkładam trochę jedzenia, butelkę z wodą i bandaże. Nóż wsuwam za pas, biorę do ręki łuk oraz strzały i zbieram się do wyjścia. W ostatniej chwili przypominam sobie o konieczności kontynuowania miłosnej sagi o nieszczęśliwych kochankach, więc pochylam się nad Peetą, aby złożyć na jego ustach długi, czuły pocałunek. Wyobrażam sobie łzawe westchnienia, przetaczające się po całym Kapitolu, i udaję, że sama również ocieram łzę. Następnie przeciskam się przez otwór między kamieniami i wychodzę na dwór.

Na zewnątrz mój oddech zmienia się w małe, białe chmurki. Jest zimno jak w listopadową noc w Dwunastym Dystrykcie, podobną do tej, podczas której z latarnią w dłoni wymknęłam się do lasu na spotkanie z Gale'em, we wcześniej ustalonym miejscu. Siedzieliśmy tam razem, przytuleni do siebie, i sączyliśmy ziołowy napar z metalowych butelek owiniętych grubym, pikowanym materiałem. Mieliśmy nadzieję, że do rana zjawi się zwierzyna.

Och, Gale, wzdycham w myślach. Szkoda, że nie mogę teraz służyć ci wsparciem...

Idę szybko, ale bez przesady. Wolę unikać niepotrzebnego ryzyka. Okulary to doskonały wynalazek, lecz nie potrafię się przyzwyczaić do niesprawności prawego ucha. Nie wiem, co się z nim stało podczas wybuchu, uszkodzenie najwyraźniej jest głębokie i nieodwracalne. Mniejsza z tym. Jeżeli wrócę do domu, będę tak obrzydliwie bogata, że opłacę dobrego lekarza.

Nocą las zawsze wygląda inaczej. Nawet przez noktowizor wszystko prezentuje się obco, zupełnie jakby drzewa, kwiaty i kamienie poszły spać, a na swoje miejsca przysłały własne kopie, złowrogie i nieprzyjemne. Nie chcę popełnić żadnego błędu, więc trzymam się utartej trasy. Wędruję w górę strumienia i podążam ścieżką do kryjówki Rue w pobliżu jeziora. Po drodze nie zauważam żadnych śladów obecności innych trybutów, ani jednej chmury oddechu, ani jednej drżącej gałązki. Albo przybyłam na miejsce pierwsza, albo inni już wczoraj w nocy zajęli stanowiska. Do świtu pozostała jeszcze ponad godzina, może nawet dwie. Wciskam się w krzaki i czekam na krwawą jatkę.

Żuję kilka liści mięty, mój brzuch nie jest gotowy na nic więcej. Całe szczęście, że mam na sobie dwie kurtki. Bez kurtki Peety musiałabym przez cały czas chodzić w kółko, żeby nie zamarznąć. Niebo powoli przybiera barwę mglistej, porannej szarości, a innych trybutów nadal nie widać. Właściwie trudno się temu dziwić. Uczestnicy igrzysk wyróżnili się siłą, zajadłością albo sprytem. Zastanawiam się, czy myślą, że jestem z Peetą? Wątpię, aby Liszka lub Thresh wiedzieli, że jest ranny. I dobrze, niech myślą, że będzie mnie osłaniał, kiedy pobiegnę po plecak.

Tylko gdzie on jest? Arena pojaśniała na tyle, że mogę zdjąć okulary. Słyszę śpiew porannych ptaków. Czy to już czas? Na sekundę wpadam w panikę, przychodzi mi do głowy, że przyszłam w niewłaściwe miejsce. Nie, to wykluczone. Doskonale pamiętam, że Claudius Templesmith wspomniał o Rogu Obfitości. Oto on, a przy nim ja. Tylko gdzie jest uczta?

Gdy pierwsze promienie słońca rozbłyskują na złocistej powierzchni Rogu Obfitości, na równinie następuje zmiana. Ziemia przed otworem Rogu rozstępuje się na boki, a na arenę wjeżdża okrągły stół ze śnieżnobiałym obrusem. Na jego powierzchni spoczywają cztery plecaki, dwa czarne, duże, oznaczone numerami 2 i 11, średni, zielony z numerem 5 oraz maleńki, pomarańczowy, zapewne z cyfrą 12. Jest naprawdę nieduży, mogłabym go sobie owinąć wokół nadgarstka.

Stół nieruchomieje z cichym trzaskiem i w tym samym momencie drobna postać wyskakuje z Rogu Obfitości, chwyta zielony plecak i pędem ucieka. Liszka! Kto inny wpadłby na tak błyskotliwy i ryzykowny pomysł? Pozostali trybuci nadal kryją się wokół równiny, oceniają sytuację, a Liszka już załatwiła, co miała do załatwienia. Na dodatek zrobiła nas na szaro, bo nikt nie chce się rzucać w pogoń, skoro pozostałe plecaki nadal czekają na stole, gotowe do wzięcia. Liszka na pewno zostawiła je celowo. Gdyby któryś ukradła, bez wątpienia ściągnęłaby na siebie gniew niedoszłego właściciela. Sama powinnam była obrać taką taktykę! Patrzę, jak rudawa grzywa włosów dziewczyny znika między drzewami, daleko poza zasięgiem strzały, i z trudem powściągam emocje. Przed momentem byłam jednocześnie zaskoczona, zirytowana, zazdrosna, pełna podziwu i frustracji. Kto by pomyślał. Boję się innych, a tymczasem najpoważniejszym rywalem może okazać się Liszka.

Na domiar złego zabrała mi czas, to jasne, że muszę następna dobiec do stołu. Każdy, kto mnie prześcignie, z łatwością zagarnie mój plecak i umknie. Bez chwili dalszego wahania rzucam się w kierunku zdobyczy. Od razu wyczuwam zagrożenie, choć go nie widzę. Mam szczęście, pierwszy nóż przecina powietrze z mojej prawej strony, więc słyszę go w locie i odtrącam łukiem. Momentalnie się odwracam, napinam cięciwę i posyłam strzałę prosto w serce Clove. W ostatniej chwili dziewczyna robi unik, więc grot nie trafia do celu, ale przynajmniej przeszywa górną część jej lewej ręki. Niestety, Clove jest praworęczna, więc nadal może rzucać, ale przynajmniej na chwilę rana ją spowolniła, bo musi wyszarpnąć strzałę i ocenić szkody. Biegnę dalej i odruchowo przygotowuję się do następnego strzału. To odruch każdego, kto od lat poluje.

Jestem już przy stole, zaciskam palce na małym, pomarańczowym plecaku. Wsuwam dłoń między paski i zarzucam go, jest naprawdę zbyt mały, aby go transportować w inny sposób. Odwracam się, aby ponownie oddać strzał, kiedy drugi nóż trafia mnie w czoło. Ostrze prześlizguje ponad prawą brwią i mocno tnie skórę, spod której momentalnie wypływa strumień krwi. Zalewa mi twarz, oślepia oko, wypełnia usta ostrym, żelazistym smakiem. Cofam się chwiejnie, ale jeszcze udaje mi się oddać strzał tam, gdzie, jak mi się wydaje, znajduje się napastnik. Od razu wiem, że spudłuję. Clove wpada na mnie z impetem, obala mnie na plecy, kolanami wgniata mi ramiona w ziemię.

To już koniec, myślę. Mam nadzieję, że szybko pójdzie, dla dobra Prim. Clove ma jednak ochotę delektować się triumfem. Najwyraźniej nie widzi powodu do pośpiechu. Cato z pewnością czai się w pobliżu, strzeże jej, czeka na Thresha i zapewne Peetę.

— Dwunasty, gdzie twój narzeczony? Jeszcze dyszy? — szydzi.

Dopóki rozmawiamy, przynajmniej żyję.

— Miewa się całkiem nieźle. Teraz jest w lesie i poluje na Catona — prycham i wrzeszczę, ile sił w płucach: — Peeta!

Clove wali mnie pięścią w gardło i niezwykle skutecznie odbiera mi głos. Rozgląda się jednak nerwowo, więc nie wyklucza, że mówię prawdę. Ponieważ Peeta nie przybywa mi na ratunek, ponownie skupia się na mnie.

— Kłamczucha — cedzi z uśmiechem. — Zaraz będzie po nim. Cato dobrze wiedział, gdzie wbić nóż. Pewnie uwiązałaś kochasia gdzieś na drzewie i próbujesz go podtrzymać przy życiu. Co masz w tym ślicznym plecaczku? Lekarstwo dla kochasia? Jaka szkoda, że go nie dostanie.

Rozchyla kurtkę. Od środka jest obwieszona imponującą kolekcją noży. Pieczołowicie wybiera filigranowy, o okrutnie zakrzywionej klindze.

— Obiecałam Catonowi, że jeśli mi cię podaruje, urządzę telewidzom pierwszorzędne widowisko.

Z wysiłkiem usiłuję ją z siebie zrzucić, ale nic z tego. Jest za ciężka i zbyt mocno mnie trzyma.

— Daruj sobie, Dwunasty. Rozprawimy się z tobą tak samo, jak rozprawiliśmy się z tą twoją żałosną sojuszniczką... Jak jej było? Tej małej, która skakała po drzewach? Rue? Najpierw Rue, potem ty. Z twoim kochasiem rozprawi się natura. Co ty na to? — pyta. — A teraz zastanówmy się, od czego by tu zacząć.

Niedbale wyciera rękawem kurtki krew z mojej rany. Przez chwilę patrzy mi w oczy i lekko kręci głową, jakbym była klockiem drewna, a ona decydowała, co z niego wyrzeźbić. Usiłuję ją ugryźć w rękę, ale chwyta mnie za włosy i brutalnie dociska moją głowę do ziemi.

— Coś mi się wydaje... — niemal mruczy z zadowolenia — ...że chyba zaczniemy od ust.

Zaciskam zęby, kiedy drażni się ze mną, obrysowując końcem noża moje wargi.

Nie zamknę oczu. Po tym, co Clove powiedziała o Rue, czuję tylko furię, dziką wściekłość, która pozwoli mi umrzeć z odrobiną godności. W ostatnim akcie buntu będę się w nią wpatrywała, póki nie stracę wzroku. Zapewne nie potrwa to długo, ale zamierzam wytrwać w tym postanowieniu. Nie usłyszy mojego krzyku, umrę niepokonana, w sposób, jaki sama wybiorę.

— Tak, tak, usta już ci się raczej nie przydadzą. Chcesz posłać kochasiowi ostatniego buziaka? — cedzi. Zbieram w ustach mieszaninę krwi oraz śliny i spluwam prosto w twarz Clove. Czerwienieje z wściekłości. — No dobra, nie ma na co czekać. Bierzemy się do roboty.

Przygotowuję się na ból, który musi nieuchronnie nadejść. Koniec ostrza zaczyna mi rozcinać wargę, i w tej samej chwili jakaś niewyobrażalna siła odrywa Clove od mojego ciała. Słyszę jej wrzask. Z początku jestem zbyt oszołomiona, aby się zorientować w sytuacji, mój umysł nie kojarzy faktów. Czyżby Peeta przybył mi z odsieczą? A może organizatorzy dostarczyli na arenę jakieś dzikie zwierzę, które ma uatrakcyjnić widowisko? Albo nadleciał poduszkowiec, aby z niewiadomych przyczyn unieść Clove w powietrze?

Dźwigam się na zdrętwiałych rękach i widzę, że stało się coś zupełnie innego. Clove zwisa na wysokości kilkudziesięciu centymetrów na ziemią, unieruchomiona w dłoniach Thresha. Na jego widok wzdycham głęboko. Góruje nade mną niczym wieża i trzyma Clove jak szmacianą lalkę. Zapamiętałam, że jest potężnie zbudowany, ale teraz wydaje się jeszcze masywniejszy i silniejszy niż kiedyś. Podczas pobytu na arenie najwyraźniej przybrał na wadze. Teraz obraca Clove i ciska nią o ziemię.

Kiedy dociera do mnie jego ryk, podskakuję ze zdumienia. Dotąd zawsze mówił półgłosem.

— Co zrobiłaś tamtej dziewczynce? — wrzeszczy. — Zabiłaś?

Clove cofa się na czworakach niczym przerażony owad. Jest zbyt wstrząśnięta, żeby wezwać na pomoc Catona.

— Nie! — bełkocze. — Nie, to nie ja!

— Powiedziałaś jej imię. Słyszałem. Zabiłaś? — Przychodzi mu do głowy następna myśl, która sprawia, że znowu wykrzywia się z wściekłością. — Pocięłaś ją, jak chciałaś pociąć tę dziewczynę?

— Nie! Nie, ja tylko... — Clove dostrzega w dłoni Thresha kamień wielkości małego bochenka chleba i wpada w panikę.

— Cato! — skrzeczy. — Cato!

— Clove! — Słyszę odpowiedź Catona, który jest zdecydowanie zbyt daleko, aby jej pomóc. Co on tam robił? Usiłował dopaść Liszkę albo Peetę? A może leżał w oczekiwaniu na Thresha i błędnie ocenił jego miejsce pobytu?

Thresh potężnym ciosem wbija kamień w skroń Clove. Nie widzę krwi, ale dostrzegam zagłębienie w czaszce dziewczyny i wiem, że już po niej. Życie jeszcze się w niej kołacze, jej piersi pośpiesznie się unoszą i opadają, słychać ciche pojękiwanie.

Kiedy Thresh odwraca się do mnie z kamieniem w uniesionej dłoni, wiem, że nie zdołam uciec. Nie mam strzały na cięciwie, poprzednią posłałam w kierunku Clove. Tkwię w pułapce, przeszywana czujnym spojrzeniem dziwnych miodowych oczu.

— Co ona mówiła? Że Rue to twoja sojuszniczka?

— Połączyłyśmy siły, wspólnie wysadziłyśmy w powietrze zapasy z Rogu Obfitości. Chciałam ją uratować, naprawdę, ale chłopak z Jedynki był szybszy — tłumaczę mu pośpiesznie. Jeśli się dowie, że pomogłam Rue, nie wybierze dla mnie powolnej, okrutnej śmierci.

— Ty go zabiłaś? — pyta surowo.

— Tak, zabiłam go, a Rue pochowałam w kwiatach — wyjaśniam. — I jeszcze jej śpiewałam do snu.

Z oczu płyną mi łzy. Na wspomnienie śmierci Rue zapominam o napięciu, o walce. Myślę o niej, zaczyna mnie potwornie boleć głowa, boję się Thresha, słyszę jęki umierającej tuż obok dziewczyny. Tracę panowanie nad sobą.

— Do snu? — powtarza chrapliwie.

— Przed śmiercią — wyjaśniam. — Śpiewałam jej w ostatnich minutach życia. Mieszkańcy twojego dystryktu przysłali mi chleb. — Podnoszę rękę, ale nie po strzałę, której i tak nie zdążyłabym nałożyć na cięciwę. Ocieram mokry nos. — Thresh, zrób to szybko, dobrze?

Na jego twarzy walczą emocje. Opuszcza kamień i niemal oskarżycielsko celuje we mnie palcem.

— Tylko tym razem pozwalam ci odejść. Z powodu dziewczynki. Ty i ja jesteśmy teraz kwita. Nic ci nie jestem winien. Rozumiesz?

Kiwam głową, bo naprawdę rozumiem. Rachunki wyrównane. Wiem, jak bardzo można nienawidzić długów. Mam świadomość, że jeśli Thresh zwycięży, będzie musiał wrócić i rozliczyć się ze swoich uczynków przed mieszkańcami własnego dystryktu, którzy złamali wszystkie zasady, żeby mi podziękować, podobnie jak teraz Thresh je łamie, żeby również wyrazić mi wdzięczność. Dociera do mnie jeszcze jedno. Póki co Thresh nie zamierza roztrzaskać mi czaszki.

— Clove! — Głos Catona rozlega się już bardzo blisko. Ból w jego głosie podpowiada mi, że Cato właśnie znalazł ją na ziemi.

— Lepiej uciekaj, dziewczyno z ogniem — radzi Thresh.

Nie musi mi dwa razy powtarzać. Zrywam się i gnam co tchu, jak najdalej od niego, od Clove i od głosu Catona. Czuję, jak moje stopy wbijają się w ubitą ziemię. Dopiero na skraju lasu odwracam się na sekundę. Thresh i oba wielkie plecaki znikają za krawędzią równiny, która jest dla mnie kompletnie nieznanym obszarem. Uzbrojony w oszczep Cato klęka obok Clove i błaga ją, by go nie opuszczała. Za moment uświadomi sobie, że prośby są daremne, nie da się jej odratować. Gwałtownie rzucam się między drzewa, co chwila ocieram krew, która nie przestaje spływać z rany. Uciekam niczym dzikie, okaleczone zwierzę, i tak właśnie się czuję. Po kilku minutach grzmi armatni wystrzał i już wiem, że Clove nie żyje, a Cato rusza w pościg za Threshem lub za mną. Groza chwyta mnie za gardło, jestem osłabiona z powodu rany na głowie, cała drżę. Szykuję łuk, ale Cato potrafi cisnąć oszczepem na dystans porównywalny z zasięgiem moich strzał.

Tylko jedno mnie uspokaja. Thresh zabrał plecak Catona, a wraz z nim przedmioty niezbędne mu do życia. Gdybym miała się założyć, obstawiałabym ewentualność, że Cato podążył za Threshem, nie za mną. Mimo to nie zwalniam, kiedy docieram do wody. Bez zastanowienia wskakuję do strumienia, nie zdejmuję butów i brnę z nurtem. Po drodze ściągam z dłoni skarpety Rue i przyciskam je do czoła. Mam nadzieję, że w ten sposób zatamuję krwotok, lecz już po paru minutach materiał jest kompletnie przesiąknięty.

Sama nie wiem, jak mi się udaje dowlec do jamy. Wciskam się w otwór między kamieniami i w sączącym się między szczelinami świetle ściągam z ramienia pomarańczowy plecak. Pośpiesznie przecinam zapięty pasek i wysypuję zawartość na ziemię. W środku znajduję jedno płaskie pudełko ze strzykawką do podskórnych iniekcji. Bez wahania wbijam igłę w ramię Peety i powoli przyciskam tłoczek.

Po chwili przykładam dłonie do głowy i bezwładnie opuszczam je na śliskie od krwi kolana.

Ostatnie, co pamiętam, to niezwykłej urody zielonosrebrna ćma, która przycupnęła mi na nadgarstku.

22 ◉▶

Bębnienie deszczu o dach naszego domu łagodnie przywraca mi świadomość. Nie zamierzam jednak poddać się bez walki i usiłuję drzemać dalej, opatulona kokonem koców, bezpieczna w swoim łóżku. Ledwie wyczuwam przykre łupanie w głowie, zastanawiam się, czy przypadkiem nie złapałam grypy i dlatego wolno mi leżeć, choć wiem, że spałam o wiele dłużej niż zwykle. Mama głaszcze mnie po policzku, a ja nie odpycham jej dłoni, co zrobiłabym, gdybym była całkiem przytomna, żeby się nie domyśliła, jak bardzo mi zależy na jej łagodnym dotyku. Jak bardzo mi jej brakuje, chociaż wciąż nie potrafię jej zaufać. Nagle słyszę głos, ale nie ten, co trzeba, nie głos mamy, i zaczynam się bać.

— Katniss — mówi ktoś. — Katniss, słyszysz mnie?

Rozchylam powieki i poczucie bezpieczeństwa raptownie znika. Nie jestem w domu, nie ma przy mnie mamy. Znajduję się w ciemnej, zimnej jaskini, moje bose stopy, choć przykryte, są przeraźliwie zmarznięte, w powietrzu unosi się charakterystyczna woń krwi. Dostrzegam przy sobie zmęczoną, pobladłą twarz chłopca, początkowy niepokój znika, czuję się lepiej.

— Peeta.

— Cześć — mówi. — Miło znowu widzieć twoje oczy.

— Jak długo byłam nieprzytomna?

— Tego nie wiem. Obudziłem się wczoraj wieczorem, a ty leżałaś obok w kałuży krwi — wyjaśnia. — Krwotok chyba wreszcie ustał, ale na twoim miejscu nie siadałbym i nie wykonywał żadnych niepotrzebnych ruchów.

Ostrożnie przykładam dłoń do czoła i dotykam bandaża. Nawet tak prosta czynność mnie osłabia i wywołuje zawroty głowy. Peeta przykłada mi do ust butelkę, a ja piję łapczywie.

— Poprawiło ci się — zauważam.

— I to jak. To, co wstrzyknęłaś mi w rękę, podziałało. Dzisiaj rano zauważyłem, że zniknęła prawie cała opuchlizna na nodze.

Nie wygląda na zirytowanego moim podstępem, choć przecież uśpiłam go i wbrew umowie poszłam na ucztę. Może jestem zbyt zmaltretowana i dostanę po uszach dopiero, gdy nabiorę sił. Póki co Peeta traktuje mnie ujmująco łagodnie.

— Jadłeś coś? — pytam.

— Z przykrością wyznam, że wsunąłem trzy kawałki grzędownika, zanim do mnie dotarło, że tyle mięsa mogłoby wystarczyć na dłużej. Ale bez obaw, znowu jestem na ścisłej diecie — podkreśla.

— Daj spokój, dobrze, że się najadłeś. Musisz się porządnie odżywiać. Zresztą niedługo wybiorę się na polowanie.

— Lepiej nie śpiesz się za bardzo, dobrze? Przez pewien czas spróbuję się tobą opiekować.

W gruncie rzeczy nie mam wyboru. Peeta karmi mnie kawałkami grzędownika oraz rodzynkami, i każe mi wypić dużo wody. Poza tym rozciera moje stopy, aby się rozgrzały, owija je kurtką i dopiero wtedy przykrywa mnie śpiworem, którym otula mi szyję.

— Nadal masz wilgotne buty i skarpety, a przy takiej pogodzie prędko nie wyschną — zauważa. Rozlega się grzmot pioruna, przez szczelinę w kamieniach widać rozbłysk na niebie. Przez kilka dziur nad naszymi głowami sączą się krople wody, ale Peeta osłonił mnie czymś w rodzaju baldachimu. W tym celu powpychał krawędzie plastikowej płachty do szczelin w skałach nad moim posłaniem.

— Ciekawe, co sprowadziło tę burzę? A raczej, kto jest jej celem — dodaje.

— Cato i Thresh — odpowiadam bez wahania. — Liszka na pewno chowa się w jakiejś kryjówce, a Clove... Zraniła mnie, a potem... — Zawieszam głos.

— Wiem, że Clove nie żyje. Wczoraj wieczorem widziałem jej zdjęcie na niebie. Ty ją zabiłaś?

— Nie. Thresh roztrzaskał jej głowę kamieniem — mówię cicho.

— Dobrze, że ciebie nie złapał.

Wspomnienie uczty powraca z całą mocą i momentalnie robi mi się niedobrze.

— Złapał mnie, ale puścił wolno — mówię. Rzecz jasna, muszę teraz wszystko opowiedzieć Peecie. Wyznać mu to, co zachowywałam dla siebie, bo był zbyt chory, a ja nie czułam się gotowa, aby ponownie przeżywać tamte chwile i wspominać wybuch, po którym ogłuchłam na jedno ucho, i mówić o śmierci Rue oraz chłopaka z Pierwszego Dystryktu, albo o chlebie. Wszystko to spowodowało, że Thresh mnie puścił, aby spłacić dług wdzięczności.

— Puścił cię, bo nie chciał być twoim dłużnikiem? — nie dowierza Peeta.

— Tak. Nie oczekuję, że zrozumiesz. Tobie nigdy niczego nie brakowało. Gdybyś mieszkał w Złożysku, nie musiałabym ci tego tłumaczyć.

— Nawet nie próbuj. To jasne, że jestem zbyt ograniczony, aby pojąć ten problem.

— To tak jak z tamtym chlebem. Cokolwiek robię, nie jestem w stanie spłacić zaciągniętego u ciebie długu.

— Chleb? Jaki chleb? Chodzi ci o to, co się zdarzyło, kiedy byliśmy dziećmi? Tamtą sprawę chyba możemy już zamknąć. Sama pomyśl, przecież właśnie wyciągnęłaś mnie z paszczy śmierci.

— Ale wtedy nawet mnie nie znałeś. Wcześniej ani razu ze sobą nie rozmawialiśmy. Poza tym zawsze najtrudniej jest się odwdzięczyć za pierwszy podarunek — oświadczam. — Nie byłoby mnie tu, gdybyś mi wówczas nie pomógł. Właściwie dlaczego to zrobiłeś?

— Słucham? Dobrze wiesz, dlaczego — wzdycha Peeta, a ja lekko kręcę obolałą głową. — Haymitch wspomniał, że jesteś strasznie nieufna.

— Haymitch? — dziwię się. — A co on ma do rzeczy?

— Nic — mówi Peeta. — Powiedziałaś, że chodzi o Catona i Thresha, tak? Chyba nie ma co marzyć, że się nawzajem pozabijają?

Ta myśl mnie przygnębia.

— Moim zdaniem w innych okolicznościach polubilibyśmy Thresha. W Dwunastym Dystrykcie pewnie byłby naszym przyjacielem.

— Wobec tego miejmy nadzieję, że Cato nas wyręczy i go zabije — mruczy Peeta ponuro.

Wcale nie chcę, aby Cato zabił Thresha. Właściwie wolałabym, żeby już nikt nie zginął, ale zwycięzcom nie wolno mówić takich rzeczy na arenie. Staram się, jak mogę, jednak oczy wypełniają mi się łzami.

Peeta spogląda na mnie zatroskany.

— Co jest? — niepokoi się. — Nie wytrzymujesz bólu?

Podaję mu inną odpowiedź, bo jest równie prawdziwa, ale może zostać uznana za chwilową oznakę słabości, a nie ostateczne załamanie.

— Chcę do domu, Peeta — skarżę się jak małe dziecko.

— Wrócisz do domu, obiecuję. — Pochyla się, aby mnie pocałować.

— Ale ja teraz chcę do domu — mówię.

— Powiem ci coś. Zaśnij znowu, na pewno ci się przyśni, że jesteś u siebie. Zanim się obejrzysz, wrócisz do domu naprawdę. Zgoda?

— Zgoda — szepczę. — Obudź mnie, jeśli będziesz chciał, abym stanęła na warcie.

— Dzięki tobie i Haymitchowi czuję się dobrze i jestem wypoczęty. Poza tym kto wie, jak długo to potrwa? Co ma na myśli? Burzę? Chwilę wytchnienia, którą nam zapewnia? Igrzyska? Nie mam pojęcia, ale jestem zbyt smutna i zmęczona, aby go spytać.

Peeta budzi mnie wieczorem. Deszcz zmienił się w nawałnicę, strumienie wody spływają z sufitu w miejscach, z których dotąd ledwie kapało. Pod najgrubszą strużką Peeta ustawił garnek po rosole, przesunął także plastikową płachtę, aby lepiej chroniła mnie przed wilgocią. Czuję się odrobinę lepiej, mogę nawet usiąść i nie mam zawrotów głowy, ale okropnie chce mi się jeść. Peeta też umiera z głodu. Od razu widać, że nie mógł się doczekać, aż wstanę, bo koniecznie chciał zjeść kolację.

Z naszych zapasów zostały tylko resztki, jedynie dwa kawałki grzędownika, niewielki stosik rozmaitych korzeni i garść suszonych owoców.

— Jak sądzisz, powinniśmy część zostawić na później? — waha się Peeta.

— Nie, lepiej zjedzmy wszystko. Grzędownik i tak nie jest już zbyt świeży. Tego tylko by brakowało, żebyśmy się pochorowali po zepsutym mięsie. — Dzielę jedzenie na dwie równe części. Próbujemy przeżuwać powoli, ale oboje jesteśmy tak wygłodniali, że kończymy kolację już po paru minutach. Mój brzuch domaga się więcej.

— Jutro idziemy na łowy — postanawiam.

— Nie będziesz miała ze mnie pożytku. Nigdy dotąd nie polowałem — wyznaje Peeta.

— Ja się zajmę zabijaniem, a ty gotowaniem — proponuję.

— Poza tym zawsze możesz zbierać.

— Chciałbym znaleźć coś w rodzaju krzewu chlebowego — marzy Peeta.

— Chleb, który dostałam od mieszkańców Jedenastego Dystryktu, był jeszcze ciepły — wzdycham. — Masz, pożuj sobie. — Podaję mu parę miętowych liści i sama wsuwam kilka do ust.

Przekaz na niebie jest ledwie dostrzegalny, ale na tyle wyraźny, żebyśmy mieli pewność, że dzisiaj nikt nie stracił życia. Zatem Cato i Thresh jeszcze się ze sobą nie rozprawili.

— Dokąd poszedł Thresh? — pytam. — Co jest po przeciwnej stronie kręgu?

— Pole. Jak okiem sięgnąć, wszędzie widać wysoką trawę, aż do ramion. Trudno powiedzieć, chyba można tam znaleźć zboże. Wszędzie widać różnokolorowe plamy. Ale brak ścieżek.

— Jestem pewna, że rośnie tam także zboże, a Thresh wie, jak je znaleźć. Chodziłeś tam?

— Nie. Nikt się nie palił do poszukiwania Thresha w trawie. Jest w niej coś złowrogiego. Zawsze, gdy spoglądam na pole, wyobrażam sobie, co może skrywać. Węże, zwierzęta chore na wściekliznę, ruchome piaski — wylicza Peeta. — Trudno powiedzieć, co przyszykowali.

Nic nie mówię, ale te słowa przywodzą mi na myśl ostrzeżenia przed wychodzeniem za druty w Dwunastym Dystrykcie. Mimowolnie porównuję Peetę z Gale'em, dla którego pole byłoby potencjalnym źródłem żywności, nie tylko zagrożeń. Thresh z pewnością zorientował się, jakie korzyści można czerpać z trawiastej równiny. Ale Peeta nie jest mięczakiem, dowiódł też, że nie jest tchórzem. Najwyraźniej pewnych rzeczy nie podaje się w wątpliwość, kiedy w domu zawsze pachnie świeżo upieczonym chlebem. Gale kwestionuje wszystko. Co pomyślałby Peeta o lekceważących uwagach, które codziennie wymieniam z Gale'em, kiedy łamiemy prawo? Czy byłby wstrząśnięty tym, co mówimy o Panem? Tyradami Gale'a o Kapitolu?

— Niewykluczone, że na tym polu rośnie krzew chlebowy — zauważam. — Pewnie dlatego Thresh wydaje się lepiej odżywiony niż na samym początku igrzysk.

— Albo ma wyjątkowo hojnych sponsorów — dodaje Peeta. — Ciekawe, co musielibyśmy zrobić, aby skłonić Haymitcha do przysłania nam chleba.

Unoszę brwi i sekundę potem przypominam sobie, że Peeta nic nie wie o komunikacie przesłanym nam parę dni temu przez Haymitcha. Jeden pocałunek równa się garnek rosołu. W żadnym wypadku nie mogę o tym mówić głośno. Gdybym podzieliła się z Peetą spostrzeżeniami, widzowie uświadomiliby sobie, że nasz romans jest wymyślony tylko po to, by grać na ich emocjach. W rezultacie już na pewno nie dostalibyśmy żadnego jedzenia. Muszę jakoś skierować naszą rozmowę na właściwe tory. Powinnam wymyślić coś prostego, na dobry początek. Wyciągam dłoń i biorę Peetę za rękę.

— Haymitch zapewne przeznaczył sporą część zasobów na to, żebym skutecznie cię uśpiła — zauważam przewrotnie.

— Skoro o tym mowa... — burczy i splata palce z moimi.

— Nigdy więcej nie próbuj robić takich sztuczek.

— Bo co?

— Bo... Bo... — Nic mu nie przychodzi do głowy. — Daj mi chwilę do namysłu.

— Właściwie w czym problem? — pytam z szerokim uśmiechem.

— W tym, że nadal żyjemy. To tylko utrwala w tobie przekonanie, że postąpiłaś słusznie.

— Ale ja naprawdę postąpiłam słusznie — oświadczam stanowczo.

— Skąd! Katniss, nie rób tego! — Boleśnie ściska mi dłoń, w jego głosie słyszę niekłamany gniew. — Nie umieraj dla mnie. Nie życzę sobie takich przysług. Rozumiesz?

Zdumiewa mnie gwałtowność jego reakcji, ale dostrzegam świetną sposobność zdobycia jedzenia, więc umyślnie ciągnę temat.

— Nie pomyślałeś, że zrobiłam to dla siebie? Może nie tylko ty... Martwisz się... Przejmujesz, co by było, gdyby...

Milknę. W przeciwieństwie do Peety, czasami trudno mi znaleźć odpowiednie słowa. Kiedy mówiłam, ponownie do mnie dotarło, jak silnie wstrząsnęłaby mną śmierć Peety. Nawet nie podejrzewałam, że tak bardzo się o niego boję. Wcale nie chodzi o sponsorów. Ani o to, co się stanie, gdy wrócę do domu. Ani o to, że nie chcę być sama. Chodzi wyłącznie o Peetę. Nie mogę stracić chłopca, który podarował mi chleb.

— Gdyby co, Katniss? — pyta cicho.

Najchętniej zaciągnęłabym zasłony, aby odgrodzić się od całego Panem i jego wścibskich mieszkańców. Zrobiłabym to nawet za cenę utraty żywności. Cokolwiek czuję, jest wyłącznie moją sprawą, niczyją więcej.

— Haymitch wyraźnie zakazał rozmów na ten temat — oznajmiam wymijająco, choć nigdy nic podobnego nie powiedział. Przeciwnie, teraz zapewne wiesza na mnie psy za to, że wstrzymałam rozwój wypadków w tak emocjonującym momencie. Peeta nie zamierza jednak kończyć rozmowy.

— Wobec tego będę musiał sam wypełnić pozostawione przez ciebie luki — zapowiada i przysuwa się do mnie.

To pierwszy pocałunek, który oboje w pełni odczuwamy. Żadne z nas nie jest osłabione chorobą, bólem ani zwyczajnie nieprzytomne. Nasze wargi nie płoną od gorączki, nie są zmarznięte na kość. Jeszcze nigdy w życiu nie całowałam nikogo tak, aby poczuć przyjemne ciepło. To pierwszy pocałunek, po którym mam ochotę na następny.

Nie tym razem. Peeta całuje mnie jeszcze raz, ale tym razem przelotnie, w czubek nosa. Jest rozproszony.

— Twoja rana chyba ponownie krwawi — niepokoi się. — Lepiej się połóż, i tak pora spać.

Skarpety wyschły na tyle, że mogę je ponownie włożyć. Przekonuję Peetę, żeby wziął swoją kurtkę. Wilgoć zdaje się przenikać do kości, więc i on musi być potwornie zmarznięty. Chcę także stanąć na pierwszej warcie, choć żadne z nas nie sądzi, że przy takiej pogodzie ktokolwiek nam zagraża.

Peeta upiera się jednak, żebym czuwała w śpiworze, a ja drżę tak mocno, że nawet nie próbuję protestować. W przeciwieństwie do sytuacji sprzed dwóch wieczorów, kiedy czułam się tak, jakby Peeta przebywał miliony kilometrów dalej, tym razem jestem zaskoczona jego bliskością. Kładziemy się, a on przyciąga moją głowę, żebym ją położyła na jego ramieniu jak na poduszce. Przytulam się do niego, wiem, że nawet teraz przed snem stara się zapewnić mi poczucie bezpieczeństwa. Od bardzo dawna nikt mnie tak nie trzymał w objęciach. Odkąd zmarł ojciec i straciłam zaufanie do mamy, w niczyich ramionach nie czułam się równie bezpieczna.

Dzięki okularom widzę, jak krople wody rozpryskują się na ziemi. Deszczówka kapie rytmicznie i usypiająco. Kilka razy opada mi głowa, ale momentalnie się budzę, zła na siebie i pełna poczucia winy. Po trzech lub czterech godzinach nie wytrzymuję, muszę obudzić Peetę, bo oczy same mi się zamykają. Wygląda na to, że nie ma nic przeciwko temu.

— Jutro, kiedy przestanie padać, znajdę dla nas miejsce wysoko na drzewie, abyśmy mogli spokojnie przespać noc — obiecuję i zasypiam.

Tyle że następnego dnia dalej jest paskudnie. Urwanie chmury trwa w najlepsze, zupełnie jakby organizatorzy igrzysk postanowili nas potopić. Potężne grzmoty zdają się wstrząsać ziemią. Peeta zastanawia się, czy mimo wszystko nie udać się na poszukiwanie żywności, ale moim zdaniem podczas tej burzy to bez sensu. Pole widzenia zawęża się do jednego metra, więc wróciłby z niczym, za to przemoczony do suchej nitki. Wie, że mam rację, ale przykre ssanie w żołądkach zaczyna dawać nam się we znaki.

Dzień wlecze się nieznośnie i w końcu zamienia w wieczór, pogoda jest przez cały czas taka sama. Haymitch to nasza jedyna nadzieja, lecz nie otrzymujemy żadnej przesyłki, może z braku pieniędzy — ceny wszystkich produktów zapewne są astronomiczne — a może, co bardziej prawdopodobne, jest niezadowolony z naszego zachowania. Nie da się ukryć, dzisiaj nie wydajemy się szczególnie przebojowi. Przymieramy głodem, osłabiły nas kontuzje, staramy się robić wszystko ostrożnie, aby nie naruszyć zasklepionych ran. Co prawda siedzimy przytuleni do siebie i przykryci śpiworem, ale właściwie tylko po to, żeby było nam cieplej. Od rana naszym najbardziej fascynującym zajęciem była drzemka.

Nie jestem pewna, jak dalej udawać uczucie do Peety. Wczorajszy pocałunek sprawił mi przyjemność, muszę jednak pomyśleć, jak doprowadzić do następnego. W Złożysku, a także w mieście mieszkają dziewczyny, które bez trudu poruszają się po tym niepewnym gruncie. Ja nigdy nie miałam czasu ani ochoty na tego typu rozrywki. Tak czy owak, jeden pocałunek to teraz najwyraźniej za mało, bo wczoraj nie dostaliśmy za niego nic do jedzenia. Intuicja mi podpowiada, że Haymitch nie oczekuje tylko fizycznej demonstracji uczuć, chce czegoś bardziej intymnego. Czegoś w rodzaju wyznań, do których usiłował mnie skłonić podczas przygotowań do prezentacji. Kiepsko sobie radzę z takimi sprawami, ale Peeta jest w nich dobry. Może najskuteczniejszą metodą będzie nakłonienie go do wyznań.

— Peeta — zagaduję go beztrosko. — Podczas prezentacji wspomniałeś, że podobam ci się, odkąd sięgasz pamięcią. Jak daleko sięga twoja pamięć?

— Hm, niech pomyślę. Chyba do pierwszego dnia szkoły. Mieliśmy wtedy po pięć lat. Nosiłaś czerwoną sukienkę w kratę, a włosy miałaś zaplecione w dwa warkoczyki zamiast jednego. Ojciec zwrócił na ciebie uwagę, kiedy czekaliśmy, aż ktoś nas ustawi w szeregu.

— Twój ojciec? Dlaczego? — dziwię się.

— Powiedział: „Widzisz tę dziewczynkę? Chciałem ożenić się z jej matką, ale uciekła z górnikiem" — relacjonuje Peeta.

— Co takiego? Zmyślasz! — wykrzykuję.

— Skąd, to prawdziwa historia — upiera się. — Wtedy spytałem: „Z górnikiem? Dlaczego chciała górnika, skoro mogła mieć ciebie?" A on odpowiedział: „Bo kiedy on śpiewa... Nawet ptaki zamierają, zasłuchane".

— To prawda. Rzeczywiście zamierają. To jest, zamierały — poprawiam się. Jestem oszołomiona i dziwnie poruszona. Nie rozumiem, dlaczego piekarz mówił to małemu Peecie. Nagle dociera do mnie, że moja niechęć do śpiewania, odrzucenie muzyki nie musi wynikać z przekonania, że to zwykła strata czasu. Niewykluczone, że muzyka za bardzo kojarzy mi się z ojcem.

— Tamtego dnia nauczycielka spytała na muzyce, kto zna pieśń o dolinie. Twoja ręka wystrzeliła w górę. Nauczycielka postawiła cię na stołku i kazała śpiewać przed wszystkimi. Mogę przysiąc, że wszystkie ptaki za oknem ucichły — wspomina Peeta.

— Daj spokój — mówię ze śmiechem.

— Nie żartuję — zapewnia mnie. — Gdy tylko skończyłaś śpiewać, od razu wiedziałem, że wpadłem po uszy. Zakochałem się w tobie tak, jak twoja mama w twoim ojcu. Przez następne jedenaście lat usiłowałem zebrać się na odwagę, żeby z tobą porozmawiać.

— Bez powodzenia.

— Bez powodzenia. W tej oto sytuacji w zasadzie miałem szczęście, kiedy na dożynkach wylosowano kartkę z moim nazwiskiem.

Przez chwilę jestem niemal niemądrze szczęśliwa, lecz zaraz potem czuję się zmieszana. Przecież powinniśmy odgrywać swoje role, udawać miłość, a nie naprawdę się zakochać. W opowieści Peety kryje się ziarno prawdy. To, co mówił o moim ojcu i ptakach. Rzeczywiście, pierwszego dnia szkoły śpiewałam, ale nie pamiętam piosenki. Co do czerwonej sukienki w kratę... Owszem, miałam taką. Prim odziedziczyła ją po mnie, a po śmierci ojca kompletnie znosiła.

To by tłumaczyło jeszcze jedno — dlaczego Peeta zaryzykował baty, aby tylko ofiarować mi chleb tamtego okropnego dnia. Jeśli wszystkie te szczegóły się zgadzają... Czy reszta również jest prawdą?

— Masz... imponującą pamięć — przyznaję z wahaniem.

— Pamiętam wszystko, co wiąże się z tobą — deklaruje Peeta i zakłada mi kosmyk włosów za ucho. — Za to ty nie zwracałaś na mnie uwagi.

— Teraz nadrabiam zaległości.

— Pewnie dlatego, że nie mam tutaj zbyt wielu rywali.

Mam ochotę się wycofać, ponownie zamknąć temat, ale wiem, że nie mogę. Czuję się tak, jakby Haymitch stał tuż obok i szeptał mi do ucha: „No już! Powiedz to!"

Z wysiłkiem przełykam ślinę i słyszę własne słowa:

— Nigdzie nie masz zbyt wielu rywali.

Tym razem ja nachylam się ku niemu.

Nasze wargi ledwie się stykają, gdy oboje podskakujemy, słysząc metaliczne szczęknięcie na dworze. Chwytam łuk, momentalnie napinam cięciwę z nałożoną strzałą, ale nie słyszę żadnego innego odgłosu. Peeta wygląda przez szczelinę między kamieniami i nagle krzyczy z entuzjazmem. Bez słowa wyjaśnienia wyskakuje na dwór i po chwili podaje mi jakiś przedmiot. To srebrny spadochron przywiązany do kosza. Od razu otwieram przesyłkę i zastygam w osłupieniu. W środku znajduje się najprawdziwsza uczta: świeże bułki, kozi ser, jabłka oraz gwóźdź programu — waza pełna niesamowitej jagnięciny w potrawce na dzikim ryżu. O tym daniu opowiadałam Caesarowi Flickermanowi, gdy mnie zapytał, co zrobiło na mnie największe wrażenie w Kapitolu.

Peeta wczołguje się z powrotem do środka, jego twarz promienieje niczym słońce.

— Haymitcha najwyraźniej znudziło patrzenie, jak głodujemy.

— Na to wygląda — przyznaję.

Z tyłu głowy słyszę jednak grzeczny, choć nieco zirytowany głos Haymitcha: „Tak, właśnie tego mi trzeba, skarbie".

23 ◎▶

Każdą cząstką ciała pragnę rzucić się na potrawkę i pakować ją garściami do ust. Powstrzymują mnie jednak słowa Peety:

— Lepiej nie śpieszmy się z tą jagnięciną — sugeruje. — Pamiętasz naszą pierwszą noc w pociągu? Rozchorowałem się po tłustym jedzeniu, a wtedy wcale nie byłem szczególnie głodny.

— Racja. Ale mogłabym to wszystko połknąć na jedno posiedzenie! — wyznaję z żalem. Powstrzymuję odruch. Jesteśmy bardzo rozsądni. Każde z nas bierze bułkę, połowę jabłka oraz kopiastą łyżkę potrawki z ryżem. Zmuszam się do zjedzenia jagnięciny drobnymi kęsami, łyżeczka po łyżeczce — otrzymaliśmy nawet sztućce oraz serwis — i delektuję się każdą odrobiną. Na koniec posiłku spoglądam tęsknym wzrokiem na wazę. — Chcę dokładkę.

— Ja też — wzdycha Peeta. — Mam pomysł. Zaczekamy godzinę i jeśli się nie pochorujemy, zafundujemy sobie dodatkową porcję.

— Umowa stoi — zgadzam się. — To będzie długa godzina.

— Może nie taka długa. Co mówiłaś, zanim pojawiła się kolacja? Wspomniałaś coś o mnie... O braku rywali... O najwspanialszym zdarzeniu w swoim życiu...

— Tego ostatniego sobie nie przypominam — mamroczę. Mam nadzieję, że jest zbyt ciemno, aby kamery wychwyciły rumieniec na mojej twarzy.

— Ach, tak. Rzeczywiście — przyznaje Peeta. — To ja o tym myślałem. Posuń się, bo zaraz uświerknę.

Robię mu miejsce w śpiworze. Opieramy się o ścianę groty, kładę mu głowę na ramieniu, a on mnie obejmuje. Wyobrażam sobie, jak Haymitch mnie pogania, żebym grała dalej, więc posłusznie pytam:

— Mam rozumieć, że odkąd skończyłeś pięć lat, nie zwracałeś uwagi na inne dziewczyny?

— Niezupełnie — poprawia mnie. — Zwracałem uwagę na niemal wszystkie, ale żadna poza tobą nie zrobiła na mnie większego wrażenia.

— Jestem pewna, że twoi rodzice byliby zachwyceni, gdyby wiedzieli, że wpadła ci w oko dziewczyna ze Złożyska — ironizuję.

— Na pewno nie, ale nic by mnie to nie obchodziło. Poza tym, jeśli wrócimy, nie będziesz już dziewczyną ze Złożyska, tylko mieszkanką Wioski Zwycięzców — mówi.

To prawda. Jeżeli wygramy, każde z nas otrzyma dom w dzielnicy zarezerwowanej dla zwycięzców Głodowych Igrzysk. Przed laty, na początku ustanowienia turnieju, Kapitol wybudował w każdym dystrykcie po dwanaście pięknych domów. Co oczywiste, u nas jest zajęty tylko jeden z nich. W pozostałych nigdy nikt nie mieszkał.

Uświadamiam sobie niepokojącą prawdę.

— Ale wtedy Haymitch będzie naszym sąsiadem!

— I bardzo dobrze. — Peeta się uśmiecha i przytula mnie mocniej. — Jak miło: ty, ja i Haymitch. Najprawdziwsza sielanka. Czekają nas wspólne pikniki, urodziny, długie zimowe noce przy kominku, wspomnienia z Głodowych Igrzysk...

— Przecież ci mówiłam, że mnie nienawidzi! — przypominam mu, ale wbrew sobie chichoczę na myśl o tym, że Haymitch mógłby zostać moim przyjacielem.

— To mu się zdarza, fakt, ale tylko od czasu do czasu — broni mentora Peeta. — Prawdę mówiąc, nie słyszałem, aby na trzeźwo powiedział o tobie jedno złe słowo.

— On nigdy nie trzeźwieje! — oburzam się.

— Fakt. No to kto cię lubi? A, już wiem! Cinna cię lubi, pewnie dlatego, że nie uciekłaś, kiedy cię podpalił. Co do Haymitcha... Na twoim miejscu unikałbym go jak ognia. Nienawidzi cię.

— Niedawno mówiłeś, że jestem jego ulubienicą.

— Bo mnie nienawidzi jeszcze bardziej — stwierdza Peeta.

— Właściwie on chyba w ogóle nie przepada za ludźmi.

Wiem, że widzowie z przyjemnością będą słuchali, jak się nabijamy z Haymitcha. Znają go od tak dawna, że dla części z nich stał się kimś w rodzaju starego druha. Po tym, jak podczas dożynek zwalił się ze sceny, wszyscy zaczęli go rozpoznawać. A teraz na pewno wyciągnęli go już z dyspozytorni, żeby udzielił wywiadów na nasz temat. Nie mam pojęcia, jakich kłamstw o nas może nawygadywać. Jest w nieco gorszej sytuacji niż większość mentorów, którzy w rozmowie zawsze mogą liczyć na wsparcie partnera, triumfatora innych igrzysk. Haymitch musi być zawsze gotowy do działania, trochę jak ja, gdy samotnie wędrowałam po arenie. Ciekawe, jak sobie radzi, skoro ma problem z alkoholem, jest w centrum uwagi i z pewnością się denerwuje, usiłując utrzymać nas przy życiu.

Dziwne. Słabo się dogaduję z Haymitchem, ale może Peeta ma słuszność i naprawdę jesteśmy do siebie podobni, skoro Haymitch najwyraźniej umie się ze mną porozumieć za sprawą prezentów, przekazywanych w starannie wybranych momentach. Przecież domyśliłam się, że jestem blisko wody, kiedy mi jej nie przysyłał, a później zorientowałam się, że syrop nasenny nie ma służyć złagodzeniu cierpień Peety. Teraz wiem, że muszę podgrzewać miłosną atmosferę. Haymitch niespecjalnie starał się nawiązać kontakt z Peetą. Może uważa, że dla Peety miska rosołu to miska rosołu, a ja dostrzegę w niej wyraźny przekaz.

Uświadamiam to sobie i dziwię się, że tak późno. Zapewne dlatego, że dopiero od niedawna Haymitchowi udało się mnie do pewnego stopnia zainteresować.

— Jak mu się to udało, twoim zdaniem?

— Komu? Co się udało? — Peeta marszczy brwi.

— Haymitchowi. Jak sądzisz, co takiego zrobił, że zwyciężył w igrzyskach?

Peeta przez dłuższą chwilę zastanawia się nad odpowiedzią. Haymitch jest krzepki, ale daleko mu do doskonałej formy fizycznej Catona albo Thresha. Szczególnie przystojny też nie jest, a już na pewno jego uroda nie skłoniła sponsorów do sięgnięcia po portfele. Przy jego opryskliwości trudno sobie wyobrazić, żeby zdobył sobie sojuszników. Haymitch mógł zwyciężyć tylko w jeden sposób. Peeta mówi głośno to, co właśnie sama wydedukowałam.

— Przechytrzył resztę — oświadcza.

Potwierdzam skinieniem głowy i rozmowa nagle się urywa. Zastanawiam się w milczeniu, czy Haymitch uznał, że mamy dość rozumu, aby wygrać, i dlatego tak długo wytrzymuje w trzeźwości i nam pomaga. Może nie zawsze był pijakiem. Może na początku usiłował wspierać trybutów. Dopiero z czasem sytuacja stała się nieznośna. Mentor musi potwornie cierpieć, kiedy angażuje się w opiekę nad dwojgiem dzieci, a potem patrzy, jak umierają. Rok po roku, igrzyska po igrzyskach. Dociera do mnie, że jeśli wyjdę cało z turnieju, sama zostanę mentorem. Pod moją pieczę trafi następna dziewczyna z Dwunastego Dystryktu. Ta myśl jest tak okropna, że nie chcę jej przyjąć do wiadomości.

Mija jeszcze jakieś pół godziny i postanawiam, że znowu zjemy. Peecie również burczy w brzuchu, więc nawet nie protestuje. Kiedy przygotowuję dwie małe porcje jagnięciny z ryżem, oboje słyszymy dźwięki hymnu. Peeta przez szczelinę między kamieniami obserwuje niebo.

— Dzisiaj nie ma na co patrzeć — odzywam się, znacznie bardziej zainteresowana posiłkiem niż niebem. — Nic się nie zdarzyło, przecież nie słyszeliśmy wystrzału.

— Katniss — mówi Peeta półgłosem.

— Co jest? Powinniśmy podzielić jeszcze jedną bułkę?

— Katniss — powtarza, a ja czuję, że nie chcę go słuchać.

— No to zjedzmy bułkę. Ale ser zostawimy na jutro. — Widzę, że Peeta się we mnie wpatruje. — No co?

— Thresh nie żyje.

— Niemożliwe.

— Pewnie strzelili z armaty wtedy, gdy grzmiało, więc nie zwróciliśmy na to uwagi.

— Nie mylisz się? Przecież leje jak z cebra. Nie wiem, jak ci się udało cokolwiek zobaczyć przy takiej pogodzie. — Odpycham go od szczeliny i spoglądam na czarne, deszczowe niebo. Przez mniej więcej dziesięć sekund widzę zniekształcone zdjęcie Thresha, potem znika. I tyle.

Opieram się o kamienie, na chwilę zapominając o zadaniu, które mnie czeka. Thresh nie żyje. Powinnam się cieszyć, prawda? Jeden trybut mniej do wyeliminowania. W dodatku wyjątkowo groźny. Mimo to nie mam powodów do radości. Myślę tylko o tym, że Thresh puścił mnie wolno, pozwolił mi uciec przez wzgląd na Rue, która zmarła z oszczepem w brzuchu...

— Wszystko w porządku? — niepokoi się Peeta.

Wymijająco wzruszam ramionami, przyciskam łokcie do tułowia. Muszę zamaskować prawdziwy ból, nikt nie zechce postawić na trybuta, który rozkleja się z powodu śmierci przeciwników. Z Rue było inaczej, zawarłyśmy przymierze. Kto zrozumie mój żal po tym, jak zamordowano Thresha? Morderstwo. Ciarki przebiegają mi po grzbiecie. Dobrze, że nie wypowiedziałam tego słowa na głos. Takie zachowanie nie przysporzy mi punktów na arenie. Mówię co innego.

— Chodzi o to... Gdybyśmy nie mieli zwyciężyć... To chciałam, żeby to był Thresh. Bo mnie puścił. No i ze względu na Rue.

— Tak, wiem. — Peeta kiwa głową. — Ale w ten sposób zbliżyliśmy się o krok do Dwunastego Dystryktu. — Wpycha mi w ręce talerz z posiłkiem. — Jedz, jeszcze całkiem nie wystygło.

Biorę do ust kęs potrawki, aby zademonstrować, że mi nie zależy, ale potrawa rośnie mi w ustach, przełykam ją z najwyższym trudem.

— Teraz znowu mamy Catona na karku — dodaję.

— A on uzupełnił zapasy.

— Głowę daję, że jest ranny — oświadczam.

— Dlaczego tak uważasz?

— Thresh nie poddałby się bez walki. Jest potężnym facetem. Raczej był. No i znajdowali się na jego terytorium.

— Skoro tak, to dobrze — mówi Peeta. — Im poważniej ranny jest Cato, tym lepiej dla nas. Ciekawe, jak sobie radzi Liszka.

— Och, o nią bym się nie martwiła — burczę z irytacją. Nadal jestem zła, że wpadła na pomysł ukrycia się w Rogu Obfitości, a mnie to nie przyszło do głowy. — Pewnie łatwiej będzie dopaść Catona niż ją.

— Może pozabijają się wzajemnie, a my po prostu wrócimy do domu. Teraz powinniśmy zachować szczególną czujność na warcie. Kilka razy zdarzyło mi się przysnąć.

— Mnie też — wyznaję. — Tej nocy to wykluczone.

W milczeniu kończymy kolację. Peeta proponuje, że pierwszy stanie na straży, więc zagrzebuję się w śpiworze, tuż obok niego. Na twarz naciągam kaptur, żeby ukryć się przed kamerami. Potrzebuję chwili dla siebie, nie chcę, aby ktokolwiek widział, co przeżywam. Pod osłoną kaptura cicho żegnam się z Threshem i dziękuję mu za darowanie mi życia. Obiecuję, że nigdy go nie zapomnę, a jeśli zwyciężę, w miarę możliwości wspomogę jego rodzinę oraz krewnych Rue. Następnie uciekam w sen, kojąco syta i świadoma ciepła Peety tuż obok siebie.

Gdy mnie budzi, mój umysł w pierwszej kolejności odnotowuje zapach koziego sera. Peeta wyciąga ku mnie połówkę bułki posmarowaną kremowym, białym smakołykiem i ozdobioną plasterkami jabłka.

— Nie złość się — prosi. — Musiałem znowu coś zjeść. To twoja porcja.

— Mhm, świetnie. — Z miejsca odgryzam potężny kęs. Gęsty, tłusty ser smakuje jak ten, który robi Prim. Jabłko jest słodkie i chrupiące. — Pycha.

— W piekarni pieczemy ciasto z kozim serem i jabłkami — oświadcza Peeta.

— Pewnie kosztuje majątek.

— Jest za drogie dla naszej rodziny. Dostajemy je tylko wtedy, gdy kompletnie sczerstwieje. Jak się pewnie domyślasz, praktycznie wszystko, co jemy, jest czerstwe — mówi Peeta i okrywa się śpiworem. Nie mija minuta, a słyszę jego chrapanie.

Hm. Zawsze zakładałam, że sklepikarze mają przyjemne życie. Fakt, Peecie nigdy nie brakowało jedzenia. Jest jednak coś przygnębiającego w konieczności odżywiania się czerstwym chlebem, twardymi, wysuszonymi bochenkami, których nikt nie chciał kupić. Ponieważ sama codziennie zaopatruję nasz dom w żywność, w większości jest ona tak świeża, że niemal musimy uważać, aby nam nie uciekła ze stołu.

Podczas mojej warty deszcz ustaje, ale nie stopniowo, lecz nagle, w jednej chwili. Ulewa się kończy i słychać tylko intensywny szum wezbranego strumienia oraz chlupot pojedynczych kropli, które zbierają się na mokrych gałęziach i skapują na ziemię. Na niebie pokazuje się piękny księżyc w pełni, tak jasny, że nawet bez okularów widzę wszystko wyraźnie. Nie mam pojęcia, czy jest prawdziwy, czy tylko wyświetlony na niebie przez organizatorów. Tuż przed moim wyjazdem z Dwunastki również była pełnia. Razem z Gale'em patrzyłam, jak księżyc wschodzi, aby nam świecić podczas przedłużających się łowów.

Od jak dawna przebywam poza domem? Spędziłam na arenie około dwóch tygodni, do tego trzeba doliczyć tydzień przygotowań w Kapitolu. Księżyc mógł już zakończyć miesięczny cykl. Strasznie chcę, żeby to był mój księżyc, ten sam, który oglądam z lasu otaczającego Dwunasty Dystrykt. W ten sposób zyskałabym coś rzeczywistego w surrealistycznym świecie areny, gdzie należy wątpić w autentyczność wszystkiego, co nas otacza.

Zostało nas czworo.

Po raz pierwszy poważnie biorę pod uwagę możliwość, że wrócę do domu. Być może czeka mnie sława i bogactwo, a także własny dom w Wiosce Zwycięzców. Mama i Prim zamieszkałyby tam ze mną. Głód nie zaglądałby już nam w oczy. Cieszyłybyśmy się nieznaną dotąd wolnością. Tylko... Co dalej? Jak wyglądałoby moje codzienne życie? Dotychczas większość czasu poświęcałam na zdobywanie żywności. Jeśli stracę ten obowiązek, przestanę być tym, kim dotąd się czułam. Zmieni się moja tożsamość. Ta świadomość mnie przeraża. Myślę o Haymitchu, jego wielkich pieniądzach. Czym się stało jego życie? Mieszka sam, nie ma żony ani dzieci. Kiedy nie śpi, najczęściej jest pijany. Nie chcę skończyć jak on.

— Nie będziesz sama — szepczę do siebie. Mam mamę i Prim. Przynajmniej na razie. Co przyniesie czas... Wolę nie myśleć o tym, jak się ułoży moje życie, gdy Prim dorośnie, a mama umrze. Na pewno nigdy nie wyjdę za mąż, nie zaryzykuję sprowadzenia dziecka na ten świat. Zwycięzcy igrzysk mogą liczyć na wiele, ale nie na gwarancję bezpieczeństwa dla swoich dzieci. Kartki z nazwiskami moich synów i córek trafiłyby do dożynkowych kul razem z innymi. Przysięgam, że nigdy do tego nie dopuszczę.

Nareszcie wschodzi słońce, jego promienie sączą się przez szczeliny jaskini i padają na twarz Peety. W kogo się zmieni, jeżeli wrócimy do domu? Kim się stanie ten zagadkowy, dobroduszny chłopiec, który potrafi tak przekonująco kłamać, że całe Panem wierzy w jego bezgraniczną miłość do mnie? Przyznaję, chwilami sama w nią wierzę.

Dochodzę do wniosku, że przynajmniej będziemy przyjaciółmi. Nic nie zmieni faktu, że nawzajem ocaliliśmy sobie życie. Poza tym już na zawsze pozostanie dla mnie chłopcem z chlebem. Będziemy przyjaciółmi z prawdziwego zdarzenia. Czy kimś więcej...? Wyczuwam na sobie spojrzenie szarych oczu Gale'a, który z odległego Dwunastego Dystryktu widzi, jak patrzę na Peetę.

Zakłopotanie wyrywa mnie z bezruchu. Pośpiesznie wyciągam rękę i potrząsam ramieniem Peety. Sennie otwiera oczy, dostrzega mnie i przyciąga na długi pocałunek.

— Tracimy czas przeznaczony na łowy — przypominam mu, gdy w końcu mnie puszcza.

— Nie nazwałbym tego stratą czasu. — Przeciąga się mocno i siada. — Będziemy polowali na czczo, żeby się podkręcić?

— To nie dla nas — mówię. — Napchamy się po uszy, dzięki temu na dłużej wystarczy nam energii.

— Jestem za — zgadza się Peeta, ale nie kryje zaskoczenia, kiedy dzielę resztę jagnięciny z ryżem i podaję mu kopiasty talerz. — Jemy wszystko?

— Uzupełnimy zapasy podczas polowania — obiecuję i oboje bierzemy się do dzieła. Nawet na zimno potrawka jest jednym z najpyszniejszych dań, jakie miałam okazję próbować. Rezygnuję z widelca i palcem zbieram resztki mięsnego sosu. — Czuję, że Effie Trinket wzdryga się, widząc moje maniery przy stole.

— Ejże, Effie, patrz na mnie! — woła Peeta. Rzuca widelec przez ramię i dosłownie wylizuje talerz do czysta, pomrukując z lubością. Na koniec posyła jej buziaka. — Tęsknimy za tobą, Effie! — zapewnia.

Zasłaniam mu usta dłonią, ale nie umiem się powstrzymać od śmiechu.

— Przestań! — proszę Peetę. — Cato może się czaić tuż przy wejściu do jaskini.

Odsuwa moją rękę.

— Jakie to ma znaczenie? — Przyciąga mnie do siebie. — Mam ciebie, w razie potrzeby mnie obronisz.

— Bądź poważny — proszę go zirytowana i uwalniam się z uścisku, ale dopiero po następnym pocałunku.

Kiedy jesteśmy spakowani i stoimy przed jaskinią, poważniejemy. Czujemy się tak, jakbyśmy przez ostatnich kilka dni cieszyli się wypoczynkiem, czymś w rodzaju wakacji pod osłoną skał oraz deszczu, z dala od zajętych walką Catona i Thresha. Teraz, choć dzień jest słoneczny i ciepły, oboje wiemy, że wracamy do turnieju. Wręczam Peecie mój nóż, już dawno stracił swoją broń. Wsuwa ostrze za pas. Ostatnie siedem strzał luźno grzechoce w kołczanie. Na początku miałam ich dwanaście, ale trzy poświęciłam na wybuch, a dwie przepadły podczas uczty. Teraz nie mogę sobie pozwolić na utratę choćby jednej.

— Na pewno już na nas poluje — zauważa Peeta. — Cato nie ma w zwyczaju czekać, aż ofiara sama przyjdzie.

— Jeżeli jest ranny... — zaczynam.

— To bez znaczenia — przerywa mi Peeta. — Jeśli może chodzić, na pewno nas szuka.

Po intensywnej i długotrwałej ulewie strumień wystąpił z brzegów i po obu stronach zalał teren szerokości kilku metrów. Przystajemy, aby uzupełnić zapas wody. Sprawdzam sidła, które zastawiłam kilka dni temu, ale wszystkie są puste. Trudno się dziwić, przy takiej pogodzie. Poza tym nie widziałam w okolicy zbyt wielu zwierząt ani nawet śladów ich obecności.

— Jeśli chcemy jeść, lepiej wróćmy tam, gdzie wcześniej polowałam — mówię.

— Jak uważasz. Podejmuj decyzje, ja się dostosuję — oświadcza Peeta.

— Zachowaj czujność. W miarę możliwości stąpaj po kamieniach, nie ma sensu zostawiać śladów, po których Cato nas wytropi. I jeszcze nasłuchuj za nas oboje. — Nie mam już żadnych wątpliwości, że w wyniku eksplozji na stałe utraciłam słuch w lewym uchu.

Najchętniej maszerowałabym po dnie strumienia, aby całkowicie zatrzeć ślady, ale nie jestem pewna, jak noga Peety zniesie kontakt w wodą. Choć po leku zakażenie się cofnęło, wciąż jest bardzo osłabiony. Boli mnie czoło w okolicach rozcięcia, ale po trzech dniach krwawienie wreszcie ustało. Mimo to noszę bandaż na głowie, na wypadek gdyby rana się odnowiła pod wpływem wysiłku.

Wędrujemy w górę strumienia, po drodze mijając miejsce, w którym znalazłam zamaskowanego wśród roślin i błota Peetę. Z zadowoleniem orientuję się, że dzięki nawałnicy wysoka woda strumienia zatopiła i rozmyła wszelkie ślady kryjówki. W razie potrzeby będziemy mogli wrócić do jamy, nie ryzykując, że Cato nas tam wytropi.

Głazy stopniowo przybierają rozmiary kamieni, kamienie zmieniają się w kamyki, aż wreszcie oddycham z ulgą, bo ponownie stąpamy po sosnowych igłach i wspinamy się po łagodnym, leśnym wzniesieniu. Dopiero teraz uświadamiam sobie, że mamy jeszcze jeden problem. Wędrówka z chorą nogą po skalistym terenie... no cóż, nie jest bezszelestna. Jednak Peeta nawet na miękkiej ściółce z igliwia stąpa głośno. I to naprawdę głośno, zupełnie jakby rozmyślnie sobie przytupywał. Odwracam się i spoglądam na niego.

— Tak, słucham? — odzywa się.

— Musisz iść ciszej — wyjaśniam. — Mniejsza z Catonem, przede wszystkim płoszysz króliki w promieniu piętnastu kilometrów.

— Poważnie? — dziwi się stropiony. — Wybacz, nie miałem pojęcia.

Wznawiamy wędrówkę. Jest odrobinę lepiej, ale choć mam niesprawne ucho, i tak podskakuję przy każdym stąpnięciu Peety.

— Możesz ściągnąć buty? — pytam.

— Tutaj? — Wpatruje się we mnie z niedowierzaniem, zupełnie jakbym kazała mu chodzić boso po rozgrzanych węglach. Powtarzam sobie w myślach, że nie jest przyzwyczajony do leśnych wypraw, bo nie zapuszcza się za ogrodzenie Dwunastego Dystryktu. W jego mniemaniu las jest przerażającym, zakazanym miejscem. Wspominam Gale'a i jego bezszelestny sposób poruszania się po lesie. Aż dziw bierze, że robi tak mało hałasu, skrada się cicho nawet po opadniętych liściach, kiedy w ogóle trudno jest wędrować, nie płosząc zwierzyny. Jestem pewna, że teraz patrzy i zwija się ze śmiechu.

— Tak — potwierdzam cierpliwie. — Sama też pójdę dalej na bosaka. W ten sposób oboje będziemy robili mniej hałasu.

— Tak jakbym to ja zachowywała się głośno. Tak czy owak, ściągamy buty oraz skarpety. Jest lepiej, ale i tak mogłabym przysiąc, że Peeta za wszelką cenę próbuje nadepnąć na każdą napotkaną gałąź.

Rezultat jest taki, że przez kilka godzin wędrówki do mojego dawnego obozu, gdzie byłam z Rue, nie udaje mi się ustrzelić ani jednego zwierzęcia. Gdyby woda w strumieniu opadła, mogłabym spróbować złowić parę ryb, ale prąd nadal jest zbyt silny. Zatrzymujemy się, aby odpocząć i wypić parę łyków wody. Gorączkowo usiłuję wymyślić jakieś wyjście. Najchętniej obarczyłabym Peetę prostym zadaniem, dajmy na to kazałabym mu wykopywać korzonki, a sama wyruszyła na łowy. W takiej sytuacji zostałby jednak tylko z nożem, którym nie obroniłby się przed silniejszym, uzbrojonym w oszczep Catonem. Dlatego na czas polowania muszę ukryć go w bezpiecznym miejscu. Czuję jednak, że tego typu sugestia może się okazać nie do zniesienia dla ego Peety.

— Katniss, powinniśmy się rozdzielić — słyszę. — Odstraszam zwierzynę, to jasne.

— Tylko dlatego, że boli cię noga — zauważam wspaniałomyślnie. Tak naprawdę to tylko ułamek problemu.

— Wiem — wzdycha. — Mam pomysł. Dalej powędrujesz sama, ale wcześniej pokażesz mi, które rośliny warto zbierać. W ten sposób oboje będziemy użyteczni.

— Chyba że przyjdzie Cato i cię zabije. — Zamierzałam to powiedzieć po przyjacielsku, ale i tak wyszło na to, że uważam Peetę za słabeusza.

Dziwne. Jest rozbawiony, nie wygląda na obrażonego.

— Poradzę sobie z Catonem — deklaruje. — Ostatecznie już wcześniej z nim walczyłem, prawda?

Owszem, a jak świetnie ci poszło. Omal nie umarłeś w błocie nad strumieniem. Chcę to powiedzieć, ale nie mogę. Ostatecznie uratował mi życie, stając w szranki z Catonem. Próbuję innej taktyki.

— A może wdrapiesz się na drzewo i będziesz obserwował okolicę, aby w razie potrzeby ostrzec mnie przed niebezpieczeństwem? — Usiłuję to przedstawić tak, jakbym proponowała mu niesłychanie ważne zajęcie.

— A może pokażesz mi, co tutaj rośnie jadalnego, a sama pójdziesz po mięso? — Peeta naśladuje mój ton. — Tylko się zbytnio nie oddalaj, na wypadek, gdybyś potrzebowała wsparcia.

Wzdycham i pokazuję mu, co warto wykopywać. Zdecydowanie potrzebujemy żywności. Jedno jabłko, dwie bułki i porcyjka sera nie wystarczą na długo. Spróbuję zapolować nieopodal, miejmy nadzieję, że Cato jest daleko stąd.

Uczę Peetę ptasiego gwizdu. Nie jest to melodia Rue, tylko prosty, dwutonowy sygnał, ale nadaje się do zakomunikowania, że nic nam nie grozi. Na szczęście Peeta potrafi nieźle gwizdać. Zostawiam mu plecak i wyruszam na łowy.

Znowu czuję się jak jedenastolatka, choć tym razem nie kręcę się w pobliżu bezpiecznego ogrodzenia, lecz nieopodal Peety. Oddalam się o dwadzieścia, trzydzieści metrów. To wystarczy, żeby las ponownie ożył, słyszę odgłosy zwierząt. Pokrzepiona regularnym pogwizdywaniem Peety, oddalam się bardziej i wkrótce zgarniam nagrodę: dwa króliki i tłustą wiewiórkę. Uznaję, że to wystarczy. W razie potrzeby zastawię jeszcze wnyki lub złowię parę ryb. Razem z wykopanymi przez Peetę korzonkami powinniśmy mieć całkiem przyzwoite zapasy. Wyruszam w krótką drogę powrotną i nagle uświadamiam sobie, że od dłuższego czasu nie wymienialiśmy sygnałów. Gwiżdżę, ale nie doczekuję się odpowiedzi, więc biegnę. Po chwili odnajduję plecak, a obok schludny stosik korzeni. Na ziemi leży plastikowa płachta, na której suszy się w słońcu pojedyncza warstwa jagód. Brakuje tylko Peety.

— Peeta! — wrzeszczę ogarnięta paniką. — Peeta!

Odwracam się w kierunku krzaków, w których słyszę szelest i niemal przeszywam Peetę strzałą. W ostatniej chwili szarpię łukiem w bok i trafiam w pień dębu z lewej strony. Peeta odskakuje do tyłu i mimowolnie rzuca w zarośla garść jagód.

Mój strach przeradza się w złość.

— Co ty wyprawiasz? Powinieneś być tutaj, a nie ganiać po lesie!

— Znalazłem jagody nad strumieniem — tłumaczy, wyraźnie zdezorientowany moim wybuchem.

— Gwizdałam. Dlaczego nie odpowiadałeś? — warczę.

— Nie słyszałem. Pewnie woda za głośno szumi. — Podchodzi bliżej i kładzie mi dłonie na ramionach. Dopiero wtedy czuję, że cała drżę.

— Byłam pewna, że Cato cię zabił! — prawie krzyczę.

— Skąd, nic mi nie jest. — Obejmuje mnie, ale ja nie reaguję. — Katniss?

Wyślizguję się z jego uścisku, staram się zapanować nad emocjami.

— Jeżeli dwoje ludzi ustala sygnał dźwiękowy, oboje powinni pozostawać w zasięgu słuchu. Bo jeśli jedna osoba nie odpowiedziała, oznacza to kłopoty, zgadza się?

— Zgadza się — potwierdza.

— Właśnie. Tak było z Rue, a potem patrzyłam, jak umiera! — Odwracam się do niego plecami, podchodzę do plecaka i otwieram nową butelkę z wodą, choć w mojej trochę zostało. Nie jestem jeszcze gotowa mu wybaczyć. Spoglądam na żywność. Bułki i jabłka są nietknięte, ale ktoś z całą pewnością poczęstował się serem. — I jeszcze jadłeś beze mnie! — W gruncie rzeczy nie ma to dla mnie większego znaczenia, ale szukam pretekstu, aby dać upust złości.

— Co takiego? Wcale nie — zaprzecza Peeta.

— Och, wobec tego pewnie jabłka zjadły ser.

— Nie mam pojęcia, co zjadło ser — mówi Peeta, powoli i wyraźnie, jakby się starał nie stracić cierpliwości. — Na pewno nie ja to zrobiłem. Przez cały czas kręciłem się nad strumieniem i zbierałem jagody. Masz ochotę na kilka?

Właściwie mam, ale nie chcę zbyt szybko ustępować. Podchodzę bliżej i przyglądam się jagodom. Jeszcze nigdy takich nie widziałam. Zaraz, zaraz. Widziałam. Ale nie na arenie. To nie są jagody Rue, choć wydają się podobne. Nie przypominają też żadnych owoców, o których się uczyłam podczas treningu. Pochylam się i biorę do ręki kilka sztuk, a potem toczę między palcami.

Przypominam sobie słowa ojca. „Nie te, Katniss. Nigdy ich nie zrywaj. To owoce łykołaka. Umrzesz, zanim znajdą się w żołądku".

W tej samej sekundzie grzmi armata. Odwracam się raptownie, przekonana, że martwy Peeta właśnie pada na ziemię, lecz on tylko unosi pytająco brwi. W odległości około stu metrów pojawia się poduszkowiec i unosi w powietrze chude, wymizerowane ciało Liszki. W świetle słońca dostrzegam połysk jej rudych włosów.

Powinnam była się domyślić, gdy tylko zobaczyłam nadjedzony ser...

Peeta bierze mnie za rękę i popycha ku drzewu.

— Właź. On tu będzie lada moment. Mamy większe szanse, podejmując walkę z góry.

Powstrzymuję go, nieoczekiwanie spokojna.

— Nie, Peeta. Ty ją zabiłeś, nie Cato.

— Co takiego? — zdumiewa się. — Nie widziałem jej od pierwszego dnia igrzysk. Jak miałbym ją zabić?

W odpowiedzi wyciągam ku niemu dłoń z jagodami.

24 ◎ ▶

Wyjaśnienie Peecie całej sytuacji zajmuje mi dłuższą chwilę. Opowiadam mu wszystko po kolei. Jak Liszka ukradła żywność ze sterty zapasów, którą zaraz potem wysadziłam w powietrze. Jak usiłowała przeżyć, podbierając po trochu, aby nikt się nie zorientował. Jak uwierzyła, że jagody nie są trujące, skoro zamierzaliśmy je zjeść.

— Ciekawe, jak nas znalazła — zastanawia się Peeta. — To pewnie moja wina, skoro zachowuję się tak głośno, jak twierdzisz.

Równie trudno byłoby wyśledzić stado bydła, ale staram się być miła dla Peety.

— Ona jest bardzo sprytna, Peeta — mówię. — To znaczy była, dopóki jej nie przechytrzyłeś.

— Przypadek. Mam poczucie, że to nie była uczciwa walka. Przecież oboje bylibyśmy martwi, gdyby ona pierwsza nie zjadła jagód. Co ja wygaduję — poprawia się od razu. — Ty rozpoznałaś te jagody.

Kiwam głową.

— To owoce rośliny, którą nazywamy łykołakiem.

— Sama nazwa brzmi złowrogo — wzdycha. — Wybacz, Katniss. Byłem pewien, że zbierałaś takie same.

— Nie masz mnie za co przepraszać. Przecież w ten sposób przybliżyliśmy się o krok do Dwunastego Dystryktu, prawda? — zauważam.

— Wyrzucę resztę — decyduje Peeta. Ostrożnie składa płachtę niebieskiego plastiku, uważając, żeby nie rozsypać jagód, i odchodzi cisnąć je w krzaki.

— Czekaj! — wrzeszczę. Wyszukuję skórzaną saszetkę, która należała do chłopaka z Pierwszego Dystryktu, i napełniam ją kilkoma garściami owoców. — Skoro Liszka dała się oszukać, może Cato również się nabierze. Gdyby nas ścigał, moglibyśmy udawać, że przypadkowo zgubiliśmy saszetkę. Wtedy zjadłby jagody...

— I wracamy do Dwunastego Dystryktu — kończy Peeta.

— Otóż to — potwierdzam i przyczepiam saszetkę do pasa.

— Z pewnością wie, gdzie jesteśmy — mówi. — Jeśli był w pobliżu i widział poduszkowiec, zorientował się, że zabiliśmy Liszkę i ruszy za nami.

Ma rację. Cato zapewne czeka na taką sposobność, ale nawet gdybyśmy teraz rzucili się do ucieczki, musielibyśmy wkrótce przyrządzić mięso, a ogień zdradziłby miejsce naszego pobytu.

— Rozpalimy ognisko tu i teraz — decyduję i zaczynam zbierać gałęzie oraz chrust.

— Jesteś gotowa stawić mu czoło? — dziwi się Peeta.

— Jestem gotowa coś zjeść. Musimy przygotować żywność, póki mamy taką możliwość. Jeżeli Cato wie, gdzie jesteśmy, to nic na to nie poradzimy. Ale wie też, że jesteśmy tu oboje i pewnie zakłada, iż celowo wytropiliśmy Liszkę. Innymi słowy, wyzdrowiałeś, a na dodatek wcale się nie zamierzamy ukrywać, skoro rozpalamy ognisko. Najwyraźniej go zapraszamy. Przyszedłbyś na jego miejscu?

— Pewnie nie — mówi.

Peeta jest niezrównany w rozniecaniu ognia, potrafi zapalić nawet wilgotne drewno. Wkrótce na ognisku pieką się króliki oraz wiewiórka. Owinięte liśćmi korzenie dochodzą w gorącym popiele. Na przemian zbieramy zieleninę i uważnie wy-patrujemy Catona. Nie zjawia się, dokładnie tak, jak przewi-działam. Gdy żywność jest gotowa, pakuję ją, pozostawiając nam tylko po króliczej nodze na drogę.

Chcę powędrować w górę lasu, wdrapać się na wygodne drzewo i rozbić obóz na konarach, lecz Peeta protestuje.

— Katniss, nie potrafię poruszać się po drzewach tak sprawnie jak ty, zwłaszcza z chorą nogą — przypomina mi. — Poza tym wątpię, aby udało mi się zasnąć na wysokości dwu-dziestu metrów nad ziemią.

— Przecież musimy się jakoś ukryć, dla własnego bezpie-czeństwa — wyjaśniam.

— Może wrócimy do jaskini? — proponuje. — Mielibyśmy wodę pod ręką i łatwo moglibyśmy się bronić.

Wzdycham. Znowu następnych kilka godzin marszu, a ra-czej hałaśliwego przedzierania się przez las, tylko po to, aby dotrzeć na miejsce, które rano opuściliśmy. Peeta nie pro-si jednak o wiele. Przez cały dzień wykonywał moje polece-nia i jestem pewna, że gdyby odwróciły się role, nie zmuszał-by mnie do spędzania nocy na drzewie. Dzisiaj nie byłam dla niego specjalnie miła. Zwracałam mu uwagę, że głośno się zachowuje, wysłuchiwał moich wrzasków, kiedy przeraziło mnie jego zniknięcie. Beztroski flirt, który trwał w jamie, urwał się na otwartej przestrzeni, w gorących promieniach słońca, w obliczu zagrożenia atakiem Catona. Haymitch pewnie ma już dość mojego zachowania. A widzowie...

Wyciągam do Peety rękę i całuję go w usta.

— Zgoda. Wracamy do jaskini.

Wydaje się zadowolony.

— Łatwo poszło — zauważa z ulgą.

Wyciągam strzałę z pnia dębu, ostrożnie, aby nie uszkodzić drzewca. Dzięki strzałom mamy żywność i poczucie bezpie-czeństwa. Od tego zależy teraz nasze życie.

Dorzucamy do ognia następne naręcze drewna. Ognisko

powinno dymić jeszcze przez kilka godzin, choć wątpię, aby Cato postanowił teraz nas zaatakować. Gdy docieramy do strumienia, od razu zauważamy, że woda znacząco opadła i toczy się ociężale, jak dawniej. Proponuję, abyśmy szli dnem, a Peeta od razu się zgadza. Ponieważ porusza się w wodzie znacznie ciszej niż na lądzie, pomysł jest w dwójnasób dobry. Droga do jaskini jest długa i męcząca, choć podążamy w dół, a przed chwilą jedliśmy. Mimo to oboje padamy z nóg po całym dniu wędrowania, w dodatku nadal jesteśmy niedożywieni. Trzymam łuk gotowy do strzału, dla obrony przed Catonem i ewentualnego łowienia ryb. Strumień wydaje się jednak zaskakująco pusty, nie dostrzegam w nim żadnych żywych stworzeń.

Gdy docieramy do celu, oboje powłóczymy nogami, a słońce chyli się ku zachodowi. Napełniamy butelki wodą i wdrapujemy się na niewielką skarpę, prosto do naszej jamy. Takie schronienie musi nam wystarczyć, w całym lesie nie znajdziemy nic, co bardziej przypominałoby dom. Poza tym w pieczarze jest cieplej niż na drzewie, bo skały chronią nas przed wiatrem, który zaczął jednostajnie wiać z zachodu. Przygotowuję obfitą kolację, lecz w trakcie posiłku Peeta podsypia. Polowanie, na które się wybraliśmy po kilku dniach bezruchu, przerosło jego siły. Zapędzam go do śpiwora, a resztę jego żywności chowam, aby miał co zjeść po przebudzeniu. Peetę momentalnie morzy sen. Podciągam mu śpiwór pod brodę i całuję go w czoło, nie dla telewidzów, ale dla siebie. Nie potrafię inaczej wyrazić radości, że nadal jest przy mnie i nie leży martwy nad strumieniem, jak sądziłam. Cieszę się, że nie muszę w pojedynkę stawiać czoła Catonowi.

Myślę o brutalnym, krwawym Catonie, który jednym ruchem ręki potrafi skręcić człowiekowi kark. Który był dość mocny, by pokonać Thresha. I który od samego początku zawziął się na mnie. Po raz pierwszy rozwścieczyłam go zapewne wtedy, gdy zdobyłam więcej punktów podczas treningu.

Chłopak pokroju Peety zbyłby to wzruszeniem ramion. Czuję jednak, że mój wynik wytrącił Catona z równowagi, co zresztą nie wydaje się specjalnie trudne. Przypominam sobie jego absurdalną reakcję na wysadzenie w powietrze zapasów. Jego kompani również byli przygnębieni, rzecz jasna, ale on kompletnie stracił panowanie nad sobą. Przychodzi mi do głowy, że Cato jest nie całkiem zdrowy na umyśle.

Niebo rozświetla godło państwowe i patrzę na zdjęcie Liszki, która po chwili już na zawsze znika ze świata. Peeta nie powiedział tego głośno, ale moim zdaniem źle mu z tym, że odpowiada za jej śmierć, nawet jeśli była ona konieczna. Nie zamierzam udawać, że brak mi Liszki, przyznaję jednak, budziła mój podziw. Podejrzewam, że gdyby poddano nas jakiemuś testowi, ona okazałaby się najinteligentniejsza ze wszystkich. Jeżeli zastawilibyśmy na nią pułapkę, na pewno wyczułaby podstęp i nie sięgnęła po jagody. Zmyliła ją niewiedza Peety. Tyle czasu robiłam wszystko, żeby nie lekceważyć wrogów, że w końcu zapomniałam, iż równie niebezpieczne jest ich przecenianie.

Powracam myślami do Catona. O ile wydaje mi się, że rozgryzłam Liszkę, jej sposób rozumowania oraz metody działania, o tyle Cato wymyka się mojej ocenie. Jest silny, dobrze wyszkolony, ale czy inteligentny? Sama nie wiem. Na pewno nie tak jak Liszka. Zdecydowanie brak mu jej samokontroli. Myślę, że w razie ataku szału Cato z pewnością nie byłby w stanie logicznie rozumować. Właściwie pod tym względem nie czuję się od niego lepsza. Rozmyślam o chwili, w której zaślepił mnie szał i posłałam strzałę prosto w jabłko w świńskim pysku. Może jednak rozumiem Catona lepiej, niż mi się zdaje.

Pomimo wszechogarniającego zmęczenia zachowuję czujność umysłu, więc pozwalam Peecie spać znacznie dłużej niż zwykle. Na zmianę warty budzę go dopiero wtedy, gdy pojawia się łagodna szarość wczesnego poranka. Potrząsam ramieniem Peety, a on rozgląda się z lekkim niepokojem.

— Przespałem całą noc — mamrocze. — To nie w porządku wobec ciebie, Katniss. Trzeba było mnie obudzić.

Przeciągam się i zagrzebuję w śpiworze.

— Teraz pójdę spać. Obudź mnie, jeżeli zauważysz coś ciekawego.

Najwyraźniej nie dzieje się nic godnego uwagi, bo gdy otwieram oczy, przez szpary w skałach sączy się ostre słońce upalnego popołudnia.

— Nasz przyjaciel dał o sobie znać? — pytam.

Peeta kręci głową.

— Niestety, zupełnie nie rzuca się w oczy.

— Jak myślisz, kiedy organizatorzy zmuszą nas do spotkania?

— Liszka zmarła prawie dobę temu, więc widzowie mieli mnóstwo czasu, aby obstawić faworytów i znudzić się brakiem akcji. Moim zdaniem lada chwila — mówi Peeta.

— Tak, ja też mam przeczucie, że dzisiaj coś się zdarzy — wzdycham. Siadam na śpiworze i rozglądam się po spokojnej okolicy. — Ciekawe, co nas czeka tym razem?

Peeta milczy. To pytanie retoryczne.

— Tak czy owak, nie ma co marnować czasu, to dobry dzień na polowanie. Na wypadek kłopotów powinniśmy chyba najeść się do syta.

Peeta pakuje rzeczy, a ja przyrządzam obfity posiłek. Zjemy resztę króliczego mięsa, korzonki, zieleninę, bułki posmarowane resztką sera. Na później zostawiam tylko wiewiórkę i jabłko.

Pożeramy wszystko, z królików zostaje sterta ogryzionych kostek. Mam tłuste dłonie, przez co czuję się jeszcze brudniejsza. Fakt, w Złożysku nie kąpiemy się codziennie, ale jesteśmy zdecydowanie czystsi niż ja ostatnio. Moje ciało pokrywa warstwa paskudnego osadu, z wyjątkiem stóp, które obmyły się podczas wędrówki strumieniem.

Opuszczamy jamę z przeczuciem, że koniec jest już bliski. Wątpię, żebyśmy spędzili na arenie jeszcze jedną noc. Wkrótce nastąpi ostateczne rozstrzygnięcie, znikniemy stąd na zawsze, żywi albo martwi. Na pożegnanie poklepuję kamienie i ruszamy w kierunku strumienia, żeby się obmyć. Aż mnie swędzi skóra spragniona kontaktu z chłodną wodą. Mam ochotę umyć włosy i wilgotne zapleść w warkocz. Zastanawiam się, czy nie powinniśmy z grubsza przeprać ubrań, gdy w końcu docieramy do strumienia. Albo raczej tego, co po nim zostało. Woda znikła, pozostało tylko suche na pieprz koryto. Macam ręką dno.

— Ani śladu wilgoci — mówię. — Musieli go opróżnić, kiedy spaliśmy.

Ogarnia mnie strach na myśl o spękanym języku, obolałym ciele i zmętniałym umyśle, o tym, co mi się przytrafiło, gdy byłam odwodniona poprzednim razem. Póki co nie jesteśmy spragnieni i mamy pełne butelki, ale przy palącym słońcu taki zapas nie wystarczy dwóm osobom na długo.

— Jezioro — odzywa się Peeta. — Chcą, żebyśmy poszli nad jezioro.

— Może w stawach uchowało się trochę wody — sugeruję z nadzieją.

— Sprawdzimy — słyszę w odpowiedzi, ale wiem, że Peeta próbuje mnie tylko podnieść na duchu. Sama usiłuję się pocieszyć, bo wiem, co zastaniemy w stawie, w którym moczyłam nogę. Pylistą, czarną dziurę. Mimo to idziemy tam, i nasze przypuszczenia się potwierdzają.

— Masz rację. Zapędzają nas nad jezioro — mówię. Tam nie ma się gdzie ukryć. Będzie można bez żadnych przeszkód pokazać krwawą potyczkę na śmierć i życie. — Idziemy tam od razu, czy czekamy, aż woda się nam skończy?

— Lepiej chodźmy, póki jesteśmy najedzeni i wyspani. Niech już wreszcie będzie po wszystkim.

Kiwam głową. To dziwne, czuję się niemal tak samo jak pierwszego dnia igrzysk. Zupełnie jakbym była w identycznej sytuacji. Dwudziestu jeden trybutów nie żyje, ale jeszcze muszę zabić Catona. Jak się nad tym zastanowić, od początku chodziło o niego. Wygląda na to, że pozostali trybuci byli zaledwie pionkami w grze, nieistotnymi blotkami, które tylko opóźniały ostateczną batalię igrzysk. Starcie Catona ze mną. Ale nie, jest jeszcze chłopak, który czeka u mego boku. Obejmuje mnie.

— Dwoje na jednego. Powinno łatwo pójść — mówi.

— Następny posiłek zjemy w Kapitolu — dodaję.

— A żebyś wiedziała.

Stoimy jeszcze przez chwilę w uścisku, napawając się swoją bliskością, promieniami słońca, szelestem liści u stóp. W końcu bez słowa odsuwamy się od siebie i ruszamy w stronę jeziora.

Już mnie nie obchodzi, że chrzęst kroków Peety płoszy gryzonie i wystrasza ptactwo. Wyruszamy na bój z Catonem, zmierzymy się z nim, a wolałabym stawić mu czoło teraz, nie na równinie. Wątpię jednak, aby moje życzenie się spełniło. Skoro organizatorzy igrzysk zażyczyli sobie, żeby decydujące starcie nastąpiło na otwartym terenie, to tak będzie.

Na chwilę przystajemy pod drzewem, na którym schroniłam się przed zawodowcami. Oglądam pozostałości gniazda gończych os, rozbite na breję przez intensywny deszcz i wysuszone w palącym słońcu. Dotykam szczątków czubkiem buta i patrzę, jak rozsypują się w proch, szybko roznoszony przez wiatr. Mimowolnie zerkam też na drzewo, gdzie Rue czekała w ukryciu, aby uratować mi życie. Gończe osy. Rozdęte zwłoki Glimmer. Upiorne halucynacje...

— Ruszajmy — mówię. Pragnę uciec przed mrokiem, który spowija to miejsce. Peeta nie protestuje.

Wyruszyliśmy z jaskini dość późno, więc na równinę docieramy dopiero wczesnym wieczorem. Nigdzie nie dostrzegamy śladów obecności Catona. Widzimy tylko Róg Obfitości, lśniący złotem w promieniach zachodzącego słońca. Na wypadek gdyby Cato chciał wykorzystać pomysł Liszki, obchodzimy róg i sprawdzamy, czy na pewno jest pusty. Następnie posłusznie, jakbyśmy wykonywali polecenia, zbliżamy się do brzegu jeziora i napełniamy butelki.

Spoglądam na znikające za horyzontem słońce i marszczę brwi.

— Wolałabym nie walczyć z nim po zmroku. Mamy tylko jedną parę okularów.

Peeta uważnie wkrapla jodynę do wody.

— Może właśnie dlatego czeka do nocy. Co proponujesz? Powrót do jaskini?

— Musimy wybrać między jaskinią a drzewem. Dajmy mu jeszcze z pół godziny. Potem poszukamy miejsca na obóz — decyduję.

Siedzimy nad jeziorem, doskonale widoczni ze wszystkich stron. Już nie ma sensu się chować. Na drzewach, porastających skraj równiny, zauważam fruwające, podobne do kolorowych piłeczek kosogłosy, które przerzucają się melodiami. Otwieram usta i gwiżdżę sygnał Rue. Orientuję się, że zaciekawione ptaki milkną na dźwięk mojego gwizdu, nasłuchują. W ciszy powtarzam melodię. Po chwili odpowiada mi jeden kosogłos, po nim następny. Wkrótce cała okolica rozbrzmiewa tym samym sygnałem.

— Całkiem jak twój ojciec — zauważa Peeta.

Dotykam palcami broszki, przypiętej do koszuli.

— To utwór Rue — wyjaśniam. — Chyba go sobie przypomniały.

Muzyka narasta, a ja rozkoszuję się jej pięknem. Nuty nakładają się na siebie, wzajemnie uzupełniają, tworząc cudowną, niebiańską harmonię. Właśnie ten sygnał, inicjowany przez Rue, każdego wieczoru informował robotników w sadzie o końcu dnia pracy. Czy teraz, po jej śmierci, ktoś inny śpiewa, gdy pora na odpoczynek?

Przez pewien czas słucham z zamkniętymi oczami, oszołomiona doskonałością tej pieśni. Nagle coś zaczyna zakłócać muzykę, pasaże się gwałtownie urywają, harmonia znika. Melodia przeplata się z dysonansem, zdenerwowane kosogłosy głośnym piskiem informują się o zagrożeniu.

Zrywamy się na równe nogi, Peeta chwyta nóż, ja gotuję się do strzału. Widzimy, jak Cato nagle wyłania się zza drzew i pędzi prosto na nas. Nie ma oszczepu, biegnie z pustymi rękami, a jednak kieruje się wprost ku nam. Moja pierwsza strzała trafia go w pierś, z niezrozumiałego powodu odbija się od niej i pada na ziemię.

— Ma na sobie pancerz! — krzyczę do Peety.

Na nic więcej nie mam czasu, bo Cato już jest przy nas. Przygotowuję się do starcia, lecz on gna dalej, między nami, nawet nie próbuje wyhamować. Słyszę jak dyszy, po jego zaczerwienionej twarzy spływają grube krople potu, najwyraźniej biegnie co tchu już od dłuższego czasu, ale nie chodzi mu o nas. Przed czymś ucieka. Tylko przed czym?

Patrzę uważnie na skraj lasu i zauważam pierwsze stworzenie, które daje susa na równinę. Natychmiast się odwracam, lecz kątem oka widzę jeszcze sześć następnych. Potykając się, gnam za Catonem, i nie myślę o niczym poza tym, że muszę ratować życie.

25 ◎▶

Zmieszańce, bez wątpienia. Nigdy nie widziałam takich zmiechów, ale to nie są zwierzęta urodzone w naturalny sposób. Przypominają potężne wilki, tylko który wilk potrafi skoczyć na tylne łapy i bez trudu utrzymać równowagę? Który wilk popędza resztę watahy przednią łapą tak, jakby miał ludzki przegub? Z tej odległości nic więcej nie dostrzegam, ale jestem pewna, że z bliska ujrzę więcej niepokojących szczegółów.

Cato mknie prosto do Rogu Obfitości, a ja bez oporów pruję za nim. Jeżeli uznał, że to najbezpieczniejsze miejsce, to widocznie ma rację. Nawet gdybym dotarła na skraj lasu, Peeta, ze swoją chorą nogą, z pewnością nie umknąłby stworom... Peeta! Dopiero kiedy opieram dłonie na spiczastym końcu metalowej konstrukcji, przypominam sobie, że jestem członkiem drużyny. Peeta kuśtyka najszybciej jak może, ale ma jeszcze z piętnaście metrów do pokonania. Zmiechy już go prawie mają. Posyłam strzałę w kierunku watahy, jeden potwór pada, ale pozostaje ich jeszcze mnóstwo.

Peeta macha rękami, wskazując Róg Obfitości.

— Dalej, Katniss! — woła. — Właź!

Ma rację. Na ziemi nie będę mu mogła pomóc, a sobie zaszkodzę. Wdrapuję się po blasze, obejmuję ją rękami i nogami. Szczerozłota powierzchnia rzeźby ma przypominać pleciony róg, który napełniamy podczas żniw, więc bez trudu wyszukuję wystające krawędzie oraz wypukłości, pomocne podczas wspinaczki. Niestety, po skwarnym dniu metal rozgrzał się tak bardzo, że czuję, jak na poparzonych dłoniach rosną mi pęcherze.

Cato leży na boku, na samym szczycie Rogu, siedem metrów nad ziemią. Usiłuje złapać oddech, krztusi się, widzę go wyraźnie zza krawędzi konstrukcji. Wreszcie mam okazję go wykończyć. Nieruchomieję w połowie drogi na wierzchołek, zakładam nową strzałę na cięciwę i już mam ją posłać do celu, kiedy słyszę krzyk Peety. Odwracam się i zauważam, że dotarł do spiczastego końca Rogu, a zmiechy właśnie go dopadają.

— Na górę! — wrzeszczę. Peeta rozpoczyna wspinaczkę, ale spowalnia go nie tylko ranna noga, lecz także nóż w zaciśniętej dłoni. Strzelam w gardło pierwszemu zmiechowi, który opiera łapy na metalu. Zdychając, młóci kończynami powietrze, przy okazji rozdzierając skórę kilku kompanom. Przyglądam się uważniej jego pazurom. Mają po dziesięć centymetrów długości i niewątpliwie są ostre jak brzytwa.

Peeta jest już u moich stóp, mogę go złapać i wciągnąć wyżej. Przypominam sobie o Catonie, który czeka na szczycie. W okamgnieniu się odwracam, lecz leży zgięty w pół, chyba bardziej przejęty watahą niż nami. Rzęzi coś niezrozumiale, dodatkowo zagłuszany przez węszące i warczące zmiechy.

— Co? — krzyczę do niego.

— Pyta, czy potrafią się wspinać — wyjaśnia Peeta, a ja ponownie skupiam uwagę na tym, co się dzieje u podnóża Rogu.

Zmiechy zaczynają się gromadzić. Zbijają się w bandę, prostują i z łatwością stają na tylnych nogach, przez co zdumiewająco przypominają ludzi. Każdy ma ciało pokryte gęstą sierścią, niektóre prostą i gładką, inne kręconą, o zróżnicowanym ubarwieniu, od kruczoczarnej do tak jasnej, że kojarzą się z włosami blond. Jest w nich coś, co sprawia, że włosy jeżą mi się na głowie, ale nie potrafię sprecyzować, co to takiego.

Zbliżają nosy do Rogu, węszą, liżą metal, drapią go łapami i wydają z siebie piskliwe szczeknięcia. Z pewnością w ten sposób się porozumiewają, bo wataha się cofa, jakby chciała zrobić miejsce u stóp konstrukcji. Jeden z nich, potężnie zbudowany zmiech o jedwabiście falującym futrze koloru blond, bierze rozpęd i skacze na Róg. Tylne łapy potwora muszą być niewiarygodnie mocne, bo ląduje zaledwie trzy metry od nas. Widzimy jego rozchylone, różowe wargi, z których wydobywa się warkot. Przez sekundę tkwi w miejscu i wtedy uświadamiam sobie, co jeszcze w wyglądzie mutantów budziło mój strach. Zielone, utkwione we mnie oczy rozwścieczonego zmiecha nie przypominają psich ani wilczych ślepiów. Są bez wątpienia ludzkie. Uzmysławiam to sobie i w następnej chwili dostrzegam na szyi stwora obrożę z wyraźną jedynką, ułożoną z kamieni szlachetnych. Dociera do mnie upiorna prawda. Blond włosy, zielone oczy, jedynka... To Glimmer.

Nie panuję nad głosem, wydaję piskliwy wrzask i omal nie upuszczam strzały. Odwlekam śmierć zmiecha, świadoma, że w moim kołczanie jest coraz więcej wolnego miejsca. Chcę też wiedzieć, czy stwory potrafią się wspinać. Teraz, chociaż patrzę, jak zmiech się zsuwa, nie mogąc zaczepić łapami o metal, i słyszę powolny zgrzyt pazurów na blasze, przenikliwy niczym drapanie paznokciami po tablicy, strzelam zmiechowi prosto w gardziel. Jego ciało się skręca i z głuchym łomotem wali na ziemię.

— Katniss? — Czuję na ręce uścisk Peety.

— To ona! — chrypię.

— Kto?

Wodzę oczami po wataszе, oceniam rozmiary i ubarwienie. Drobny, z rudym futrem i bursztynowymi oczami... Liszka! Inny, z popielatą sierścią i orzechowymi oczami to z pewnością chłopiec z Dziewiątego Dystryktu, który zginął, kiedy wyrywaliśmy sobie plecak! I jeszcze jeden, chyba najgorszy, najdrobniejszy zmiech o ciemnej, błyszczącej sierści, wielkich, brązowych oczach i obroży z jedenastką, wykonaną ze słomianej plecionki. Z nienawiścią obnaża kły. Rue...

— Katniss, co jest? — Peeta potrząsa moim ramieniem.

— To oni, oni wszyscy. Cała reszta. Rue, Liszka i... i pozostali trybuci. — Głos więźnie mi w gardle.

Jęk Peety uświadamia mi, że i on ich rozpoznał.

— Co oni im zrobili? To chyba niemożliwe... Czy to ich prawdziwe oczy?

Ich oczy to najmniejsze z moich zmartwień. Co z ich mózgami? Czy stwory odziedziczyły wspomnienia trybutów? Czy zakodowano w nich szczególną nienawiść do naszych twarzy, bo przeżyliśmy, a oni zostali bezlitośnie zamordowani? Co z tymi, którzy zginęli z naszych rąk? Czy wierzą, że przybyli pomścić własną śmierć?

Myśli przelatują mi przez głowę, a tymczasem zmiechy przypuszczają następny atak. Rozdzieliły się na dwie grupy, stanęły po bokach Rogu, napinają potężne mięśnie tylnych nóg i rzucają się w naszym kierunku. Zębata szczęka kłapie zaledwie kilka centymetrów od mojej dłoni, kiedy słyszę przeraźliwy krzyk, czuję, jak coś szarpie ciałem Peety. Zmiech ściąga go, a wraz z nim także mnie. Gdyby Peeta nie trzymał mnie za rękę, już leżałby na ziemi. Resztkami sił próbuję utrzymać nas oboje na zakrzywionym grzbiecie konstrukcji. Zauważam, że przybywają nowe mutanty...

— Zabij to, Peeta! Zabij! — krzyczę. Choć nie widzę, co się dzieje, wiem, że musiał dziabnąć stwora, bo obciążenie się zmniejsza. Wreszcie mogę wciągnąć Peetę na Róg i oboje wdrapujemy się wyżej, na spotkanie mniejszego zła.

Cato jeszcze nie odzyskał pełnej władzy w nogach, ale oddycha coraz spokojniej. To jasne, że wkrótce dojdzie do siebie na tyle, by nas zaatakować, strącić w paszcze zmiechów. Napinam łuk, lecz śmiertelną strzałę posyłam w monstrum, które kiedyś musiało być Threshem. Kto inny potrafiłby skoczyć tak wysoko? Czuję chwilową ulgę, najwyraźniej jesteśmy już poza zasięgiem kłów. Odwracam się do Catona i w tej samej sekundzie Peeta gwałtownie się szarpie i znika. Jestem pewna, że dopadła go wataha, lecz czuję, że jego krew bryzga mi na twarz.

Przede mną stoi Cato, niemal przy samej krawędzi Rogu, i trzyma Peetę za głowę, jednocześnie dusząc go w potężnym uścisku. Peeta wczepia się w jego rękę, ale brak mu sił, zupełnie jakby nie potrafił się zdecydować, czy ma się skupić na oddychaniu, czy tamować krwotok z rozszarpanej przez zmiecha łydki.

Przedostatnią strzałę celuję w głowę Catona, świadoma, że nie uszkodzę mu tułowia ani kończyn, osłoniętych obcisłą cienką kolczugą w cielistym kolorze. To najwyraźniej wysokiej klasy pancerz ochronny z Kapitolu. Czy właśnie ta kolczuga znajdowała się w plecaku pozostawionym dla Catona podczas uczty? W ten sposób chciał się obronić przed moimi strzałami? Cóż, organizatorzy zapomnieli dostarczyć mu osłonę na twarz.

Cato się śmieje.

— Zastrzel mnie, a on zwali się razem ze mną.

Racja. Mogę zabić Catona, lecz wówczas spadnie w szpony zmiechów, a Peeta wraz z nim. Pat. Nie mogę zastrzelić Catona bez zabicia Peety. Cato nie może zamordować zakładnika, bo wówczas moja strzała przeszyłaby mu czaszkę. Stoimy niczym posągi, oboje szukamy wyjścia z klinczu.

Moje mięśnie są napięte tak mocno, że lada moment mogą pęknąć. Zacisnęłam zęby z taką siłą, jakbym je miała połamać. Zmiechy milkną, słyszę tylko dudnienie krwi w zdrowym uchu.

Wargi Peety przybierają siną barwę. Jeżeli szybko czegoś nie zrobię, to się udusi, a wtedy Cato wykorzysta jego zwłoki jako broń przeciwko mnie. W gruncie rzeczy jestem pewna, że Cato ma właśnie taki plan, bo przestaje się śmiać, a na jego wargach pojawia się triumfalny uśmieszek.

W ostatnim odruchu obronnym Peeta unosi palce unurzane we krwi z rany w nodze i przysuwa je do ręki Catona. Zamiast jednak się szarpać, wystawia palec wskazujący i kreśli nim krzyżyk na grzbiecie dłoni Catona, który uświadamia sobie znaczenie tego znaku o sekundę później niż ja. Poznaję to po jego gasnącym uśmiechu. Ta sekunda okazuje się decydująca, bo moja strzała momentalnie przebija jego dłoń. Cato krzyczy i odruchowo puszcza Peetę, a ten wymierza mu potężny cios. Przez jedną potworną chwilę jestem pewna, że obaj spadną. Rzucam się naprzód i w ostatnim momencie chwytam Peetę. Cato traci równowagę na śliskim od krwi Rogu i spada.

Słyszymy, jak jego ciało wali o ziemię, podczas uderzenia z płuc wylatuje powietrze. Wtedy atakują go zmiechy. Podtrzymujemy się nawzajem, czekamy na huk armatniego wystrzału, na koniec igrzysk, chcemy odzyskać wolność. Nic się jednak nie dzieje. Jeszcze nie czas. Teraz emocje sięgają zenitu, to kluczowy moment Głodowych Igrzysk, a widzowie oczekują widowiska.

Nie patrzę, lecz słyszę warczenie, pochrząkiwanie i pełne bólu wycie, zarówno człowieka, jak i bestii. Najwyraźniej Cato nie zamierza tanio sprzedać swojej skóry. Nie pojmuję, jak mu się udaje przeżyć tak długo, w końcu jednak przypominam sobie, że jego ciało jest chronione przez pancerz, który sięga od szyi do kostek. Dociera do mnie, że czeka nas długa noc. Cato na pewno broni się nożem, mieczem lub jeszcze innym rodzajem broni, który ukrył pod ubraniem. Co pewien czas rozbrzmiewa ryk śmiertelnie ranionego zmiecha, a także zgrzytanie metalu o metal, kiedy ostrze styka się ze złotą powierzchnią Rogu. Walczący przesuwają się wzdłuż boku konstrukcji, najwyraźniej Cato usiłuje przeprowadzić jedyny manewr, jaki może mu uratować życie. Próbuje przedrzeć się do tylnej części rzeźby i stamtąd dołączyć do nas. Wykazuje się przy tym niesłychaną siłą i sprawnością, lecz w końcu słabnie i ulega liczebnej przewadze potworów.

Nie mam pojęcia, jak długo to wszystko już trwa, pewnie około godziny. Cato wreszcie pada na ziemię i słyszymy, jak zmiechy go wloką, ciągną do otworu Rogu Obfitości.

Teraz go dobiją, myślę. Nadal jednak nie słyszymy wystrzału. Zapada noc i rozbrzmiewa hymn, ale na niebie nie pojawia się zdjęcie Catona. Z dołu dochodzą nas przygłuszone jęki, tłumione prżez blachę. Lodowaty wiatr, wiejący na równinie, przypomina mi, że igrzyska nadal trwają i zapewne prędko się nie skończą. Nadal nie mamy gwarancji, że zwyciężyliśmy.

Skupiam uwagę na Peecie. Okazuje się, że jego noga krwawi tak mocno jak nigdy dotąd. Wszystkie nasze zapasy pozostały wraz z plecakami nad jeziorem, gdzie je porzuciliśmy podczas ucieczki przed zmiechami. Nie mam bandaża, w żaden sposób nie mogę powstrzymać upływu krwi z rany w łydce Peety. Choć drżę z zimna na przenikliwym wietrze, ściągam kurtkę, zdejmuję koszulę i jak najszybciej ponownie zapinam kurtkę. Nawet tak krótki kontakt z lodowatym powietrzem sprawia, że szczękam zębami bez opanowania.

W bladym świetle księżyca spoglądam na poszarzałą twarz Peety. Zmuszam go, żeby się położył, i badam ranę. Przez palce sączy mi się ciepła, śliska krew. Bandaż to za mało. Kilka razy widziałam, jak mama zakłada krępulec, więc teraz staram się ją naśladować. Odcinam rękaw koszuli, dwukrotnie owijam go wokół nogi tuż pod kolanem i lekko zawiązuję. Brakuje mi kijka, więc sięgam po ostatnią strzałę i wsuwam ją do węzła, który skręcam na tyle mocno, na ile mi starcza odwagi. Sporo ryzykuję, bo Peeta może stracić nogę, ale nie mam wyboru, w grę wchodzi jego życie. Bandażuję ranę resztą materiału z koszuli i kładę się obok niego.

— Nie śpij — ostrzegam go. Nie jestem pewna, czy to odpowiednie zalecenie, lecz boję się, że Peeta już nigdy się nie obudzi.

— Zimno ci? — pyta. Rozpina kurtkę, przytulam się do niego, a wtedy ponownie ją zapina, ze mną w środku. Jest nieco lepiej, dzielimy się ciepłem ciał, rozgrzewam się pod osłoną dwóch warstw kurtek. Noc jest jeszcze wczesna, temperatura będzie spadała. Już teraz czuję, że Róg Obfitości powoli lodo-

wacieje, choć podczas pierwszej wspinaczki boleśnie się po-
parzyłam.

— Cato jeszcze może zwyciężyć — szepczę do Peety.

— Nie wierz w to — mówi i nasuwa mi kaptur na głowę.
Zauważam, że drży mocniej ode mnie.

Następne godziny okazują się najgorsze w moim życiu,
o ile to w ogóle możliwe, jeśli wziąć pod uwagę całokształt.
Ziąb sam w sobie jest torturą, ale prawdziwym koszmarem
okazuje się słuchanie Catona, który jęczy, błaga i w końcu tylko pochlipuje, kiedy zmiechy się nad nim pastwią. Bardzo
szybko przestaje mnie obchodzić, kim jest i co robił. Chcę tylko, aby jego cierpienia dobiegły końca.

— Dlaczego po prostu go nie zabiją? — pytam Peetę.

— Dobrze wiesz, dlaczego — mówi i tuli mnie mocniej.

Rzeczywiście, wiem. Teraz żaden widz nie odejdzie od telewizora. Z perspektywy organizatorów nic nie przebije takiej
rozrywki.

Męki Catona trwają bez końca, a świadomość jego cierpień
kompletnie wypiera mi z umysłu inne myśli, wymazuje wspomnienia, przekreśla nadzieje na przyszłość. Istnieje tylko tu i teraz, i tak już będzie wiecznie, jestem skazana na chłód, strach
i wsłuchiwanie się w rozpaczliwe jęki dogorywającego chłopaka.

Peeta zapada w drzemkę, a za każdym razem, gdy przysy-
pia, wykrzykuję jego imię, coraz głośniej, bo wiem, że jeśli teraz mnie opuści, jeżeli umrze, to z pewnością postradam zmysły. Walczy z sennością, pewnie bardziej dla mnie niż dla siebie,
i jest mu trudno, bo utrata przytomności byłaby czymś w rodzaju ucieczki. Adrenalina w moim ciele nie pozwoliłaby mi pójść
w jego ślady, więc nie zamierzam go puścić. Nie mogę.

Jedyny dowód na to, że czas nadal płynie, widać na niebie
w postaci powolnej wędrówki księżyca. Peeta pokazuje mi go,
każe mi potwierdzać, że księżyc się przesuwa. Czasami, tylko przez chwilę, kołacze się we mnie nadzieja, która zaraz ga-
śnie, ustępując pola koszmarowi tej nocy.

W końcu słyszę, jak Peeta szepcze, że wschodzi słońce. Otwieram oczy. Gwiazdy gasną w bladym świetle poranka. Teraz widzę, że z twarzy Peety odpłynęła niemal cała krew. Zostało nam bardzo mało czasu. Wiem, że muszę jak najszybciej sprowadzić go do Kapitolu. Nadal nie słyszymy huku armaty. Przyciskam zdrowe ucho do Rogu i z trudem rozpoznaję ledwie słyszalny głos Catona.

— Chyba jest bliżej. Katniss, dasz radę go zastrzelić? — Peeta patrzy na mnie pytająco.

Jeżeli znajduje się u wylotu Rogu, zapewne mogłabym go zabić. W takiej sytuacji dokonałabym aktu łaski.

— Moja ostatnia strzała jest w twojej opasce uciskowej — przypominam.

— Bierz śmiało. — Rozpina zamek błyskawiczny kurtki, aby mnie wypuścić.

Wydobywam strzałę i zawiązuję krępulec z powrotem, na tyle mocno, na ile mi pozwalają skostniałe z zimna palce. Zacieram ręce, usiłuję pobudzić krążenie. Gdy podczołguję się do wylotu rogu i wychylam za krawędź, czuję na sobie ręce Peety, który mnie przytrzymuje.

W półmroku dopiero po kilku sekundach dostrzegam Catona w kałuży krwi. Porozrywany strzęp mięsa, do niedawna mój wróg, wydaje z siebie jakiś dźwięk. Dopiero wtedy się orientuję, gdzie ma usta. Wydaje mi się że próbuje wypowiedzieć słowo „proszę".

Z litości, nie z zemsty posyłam strzałę w jego czaszkę. Peeta wciąga mnie z powrotem. W dłoni trzymam łuk, na ramieniu pusty kołczan.

— Koniec z nim? — szepcze Peeta.

W odpowiedzi słyszymy armatni wystrzał.

— Zatem wygraliśmy, Katniss — zauważa głucho.

— Chwała zwycięzcom — potwierdzam, lecz w moim głosie na próżno by szukać radości.

Na równinie rozstępuje się ziemia i jak na komendę do powstałego otworu pędzą pozostałe przy życiu zmiechy. Znikają, dziura ponownie się zasklepia.

Czekamy na poduszkowiec, który zabierze szczątki Catona, nasłuchujemy fanfar, lecz nic się nie dzieje.

— Ejże! — wołam w przestrzeń. — Co jest grane?

W odpowiedzi słyszę jedynie świergot budzących się ptaków.

— Może chodzi o zwłoki — mówi Peeta. — Chyba powinniśmy się od nich odsunąć.

Usiłuję sobie przypomnieć zasady. Czy rzeczywiście trzeba się oddalić od martwego trybuta, ostatniego wroga na igrzyskach? Nie mogę zebrać myśli, brakuje mi pewności, ale chyba nie istnieje inne wytłumaczenie opóźnienia?

— W porządku — decyduję. — Dasz radę dojść do jeziora?

— Chyba muszę spróbować. — Peeta oddycha głęboko. Powoli zsuwamy się z rogu i spadamy na ziemię. Ledwie zginam ręce i nogi, więc jak Peecie w ogóle udaje się poruszać? Wstaję pierwsza, macham rękami, kucam, aż wreszcie uznaję, że pomogę mu wstać. Z trudem, krok po kroku docieramy do brzegu jeziora. Nabieram w dłonie zimnej wody i daję ją Peecie, drugą porcję wypijam sama.

Rozbrzmiewa długi, niski gwizd kosogłosa. Gdy pojawia się poduszkowiec i odtransportowuje ciało Catona, czuję, jak oczy zachodzą mi łzami ulgi. Teraz zabiorą nas. Teraz wrócimy do domu.

Jednak nadal nic się nie dzieje.

— Na co czekają? — jęczy Peeta słabym głosem. W wyniku poluzowania opaski uciskowej i wysiłku związanego z przejściem nad jezioro jego rana ponownie się otworzyła.

— Nie mam pojęcia — mówię. Bez względu na to, z czego wynika opóźnienie, muszę zatamować upływ krwi. Ruszam na poszukiwanie odpowiedniego kijka i niemal natychmiast natrafiam na strzałę, która odbiła się od kolczugi Catona.

Sprawdzi się równie dobrze jak poprzednia. Pochylam się, aby ją podnieść, i nagle słyszę grzmiący głos Claudiusa Templesmitha.

— Pozdrawiam ostatnich zawodników Siedemdziesiątych Czwartych Głodowych Igrzysk. Informuję, że wcześniejsza korekta została anulowana. W wyniku bliższego zapoznania się z treścią regulaminu igrzysk wyszło na jaw, że dopuszczalne jest zwycięstwo wyłącznie jednej osoby — recytuje Claudius. — Powodzenia i niech szczęście zawsze wam sprzyja.

Rozlega się trzask i zapada cisza. Z niedowierzaniem wpatruję się w Peetę. Czekam, aż dotrze do mnie znaczenie tych słów. Organizatorzy ani przez chwilę nie zamierzali darować życia nam obojgu. Zmienili zasady tylko po to, aby zapewnić sobie najbardziej dramatyczne widowisko w historii igrzysk. A ja, głupia, dałam się na to nabrać.

— Jeśli się nad tym zastanowić, to wcale nie jest takie zdumiewające — zauważa cicho Peeta. Patrzę, jak z bólem dźwiga się na nogi i rusza w moją stronę. Idzie jak w zwolnionym tempie, jego dłoń wyciąga zza pasa nóż...

Odruchowo, zanim zdążę pomyśleć, napinam łuk i kieruję strzałę prosto w jego serce. Peeta unosi brwi i dopiero wtedy widzę, że nie ma już noża w ręce. Broń frunie w kierunku jeziora i z pluskiem znika pod taflą wody. Opuszczam łuk, cofam się o krok, a moja twarz płonie, co świadczy wyłącznie o tym, jak bardzo jest mi wstyd.

— Nie — protestuje Peeta. — Nie wahaj się.

Kuśtyka ku mnie i wpycha mi broń z powrotem w dłonie.

— Nie mogę — protestuję. — Nie ma mowy.

— Śmiało — zachęca mnie. — Nie czekajmy, aż przyślą z powrotem zmiechy albo jeszcze coś innego. Nie chcę umierać jak Cato.

— Wobec tego ty mnie zastrzel — proponuję gniewnie, usiłując wcisnąć mu łuk. — Zabij mnie, wróć do domu i żyj z tym aż do śmierci!

Nie mam żadnych wątpliwości, że natychmiastowa śmierć byłaby łatwiejszym rozwiązaniem.

— Dobrze wiesz, że tego nie zrobię — wzdycha Peeta i rzuca broń w trawę. — Zresztą, wszystko jedno. I tak odejdę pierwszy. — Pochyla się i zdziera z nogi bandaż, ostatnią barierę między jego krwią a ziemią.

— Nie, nie możesz się zabić. — Klękam i rozpaczliwie próbuję ponownie przylepić bandaż do rany.

— Katniss — odzywa się. — Ja tego chcę.

— Nie zostawisz mnie tu samej — mówię. Jeśli on umrze, to tak naprawdę nigdy nie wrócę do domu. Resztę życia spędzę na arenie, usiłując się stąd wydostać.

— Posłuchaj. — Pomaga mi wstać. — Oboje wiemy, że muszą mieć zwycięzcę. Może nim zostać tylko jedno z nas. Wygraj, zrób to dla mnie. — Zaczyna się rozwodzić nad tym, jak szaleńczo mnie kocha, czym byłoby życie beze mnie, ale ja przestałam go słuchać, bo w głowie zaległy mi jego wcześniejsze słowa, które nie dają mi spokoju.

Oboje wiemy, że muszą mieć zwycięzcę.

Zgadza się, muszą mieć zwycięzcę. Bez niego cała idea igrzysk bierze w łeb, a organizatorom ziemia usuwa się spod nóg. Zawiedliby Kapitol. Groziłaby im nawet egzekucja, powolna i bolesna, a dzięki transmisji cały kraj oglądałby ją na ekranach.

Gdybyśmy mieli oboje umrzeć, ja i Peeta, albo gdyby oni w to uwierzyli...

Grzebię w saszetce przy pasie, zdejmuję ją. Peeta widzi, co robię, i łapie mnie dłonią za nadgarstek.

— Nie pozwalam. Nie zrobisz tego — oponuje.

— Zaufaj mi — szepczę. Przez dłuższą chwilę patrzymy sobie w oczy, aż wreszcie Peeta cofa rękę. Rozchylam saszetkę i wysypuję mu na dłoń garstkę jagód. Tyle samo odmierzam sobie.

— Na trzy?

Peeta się pochyla i mnie całuje, tylko raz, bardzo delikatnie.

— Na trzy — zgadza się.

Stajemy plecami do siebie, chwytamy się mocno za lewe dłonie.

— Wyciągnij je — mówię. — Niech wszyscy zobaczą.

Rozkładam palce i pokazuję ciemne, lśniące w słońcu jagody. Po raz ostatni ściskam dłoń Peety, w ten sposób daję mu sygnał, że się z nim żegnam, i zaczynamy liczyć.

— Jeden. — Może się mylę. — Dwa. — Może mają gdzieś, że oboje zginiemy. — Trzy! — Za późno na zmianę zdania. Unoszę dłoń, po raz ostatni spoglądam na świat. W chwili, gdy wkładam jagody do ust, gwałtownie rozbrzmiewa dźwięk trąbek.

Donośniejszy jest tylko przerażony głos Claudiusa Templesmitha.

— Stać! Stać! Panie i panowie, mam przyjemność zaprezentować państwu zwycięzców Siedemdziesiątych Czwartych Głodowych Igrzysk, Katniss Everdeen oraz Peetę Mellarka! Oto oni, trybuci z Dwunastego Dystryktu!

26

Wypluwam jagody i wycieram język o brzeg koszuli, dla pewności, aby nie pozostała na nim ani jedna kropla soku. Peeta ciągnie mnie do jeziora, gdzie płuczemy usta wodą i padamy sobie w ramiona.

— Połknąłeś choć jedną? — niepokoję się.

Kręci głową.

— A ty?

— Pewnie bym już nie żyła. — Widzę, jak porusza ustami, lecz nie słyszę ani słowa, bo z megafonów dobiega transmitowany na żywo ryk tłumu zgromadzonego przed ekranami w Kapitolu.

Nad naszymi głowami pojawia się poduszkowiec, z którego opadają dwie drabiny, ale mowy nie ma, żebym puściła Peetę. Obejmuję go i pomagam mu wejść na drabinę. Stawiamy stopy na pierwszym szczeblu, a wówczas unieruchamia nas prąd. Tym razem jestem zadowolona, bo nie mam pewności, czy w tak niewygodnej pozycji Peecie udałoby się wytrzymać do końca podróży. Wzrok mam skierowany w dół, więc zauważam, że choć nasze mięśnie są zablokowane, nic nie tamuje krwi, która sączy się z rany na nodze Peety. Jak się nietrudno domyślić, gdy tylko drzwi się za nami zamykają, a prąd zostaje wyłączony, Peeta bez czucia osuwa się na podłogę.

Palce wciąż zaciskam na jego kurtce, zginam je tak kurczowo, że gdy go zabierają, w dłoni pozostaje mi skrawek czarnego materiału. Do akcji wkraczają lekarze w nieskazitelnej bieli, w maskach i w rękawiczkach, zawczasu przygotowani do operacji. Blady jak kreda Peeta leży nieruchomo na srebrnym stole, z jego ciała sterczą najrozmaitsze rurki i druty. Na moment zapominam, że igrzyska się już zakończyły, i dostrzegam w lekarzach kolejne zagrożenie, uważam ich za następną watahę zmiechów stworzonych po to, aby zabić Peetę. Przerażona, rzucam mu się na ratunek, ale natychmiast czuję na sobie obce dłonie, które mnie chwytają i ciskają do sąsiedniego pomieszczenia. Zamykają się za mną przezroczyste drzwi, łomoczę w nie, wrzeszczę, ile sił w płucach, jednak ignorują mnie wszyscy z wyjątkiem kapitolińskiej pokojówki, która staje za moimi plecami i częstuje mnie napojem.

Osuwam się na podłogę, przyciskam twarz do drzwi i z osłupieniem wpatruję się w kryształową szklankę w dłoni. Jest lodowata, wypełniona sokiem pomarańczowym, sterczy z niego gustownie ozdobiona biała słomka. Elegancko podany napój w ogóle nie pasuje do mojej zakrwawionej, brudnej, pokrytej bliznami dłoni o utytłanych paznokciach. Zapach soku sprawia, że ślina napływa mi do ust, ale ostrożnie stawiam szklankę na podłodze. Nie ufam niczemu, co jest czyste i ładne.

Przez szyby widzę lekarzy gorączkowo uwijających się przy Peecie, ze ściągniętymi w skupieniu brwiami. Widzę, jak płyny suną przez rurki, obserwuję tablicę ze wskaźnikami i światełkami, które nic mi nie mówią. Nie mam pewności, ale wydaje mi się, że jego serce dwukrotnie stanęło.

Znowu czuję się jak w domu, jak wtedy, kiedy przynoszą śmiertelnie ranną ofiarę eksplozji w kopalni, kobietę w trzecim dniu porodu albo zagłodzone, chore na zapalenie płuc dziecko. Mama i Prim mają wtedy takie same miny jak lekarze za szybą. Teraz powinnam uciec do lasu, ukryć się wśród drzew i zaczekać, aż pacjent zniknie, a w innej części Złożyska zabrzmi stukot młotków towarzyszący zbijaniu trumny. Tymczasem tkwię tutaj, odgrodzona od świata ścianami poduszkowca i przytrzymywana przez tę samą siłę, która przy łóżku umierającego zatrzymuje jego bliskich. Nie potrafiłabym zliczyć, jak często ich widywałam, zebranych wokół naszego stołu w kuchni. Myślałam wówczas: Dlaczego sobie nie pójdą? Dlaczego stoją i patrzą? Teraz już wiem. W takiej sytuacji nie ma się wyboru. Wzdrygam się, kiedy dostrzegam, że ktoś patrzy na mnie z odległości zaledwie kilku centymetrów. Po chwili uświadamiam sobie, że to moje własne odbicie. Mam niespokojne oczy, zapadnięte policzki, zamiast włosów kłębowisko zmatowiałych strąków. Wściekła. Dzika. Szalona. Nic dziwnego, że ludzie trzymają się ode mnie z daleka.

Po pewnym czasie orientuję się, że wylądowaliśmy na dachu Ośrodka Szkoleniowego, Peetę gdzieś zabierają, a ja zostaję za drzwiami. Rzucam się na szkło, piszczę skrzekliwie i wydaje mi się, że dostrzegam mignięcie różowych włosów. To musi być Effie, to na pewno Effie przybywa mi na ratunek, myślę, i nagle czuję, jak ktoś od tyłu wbija mi igłę w ciało.

Kiedy się budzę, z początku boję się poruszyć. Cały sufit jaśnieje przytłumionym, żółtym światłem, dzięki czemu zauważam, że jestem w pokoju, w którym nie ma nic prócz mojego łóżka. Brakuje drzwi, nigdzie nie widzę okien. W powietrzu unosi się ostry zapach środka do odkażania. Z prawej ręki sterczy mi kilka rurek, znikają w ścianie za moimi plecami. Jestem goła, ale pościel kojąco gładzi skórę. Niepewnie unoszę lewą dłoń. Ktoś nie tylko wyszorował mnie do czysta, lecz także opiłował moje paznokcie do kształtu idealnych owali. Blizny po oparzeniach znacznie zbladły. Dotykam policzka, ust, nieregularnej szramy nad brwią, przeczesuję palcami jedwabiste włosy i nagle nieruchomieję. Niepewnie poruszam włosami przy lewym uchu. Nie, to nie było złudzenie. Ponownie słyszę.

Próbuję usiąść, ale wokół talii mam szeroki pas bezpieczeństwa, który pozwala mi unieść się tylko na kilka centymetrów. To ograniczenie wolności sprawia, że wpadam w panikę. Usiłuję się wydostać z uwięzi, poruszam biodrami, aby przecisnąć je przez pas. W pewnej chwili fragment ściany się przesuwa i do pokoju wchodzi rudowłosa awoksa z tacą w rękach. Widok dziewczyny mnie uspokaja, przestaję się wyrywać. Pragnę zasypać ją pytaniami, ale boję się, że wpędzę ją w kłopoty, jeśli zdradzę, że się znamy. Rzecz jasna, jestem obserwowana. Rudowłosa stawia mi tacę na udach i przyciska jakiś guzik. Łóżko składa się do pozycji fotela. Gdy już siedzę, a dziewczyna poprawia mi poduszki, postanawiam zaryzykować i zadać jedno pytanie.

Wypowiadam je głośno, najwyraźniej, jak mi na to pozwala chrapliwy głos, aby nikt nie podejrzewał nas o sekrety.

— Czy Peeta przeżył?

Rudowosa kiwa głową, a gdy wsuwa mi łyżkę w dłoń, wyczuwam przyjazny uścisk.

Chyba jednak nie życzyła mi śmierci. Poza tym Peeta żyje. Jakże inaczej. Mają przecież tyle drogiego sprzętu. Mimo to wcześniej nie byłam pewna.

Awoksa wychodzi, drzwi bezszelestnie zamykają się za jej plecami, a ja kieruję wygłodniałe spojrzenie na tacę. Widzę miseczkę przezroczystego rosołu, małą porcję przetartego jabłka i szklankę wody. I już?, myślę niezadowolona. Moja powitalna kolacja chyba powinna być nieco bardziej wyszukana? Z trudem jednak kończę skromny posiłek, zupełnie jakby żołądek skurczył mi się do rozmiarów kasztana. Ciekawe, jak długo leżałam nieprzytomna, skoro ostatniego ranka na arenie zjadłam całkiem sute śniadanie. Od końca turnieju do uroczystego przedstawienia zwycięzcy zwykle mija kilka dni, aby organizatorzy mieli czas na doprowadzenie do porządku wygłodniałego, rannego, zaniedbanego trybuta. Cinna i Portia z pewnością szykują już nam ubrania na publiczne prezentacje. Haymitch i Effie organizują przyjęcie dla sponsorów, a także przeglądają pytania, które zostaną nam zadane pod-

czas ostatnich wywiadów. Dwunasty Dystrykt jest najprawdopodobniej pogrążony w chaosie, jego mieszkańcy niewątpliwie sposobią się do uroczystości powitalnych na cześć Peety
i mnie, zwłaszcza że czekali na taką okazję od prawie trzydziestu lat.

Dom! Prim i mama! Gale! Uśmiecham się nawet na myśl
o tym paskudnym kocie Prim. Wkrótce wracam do domu!

Mam ochotę wstać z łóżka, zobaczyć się z Peetą i Cinną,
dowiedzieć się więcej o tym, co się zdarzyło. Dlaczego nie
mogę? Czuję się nieźle. Gdy jednak ponownie próbuję wy-
swobodzić się z pasa, do żyły wpływa mi zimny płyn z jednej
z rurek. Z miejsca tracę przytomność.

To się powtarza wielokrotnie, nawet nie wiem, jak długo. Budzę się, jem, i choć powstrzymuję się od prób ucieczki z łóżka, z powrotem mnie oszałamiają. Mam wrażenie, że
tkwię w nierealnym, niekończącym się półmroku. Docierają
do mnie tylko pojedyncze fakty. Rudowłosa awoksa nie zjawiła się od śniadania, a blizny mi znikają. Chyba sobie tego nie
wyobrażam? Czy słyszę męski krzyk? Ktoś coś woła, w jego
głosie nie rozpoznaję kapitolińskiego akcentu, raczej bardziej
szorstką intonację Dwunastego Dystryktu. Nie mogę się pozbyć niejasnego, krzepiącego wrażenia, że ktoś mnie szuka.

W końcu nadchodzi moment, w którym odzyskuję świadomość i widzę, że moja prawa ręka nie jest podłączona do żadnej aparatury. Zniknął ucisk w pasie, mogę się poruszać. Chcę
wstać, ale nieruchomieję na widok własnych dłoni. Skóra stała
się perfekcyjnie gładka i jasna. Bez śladu znikły nie tylko blizny z areny, lecz także szramy, których sporo się nazbierało
przez lata polowań. Czoło w dotyku przypomina aksamit, bezskutecznie próbuję odszukać na łydce ślady po oparzeniu.

Opuszczam nogi na podłogę, boję się, czy zdołają udźwig-
nąć mój ciężar. Na szczęście są mocne i pewne. Wzdrygam
się na widok stroju leżącego u stóp łóżka. Identyczne ubranie
nosili wszyscy trybuci na arenie. Wpatruję się w odzież, jakby

miała mi rozszarpać gardło, ale w końcu sobie przypominam, że w tym uniformie, rzecz jasna, będę musiała powitać drugą połowę drużyny.

Ubieram się nie dłużej niż minutę. Nerwowo drepczę przed ścianą, w której ukryte są drzwi. Nie umiem ich zlokalizować do czasu, gdy się nieoczekiwanie rozsuwają. Przechodzę do przestronnego, pustego korytarza, w którym pozornie również brakuje drzwi. Z pewnością gdzieś tu są, a za jednymi z nich znajduje się Peeta. Teraz, kiedy jestem przytomna i mogę chodzić, coraz bardziej się o niego niepokoję. Z pewnością miewa się dobrze, awoksa chybaby nie kłamała. Tak czy owak, sama muszę się o tym przekonać.

— Peeta! — wołam, bo nie mam kogo spytać. W odpowiedzi ktoś wypowiada moje imię, ale ten głos nie należy do Peety. Poznaję to brzmienie. To głos, który początkowo budzi irytację, a potem radość. Effie.

Odwracam się i widzę, że wszyscy czekają w wielkiej sali na końcu korytarza: Effie, Haymitch i Cinna. Bez wahania pędzę w ich kierunku. Triumfatorka powinna pewnie zachować więcej wstrzemięźliwości, wyniosłości, zwłaszcza że każdy jej krok jest nagrywany, ale na nic nie zważam. Pędzę i zdumiewam samą siebie, kiedy na dzień dobry rzucam się w ramiona Haymitcha.

— Dobra robota, skarbie — szepcze mi do ucha bez krztyny ironii.

Effie jest bliska łez, bezustannie poklepuje mnie po głowie i mówi, jak to wszystkim opowiadała, że prawdziwe z nas perełki. Cinna tylko mocno mnie ściska i nie wypowiada ani jednego słowa. Potem zauważam, że brakuje Portii i ogarniają mnie złe przeczucia.

— Gdzie jest Portia? Poszła do Peety? Wszystko z nim w porządku? Żyje, prawda? — wyrzucam z siebie.

— Miewa się doskonale. Tyle że macie się spotkać dopiero podczas ceremonii na żywo — wyjaśnia mi Haymitch.

— Ach, to dlatego — wzdycham. Opuszcza mnie to okropne przekonanie, że Peeta nie żyje. — Właściwie sama chciałabym to zobaczyć.

— Pójdziesz teraz z Cinną, musi cię przygotować — zapowiada Haymitch.

Co za ulga, że mogę spędzić chwilę sam na sam z Cinną, poczuć na ramieniu jego rękę, kiedy wyprowadza mnie poza zasięg kamer. Po przejściu kilku korytarzy zatrzymujemy się przed windą, która zawozi nas do holu Ośrodka Szkoleniowego. Teraz wiem, że szpital znajduje się głęboko pod ziemią, jeszcze niżej niż sala, w której trybuci ćwiczyli wiązanie węzłów i rzuty oszczepem. Okna w holu są zaciemnione, na posterunku stoi kilku strażników. Nikt poza nimi nie patrzy, jak przechodzimy do windy dla trybutów. Stukot naszych kroków odbija się echem w pustce. Gdy suniemy na dwunaste piętro, przed oczami stają mi twarze wszystkich zawodników, którzy odeszli na zawsze. W piersiach czuję przykry, ciężki ucisk.

Gdy rozsuwają się drzwi windy, Venia, Flavius i Octavia rzucają się, aby mnie wyściskać. Wszyscy zaczynają jednocześnie trajkotać z entuzjazmem, przekrzykują się, a ja nie rozumiem ani słowa. Nie mam wątpliwości, co czują. Są szczerze zachwyceni, że mnie widzą, ja również z radością spoglądam na ich twarze, choć nie jestem tak zadowolona jak ze spotkania z Cinną. Przypuszczam, że podobnie czują się ludzie, którzy po szczególnie ciężkim dniu wracają do domu, gdzie spotykają się z radosnym powitaniem domowych zwierzątek.

Zabierają mnie do jadalni i wreszcie dostaję porządny posiłek, rostbef z groszkiem i miękkimi bułkami, choć moje porcje są nadal racjonowane. Gdy proszę o dokładkę, spotykam się z odmową.

— Nie, nie, nie. Nikt nie chce, aby twoje jedzenie wylądowało na estradzie — sprzeciwia się Octavia, lecz potajemnie podaje mi pod stołem dodatkową bułkę, aby dowieść, że trzyma ze mną.

Wracamy do mojego pokoju. Cinna na pewien czas wychodzi, a ekipa przygotowawcza szykuje mnie do występu.

Spoglądam na swoje odbicie w lustrze i widzę, że zostały ze mnie skóra i kości. Gdy opuszczałam arenę, z pewnością byłam jeszcze bardziej wymizerowana, ale i tak mogę bez trudu policzyć swoje żebra.

Moi opiekunowie nastawiają prysznic, a gdy jestem już umyta, zabierają się do układania moich włosów, do makijażu i malowania paznokci. Trajkoczą bezustannie, więc nawet nie muszę się odzywać. I dobrze, nie mam nastroju na pogaduszki. Dziwne, choć w kółko mówią o igrzyskach, przez cały czas koncentrują się na sobie: na tym, gdzie byli, co robili albo jak się czuli, kiedy doszło do jakiegoś dramatycznego zdarzenia.

— Byłem jeszcze w łóżku!

— Właśnie ufarbowałam sobie brwi!

— Przysięgam, że omal nie zemdlałam!

Myślą wyłącznie o sobie, nie interesują się umierającymi na arenie młodymi ludźmi.

W Dwunastym Dystrykcie nie mamy zwyczaju delektować się igrzyskami. Zaciskamy zęby i patrzymy, bo się nas do tego zmusza, a po zakończeniu turnieju jak najszybciej wracamy do codziennych zajęć. Aby nie znienawidzić swojej ekipy, przez większość czasu nie słucham tej gadaniny.

Zjawia się Cinna. W rękach trzyma skromną na pierwszy rzut oka sukienkę żółtozłotej barwy.

— Zrezygnowałeś z koncepcji dziewczyny, która igra z ogniem? — dziwię się.

— Sama się przekonaj — proponuje i wkłada mi sukienkę przez głowę. Od razu zauważam wkładki w okolicach biustu, dodające mi krągłości odebranych przez głód. Kładę dłonie na staniku i marszczę brwi.

— Wiem — mówi Cinna, zanim zdążę zaprotestować. — Organizatorzy chcieli ci zrobić operację plastyczną. Haymitch musiał stoczyć z nimi prawdziwą batalię i ostatecznie sprawa zakończyła się kompromisem. — Powstrzymuje mnie, gdy usiłuję zajrzeć do lustra. — Czekaj, nie zapomnij włożyć butów. — Venia pomaga mi wsunąć stopy w skórzane sandałki bez obcasów. Dopiero wtedy kieruję wzrok na swoje odbicie. Nadal jestem dziewczyną, która igra z ogniem. Przejrzysta tkanina delikatnie błyszczy. Nawet lekki ruch powietrza sprawia, że sukienka faluje. W porównaniu z tą kreacją kostium z rydwanu wydaje się krzykliwy, sukienka z prezentacji zbyt wydumana. Teraz wyglądam tak, jakbym była ubrana w płomyk świecy.

— Co o tym myślisz? — dopytuje się Cinna.

— To najpiękniejsza sukienka ze wszystkich — oznajmiam. Gdy udaje mi się oderwać wzrok od migotliwego materiału, doświadczam lekkiego wstrząsu. Moje rozpuszczone włosy podtrzymuje opaska. Makijaż łagodzi ostre rysy twarzy. Na paznokciach mam przeźroczysty lakier. Sukienka, do kolan i bez rękawów, jest ściągnięta na wysokości żeber, nie w talii, dzięki czemu właściwie nie trzeba robić nic, żeby poprawić moją figurę. Nie mam obcasów, więc na pierwszy rzut oka widać, jakiej jestem postury. Wyglądam po prostu jak dziewczyna, bardzo młoda, najwyżej czternastoletnia. Sprawiam wrażenie niewinnej, nieszkodliwej. Tak, to wstrząsające, że Cinnie udało się dokonać takiej sztuki, zważywszy, że właśnie zwyciężyłam w igrzyskach.

Cinna starannie zaplanował ten efekt. W jego projektach nie ma nic przypadkowego. Przygryzam wargę, staram się zorientować, co nim powodowało.

— Zakładałam, że przygotujesz dla mnie coś bardziej... wyszukanego — odzywam się.

— Uznałem, że taka sukienka bardziej się spodoba Peecie — odpowiada ostrożnie.

Peecie? No nie, przecież nie chodzi o Peetę. Sukienka wygląda tak, a nie inaczej, bo tego oczekuje Kapitol, organizatorzy oraz widzowie. Jeszcze nie całkiem rozumiem istotę projektu Cinny, lecz znowu sobie przypominam, że igrzyska jeszcze się nie skończyły. W jego spokojnej odpowiedzi wyczuwam przestrogę przed czymś, o czym nie może wspomnieć nawet w obecności własnego zespołu. Dojeżdżamy windą do poziomu, na którym odbywało się szkolenie. Zgodnie z tradycją zwycięzca oraz jego ekipa wyłaniają się spod sceny. Najpierw na estradzie pojawia się ekipa przygotowawcza, następnie opiekun, stylista, mentor i dopiero na końcu trybut. W tym roku po raz pierwszy należało zreorganizować ceremonię ze względu na dwoje triumfatorów, którzy mają wspólną opiekunkę oraz tego samego mentora. Trafiam do słabo oświetlonego pomieszczenia pod sceną. Specjalnie dla mnie zainstalowano nową płytę z metalu, która przetransportuje mnie na górę. Tu i tam widzę kupki trocin, w powietrzu unosi się woń świeżej farby. Cinna i ekipa przygotowawcza odchodzą, aby się przebrać we własne kostiumy i zająć wyznaczone miejsca. Zostaję sama. W półmroku dostrzegam prowizoryczną ściankę działową, wznoszącą się mniej więcej dziesięć metrów ode mnie. Zakładam, że Peeta jest za nią.

Grzmiące hałasy, wydawane przez publiczność, są tak donośne, że zauważam Haymitcha dopiero wtedy, kiedy kładzie mi rękę na ramieniu. Wystraszona, gwałtownie odskakuję, jakbym jedną nogą nadal tkwiła na arenie.

— Spokojnie, to tylko ja. Chciałem rzucić na ciebie okiem — uspokaja mnie. Unoszę ręce na boki i wykonuję jeden obrót. — Może być.

Marny komplement.

— Tylko co? — obruszam się.

Haymitch wodzi oczami po zatęchłym pomieszczeniu. Wygląda na to, że bije się z myślami.

— Tylko nic. Mogę cię uścisnąć na szczęście?

Fakt, to nietypowa prośba jak na Haymitcha, ale koniec końców jestem zwyciężczynią igrzysk. W takiej sytuacji uścisk jest pewnie na miejscu. Gdy jednak otaczam jego szyję rękami, obejmuje mnie tak mocno, jakby nie chciał mnie puścić. Zaczyna mówić, bardzo szybko i cicho, prosto w moje ucho, osłaniając usta moimi włosami.

— Słuchaj uważnie. Macie kłopoty. Podobno Kapitol szaleje z wściekłości, bo upokorzyliście ich na arenie. Władze nie znoszą, kiedy ktoś się z nich śmieje, a teraz drwi z nich całe Panem.

Ze strachu włosy mi się jeżą, ale chichoczę, zupełnie jakby Haymitch powiedział coś uroczego. Muszę udawać, bo nic nie zasłania mi ust.

— I co? — pytam radośnie.

— Waszą jedyną szansą jest przekonanie wszystkich, że do tego stopnia oszaleliście z miłości, że nie odpowiadaliście ze swoje czyny. — Haymitch się odsuwa i poprawia mi opaskę. — Rozumiesz, skarbie?

Rozmowa mogła dotyczyć czegokolwiek.

— Rozumiem — potwierdzam. — Czy powiedział pan to Peecie?

— Nie muszę — oświadcza Haymitch. — On wie.

— A pan myśli, że ja nie? — pytam i korzystam ze sposobności, aby poprawić mu jaskrawoczerwoną muchę. Cinna z pewnością użył siły, żeby Haymitch ją włożył.

— Odkąd ma znaczenie, co myślę? — pyta. — Lepiej zajmijmy miejsca. — Prowadzi mnie do metalowej tarczy. — To twój wieczór, skarbie. Miłej zabawy. — Całuje mnie w czoło i znika w mroku.

Obciągam sukienkę i żałuję, że nie jest dłuższa, bo wówczas nikt by nie zauważył, jak drżą mi kolana. W następnej chwili dociera do mnie, że niepotrzebnie się wysilam, bo cała drżę jak liść. Oby ludzie złożyli to na karb mojego zdenerwowania występem. Ostatecznie dzisiaj jest mój wielki wieczór.

Wilgotny zapach pleśni pod sceną jest nieznośny, prawie się krztuszę. Skórę pokrywa mi zimny, kleisty pot. Czuję się tak, jakby deski nad moją głową lada moment miały się zawalić i pogrzebać mnie w ruinach sceny. Powinnam być bezpieczna od chwili, gdy opuszczałam arenę i słyszałam fanfary. Od tamtej pory aż do końca życia nic nie powinno mi zagrażać. Jeśli jednak Haymitch mówi prawdę, a nie ma powodu kłamać, to znalazłam się w najniebezpieczniejszym miejscu na świecie.

Tu jest nieporównywalnie gorzej niż na arenie, gdzie nie groziło mi nic poza śmiercią. Umarłabym i koniec pieśni. Tutaj kara grozi wszystkim bliskim mi osobom: Prim, mamie, Gale'owi, mieszkańcom Dwunastego Dystryktu, jeśli nie uda mi się odegrać napisanej przez Haymitcha roli oszalałej z miłości dziewczyny.

Jeszcze nie wszystko stracone. Dziwne, na arenie, kiedy wysypałam jagody, myślałam wyłącznie o przechytrzeniu organizatorów. Nie interesowało mnie, jak Kapitol zareaguje na moje zachowanie. Cóż, Głodowe Igrzyska to broń, której nie wolno wytrącić władzy z rąk. Z tego powodu Kapitol będzie postępował tak, jakby ani na moment nie stracił kontroli nad rozwojem sytuacji. Ludzie muszą odnieść wrażenie, że wszystko zostało zaplanowane, łącznie z podwójną próbą samobójczą. Warunek jest tylko jeden: mam pójść władzom na rękę i grać według ich reguł.

Co do Peety... I on ucierpi, jeśli coś nie pójdzie zgodnie z planem. Co takiego powiedział Haymitch, kiedy go spytałam, czy poinformował Peetę o niebezpieczeństwie? Czy Peeta wie, że musi udawać zakochanego po uszy?

„Nie muszę. On wie".

Czyżby Peeta ponownie mnie uprzedził i lepiej sobie zdaje sprawę, co nam grozi na sam koniec igrzysk? A może... Wie, że mnie kocha? Sama nie wiem. Jeszcze nawet nie zabrałam się do analizowania swoich uczuć do niego. Są zbyt pogmatwane. Co było strategią przetrwania igrzysk, a co robiłam ze złości na Kapitol? Jak często kierowałam się tym, co sobie pomyślą widzowie z Dwunastego Dystryktu? Ile razy coś robiłam tylko dlatego, że tak nakazywała przyzwoitość? Albo tylko przez wzgląd na Peetę?

Na te pytania będę musiała poszukać odpowiedzi po powrocie do domu, w ciszy i spokoju lasu, bez świadków. Tutaj wszyscy mnie obserwują. Naprawdę nie wiem, kiedy wreszcie odzyskam swoją prywatność. Tymczasem lada moment zacznie się najniebezpieczniejszy etap Głodowych Igrzysk.

27

Dźwięki hymnu grzmią mi w uszach, a po chwili słyszę Caesara Flickermana, który wita zgromadzoną publiczność. Czy wie, jaką wagę ma każde odtąd wypowiedziane przez niego słowo? Bez wątpienia. Będzie chciał nam pomóc. Prezentacji ekip przygotowawczych towarzyszą burzliwe oklaski widzów. Wyobrażam sobie Flaviusa, Venię i Octavię, jak energicznie skaczą po scenie i niepoważnie kłaniają się na prawo i lewo. Można założyć, że nie mają o niczym pojęcia. Po nich na estradę wchodzi Effie. Od dawna czekała na tę chwilę. Mam nadzieję, że jest w stanie cieszyć się swoim triumfem. Choć nie ma o niczym pojęcia, jest niezwykle wyczulona na pewne sprawy i przynajmniej podejrzewa, że coś nam grozi. Portia i Cinna zgarniają rzęsiste oklaski, a jakże, sprawdzili się rewelacyjnie, to był olśniewający debiut. Teraz rozumiem, dlaczego na dzisiejszy wieczór Cinna wybrał dla mnie taką, a nie inną sukienkę. Muszę wyglądać dziewczęco i niewinnie. Pojawienie się Haymitcha wywołuje wśród publiczności entuzjazm, który nie ustaje przez co najmniej pięć minut. Nareszcie odniósł sukces. Utrzymał przy życiu nie jednego, a oboje swoich trybutów. A gdyby w porę mnie nie ostrzegł? Czy zachowałabym się inaczej? Ostentacyjnie przypominałabym epizod z jagodami, aby rozwścieczyć Kapitol? Raczej nie. Zapewne jednak wypadłabym nie dość przekonująco, a teraz muszę odegrać rolę życia. I to już, natychmiast, bo czuję, że tarcza wynosi mnie na scenę.

Oślepiające światła. Ogłuszający ryk publiczności sprawia, że metal drży mi pod stopami. Zaledwie parę metrów dalej widzę Peetę. Wygląda schludnie, zdrowo i pięknie. Ledwie go poznaję. Tylko uśmiecha się zawsze tak samo, czy w błocie, czy w Kapitolu. Na widok jego rozpromienionej twarzy robię trzy kroki i rzucam mu się w objęcia. Cofa się chwiejnie, niemal traci równowagę i wówczas orientuję się, że smukły, metalowy przyrząd w jego dłoni to laska. Peeta prostuje plecy, tulimy się, a widownia szaleje z zachwytu. Całuje mnie, a ja nie przestaję zadawać sobie w myślach pytań: Czy wiesz? Czy masz pojęcie, jak straszliwe niebezpieczeństwo nam grozi? Po mniej więcej dziesięciu minutach tego spektaklu Caesar Flickerman stuka Peetę w ramię, chce kontynuować program, ale Peeta po prostu go odsuwa, nawet na niego nie patrząc. Publiczność nie posiada się z radości. Świadomie czy nie, Peeta jak zwykle doskonale wyczuwa pragnienia widzów.

W końcu do akcji wkracza Haymitch, rozdziela nas i dobrodusznie kieruje ku tronowi zwycięzcy. Zwykle jest to bogato zdobiony fotel, z którego zwycięski trybut ogląda film o najważniejszych zdarzeniach igrzysk. Ponieważ tym razem turniej wygrały dwie osoby, organizatorzy ustawili na scenie elegancką kanapkę obitą czerwonym aksamitem. Mama pewnie nazwałaby ją kozetką. Siadam blisko Peety, praktycznie ląduję mu na kolanach, lecz Haymitch jednym spojrzeniem wyraźnie daje mi do zrozumienia, że to za mało. Zrzucam sandałki, podciągam nogi i kładę głowę na ramieniu Peety. Odruchowo mnie obejmuje i momentalnie powracam wspomnieniami do jamy, w której tuliłam się do niego, aby się ogrzać. Ma koszulę z tego samego materiału co moja sukienka, do tego Portia kazała mu włożyć długie, czarne spodnie. Nie nosi sandałów, tylko solidne, czarne buty, w których stawia mocne kroki na podłodze sceny. Żałuję, że Cinna nie zaproponował mi podobnego zestawu. W zwiewnej sukience czuję się bezbronna, ale pewnie właśnie o to chodziło.

Caesar Flickerman rzuca jeszcze garść dowcipów i nadchodzi pora na zasadniczą część widowiska. Potrwa dokładnie trzy godziny i każdy mieszkaniec Panem ma obowiązek
je obejrzeć. Światła przygasają, na ekranie pojawia się godło
państwowe, a ja sobie uświadamiam, że nie jestem przygotowana na to, co mnie czeka. Nie chcę oglądać śmierci moich dwudziestu dwóch rywali. Już raz byłam świadkiem zgo-
nu niejednego z nich, i wystarczy. Serce wali mi jak młotem,
mam ogromną ochotę uciec ze sceny. Jak innym zwycięzcom
udało się wytrzymać to w pojedynkę? Podczas emisji powtór-
ki najważniejszych wydarzeń igrzysk realizatorzy od czasu do
czasu pokazują w rogu ekranu przebitki na twarz zwycięzcy,
aby każdy mógł się przyjrzeć jego reakcji. Powracam myślami do poprzednich lat. Niektórzy triumfalnie wyrzucali pięści w powietrze, tłukli się po piersiach. Większość wydawała
się osłupiała. Jestem tu jeszcze tylko ze względu na obecność
Peety, który jedną ręką wciąż mnie obejmuje, a drugą położył
na moich dłoniach. Oczywiście, dotychczasowi zwycięzcy nie
znaleźli się na celowniku Kapitolu.

Skrócenie kilku tygodni igrzysk do zaledwie trzech godzin
to nie lada wyczyn, zwłaszcza jeśli wziąć pod uwagę, ile kamer jednocześnie pracowało na arenie. Osoby odpowiedzial-
ne za montaż filmu muszą zadecydować, jaką historię chcą
pokazać. W tym roku po raz pierwszy jest to opowieść o miłości. Wygraliśmy, to jasne, ale i tak pokazują nas nieproporcjo-
nalnie często, od samego początku. Właściwie się cieszę, bo
dzięki temu łatwiej mi będzie utrzymywać wersję o szaleńczej
miłości i skuteczniej obronię nas przed Kapitolem, a w dodatku nie będziemy musieli zbyt długo koncentrować się na
śmierci.

Przez pół godziny przypominamy sobie zdarzenia poprzedzające walkę na arenie, dożynki, przejazd rydwanów przez
Kapitol, oceny ze szkolenia, prezentacje. W tle rozbrzmiewa
rytmiczna muzyka, która nadaje filmowi dodatkowy, upior-

ny wymiar, bo przecież prawie wszyscy bohaterowie już nie żyją.

Pierwsze ujęcia z areny dotyczą początkowej krwawej jatki, zaprezentowanej ze wszystkimi szczegółami. Później na przemian pokazują umierających trybutów i nas. Właściwie głównie widać Peetę, bez wątpienia na własnych ramionach dźwiga ciężar naszej miłości. Teraz oglądam to, co widzieli telewidzowie, już wiem, że Peeta wprowadził zawodowców w błąd, aby mnie chronić, potem przez całą noc sterczał pod drzewem z gniazdem gończych os, stoczył walkę z Catonem, żebym mogła uciec. Nawet leżąc w błocie na brzegu strumienia, szeptał przez sen moje imię. W porównaniu z nim wydaję się zimna i bez serca — uchylam się przed ognistymi kulami, zrzucam gniazda, wysadzam w powietrze zapasy żywności i ekwipunku — dopóki nie zaczynam szukać Rue. Jej śmierć zostaje pokazana w całej rozciągłości, najpierw atak oszczepem, potem nieudana próba ratunku, strzała w gardle chłopca z Pierwszego Dystryktu, Rue dogorywająca w moich ramionach. I jeszcze piosenka. Słyszę własny śpiew, każdą nutę i każde słowo. Coś we mnie się zamyka, jestem zbyt otępiała, aby cokolwiek czuć. Zupełnie jakbym oglądała obce osoby na innych Głodowych Igrzyskach. Ale zauważam, że pomijają scenę, w której obsypuję Rue kwiatami.

No jasne. Nawet to zalatuje buntem.

Moja sytuacja się poprawia, gdy słyszę, że zwyciężyć może dwoje trybutów z tego samego dystryktu, wykrzykuję imię Peety i zasłaniam usta dłońmi. O ile wcześniej wydawałam się obojętna na jego los, o tyle teraz błyskawicznie nadrabiam zaległości. Odnajduję go, pielęgnuję, pomagam mu powrócić do zdrowia, idę na ucztę, aby zdobyć lekarstwo, i nie skąpię pocałunków. Oglądam zmiechy oraz śmierć Catona i muszę obiektywnie przyznać, że i jedno, i drugie jest okropne, ale nadal czuję się tak, jakby chodziło o zupełnie nieznane mi osoby.

W końcu patrzę na scenę z jagodami. Słyszę, jak publiczność nawzajem się ucisza, żeby nie uronić ani jednego słowa. Jestem wdzięczna filmowcom, bo nie kończą dokumentu na ogłoszeniu naszego zwycięstwa, lecz dają przebitkę na mnie. Wszyscy patrzą, jak łomoczę w szklane drzwi poduszkowca i wrzeszczę imię Peety otoczonego przez lekarzy. Tego wieczoru to najistotniejszy moment, od niego może zależeć moje życie.

Ponownie słychać hymn, wstajemy. Na scenę wkracza prezydent Snow we własnej osobie, a za nim dziewczynka z poduszką, na której leży korona. Tylko jedna, więc przez zdezorientowany tłum przetacza się szept zdumienia. Czyją skroń ozdobi? W końcu wszystko staje się jasne, gdy prezydent Snow przekręca koronę i dzieli ją na dwie połówki. Pierwszą z uśmiechem zdobi czoło Peety. Nadal się uśmiecha, gdy drugą wkłada mi na głowę, lecz jego oczy, oddalone o zaledwie kilka centymetrów od moich, są bezlitosne jak ślepia węża.

Dociera do mnie, że choć oboje byliśmy gotowi zjeść jagody, tylko ja ponoszę za to odpowiedzialność. To ja wpadłam na ten pomysł. Jestem podżegaczem. Mnie należy ukarać.

Nadchodzi czas kolejnych ukłonów i długich oklasków. Ręka mi już opada od ciągłego machania, kiedy Caesar Flickerman ostatecznie żegna się z widzami i przypomina, żeby koniecznie zasiedli przed ekranami jutro, kiedy zaprezentowane zostaną ostatnie wywiady. Jakby w ogóle mieli coś do powiedzenia.

Wraz z Peetą zostaję błyskawicznie przetransportowana do posiadłości prezydenta na bankiet zwycięstwa, gdzie brakuje nam czasu na jedzenie, bo wysocy urzędnicy Kapitolu oraz szczególnie hojni sponsorzy przepychają się, aby koniecznie zrobić sobie z nami zdjęcie. Migają mi przed oczami rozpromienione twarze, z biegiem czasu coraz bardziej odurzone. Momentami zauważam Haymitcha, co mnie pokrzepia, a także prezydenta Snowa, co mnie przeraża. Mimo wszystko ciągle się śmieję, dziękuję ludziom i szczerzę się do obiektywów. Ani na moment nie puszczam dłoni Peety.

Słońce wygląda zza horyzontu, kiedy suniemy z powrotem na dwunaste piętro Ośrodka Szkoleniowego. Mam nadzieję, że wreszcie uda mi się na osobności zamienić słowo z Peetą, lecz Haymitch odsyła go z Portią, bo trzeba coś poprawić przy ubraniu na wywiad. Sam odprowadza mnie do drzwi pokoju.

— Dlaczego nie mogę z nim rozmawiać? — pytam zaskoczona.

— Po powrocie do domu nie zabraknie wam czasu na pogawędki — ucina dyskusję Haymitch. — Idź spać, jutro o drugiej jesteście na wizji.

Haymitch bezustannie się wtrąca, lecz i tak jestem zdecydowana spotkać się z Peetą bez świadków. Przez kilka godzin przewracam się z boku na bok, aż wreszcie wymykam się na korytarz. Najpierw idę sprawdzić dach, ale nikogo tam nie zastaję. Nawet ulice miasta opustoszały po wczorajszej uroczystości. Na pewien czas wracam do łóżka, aż wreszcie postanawiam, że pójdę prosto do pokoju Peety. Usiłuję nacisnąć klamkę, lecz drzwi nie ustępują. Ktoś mnie zamknął na klucz od zewnątrz. Z początku podejrzewam Haymitcha, ale wkrótce ogarnia mnie przerażenie. A jeśli Kapitol przez cały czas mnie monitoruje i pilnuje, abym nie uciekła? Od początku Głodowych Igrzysk nie jestem w stanie umknąć, ale tym razem czuję, że sprawa dotyczy wyłącznie mnie. Zupełnie jakbym była uwięziona za jakieś przestępstwo i oczekiwała na wyrok. Pośpiesznie wracam do łóżka i udaję, że śpię, aż wreszcie przychodzi Effie Trinket z wiadomością, że nastał następny „wielki, wielki, wielki dzień!"

Mam pięć minut na przełknięcie talerza gorącej kaszy z mięsem, bo zaraz potem zjawia się ekipa.

— Publiczność od razu was pokochała! — mówię i nie muszę się już odzywać przez następnych parę godzin. Gdy przychodzi Cinna, wygania swoich ludzi i ubiera mnie w białą, zwiewną sukienkę oraz różowe pantofelki. Osobiście poprawia mi makijaż, żeby moja twarz promieniała łagodną, różaną poświatą. Prowadzimy niezobowiązującą rozmowę, ale boję się spytać go o ważniejsze sprawy, bo po incydencie z drzwiami mam wrażenie, że cały czas jestem obserwowana. Wywiad odbywa się na końcu korytarza, w salonie. Z pomieszczenia znikły wszystkie meble, pojawiła się w nim za to kozetka, w otoczeniu wazonów z czerwonymi i różowymi różami. Realizatorzy ustawili tylko kilka kamer, mających nagrywać rozmowę. Przynajmniej nie ma publiczności.

Caesar Flickerman ściska mnie gorąco na powitanie.

— Moje gratulacje, Katniss. Jak sobie radzisz?

— Całkiem dobrze. Denerwuję się przed wywiadem — mówię.

— Nie masz powodu. Spędzimy tu cudowne chwile — zapewnia mnie i dla dodania mi otuchy klepie mnie po policzku.

— Słabo mi idzie mówienie o sobie — wzdycham.

— Na pewno nie powiesz nic niewłaściwego — oświadcza Caesar.

Och, Caesarze, gdyby to była prawda, myślę. Przecież właśnie w chwili, gdy rozmawiamy, prezydent Snow może przygotowywać dla mnie jakiś „wypadek".

Wkrótce przychodzi Peeta. Do twarzy mu w bieli i czerwieni. Odciąga mnie na bok.

— W ogóle cię nie widuję — narzeka. — Haymitch najwyraźniej usiłuje nas rozdzielić.

Tak naprawdę Haymitch usiłuje utrzymać nas przy życiu, ale zbyt wiele uszu wsłuchuje się w rozmowę, więc mówię tylko:

— Fakt, ostatnio zrobił się strasznie odpowiedzialny.

— Jeszcze tylko ten wywiad i wracamy do domu. — Peeta oddycha z ulgą. — Tam nie będzie mógł nas bezustannie pilnować.

Nieoczekiwanie przeszywa mnie dreszcz, ale nie mam czasu na dociekanie jego przyczyn, bo wszyscy już na nas czekają. Siadamy nieco sztywno na kozetce, a Caesar przygląda nam się badawczo.

— Och, nie krępujcie się — zachęca nas. — Katniss, możesz podkulić nogi i przysunąć się do Peety, jeśli chcesz. Ostatnio wyglądaliście uroczo.

Wobec tego podciągam nogi, a Peeta mnie przytula. Ktoś zaczyna głośno odliczać i oto trafiamy na wizję, ogląda nas cały kraj. Caesar Flickerman jest cudowny, przekomarza się z nami, żartuje, milknie w stosownych momentach. Podobnie jak podczas prezentacji, doskonale dogaduje się z Peetą. W takiej sytuacji uśmiecham się nieustannie i staram jak najrzadziej zabierać głos. To nie znaczy, że siedzę jak niemowa, ale gdy tylko nadarza się sposobność, przerzucam ciężar rozmowy na Peetę.

W końcu Caesar zaczyna stawiać pytania, które wymagają bardziej szczegółowych odpowiedzi.

— Peeta, jak pamiętamy z jaskini, zakochałeś się w Katniss od pierwszego wejrzenia — przypomina. — Miałeś wówczas raptem pięć lat, prawda?

— Pokochałem ją w chwili, gdy ją zobaczyłem — potwierdza Peeta.

— Katniss, z tobą było inaczej. Widzowie z zapartym tchem patrzyli, jak się w nim zakochujesz. Kiedy sobie uświadomiłaś, że to miłość? — pyta Caesar.

— Och, trudno powiedzieć... — Śmieję się cicho, bez przekonania i opuszczam wzrok na dłonie. Pomocy.

— Powiem ci, kiedy sam zauważyłem, że coś iskrzy — ciągnie Caesar. — To się stało tamtej nocy, na drzewie, gdy wykrzyknęłaś jego imię.

Dzięki, Caesarze!, myślę i podchwytuję jego pomysł.

— Tak, chyba tak... To znaczy, wcześniej próbowałam nie myśleć o własnych uczuciach, naprawdę, bo nie bardzo potrafiłam się w nich połapać, a poza tym, gdybym zaczęła się przejmować Peetą, byłoby mi jeszcze trudniej. Ale wtedy, na drzewie, wszystko się zmieniło.

— Dlaczego tak się stało? — naciska Caesar. — Jak sądzisz?

— Bo chyba... Po raz pierwszy... Pojawiła się szansa, że będzie mój — wyznaję.

Widzę, że stojący za plecami kamerzystów Haymitch oddycha z ulgą. Najwyraźniej powiedziałam to, co trzeba. Caesar wyciąga chusteczkę i musimy chwilę zaczekać, tak bardzo jest wzruszony. Peeta przyciska czoło do mojej skroni.

— Już jestem twój — zauważa. — Co ze mną zrobisz?

Odwracam się do niego.

— Ukryję cię tam, gdzie nie spotka cię nic złego.

Gdy mnie całuje, wszyscy wkoło wzdychają z przejęcia.

Caesar korzysta z okazji i zmienia temat, rozmawiamy o wszelkiego typu obrażeniach, które odnieśliśmy na arenie, począwszy od oparzeń, przez użądlenia, do ran. Jednak dopiero przy zmiechach zapominam, że jestem przed kamerami. Caesara interesuje, jak się sprawuje nowa noga Peety.

— Nowa noga? — powtarzam, odruchowo wyciągam rękę i unoszę dolną krawędź nogawki spodni Peety. — Och, nie... — szepczę, zapatrzona w metalowo-plastikowe urządzenie, które zastąpiło ciało.

— Nikt ci nie powiedział? — pyta Caesar cicho. Kręcę głową.

— Nie miałem okazji. — Peeta lekko wzrusza ramionami.

— To moja wina — mówię. — Założyłam krępulec.

— Tak, to twoja wina, że żyję — zauważa Peeta.

— On ma rację — wtrąca Caesar. — Bez opaski uciskowej wykrwawiłby się na śmierć.

Chyba rzeczywiście, lecz jestem tak poruszona kalectwem Peety, że mam ochotę się rozpłakać. Przypominam sobie jednak, że patrzą na mnie wszyscy w kraju, więc tylko wciskam twarz w jego koszulę. Udaje mi się uspokoić dopiero po paru minutach, bo czuję się lepiej, wtulona w tkaninę, gdzie nikt mnie nie widzi. Kiedy się w końcu od niego odrywam, Caesar nie zadaje mi pytań, czeka, aż dojdę do siebie. Właściwie zostawia mnie w spokoju, dopóki nie wypłynie temat jagód.

— Katniss, wiem, że przeżyłaś wstrząs, ale muszę cię o coś spytać. Wróćmy pamięcią do momentu, w którym sięgnęłaś po jagody. Co wówczas działo się w twojej głowie... Hm?

Przez długą chwilę milczę, usiłuję zebrać myśli. Moja odpowiedź ma zasadnicze znaczenie. Próba samobójstwa mogła oznaczać rzucenie wyzwania Kapitolowi albo dowodzić, że postradałam rozum, przerażona wizją utraty Peety. Jeśli tak było, nie odpowiadałam za własne czyny. Chyba nadeszła pora na wygłoszenie obszernej, dramatycznej przemowy, ale udaje mi się wykrztusić tylko jedno, ledwie słyszalne zdanie.

— Sama nie wiem, chyba... po prostu nie mogłam znieść myśli o... życiu bez Peety.

— Chciałbyś coś dodać? — Caesar kieruje wzrok na Peetę.

— Nie. Czułem to samo.

Caesar kończy program i jest już po wszystkim. Wszyscy się śmieją, płaczą i ściskają, ale tkwię w niepewności do czasu, gdy nadarza się sposobność porozmawiania z Haymitchem.

— W porządku? — szepczę.

— W idealnym — oświadcza.

Wracam do siebie po rzeczy. Okazuje się, że nie mam nic do zabrania, poza broszką z kosogłosem od Madge. Po zakończeniu igrzysk ktoś przyniósł ten drobiazg do mojego pokoju. Jedziemy ulicami miasta, ukryci za ciemnymi szybami samochodu. Na dworcu czeka na nas pociąg. Czas nas goni, pośpiesznie żegnamy się z Cinną i Portią. Zobaczymy się za kilka miesięcy, podczas ogólnokrajowego tournée, w którego trakcie objedziemy wszystkie dystrykty, aby uczestniczyć w ceremoniach zwycięstwa. Kapitol przypomina w ten sposób obywatelom, że Głodowe Igrzyska tak naprawdę nigdy się nie kończą. Otrzymamy naręcza bezużytecznych odznak, a ludzie będą zmuszeni udawać, że nas uwielbiają.

Pociąg rusza z peronu i pogrążamy się w mroku, który ustępuje dopiero na końcu tunelu. Nareszcie mogę swobodnie odetchnąć, po raz pierwszy od dożynek. W drodze powrotnej towarzyszą nam Effie oraz Haymitch, rzecz jasna. Zjadamy gigantyczną kolację i w milczeniu sadowimy się przed telewizorem, aby obejrzeć powtórkę rozmowy. Kapitol z każdą chwilą oddala się coraz bardziej, a ja zaczynam myśleć o domu. O Prim i mamie. O Gale'u. Przepraszam wszystkich i idę do siebie, żeby zdjąć sukienkę i przebrać się w prostą koszulę oraz spodnie. Powoli, starannie zmywam z twarzy makijaż i splatam włosy w warkocz. Stopniowo przemieniam się w dawną Katniss Everdeen. Dziewczynę ze Złożyska. Tę, która poluje w lesie i handluje na Ćwieku. Wpatruję się w lustro i próbuję sobie przypomnieć, kim jestem. Wychodzę ze swojego przedziału i czuję się nieswojo, kiedy Peeta mnie obejmuje.

Pociąg zatrzymuje się na krótko dla uzupełnienia paliwa, możemy wyjść na zewnątrz i zaczerpnąć świeżego powietrza. Teraz już nikt nie musi nas pilnować. Wraz z Peetą spaceruję wzdłuż torów, trzymamy się za ręce. Choć jesteśmy sami, nie wiem, co powiedzieć. Peeta przystaje, aby narwać dla mnie dzikich kwiatów. Wręcza mi bukiet, a ja robię, co mogę, aby sprawiać wrażenie zadowolonej. Skąd ma wiedzieć, że różowo-białe kwiatki to naziemne części dzikiej cebuli, która kojarzy mi się wyłącznie z niezliczonymi godzinami, podczas których zbierałam ją z Gale'em?

Gale. Czuję ucisk w żołądku na myśl o spotkaniu z nim. Zobaczymy się już za kilka godzin. Dlaczego się niepokoję? Nie umiem sobie tego wyobrazić. Mam świadomość, że okłamałam kogoś, kto mi ufa. A ściślej, okłamałam dwie osoby. Dotąd udawało mi się nie zaprzątać sobie tym głowy, bo byłam zajęta igrzyskami. W domu nie zdołam się zasłonić turniejem.

— Coś nie tak? — niepokoi się Peeta.

— Wszystko dobrze — oświadczam i spacerujemy dalej, mijamy koniec składu i jesteśmy w miejscu, w którym prawie na pewno nie ma żadnych kamer ukrytych w gęstych krzakach wzdłuż torów. Mimo to wciąż nie wiem, co powiedzieć. Wzdrygam się ze strachem, kiedy Haymitch nieoczekiwanie kładzie mi rękę na plecach. Nawet teraz, na środku pustkowia, stara się mówić półgłosem.

— Spisaliście się na medal, oboje. W dystrykcie zachowujcie się tak samo, póki będziecie przed kamerami. Wszystko powinno się ułożyć.

Wiodę za nim wzrokiem, gdy wraca do pociągu. Unikam spojrzenia Peety.

— O co mu chodzi? — zdumiewa się Peeta.

— To przez Kapitol. Władzom nie spodobał się nasz wyczyn z jagodami — wyrzucam z siebie.

— Co takiego? O czym ty mówisz?

— Podobno zachowaliśmy się zbyt buntowniczo. Dlatego Haymitch od kilku dni mnie instruuje, co powinnam robić, żeby nas dodatkowo nie pogrążyć.

— Instruuje cię? Mnie nie powiedział ani słowa.

— Wiedział, że masz dość rozumu, aby wszystko wyprostować.

— Nie miałem pojęcia, że jest cokolwiek do prostowania — mówi Peeta. — Innymi słowy, twoje zachowanie przez ostatnie dni... I pewnie wcześniej, na arenie... To tylko strategia, którą sobie ustaliłaś do spółki z Haymitchem?

— Skąd. Jak miałabym się z nim porozumieć na arenie? — bąkam.

— Ale wiedziałaś, czego od ciebie oczekuje, prawda? — pyta. Przygryzam wargę. — Katniss? — Puszcza moją dłoń, a ja odsuwam się o krok, jakbym usiłowała odzyskać równowagę.

— Wszystko robiłaś na pokaz. Odegrałaś swoją rolę.

— To nie była tylko rola — szepczę i kurczowo ściskam bukiet kwiatów.

— Nie tylko? Ale w dużej mierze, tak? Mniejsza z tym. Tak naprawdę powinniśmy chyba spytać, co z niej zostanie, gdy wrócimy do domu.

— Sama nie wiem. Im bliżej Dwunastego Dystryktu, tym większy mam mętlik w głowie — wyznaję. Peeta czeka na dalsze wyjaśnienia, ale milczę.

— Daj mi znać, jak się dowiesz. — Ból w jego głosie jest aż nadto prawdziwy.

Wiem, że mam wyleczone ucho, bo nawet przy warkocie silnika słyszę każdy krok Peety, gdy wraca do pociągu. Również idę do wagonu, ale Peeta już znikł w swoim przedziale. Nie widzę się z nim ani tego wieczoru, ani następnego ranka. Pojawia się dopiero przy wjeździe do Dwunastego Dystryktu. Kiwa mi głową z obojętną miną.

Mam ochotę mu powiedzieć, że to nie fair. Jeszcze niedawno właściwie się nie znaliśmy. Zrobiłam, co było trzeba, żeby przeżyć, i żeby on przeżył. Powinien wiedzieć, że nie warto mnie kochać, bo i tak nigdy nie wyjdę za mąż, lepiej, aby znienawidził mnie wcześniej niż później. Nawet jeśli coś do niego czuję, to bez znaczenia, skoro nigdy nie dam mu takiej miłości, która owocuje rodziną, dziećmi. A on, czy on mógłby to zrobić? Po tym wszystkim, przez co przeszliśmy?

Chciałabym także wyznać Peecie, że już zaczynam za nim tęsknić. Tyle że to nie byłoby fair z mojej strony.

W milczeniu patrzymy, jak wyrasta przed nami nasza zapyziała stacyjka. Przez okno widzę, że na peronie roi się od kamer. Ludzie koniecznie chcą obejrzeć nasz powrót do domu.

Kątem oka zauważam wyciągniętą dłoń Peety. Zerkam na niego niepewnie.